庫

続 明暗

水村美苗

筑摩書房

目次

登場人物紹介

津田由雄……半歳前《はんとし》にお延と結婚した。それ以前、吉川夫人の媒介《なかだち》で清子と親しく交際していたが、いざ結婚という段になって清子に逃げられた。或《ある》簡単な手術の後、費用まで持って遣《や》るという夫人に唆《そそのか》されるまま、お延には静養を口実に、清子が逗留する温泉場を訪れている。

清子……今年の初め、突然津田を捨てて関《せき》のもとに嫁いだ。流産の後、温泉場に来ている。

吉川夫人……津田の勤める会社の重役吉川の妻。津田が清子に逃げられた後、津田とお延の媒酌人《ばいしやくにん》も務めた。

関……清子の夫。

安永……浜の生糸《きいと》屋で温泉場の客。

貞子《ていこ》……安永の連合《つれあい》。

小林……津田の友人。食い詰めて、一旗挙げに朝鮮へ立とうという所である。津田の叔父、藤井を師とする。

お延《のぶ》……津田の妻。結婚半歳後、津田に自分の外に愛する女が居るらしいのが、朧《おぼろ》げながら解って来た。岡本の妻の姪《めい》であり、両親が京都住まいなので、岡本家で娘同然に育った。

お時……下女。以前岡本の家に居たのが、お延が結婚してからは、お延の新居で働く。

岡本……お延の義理の叔父。成功者であり、吉川の親友でもある。

継子《つぎこ》……岡本の長女でお延と姉妹のようにして育った。先日、吉川夫人の媒介《なかだち》で見合をした所である。

三好……継子の見合の相手。

お秀……津田の妹。器量望みで遊び人の堀に貰《もら》われた。

藤井……津田の叔父。津田の両親も京都住まいなので、津田も藤井の家で育った。

続 明暗

百八十八

津田は清子の剥《む》いてくれた林檎《りんご》に手を触れなかった。

「貴女《あなた》いかがです、折角《せっかく》吉川の奥さんが貴女のためにといって贈ってくれたんですよ」

「そうね、そうして貴方《あなた》が又わざわざそれを此所《ここ》まで持って来て下すったんですね。その御親切に対しても頂かなくっちゃ悪いわね」

清子はこう云《い》いながら、二人の間にある林檎の一片《ひときれ》を手に取った。然《しか》しそれを口へ持って行く前に又訊《き》いた。

「然《しか》し考えると可笑《おかし》いわね、一体どうしたんでしょう」

「何がどうしたんです」

「私《わたくし》吉川の奥さんにお見舞を頂こうとは思わなかったのよ。それからそのお見舞をまた貴方が持って来て下さろうとは猶更《なおさら》思わなかったのよ」

津田は口のうちで「そうでしょう、僕でさえそんな事は思わなかったんだから」と云った。その顔を昵《じっ》と見守った清子の眼《め》に、判然《はっきり》した答を津田から待ち受けるような予期の光が射《さ》した。彼はその光に対する特殊な記憶を呼び起した。

「ああこの眼だっけ」

二人の間に何度も繰り返された過去の光景《シーン》が、ありありと津田の前に浮き上った。その時分の清子は津田と名のつく一人の男を信じていた。だから凡《すべ》ての知識を彼から仰いだ。あらゆる疑問の解決を彼に求めた。自分に解らない未来を挙げて、彼の上に投げ掛けるように見えた。従って彼女の眼は動いても静《しずか》であった。何か訊こうとするうちに、信と平和の輝きがあった。彼はその輝きを一人で専有する特権を有《も》って生れて来たような気がした。自分があればこそこの眼も存在するのだとさえ思った。

二人は遂《つい》に離れた。そうして又会った。自分を離れた以後の清子に、昔のままの眼が、昔と違った意味で、矢《や》っぱり存在しているのだと注意されたような心持のした時、津田は一種の感慨に打たれた。

「それは貴女の美《うつ》くしい所です。けれどももう私を失望させる美しさに過ぎなくなったのですか。判然教えて下さい」

津田の疑問と清子の疑問が暫時《ざんじ》視線の上で行き合った後《あと》、最初に眼を引いたものは清子であった。津田はその退《ひ》き方を見た。そうして其所《そこ》にも二人の間にある意気込《いきごみ》の相違を認めた。彼女は何処《どこ》までも逼《せま》らなかった。どうでも構わないという風に、眼を余所《よそ》へ持って行った彼女は、それを床の間に活《い》けてある寒菊の花の上に落した。

眼で逃げられた津田は、口で追掛《おっか》けなければならなかった。

「なんぼ僕だって唯《ただ》吉川の奥さんの使に来ただけじゃありません」

「でしょう、だから変なのよ」

「ちっとも変な事はありませんよ。僕は僕で独立して此所へ来《き》ようと思ってる所へ、奥さんに会って、始めて貴女の此所にいらっしゃる事を聴かされた上に、ついお土産まで頼まれちまったんです」

「そうでしょう。そうでもなければ、どう考えたって変ですからね」

「いくら変だって偶然という事も世の中にはありますよ。そう貴女のように……」

「だからもう変じゃないのよ。訳さえ伺えば、何でも当り前になっちまうのね」

津田はつい「此方《こっち》でもその訳を訊きに来たんだ」と云いたくなった。然し何にも其所に頓着《とんじゃく》していないらしい清子の質問は正直であった。

「それで貴方も何処かお悪いの」

津田は言葉少《ずく》なに病気の顚末《てんまつ》を説明した。清子は云った。

「でも結構ね、貴方は。そういう時に会社の方の御都合が付くんだから。其所へ行くと良人《うち》なんか気の毒なものよ、朝から晩まで忙がしそうにして」

「関君こそ酔興なんだから仕方がない」

「可哀想《かわいそう》に、まさか」

「いや僕のいうのは善《い》い意味での酔興ですよ。つまり勉強家という事です」

「まあ、お上手だ事」

この時下から急ぎ足で階子段《はしごだん》を上《のぼ》って来る草履《ぞうり》の音が聴《きこ》えたので、何か云おうとした津田は黙って様子を見た。すると先刻《さっき》とは違った下女が其所へ顔を出した。

「あの浜のお客さまが、奥さまにお午《ひる》から滝の方へ散歩にお出《いで》になりませんか、伺って来いと仰《おっ》しゃいました」

「お供しましょう」清子の返事を聴いた下女は、立ち際《ぎわ》に津田の方を見ながら「旦那様《だんなさま》も一所に入《い》らっしゃいまし」と云った。

「有難う。時にもうお午なのかい」

「ええ只今《ただいま》御飯を持って参ります」

「驚ろいたな」

津田は漸《よう》やく立ち上った。

「奥さん」と云おうとして、云い損《そく》なった彼はつい「清子さん」と呼び掛けた。

「貴女は何時頃《いつごろ》までお出《いで》です」

「予定なんかまるでないのよ。宅《うち》から電報が来れば、今日にでも帰らなくっちゃならないわ」

津田は驚ろいた。

「そんなものが来るんですか」

「そりゃ何とも云えないわ」

清子はこう云って微笑した。津田はその微笑の意味を一人で説明しようと試みながら自分の室《へや》に帰った。

百八十九

座敷は何時《いつ》の間にか片附いていた。朝、絵端書《えはがき》を書く時に小机の前で使った座蒲団《ざぶとん》が、庭を正面に、座敷の真中に火鉢《ひばち》と共に整然と据えられている。津田は室《へや》に入ると後手に障子を締《し》めるなり、其所《そこ》へ行って胡坐《あぐら》を掻《か》いた。真直《まつすぐ》視界に入って来た硝子《ガラス》戸の向うの築山《つきやま》は、今は既に午《ひる》の光を受けていた。ほんのしばらく空けていただけなのに、何だか見慣れない所へ迷い込んだような気がした。

津田は腕を組むと、劇《はげ》しい刺激を受けた後の人間のように凝《じつ》と眼を閉じた。昼間は雑多な音に邪魔されるのか、こうして眼を閉《つぶ》ってみても、例の噴水の音は殆《ほと》んどしなかった。その代り鵯《ひよどり》の鳴き声が煩《うる》さいほど聴えて来る。朝、風呂場の傍《わき》にいたのが裏山の方へ回ったのかも知れなかった。

やがて先刻《さつき》津田を清子の所へと案内した下女が膳《ぜん》を持って入って来た。

「お知合だったんですね」

給仕をしながら膳の向うから女は云《い》った。朝食時《あさめし》、津田が空《そら》っ惚《とぼ》けて清子の事を色々訊《き》いていたのに気が附いた口調だった。

「そうだよ」

津田は平然と応《こた》えた。そうして附け加えた。

「久《ひさ》し振《ぶり》だったんだが、相変わらず綺《き》麗《れい》だったんで感心した」

「お客さんも随分ですねえ」

「随分て何がだい」

下女はそれには取り合わずにやにや笑いながら訊いた。

「お客さんの奥さんと何方《どっち》がお綺麗ですか」

「お客さんの奥さんて？」

「お客さんの奥さんです」

「僕のかい」

「そうです」

「僕の奥さんねえ」

「屹度《きっと》、お綺麗な奥さんがいらっしゃるんでしょう」

「居るように見えるかね」

「感じで判《わか》ります」

「君も天鼻通《てんびつう》かね」

下女は声を立てて笑った。能《よ》く笑う女であった。

「これはこの辺で獲《と》れるのかい」

津田は話題を変えるために朱塗りの膳の上を指した。

宿の食事らしく器《うつわ》を並び立てた中に四角い平皿があり、その上に岩魚《いわな》にしては小さ過ぎるような肴《さかな》が載っていた。何という名の魚だか、女が答えるうちに判るだろうと思っていると、女の方でも「この辺のは」とか「今獲れるのは」とかいう云い方をする。それでいて説明だけは詳細に亙《わた》っていた。津田は女に調戯《からか》われているような気がしたが、女は存外真面目《まじめ》な顔であった。改めて訊くのも馬鹿々々しいと適当に相槌《あいづち》を打っていたので、魚の名は判らず仕舞であった。

空腹を感じないまま始めた食事はじきに終った。

この下女は午からの散歩の話は聞いていないらしい。「それではご悠《ゆっ》くり」とそのまま膳を下げて消えてしまった。津田は独り広い座敷に取り残された。耳を澄ましても廊下の方は森《しん》として物音一つ聴えて来なかった。清子は女だから食事が緩《のろ》いのかも知れなかった。

津田はごろりと仰向けになって袂《たもと》から出した敷島《しきしま》を吸い始めた。

仰向けになるとまだ新しい天井の所々に、其所だけ雨に濡れたような濃い染みのあるのが見える。能く見るといずれも地下足袋の形をしているようであった。まるで泥棒の通った跡みたいだと、津田の眼《め》はぼんやりとその跡を追った。藍色の烟《けむり》がそれを掠《かす》めて立ち騰《のぼ》って行った。

百九十

知らずに緊張していたのが突然弛《ゆる》んだものと見える。すると、今まで津田の頭をちらしていた清子の室《へや》での光景《シーン》が、堰《せき》を解かれたように、出鱈目《でたらめ》な順序で彼の眼の前に押し寄せて来た。それらは断片的な影像《イメジ》であった。其所《そこ》には林檎《りんご》を剝《む》く清子の白い指があった。見慣れぬ二個《ふたつ》の宝石があった。外に開いた女の長い袂《たもと》があった。揃《そろ》いの縮緬《ちりめん》の座蒲団《ざぶとん》もあり、床の間の寒菊や、二人を隔てる角火鉢《かくひばち》や、衣桁《いこう》に掛けられた華麗《はなやか》な絹どもあった。この室とは趣《おもむき》を異にする庭の向うに、山の黄葉《こうよう》が鮮やかに映え、その黄葉を背景に、黒い光沢《つや》やかな廂髪《ひさしがみ》と、静かに輝く眼と、津田にものを云《い》う口があった。その口が「ただ貴方《あなた》はそういう事をなさる方なのよ」と云った。

平凡な再会であった。

然《しか》し其所には彼を刺激する要素が充分過ぎるほどあった。頭の中を自由に縦横する濃厚な影像《イメジ》を前に、津田の精神は纏《まと》まった思考をする所にはなかった。こう出るべきであったという後悔も湧《わ》き上がらなければ、今後どう出るべきかという案も出て来なかった。彼はただ、強い色がはげしく錯綜《さくそう》して幾通りもの模様を織りなす中に、酔った人のように陶然としていた。

三本目の敷島《しきしま》を終えてもまだ清子の方からは何も云って来なかった。

今の女を呼び戻して清子の所まで使いに遣《や》ろうかとも考えたが、どういう風に散歩の件を清子に云い出したものだか解《わか》らなかった。散歩に誘われたのは清子の前ではあったが、散歩に誘ったのは清子自身ではなかった。清子自身に誘われた訳でもないのに、「それでは参りましょうか」と下女を介して云わせるのは、図迂々々《ずうずう》し過ぎるようであった。かといって「御一所して可《い》いですか」とわざわざ訊《き》きに遣るのは、何か自分の拘泥《こだわ》りが見えるようで厭《いや》だった。下女の手前もあるので猶更屑《なおさらいさぎ》よしとしなかった。

午飯《ひるめし》が済み次第清子が使いを寄越すだろうと勝手に極《き》め込んでいたのが、段々と怪しくなって来た。それが虫の好《い》い思い込みだったような気がする。清子の方ではあの時顔を出した下女と津田との遣り取りを、行掛《ゆきがか》り上交《じよう》された、時候の挨拶程度にしか受け取っていないのかも知れなかった。二人の間に横《よこた》わる入り組んだ過去を知らない婢《おんな》の云う事など、真に受ける必要はないという腹かも知れない。もう一歩踏み込んで考えれば、自分からは一言も添えなかったのは、津田の同行を望んでいないという彼女の意志を露《あら》わにしたのかも知れなかった。

そうこう考えているうちにも、時間の経《た》って行くのが如何《いか》にも業腹《ごうはら》であった。今すぐにでも跳ね起きてみんなをあちこち捜し回りたいという衝動と、やはり己《おの》れを尊《たつと》んでこうして悠長《ゆうちょう》に構えていたい気持とが鬩《せめ》ぎ合い、太平楽な外観と裏腹に、津田の心は愈《いよいよ》落ち附かなかった。

不図《ふと》廊下で人の気配がすると、「御免なさい」と障子が開いた。

上半身を起こすと番頭自身が敷居に手を突いていた。

「皆さんお待ちですけれど、どうなさいます」

「お待ちって何処《どこ》でだね」

番頭は首をぐるっと横へ回した。

「門の脇に松の木が並んでるんで」

昨夕《ゆうべ》馬車が乗り入れた門の事らしかった。

「じゃあすぐ行こう。先にそう云って伝えて下さい」

「へえ」

番頭に心の弾みを見られないよう、津田はわざとのろのろと立ち上がらねばならなかった。

百九十一

玄関を抜けると、石垣《いしがき》に囲まれた階段に出た。先の方に旅館の石門が見え、その傍《わき》に、昨夕《ゆうべ》は気が附かなかったが、成程《なるほど》見事な枝振りの松の木が二本並んで立っていた。一足先に着いた番頭は、今朝の口髭《くちひげ》の男を相手に何やら仔細《しさい》らしく話している。松の下には黒く錆《さ》びた鉄燈籠《かねどうろう》があり、隣に置かれた、茶店にでもあるような床几《しょうぎ》には女達が腰を卸《おろ》していた。

津田が近附くと先《ま》ず夫婦者の女が振り向いた。清子から既に話を聞いている所為《せい》か彼の顔を認めると、昨夕の風呂場とは打って変わった調子で素早く愛嬌《あいきょう》を湛《たた》えて会釈《えしゃく》した。

清子も続いて振り向いた。

「お出《い》でにならないのかと思ってたのよ」

清子は肩掛《ショール》に埋めていた顎《あご》を寒そうに外に出した。日本の物のようではない、縞模様《しま》のぶ厚い毛織ものである。見覚えのない所を見ると、関に嫁いでから手に入れた物かも知れなかった。

「いやあ」

「もう寒くって。お二人もすっかり冷えておしまいになったわ」

「そりゃあどうも」

津田は夫婦に向って頭を下げた。

「でも、こんな所に集まって聞いてなかったじゃないですか」

「そうなのよ。そりゃそうなの」

清子は彼等の方に向き直った。

「私、場所をちゃんと申し上げていなかったの」

「それじゃあ仕方ないじゃないですか」と男が津田を庇護《かば》うように笑いながら云《い》った。

「本当に」

清子自身も苦笑している。

「でも何だか自然にお解《わか》りになるような気がしてたもんだから」

「無責任だなあ」

津田は磊落《らいらく》を装った。清子が場所を指示しなかったのは矢《や》っ張《ぱ》り来て欲しくなかった所為かも知れない。然《しか》しその後でわざわざ番頭を寄越《よこ》したのは、それでは悪いと思い直したのかも知れなかった。

「津田さんと仰《おつ》しゃるの」

清子は立ち上がった。女も続いて立ち上がった。女は近くで見ると二十七八は行っているようであった。束髪《そくはつ》は朝のままであったが、今は着物の上に妙にぴかぴか光る地の錆朱《さびしゅ》のコートを羽織っている。

「主人の同級生で、前からのお友達」

夫婦はそれぞれ頭を下げた。この紹介には何処《どこ》にも偽《いつわり》はなかったが、それは重要な事を抜かしている点において真実でもなかった。

男の名は安永といった。女の方は貞子《ていこ》だそうで、派手な外観に合わない尋常な名であった。

「何時《いつ》も、お二人とはこの松の下で落ち合う事になっているの」

「今更《いまさら》聞いても仕方ないでしょう」

津田は清子の言訳《いいわけ》にわざと不服そうに応じた。みんなは声を出して笑った。

「手術をなさったそうですね」

安永というその男が津田の身体《からだ》に一瞥《いちべつ》を呉《く》れながら云った。

「はあ」

津田は簡潔に返答した。女達の前で自慢にもならない自分の病気を殊更《ことさら》話題にするのは憚《はばか》られた。然《しか》し相手は津田の思惑《おもわく》には頓着《とんじゃく》なかった。

「手術たあ気の毒だ。――で、何処《どこ》ですか」

「腸の奥の辺です」

男の視線はそのまま津田の兵児帯《へこおび》の下の辺りを彷徨《さまよ》った。

「腸ですか」

「まあ、そうです」

「成程」

幸い男の質問は其所《そこ》から先には進まなかった。

「不可《いけ》ませんな」

「それで、もう、宜《よろ》しいんですの」と貞子が引き取った。

「ええ、すっかり癒《なお》りました」と津田は貞子の方を向いて答えた。すると安永が重ねて尋ねた。

「食事の方はどうですか。此所《ここ》にゃ、そう旨《うま》いもんもないけど、何でも食えますか」

「食べる方も一向《いっこう》差支えありません」

「其奴《そいつ》あ結構だ」

安永は一人で何度も合点した。

「あのう」と番頭が口を挟《はさ》んだ。少しでも日が傾くと一層冷え込むからそろそろ出発した方が好《い》いと云う。

「それじゃあ、ぼちぼち行きましょうか」

安永はみんなを見回して云った。

「参りましょう」と清子が先に立った。

番頭の鄭寧《ていねい》なお辞儀に見送られて四人は旅館の石門を出た。

百九十二

門を出ると津田は思わず息を呑《の》んだ。奔湍《ほんたん》の音が突然耳を襲ったのである。同時に山《やま》間《あい》の冷たい空気が俄《にわ》かに身体《からだ》を包み込んだ。

こんなに近い所に水がごうごうと鳴りながら流れているとは思わなかった。津田の座敷が裏山に面していた所為《せい》で、旅館が早瀬に道を一つ隔てただけで建っていたのを何時《いつ》の間にか忘れていたのだった。昨夕《ゆうべ》馬車の上で津田を驚かせた、山から勢い能《よ》く流れ出る水の、岩角に当たって砕け散る音である。昼に聞く奔湍の音は、星月夜《ほしづくよ》に聞くほど凄《すさま》じいものではなかったが、それでも、津田を改めて驚かせるには充分であった。

突然自分が何を目標《めあて》にこんな山里までやって来たかという真実が鮮明に頭にのぼった。同時に、今までの何層倍の確的《たしか》さで、清子が今此所《ここ》に居るという一つの事実が彼を捉《とら》えた。津田を此所まで駆り立てて来た女はすでにもう単なる心の中の影ではなかった。女は眼《め》の前に居た。口を利けば応《こた》えた。手を伸ばせば柔らかい絹の先に触れる事も出来た。同じ山間《やまあい》の空気の中を津田と一所《いっしょ》に寒そうに歩いていた。清子が眼の前に居る事の不思議が初めて津田を打った。自分で追懸《おっか》けて来たにも関《かか》わらず、其所《そこ》に清子が居るという事は、この世の人間の意図を越えた一つの奇蹟《きせき》のようであった。津田はその奇蹟の前に立ち竦《すく》んだ。そうして、不図《ふと》、その前に、残りなく自分を放擲《ほうてき》してしまいたいような畏《い》怖《ふ》の念に突き動かされた。

然《しか》しそのような心の揺《うご》きも瞬時の事であった。奔湍の音が彼の耳を驚かせた刹那《せつな》に、稲妻のように彼の心に閃《ひら》めいただけであった。転瞬《てんしゅん》の間《あいだ》に津田はもう平生《ふだん》の自己を取り戻していた。すると、誰も事の真相を知る人間がいないという事実が咄嗟《とっさ》に頭を掠《かす》めた。自分が女を追い求めてこんな所までやって来たのを知るのは、此所では自分以外には居なかった。みんなの眼に自分は単に保養に来た男でしかなかった。みんなの眼にそう映っている限りにおいて、その外《ほか》の現実は存在しないも同然であった。

津田は腹の中で大きく安堵《あんど》の息をついた。

昨夜《ゆうべ》、森閑とした空気の中でこの音を聞いた時は、乗り越えてならぬものを乗り越えに行くという畏《おそ》れが津田の心を慄《おのの》かせた。その時は、清子に会う前の甲という自分の位置は、清子に会った後《あと》の乙という位置から無限に隔たっているように思われた。甲から乙に踏み越える際、雷火《らいか》に打たれるような強烈な感覚を伴うのではないかとも思われた。一夜明けた今、もう取って返しても、清子と逢《あ》ったという事実は消えない。だが、昨夜から今日の間に起こったこの変化は思ったほど絶対的なものではなかった。取り返しのつかないことが起こったという感覚は不思議となかった。気が附いた時津田はもう向う側にいたが、その向う側というのは何時でも此方《こっち》側に取って引き返せるような向う側であった。少なくとも津田にはそう思えた。

女を眼の前にして未《いま》だ自由を失わずにいる事に、ひそかに己《おの》れの頭を撫《な》でて遣《や》りたいような満足を津田は覚えた。

清子は先頭を一人で歩いていた。

「滝はそんなに遠いんですか」

津田は安永に尋ねた。この温泉《ゆ》の町を以前に訪れた時は不精して終日《ひねもす》湯に浸《つ》かっており、滝があるとは聞いたが見に行く事など考えもしなかったのである。そもそもその時泊まった旅館と、今泊まっている旅館とが、近いのだか遠いのだかも見当が附かなかった。

「なあに、直《じき》ですよ。彼奴《あいつ》は大袈裟《おおげさ》だから」

安永の声には上客としての得意があった。安永を挟《はさ》んで向う側を歩いていた貞子が、

「あんた、あの時の事をお話ししたら」と口を出した。

「去年の事か」

「そうよ。本当に大袈裟なんですよ」

去年の大雨の時の事だそうである。

初めてこの湯治場を訪れた二人は、或《あ》る好天気に恵まれた朝、滝巡《めぐ》りをするようにと勧められるまま、午飯《ひるめし》を弁当にして貰《もら》って日の高くなる前に出発したのであった。

「滝巡りって、幾何《いくつ》も滝があるんですか」

津田には初耳だった。

「三つ位あるんですよ。どれもそんなに大した滝じゃないですけどね」

その三つの滝を近い順に巡《まわ》るつもりが、最初の滝で一人旅の老紳士と懇意になり、誘われるままに老紳士が下に待たせていた馬車に乗って、彼の滞在する隣の温泉地まで足を延ばす事になったのである。その時はまだ、宿には軽便《けいべん》を使って夕飯までに戻れば可《い》

いと気楽に考えていたのだった。ところが目的の地に着き、午飯《ひるめし》を食べてから老紳士と別れて見ると、急に大粒の雨がぽつぽつと降り始めた。周章《あわ》ててその辺《あた》りの旅館に入って暫《しばら》く雨宿りをしたが、一旦《いったん》降り始めた雨は歇《や》むどころかどんどんと非道《ひど》い降りになる。これは今晩中には戻れそうもないと、此方《こちら》の宿に電話をしようとした時には既に水が出て電話が不通になっていたのだった。無論軽便も止まっていた。次の日、午過ぎに漸《ようや》く電話が通じ、例の番頭と話すと、もう二人とも滝壺に嵌《はま》ったに違いないという事で、地元の警察に遭難届けを出してしまっていたというのである。

「外《ほか》にも色んな可能性があるだろうに、縁起でもない事しか考えないんですからね」

それも、本当は、心中に違いないと極《き》め附けていたそうである。

「どうしてこんなのを相手に心中するもんかね」

「お互様よ」

二人はもう彼らの間では陳腐になっているに違いない遣《や》り取りを交わした。だが津田は二人の遣り取りを眼にしながら、どうやらあの番頭もこの二人を夫婦者だと見做《みな》さなかったらしいという事の方に頭が行った。しかも眼の前の二人はその点に痛痒《つうよう》を感じている風はなかった。痛痒を感じる必要がない程、夫婦に見えないのが当り前になっているらしかった。それでいて彼らは平生《ふだん》夫婦で通していた。

やはりこの二人は温泉宿で会うべくして会った種類の人間なのだと、津田は一人で納得した。そうしてそう一人で納得した津田は、彼自身そんな温泉宿に来ている客の一人だという事には考え至らなかった。

百九十三

番頭の発想がひとりでに心中にまで発展したのは、理由《わけ》があるのだそうだった。何でも数年前のある大雨の日、宿に逗留《とうりゅう》していた一人の若い女が滝に身を投じてしまったのだそうである。番頭は翌日無事に戻って来た二人に、他の泊り客には余り喋舌《しゃべ》ってくれるなと繰り返し念を押しながら、以前、そんな事件に見舞われたのを言訳《いいわけ》の一部としたのであった。

「どうしてその女の人は身を投げたのでしょう」

何時《いつ》の間にやら清子が傍《そば》に来ていた。

「さあ、男に捨てられたとか、どうせ碌《ろく》な話じゃないですよ」

安永も詳しい事は知らないらしかった。

「何《い》れ《ず》にせよ、雨の日の滝というのは思わず飛び込みたくなるような何かがあるらしいですよ」

津田は紫の霧のもやもやと立つ深い滝壺《たきつぼ》を眼《め》に浮かべた。中心には若い女の着物が、あたりの水を華麗《はなやか》な色で染めるように、浮き沈みしながら渦巻《うずま》いている。女には気の毒だが如何《いか》にも詩だか画《え》だかの好題目という光景であった。

「今日見に行くのはその滝ですか」

津田が問うと安永が首肯《うけが》った。

「其奴《そいつ》が一番近くて、大きい奴《やつ》なんですよ」

「でも華厳滝《けごんのたき》なんかに比べたら馬鹿《ばか》見たようなもんですわ」と貞子が引き取った。

「そりゃ、馬鹿見たようなもんだ」と安永も賛成した。

滝の話はそれっきりだった。

四人がだらだらと歩んで来たのは、奔湍《ほんたん》に沿った緩《ゆる》やかな上《のぼ》り坂であった。馬車が二台擦れ違えるような幅の広い道である。清子は特に津田を避けているという風はなく、津田の隣にも平気で肩を並べた。そういう時は例の肩掛《ショール》の下で胸の微《かす》かに上下するのが見える程、清子の身体《からだ》は近かった。

世慣れした安永はその後《ご》の僅《わず》かな道程《みちのり》の間に、己れの人生を、自慢六分諧謔《かいぎゃく》四分に要領能《よ》く津田の前に描き出して見せた。彼は津田の想像に反して安永玄道という頗《すこぶ》る立派な名前の持ち主であった。摂津藩《せっつはん》の岡本家に代々仕えていたという家に、十二人兄弟の末から二番目に生まれたそうである。下に行くほど粗《そ》製濫造《せいらんぞう》で顔が悪くなったが、その代りに神経も図太くなり、今、どうにかまともに生計《くらし》が立っているのは彼とその下の弟だけだという。「何しろ、時代が時代ですからね」と安永は一人で蝶舌った後《あと》に締めくくると、笑う術《すべ》を何処《どこ》かで練修して来たように旨《うま》く笑った。四囲《あたり》の空気を震わすその笑い声を聞いていると、実際、如何にもそういう時代だという気がして来た。度々《たびたび》湯治に来られるのも浜の方の商売がもう安永を必要としないほど大きくなったからだということであった。自分と一回りも違わないだろうに、やはりこういう当世風の髭《ひげ》を生やす人間は格別だと、津田は男を軽んじつつも男の気楽な境遇は羨望《せんぼう》せざるを得なかった。

やがて右手に、山に入る岨道《そばみち》が出て来た。一人ずつしか歩けない三尺程の幅の道である。勾配《こうばい》が急にきつくなると同時に周《まわ》りが暗くなった。無数に聳《そび》え立つ古松《こしょう》が高く空を覆《おお》い、陽《ひ》の光が容易に地面まで届かないのであった。湿った土の上を太い根が横縦《おうじゅう》し、その上、所によっては自然石《じねんせき》や木の枝でもって段が拵《こしら》えてあるので、足元が危うかった。銘々《めいめい》が足の置き場に気を取られながら坂を上ると、突然、今まで聞こえていた早瀬の音とは明らかに異《ちが》う水の音が耳を打った。顔を上げるともう木立の向うに、白く細く直下する滝の姿が望めた。

四人は申し合わせたように真直《まっすぐ》に滝壺の縁《ふち》へと近附いた。臍《へそ》ぐらいまでの柵《さく》が滝沿いにずっと立っており、四辺《あたり》は丁度《ちょうど》平地になっていた。

其所《そこ》から望む滝は成程《なるほど》大した事はなかった。

自然界に属して何処《どこ》にも雄大な所がない。まず勢いが足りなかった。高さも幅も足りなかった。飛瀑《ひばく》を囲む岩肌も白茶けた色をしていて何だか難有味《ありがたみ》がなかった。断崖の上には二抱《ふたかかえ》程の大きな松が、若蔦《わかつた》にからまれた幹を斜めによじって、半分以上水の面《おもて》へ乗り出している。それだけは見事であったが、見事過ぎて却《かえ》って俗である。詰《つま》らないものをいちいち見に来るものだと、その方が余程感心であった。見れば、平地を左手に少し下がった所に茶店のようなものまである。夏になれば滝を見に来る客で商売が成り立つのだろう。今は五六足の草鞋《わらじ》が廂《ひさし》から吊《つる》されているだけで、軒の奥の黒ずんだ雨戸は閉《た》て切ってあり、床几《しょうぎ》も勿論《もちろん》外へは出ていなかった。

百九十四

何も云《い》う事がないので、津田は無言で滝を眺めていた。安永達も津田が何か云うのを期待している風はなかった。もう何度も来て見飽きているのだが、一応此所《ここ》で足を留めないと滝に義理が立たないといった風である。やがて、一寸《ちょいと》上の祠《ほこら》にお参りして来ると云って、二人で滝を反《そ》れて山へと入って行った。左には滝沿いに柵の附いた緩《ゆる》やかな土段が絶壁《きりぎし》に行き当るまで続き、右には平地を数十歩行った所から急な石段が山奥の祠へと続いているのだった。

一人離れて立っていた清子は、勢い、津田と一所に残る事になった。ぶらぶらと清子の方へ歩を運んだ津田は、丁度《ちょうど》安永達の姿が石段の上の蒼黒《あおぐろ》い木立に隠れた頃、清子の脊中《せなか》越しに口を開いた。

「御迷惑じゃなかったですか」

「え？」

ぼんやりと滝を見ていたらしい清子が、驚いたように背後《うしろ》を振り返った。

「あら、何が？」

津田はすぐには答えなかった。眼《め》の前には黒い廂《ひさし》に縁取《ふちど》られた中に、午後の光をもろに浴びた白い顔があった。その白い顔には、津田の答を待ち受ける例の静かに輝く眼があった。津田の口を突いて出た答は津田の意図した所より大分正直だった。

「附いて来てしまったりして」

清子は津田の答を聞いて微笑した。津田にはその微笑が先刻《さつき》清子の座敷で見た微笑と同じように謎《なぞ》めいて見えた。だが彼女の口を出た答は単簡《たんかん》だった。

「いいえ。些《ちつ》とも」

津田もそれ以上押そうとは思わなかった。

今津田は、此所へ来た主意を早く遂げるべきだというような焦慮《あせ》りは感じなかった。清子と逢《あ》って口を利《き》いている裡《うち》にそのような焦慮りは何時《いつ》の間にか何処《どこ》かへ消えてしまっていた。偶然この宿を取ったという自分の嘘《うそ》に進んで馴《な》れ親しんで行った津田は、偶然に介されて昔の女と邂逅《めぐりあ》うに至った男という役割にも進んで馴れ親しんで行った。すると此所へ来るまで彼に附き纏《まと》っていた逼迫《ひっぱく》した気持も漸々《だんだん》と薄らいで行ったのだった。

今、彼は寧《むし》ろ女との時間が緩慢に経《た》って呉《く》れる事をのみ願った。

「こんなに坂道を歩いて、可《い》いんですか」

津田は尋ねた。

津田の記憶にある清子は姿勢の良い女であった。その記憶通りに真直《まっすぐ》脊筋を伸ばして立っている清子の様子は、湯治に来る必要がある人間のようには見えなかった。歩いた所為《せい》か、肌の色も平生《いつも》より冴《さ》えている位だった。

「あら、貴方《あなた》こそ」と清子は応《こた》えた。

「いらした途端にこんなに歩かれて」

そう云われて見れば一昨日《おととい》の小林の送別会の時を除いて、手術の後、殆《ほと》んど歩いた事がなかった。

「私なんか、此所へ着いてから、少しずつ慣らしたのよ」

「其奴《そいつ》は感心だ」

清子はちらと眼を上げて津田を見ると、小さく微笑しながら訊《き》いた。

「それで、貴方の方は何時までお出《いで》なの」

「なあに、ほんの一週間程です」

「それでも退屈なさるでしょうね」

「貴女《あなた》こそ、毎日何をしていらっしゃるんですか」

「色々ですわ。——そう退屈もしていません」

「何をしているか中《あ》て《て》見ましょうか」

清子はにやにや笑うだけで何とも云わなかった。

「床の間の寒菊は貴女が活《い》けたのでしょう」

「それ位、誰だって見当が附きますわ」

「手習いもするでしょう」

「ええ、します」

清子は澄まして答えた。

「ちったあ上達しましたか」

「それが、相変わらずお下手」

津田の眼の前には、女物の巻紙や西洋のレターペーパーに、毎時《いつ》も同じ様に連なっていた清子の特徴のある字が蘇《よみが》えった。それは、悪筆とまでは行かないまでも可《か》なり拙《まず》い字であった。自らも達筆を認じているお延《のぶ》とは数段の懸隔《けんかく》があった。だが当時の津田はその拙い字に美しい女の優しい影像《イメジ》を重ねて親しんでいた。やがて津田の聯想《れんそう》は、そのまま、清子の寄越《よこ》した手紙の束を焼き捨てた二箇月ほど前の午後に及んだ。縁鼻《えんばな》に立ってそれを見ていたお延の不思議そうな顔も浮かんだ。その日、お延の視線から隠すようにして古手紙を灰にした津田は、清子が結婚した時も自分が結婚した時も捨て切れなかった未練を、遂《つい》に葬《ほうむ》り去った積《つもり》であった。その時はもう手紙の主に逢う事も二度とあるまいと思っていた。それなのに女は今、眼の前に居た。

「御覧なさい」

清子は断崖の上を指で差しながら云った。

「鳶《とんび》」

丁度鳶が断崖の上の松の枝を離れた時であった。澄み渡った秋空に、鳶が大きく舞い、半円を描いて悠揚《ゆうよう》と遠ざかって行く様が映った。鳥の行方を咽喉《のど》をのけぞらせて清子が追うのを、津田は、見るともなしに見ていた。稍《やや》あって、首を元の位置に戻した清子は、今まで津田に見られていた事に気附いて、微《かす》かに赧《あか》くなった。

百九十五

二人は何方《どちら》からともなく、滝に沿った不規則な土の段を、柵《さく》づたいに登った。数歩登ると其所《そこ》がもう行き止まりだった。片側には岩肌《いわはだ》が迫り、片側には飛瀑《ひばく》が迫った。津田は両手で青竹の手欄《てすり》を摑《つか》み、腹をそうっと柵に靠《もた》せ掛けて、水煙にうっすらと覆《おお》われた滝壺《たきつぼ》を見下ろした。濡《ぬ》れた岩がごつごつと尖《とが》って水の面《おもて》から突き出しているのが見えた。

「こんな所に飛び降りますかねえ」

「本当に」

清子も両手を手欄に掛けて怖々《こわごわ》に身を乗り出した。

「矢《や》っ張《ば》り、貴女《あなた》でも厭《いや》ですか」

「私でもって？」

「貴女みたいな人でも」

「私、臆病《おくびょう》ですもの」

「そうかなあ」

「厭ですわ」

「絶対に飛び降りませんか」

「絶対って……」

柵から身を離した清子は、津田の方を顧《かえり》みて首を傾《かし》げながら云《い》った。

「そりゃ、畢竟《ひっきょう》人間ですもの、余ッ程絶望したら解《わか》らないでしょうけど」

津田は知らず知らずのうちに口元を崩した。畢竟人間、などという大袈裟《おおげさ》な言葉が女の口から飛び出したのが可笑《おかし》かった。清子もそれに気が附いたのか、釣《つ》り込まれて口元を弛《ゆる》めた。

「で、何に絶望するんです」

津田は続けた。こうして二人で話しているのが、ただ愉快であった。再び滝壺の方へ身体《からだ》を戻した清子は逡巡《ためら》わずに答えた。

「何って、総《すべ》てにでしょう」

滝壺を覗《のぞ》き込んだままである。

「総てにか」

「そう。何もかもに」

「然《しか》しそんな風に女に身投げされたら、男の方は堪《た》まらんですね」

「そりゃあそうよ」

清子は横顔で大きく首肯《うな》ずいた。津田は半ば独語《ひとりごと》のように附け加えた。

「それこそ、当附《あてつ》けがましい」

「あら」

清子は柵から身を離した。驚いたような、呆《あき》れたような顔をして津田を見ている。深い考えもなく最後の言葉を口にした津田は、女の意外な反応に面喰《めんくら》った。

「当附けがましくはないですか」

「そんな。──そうとは限らないわ」

清子の顔が真面目《まじめ》になった。津田が後を待っていると、「だって」と一言加えたたなり、卒然と口を閉じてしまった。

「当附けがましくないんですか」

答とも問とも片附かない調子で津田が繰り返した。

「だって、その、当附けるとか、そんな事が問題にならない絶望ってあるでしょう」

清子の声には「貴方《あなた》はそんな事も解らないのですか」というような譴責《けんせき》にも似た調子があった。津田は何と応《こた》えたものだか解らず、女の眼の中を覗き込んだまま迷児《まご》ついた。清子はそんな津田から眸《ひとみ》を反《そ》らすと滝壺の方へ向き直り、手欄に両手を掛けて、子供が悪戯《いたずら》でもするように身体をゆらゆらと前後に揺らした。少時《しばらく》沈黙があった。

背後《うしろ》で枯葉を踏む音がするので振り返ると、安永達が石段を戻って来ていた。貞子が津田を認めて小さく手を振るので津田も已《や》むを得ず微笑みを返した。清子はと顧《かえり》みると、何時《いつ》の間にか柵から上体を捩《ねじ》って引き離し、二人の方へ笑顔を見せている。清子はその笑顔をそのまま津田へ向けた。

「あなたはどうなの」

津田は質問の意味が唐突で呑《の》み込めなかった。

「僕が何ですか」

「飛び降りる勇気はありますか」

津田は又驚かされた。自分が飛び込む可能性など考えに入れてなかったのであった。それを正直に云うと清子は唇《くちびる》を片端に寄せた。

「好《い》い気なもんねえ」

何時の間にか袂《たもと》から手帛《ハンケチ》を出して手欄で汚れた掌《てのひら》を拭いている。

「そうでもないですよ」

「そうよ」

「そうかなあ」

「そう。相変わらずよ」

「何が、相変わらずですか」と安永が傍《そば》へ来て云った。貞子も一緒である。清子は、知らん顔で手帛《ハンケチ》を空中で畳み直していた。

「いえね、男も滝に身を投げるかどうかっていう話でしてね」と津田が已《や》むを得ず答えた。

「いや、そりゃ女に限りますね」

淡泊《あっさ》りと断言した安永はすぐそのあとに自分で云い足した。

「だけど、そう云えば男でいましたね」

「そうよ、あの、何とか云った学生」と安永の後ろで貞子が応えた。

百九十六

津田も、彼自身少年だった頃《ころ》に日本中を騒がせた、その一人の青年の死を想《おも》い起こした。巌頭《がんとう》の吟《ぎん》を遺《のこ》して五十丈の飛瀑《ひばく》を直下した青年の壮烈な死は、その頃の凡《すべ》ての若者の魂を揺《うご》かさずにはおかなかった。当時、級友の多くに倣《なら》ってその巌頭の吟を諳《そら》んじた津田は、今、その時の自分の心を不思議の感と共に眺《なが》めた。今の自分の神経が鈍麻したというより、過去の自分の脳の出来具合が如何《いか》にも未熟だったような気がした。死んだ青年に対しては、「御苦労様な事で」と云《い》いたいような感じすら持っていた。果してそう云い切るほど肚《はら》は坐《すわ》っていなかったが、彼の感ずる所を粉飾なしに言い現せば、そのような表現が最も適切であった。

幸い誰も感傷的《センチメンタル》な事を云い出そうとはしなかった。

「彼奴《あいつ》は例外ですよ」

安永が続けた。

「男はむずかしい事を考え過ぎて初めてああいう事になる。その点女はむずかしい事を考えなくっても簡単にぽんぽんと飛び込む」

「馬鹿々々しい。あたしは御免蒙《ごめんこうむ》りますよ、痛そうだもの」

清子の隣へ来て滝を見下ろしていた貞子が云い返した。

「岩だらけで――」

「だから雨の日が好《い》いんだよ。水嵩《みずかさ》が増すから岩が見えない。こんな滝でも大雨の時は、この辺《あた》り一帯が大変らしいですよ」

安永は津田に向かって上の祠《ほこら》を指した。度重なる水害に見舞われたこの附近の百姓が、滝を恐れて鎮守神を祭っているのだそうである。津田は此所《ここ》へ来る途中、早瀬の向う岸に続いていた畠《はたけ》を思い出した。その畠の中には背の低い藁《わら》屋根が傾《かた》むきかかったまま、とびとびに建っていた。自分などにとっては保養の地という意味しか持たないこの土地を人が耕し、それで生計《くらし》を立てているという当り前の事実が今更のように思い起こされた。百姓からすれば迷惑千万な滝を、わざわざ見物に来るという事こそ小林の云う余裕かも知れなかった。

四人はじきに山を下《お》り、傾き掛かった太陽が山肌《やまはだ》を照らす中を、今来た道を引き返して宿へと戻って行った。いつしか風が立ち始めていた。

石の門を通る時に貞子が清子に云った。

「どう、御気分は。――こんな風に歩くと、癒《なお》る時は癒ってしまうでしょう」

「気分が悪かったんですか」

津田は意外に思って訊《き》いた。清子は妙な顔をして「もう、良《い》いんですの」と短く答えた。津田が猶《なお》も不思議そうな顔をしていると貞子が説明役を買って出た。

「いえね、今朝、起きられた時、少し風邪気味だとお思いになって、それでお湯に入《い》らっしゃらなかったんですって」

「湯に入った方が癒りが早いですよ」と安永が口を挟《はさ》んだ。

「そうよ、今もすぐお入りになると好《い》いわ」

「冷えて来ましたねえ」

安永が今度は津田の方を向いて云った。津田は只曖昧《ただあいまい》に諾《うなず》いた。玄関を入った後《あと》の安永達の清子に対する挨拶《あいさつ》は淡泊なものであった。清子の彼等に返す挨拶も淡泊なものであった。津田も勢いそのまま皆なと別れざるを得なかった。然《しか》しいざ別れ際《ぎわ》という段になって彼は些《いささ》か予想外の事を耳にした。安永達がぼちぼちこの宿を引き上げる積《つもり》だというのである。それを聞いた津田は、腹の中が正直に表に出ないよう、際《きわ》どい所で咄嗟《とっさ》に表情を硬くした。

夫婦の存在は今は津田と清子の仲を無理なく取り持って呉《く》れるので有難かったが、直《じき》、不用なだけでなく、邪魔になるであろう事が予想出来た。毎日の日課のいくつかを清子と共にする事によって、彼等は意図せずして若い人妻の監視役を演じていたからである。清子が津田の居るのに馴《な》れ、宿の人間が二人を一所に見るのに馴れた頃、この夫婦が素早く津田の視界から消え去って呉《く》れればこんな好都合な話はなかった。

自分の座敷の障子に手をかけた津田の口元には、先刻《さつき》みんなの前では呑《の》み込んだ笑みが自然と浮かんで来た。

百九十七

その頃《ころ》津田の留守宅では、お延が真新しい縮緬《ちりめん》の反物《たんもの》を、膝《ひざ》の上に拡《ひろ》げて眺め入っているところであった。北向きの茶の間にはもう暮方の色が萌《きざ》していた。今まで居た呉服屋は、丁度《ちょうど》、風の立ち始めた中を重い荷を脊《せ》に帰って行ったばかりだった。

水を差して間もない鉄瓶《てつびん》が微《かす》かな音を立てていた。

台所からは、先刻《さっき》まで呉服屋の剽軽《ひょうきん》なお喋《しゃべ》りを一所に聞いていたお時の茶器を洗う音が、襖越《ふすまご》しに聞こえて来た。膝の上に取り拡げられた絹が、漂うように残る日差しを集めて、急に静かになった室《へや》に仄白《ほのじろ》く光っていた。その周りだけが僅《わず》かに賑《にぎ》やかであった。

「晩は御淋《おさむ》しゅう御座いますね」

昨夕《ゆうべ》、晩食《ゆうめし》の膳《ぜん》を前に女主人の言葉少ないのを見てお時が云《い》ったのが、不図《ふと》憶《おも》い出された。

だが淋《さび》しいのは夜に限らなかった。

津田が立って一夜明けた後《あと》、陽《ひ》の光のもとでもお延の気分は変わらなかった。前の晩あれやこれやと考えて寝損《ねそく》なった所為《せい》で、朝のうちから頭が重かった。それが午飯《ひるめし》の後、襖《ふすま》を閉《た》て切って長火鉢《ながひばち》の縁に倚《よ》り掛かっている間に、ますます非道《ひど》くなって来ていた。何を為《す》るのも億劫《おっくう》だった。又、何も為る事はなかった。夫の入院中と違って、今回の夫の留守は見舞に行く必要もない。見舞に行きたくとも行きようもなかった。以前のお延だったらこういう状態の下でもわが身を忙しくする法を容易《たやす》く見出しただろうが、今のお延はそうするに自由でなかった。時間こそ自由にあっても精神が自由でなかったのである。お延の考えはともすると同じ所へ引き寄せられ、其所《そこ》で堂々廻《めぐ》りをしていた。中心には津田の使った妥協という言葉があった。

津田からこの言葉を聞いた時、何処《どこ》かで安堵《あんど》を覚えたのが、今となってみると嘘《うそ》のようであった。この言葉を聞いた時は、夫の秘密の一端を担《にな》わされたという昂奮《こうふん》が湧《わ》き上がる口惜《くや》しさを抑えたが、それも夫の姿が眼の前に在っての事であった。一人になってしまえば、残るのは口惜しさであり、又、口惜しさ以上に、何処《どこ》へも持って行きようのない淋しさであった。

岡本の家を出てまだ僅かしか経《た》っていないのに、何だか途方もなく遠くまでやって来てしまったような気がした。この半歳《はんとし》の間の自分の変わりようを余儀なく知らされたのは、何処までも無邪気な継子《つぎこ》を面《ま》の当《あた》りにしたつい先日の事である。今の自分と余りに懸隔した継子を前に、お延は、嫁に行く以前の自分の姿を他人のように遠くに憶《おも》い浮かべ、愕然《がくぜん》とせざるを得なかった。そうして、自分が知らず知らずの裡《うち》に辿《たど》って来た道程《みちのり》を思い知った。だが、今のお延から見れば、あの時愕然とした彼女はまだ無邪気であった。貧乏になったと思っていたのが、のちの貧乏から見ればまだまだ余裕があったようなものである。夫に旅立たれ、一人取り残されて辺《あた》りを見回せば、彼女の周囲《まわり》はあの時から一層と荒涼として来ていた。しかもこの荒涼とした風景がこの先これ以上寥々《りょうりょう》と拡がらないという保証は何処にもなかった。寧《むし》ろ、今の自分が無邪気であったと思う日の来るのが必然だという気がしてならなかった。

長火鉢の傍《わき》で長い午後をじっと過ごしていたお延の胸には、夫に対する蟠《わだか》まりが留度《とめど》もなく蜿蜒《うねく》って行き、同時に世の中から切り離されたような孤独の感が益《ます》益《ます》募って行っていた。ひっそり閑《かん》とした家の中で絶え間なく鳴り続ける鉄瓶の音は、その孤独の感をさらに煽《あお》るようだった。そんな鉄瓶の音を耳に徒《いたず》らに時を過ごしている所へ、先刻呉服屋が来たのであった。

勝手口でお時を相手に男の太い声の無遠慮に響くのを不審に思っていると、敷居にお時が現れて、呉服屋の来たのをお延に告げたのだった。昔から岡本の家に出入りしている男であった。先刻岡本でお延の家の住所を聞いて来たのだそうであった。

「どうです」

茶の間に案内された男はお延の顔を見るなり云った。

「どうって?」

「奥さんにおなりなすって」

「どうって事ないわ」

ひえっ、ひえっ、と男は肩で笑った。

男の様子はお延が最初に岡本に預けられた頃《ころ》とまるで同じであった。右手に下げているのは、丁稚《でっち》時代に馴染《なじ》みになった女が呉《く》れたという、自慢の鳥打帽子《とりうちぼうし》である。最近はそれが禿《はげ》を隠していた。相変わらず息を吐く代りに吸い込みながら笑うので、笑い声が頗《すこぶ》る奇妙である。器用に海老《えび》反《ぞ》りになり、「おうりゃ」という掛声と共に脊中の荷物を下ろすのも昔の通りであった。

荷を下ろした男は、急に改まって挨拶《あいさつ》をした後《あと》、早目だが春の品を持って来たと云った。

考えればもうそんな時期であった。

「妾《あたし》の所なんかに来たって無駄足よ。お気の毒さま」

「ちゃんと旦那が教えて呉《く》れたんで」

男は笑いながら右手を横に振った。

「何を？」

「此方《こちら》に寄ったら、今なら金持ちだから何か買って呉れるに違いないって」

お延は初めて納得した。同時に叔父の得意気な顔が眼《め》の前に髣髴《ほうふつ》した。金を遣《や》った上で呉服屋を送り込むなど至れり尽せりだろうと云っている。どうせ女なんてたわいないものなんだから、と馬鹿《ばか》にしているようでもある。だが其所《そこ》にはまさに女のような想《おも》い遣《やり》があった。叔父としての親切があった。そうして一人の男としての愛情もあった。

「駄目《だめ》よ。もうあらかた遣《つか》っちまったんですもの」

「まあ、見るだけでも見て下さいって」

男はお延の云うのに取り合わず荷物を拡げた。一瞬のうちに狭い室いっぱいに、賑やかな色が入り乱れて光彩を放った。今お延の膝の上に静かに載っている縮緬《ちりめん》はその中から撰《えら》んだ物だった。

百九十八

障子から射《さ》す白い光に斜めに当てると、地紋が判然《はっきり》と浮かび上がる。細かい蛤《はまぐり》の地紋であった。

呉服屋はその地紋を指して、正月には持って来いの品だと勧めた。だがお延は何よりも絹の淡い色が気に入ったのだった。様々な色や柄《がら》が我勝ちに自己を主張する中を、初《しょ》手《て》から眼《め》が吸い附くように其所《そこ》へ行ったのも、その反物の色が自分の地肌《じはだ》の白いのを一際《ひときわ》目立たせるものだという事を知っていたからであった。目方のある縮緬《ちりめん》で値も予想外にはったが、一度極《き》めたお延は逡巡《ためら》わなかった。彼女の頭の中には、この衣《きぬ》を纏《まと》い、金銀を織り込んだ帯を結び、艶《あで》やかに大丸髷《おおまるまげ》を結《い》った自分の晴着姿が既に出来上がっていた。彼女は心の眼でその自分の姿を柔らかな春の陽の中に置き、満足気に眺《なが》めた。「矢《や》っ張《ぱ》り延子嬢さんは眼が高いやね」と呉服屋は商売の成功に気を良くして云《い》った。それから岡本の噂話《うわさばなし》をひとしきりして引き上げて行ったのだった。

呉服屋が消えると同時に茶の間を燦爛《さんらん》と埋め尽していた色彩の山も消えてしまった。

一人になった室《へや》が突然空に感じられ、陰気な障子の紙を透《とお》して、急に夕暮れ時の寒さが室の中まで浸《し》み込んで来た。だが予期せぬ呉服屋の出現によって、その前とは一種異なった気分がお延に影響して来ていた。水が沸《たぎ》って来た所為《せい》で、鉄瓶《てつびん》が朱銅《しゅどう》の蓋《ふた》を震わせてちんちんと鳴っていたが、事実その規則正しい音は男の来る前に聴いていた音ほど淋《さび》しいものではなかった。それは津田との生活の一部だった時の平坦さを取り戻しているようであった。

お延は膝《ひざ》の上の反物を鄭寧《ていねい》に巻き戻して傍《わき》へ退《の》けると、火鉢《ひばち》の上に黙然《もくねん》と両手を翳《かざ》した。火鉢の向う側には、厚いメリンスの座蒲団《ざぶとん》が、主人の帰りを待ってわざと片附けずに置かれている。お延は火鉢に両手を翳したまま、細い眼に光を込めて何かを訴えるようにその座蒲団を見詰めた。

実際、お延にとって、呉服屋の訪れは予想外に嬉《うれ》しいものであった。本来なら今日あたり岡本へ遊びに行く所を、その気になれなくて先へ延ばしていたので猶更《なおさら》であった。お時にも思い切って銘仙《めいせん》を一反買って遣《や》った結果、小林に餞別《せんべつ》を遣《や》った残りの金は大部分消えてしまった。お延の小遣《こづかい》として津田との間で取り極められていた分である。経済の苦労を知らないお延と雖《いえど》も京都からの仕送りがどうなるか判《わか》らない今、その金をこんな風に無分別に遣《つか》ってしまおうとは思っていなかった。だが、昔のままの呉服屋の姿を面《ま》の当《あた》りにし、その背後に叔父の慈愛に満ちた顔を浮かべ、そうして賑《にぎ》やかに拡《ひろ》げられた反物の山を突き附けられ、彼女の心は何時《いつ》の間にか揺《うご》いていたのだった。生来の派手好きが刺激されたという事は無論あった。然《しか》し其所にはそういう浮《うわ》ついた気持とは別に、機を捉《とら》えて闇《やみ》を光に転じたいという真剣な願いが込められていた。それは願いであるよりも寧《むし》ろお延がこの先生きて行く為《ため》の純然たる必要であった。心細いままにこのまま手も足も出さずに蹲踞《うずく》まっていては、四囲《あたり》の闇は濃くなるばかりであった。思い切って手に入れた春の絹は闇の向うの光をお延に約束するものである。日毎《ひごと》に近附く冬もやがては確実に終わり、あたりの空気の不意に緩《ゆる》む頃、其所には自分の姿を満足の眼をもって鑑賞して呉《く》れる夫が居る筈《はず》であった。——居なくてはならなかった。お延の結論はお延の決心であった。

指に光る宝石を何かの呪《まじな》いのように頻《しき》りに弄《いじく》り廻《まわ》していたお延は、やがて火鉢の縁から思い切り良く肘《ひじ》を外すと、立ち上がって電燈のスウィッチを捩《ねじ》った。平生《ふだん》の積極的な力が少しは湧《わ》いて来たようである。少し早いがもう座敷の戸を閉《た》てても可《い》い時刻であった。

呉服屋が来たという事件を迎え、その日のお延の晩の膳《ぜん》は、前の日ほど淋しいものではなかった。丸い電燈の光の下に仲善《なかよ》く頭を寄せた女主人と下女は話題にこと欠く事もなかった。銘仙《めいせん》の礼が繰り返し述べられ、下女の常の働きが労《ねぎら》われると、呉服屋から聞いたばかりの岡本の話が蒸し返された。

その中には百合子が泣いたという話もあった。最近岡本では継子の着物を次々と拵《こしら》えている。傍《そば》でそれを見ている百合子が羨《うらや》ましがってしようがないので、ある日、お前にもお嫁に行く年頃になったら沢山拵《たくさんこさ》えて遣るからと叔母が慰めた。すると、一《はじめ》が傍《わき》から、百合子は左ぎっちょだから貰《もら》い手がないだろうと云って百合子を泣かしたのだそうである。百合子みたいなお転婆《てんば》でも嫁に行きたいのかと叔父が驚くと、益《ますます》烈敷《はげしく》泣いたという事だった。

「矢っ張り継子さんも愈《いよいよ》かも知れないね」

叔父の当惑を想像して苦笑しながらお延が云った。

「そうで御座いますね。でも、考えてみますと、奥さまの後《あと》にすぐ御嬢さまでは、彼所《あすこ》も御淋《おさむ》しくなりますね」

「そう。でも、まだ下に二人いるでしょう」

「それはそうで御座いますけれど」

「それに継子さんがあんなだから、お嫁に遣るったって、そう完全に手放さなきゃなんないような所へは遣らないんじゃあないかと思うよ」

「羨ましゅう御座いますわ」

「何が?」

「我儘《わがまま》が仰《おっ》しゃれて」

「本当にねえ」

「あら、奥さまだって」

「私が我儘を云うの？」

「ええ」

「誰に？　旦那《だんな》にかい」

「いいえ」

お時は頭《かぶり》を振ってから狼狽《あわて》て附け足した。

「こちらの旦那様には勿論《もちろん》ですけれど、あの、私《わたくし》の申しますのは岡本の方の旦那様の事で」

「だってあの叔父さんには血も繋《つな》がってないのよ」

「そりゃ存じておりますけれど、奥さまを随分と可愛《かわ》いがっておいでだったから」

「でも、まあ親じゃあないもの」

「そうでしょうか」

「そうよ。親みたいな訳には行かないわ」

そうは云ってみたものの、お延は遠く離れた自分の親には猶更我儘を云えるほどの近しさを感じた事はなかった。お延の眼の前には、親の顔の代りに、むくむく肥え太った叔父の顔が浮かんだ。入り組んだ胸の中《うち》を曝《さら》け出す必要もない。少なくとも今はまだなかった。気を紛《まぎ》らわす為だけにも、愚図々々《ぐずぐず》せずに岡本へ遊びに行くべきだという結論に彼女は達した。

百九十九

前の晩寐《ね》が足りなかった分、お延は常より早く床に入った。すぐに寐入ったようであったが、朝、目が醒《さ》めると雨戸の隙間《すきま》から洩《も》れる日差しはまだ弱く、平生《ふだん》より大分早いらしかった。もう少し寐ようと蒲団《ふとん》の襟《えり》に顎《あご》を埋《うず》めてじっと眼を閉じているうちに、やがてお時の起きる気配がして来た。お延は諦《あきら》めて身体《からだ》を起こし、寐巻の上へ羽織を被《かぶ》ると縁側へ出て雨戸を繰った。

外は日が照っていたが昨日より又、一段と冷えるような気がする。

お延が台所に這入《はい》ると、流し元に曲《こご》んで漬物《つけもの》を洗っていたお時が振り向いて云《い》った。

「此所《ここ》は水道が凍るかも知れません」

岡本の勝手は北東に面していたが、この家は完全に北に面していると云う。

「厄介《やっかい》だね」

「なに、構いません。そうしたらお隣りの井戸を使わせて貰《もら》います」

お時は平気だった。

「何方《どっち》のお隣りかい」

お時は迷わず名前を挙げた。両隣り共住人《とも》が自分達夫婦より年輩なので表向きの交際《つきあい》はなかったが、下女同志は別であった。

「それじゃ、欅《けやき》の木もそう文句を云えないね」

お延は笑った。お時が名を挙げた方の家に植わった欅の木が、この家の庭に降るように葉を落とすのである。

「それは、冬になりませんと、何とも云えません」

お時が真顔で答えるのが可笑《おかし》くてお延は又笑った。昨日呉服屋が来てから胸の塞《つか》えの薄らいだのが、何とか続いているようだった。

朝のうちお延は久し振りに精を出して家の中の用を手伝った。そうして午飯《ひるめし》が済むと急な階子《はしご》段《だん》を幾度《いくたび》も往復して細々《こまごま》とした物を二階に運び上げ、午後からは津田の書斎を占領した。一昨日《おととい》からの陰鬱《いんうつ》な気分を一掃する為《ため》であった。そもそも北向きの茶の間に比べ南向きの二階の書斎は暖かだった。今日のように天気の良い日は猶更《なおさら》だった。主人が留守なのだから、仮令《たとい》女だって自分の居たい室《へや》を占領しても構わなかろうという反抗心にも似た気持と、夫の机や書物に囲まれていれば心が落ち附くような新妻らしい可憐な気持とが、同時に彼女を動かしたのだった。

先《ま》ずお延は津田の机に向い、例の大きな独逸書《ドイツしょ》を机の隅《すみ》に押し遣《や》ると、岡本に簡単な手紙を認《したた》めた。呉服屋を寄越《よこ》して呉《く》れた事の礼を述べ、次に吉川夫人の好意的な取り計らいで津田が手術後の養生の為湯治場へ行った旨《むね》を報告し、最後に一日二日の中《うち》に遊びに行く積《つもり》であると締めくくった。手紙を巻いて封をした後《あと》お時に投函《とうかん》させようと二階の上がり口へ出て呼んだが返事がない。初めて、先刻《さつき》から外でがさがさと高箒《たかぼうき》を使う音がしていたのが、お時だという事に気が附いた。庭仕事を中断させて行かせる程急ぎの用事でもなかった。お延は自分で茶の間に降り、重ね箪笥《たんす》の上に封書を載せると又足早《あしばや》に二階へ戻って行った。気が早いが外《ほか》にやることもないし、夫を驚かそうという料簡《りようけん》があるので、呉服屋から買った紋縮緬《もんちりめん》を仕立て始める積《つもり》であった。

手爪先《てづまさき》の尋常なお延は生来器用な女でもあった。縫針《ぬいばり》を手にするのは面倒であるより楽しみである。自分の晴着を拵《こしら》えるのだから猶更であった。硝子《ガラス》戸の横の陽《ひ》だまりの中で反物を拡《ひろ》げると、浸《し》み込んで来る光線で絹が暖味《あたたかみ》を帯び、ただでさえぶ厚い生地《きじ》が自然《ねん》膨らんで来るように見える。晩秋《ばんしゆう》とも初冬《はつふゆ》ともつかない光の下で其所《そこ》だけもう春が来たようであった。お延は裁物板《たちものいた》を前に長い物指《ものさし》を手に取った。そうして鋏《はさみ》を入れるのが逡巡《ためら》われるままその長い物を反物に当てて時間を費やしていた。やがて不図《ふと》庭が静かになっているのに気が附いたお延は、何気なく首を伸ばして硝子戸の外を覗《のぞ》いた。

丁度《ちようど》お時が落葉を焚《た》いている所であった。

秋の盛りに比べると葉の色は黒ずんで汚らしく、枝から落ちる勢いすら大分弱まっていた。それでも葉は後から後から落ちて来る。殆《ほと》んどが隣の庭に生えている欅の木の葉だった。家の南側の庭には、木らしい木といえば小さな百日紅《さるすべり》が一本あるきりで大木はない。大木が生えるに充分な面積がなかった。その代り、東隣の家の生《い》け垣《がき》ぎりぎりに欅の大木が生えており、葉が散れば左右の庭を等分に汚した。お時の平生《ふだん》からの不平の種であった。

今その欅の葉の山が白い烟《けむり》を上げて燃えている。白い烟は途中から透明な空に吸い込まれて行った。

お延は窓際《まどぎわ》に躙《にじ》り寄ると、片手を伸ばしてそうっと硝子戸を開けた。都会にいるのが嘘《うそ》のような静けさの中に火の跳ねる音がぱちぱちと響き、同時に湿った葉の燃える匂いが二階まで色濃く漂って来た。風がないので、烟は、素直に上へ上へと垂直に昇っていた。烟の行く手には、澄み切った秋空が何処《どこ》までも高く続いている。秋の空の冬に変わる間際《まぎわ》程高く見える事はなかった。

山里と同じ空の筈《はず》であった。

お時はと見ると、竹の棒に身体《からだ》を靠《もた》せ掛けながら、塵《ちり》よけの手拭《てぬぐい》を被《かぶ》った頭を反《そ》らせて見るともなしにその空を見上げていた。

冷たい空気が開いた窓から入るのが快かった。

津田が戻るまでまだ数日あった。妥協という言葉を残したまま夫に消えられてしまったお延にとって、この数日間はただこうして夫を待つしかない、宙釣《ちゅうづ》りの数日間であった。お延の心は今平和であった。然《しか》し、その平和な心は、危うい均衡の上に立ったものであり、僅《わず》かな風向きの変化にも脅《おびや》かされねばならない性質を帯びていた。津田が戻る日までどうにか今のような平和な心が保てるのを、お延は祈った。津田をこのままの状態で迎えられたら凡《すべ》てが旨《うま》く行くような気がした。

二百

窓を締めて元の座に戻ったお延は、少時《しばらく》してお時が家の中に這入《はい》って来たのにも気が附かず、其所《そこ》にぼんやり坐《すわ》っていた。やがて、不意に劇《はげ》しい号鈴《ベル》の音が鳴り響いた。現実に引き戻されたお延の耳に、次の瞬間、ぎしぎしと階子段《はしごだん》を上《の》ぼる音が入って来た。顔を上げるとお時が何時《いつ》になく緊張した面《おも》もちで敷居に手を突いている。思いがけない名前が告げられた。

「吉川様の奥さまでいらっしゃいます」

吉川夫人の名前は夫婦の間で平生《ふだん》から特別の恭《うやうや》しさを以《もつ》て語られていた。彼女の社会的地位以上に彼女の性格が、眼《め》に見えない力で二人にそれを強要したのである。津田の手前のお延の遠慮がそれに更に拍車をかけた。そんな夫人を家に迎えた晴れがましさに、お時の声は上ずっていた。

突然夢から覚まされたお延は、吉川夫人の名を聞いてわが耳を疑った。夫人は嘗《かつ》て一度もこの若夫婦の新居を訪れた事はなかった。お延の方でもこんな所へ来て貰《もら》おうとは思わなかった。しかもこの一週間は津田が留守である。津田の留守を承知でわざわざ此《こ》所《こ》まで足を運んで来る夫人の意図は不可解であった。不可解である以上に不気味であった。

驚きは一瞬の内に漠然《ばくぜん》とした不安に取って代られた。お時を見詰めるお延の濃い眉《まゆ》が、何かを問いたげにぴくぴくと動いたが、お時は女主人の命令を待ってぽかんと手を突いているだけであった。今は不安に拘泥《こうでい》している暇はなかった。

夫の不在に普段より身綺麗《みぎれい》にするのを怠っていたのが舌打ちしたいほど悔やまれたが、着換えようにも、着換えも姿見も茶の間にしかなかった。しかも二階から降りた所は玄関である。満足の行くよう身支度をするには、先《ま》ずお時に夫人を座敷に案内させ、それから階下《した》に降りて玄関の傍《わき》を通り抜けてから茶の間へ這入《はい》らねばならなかった。其所《ちよつと》まで待たせるのは目上の人間に対して礼を逸《い》っする事にもなり得た。もし夫人が単に一寸《ちよつと》立寄っただけだとしたら、それは無意味に格式ばった応対であった。気転が利《き》かないというそしりも受けかねなかった。お延は一瞬逡巡《ためら》っただけで、すぐさまこのままの恰好《かっこう》で玄関に迎えに出る決心をした。急いで茶の用意をするようお時に命じた彼女は物指しと反物とを膝《ひざ》から滑り落とすようにして立ち上がると、鬢《びん》を撫《な》で附け襟元《えりもと》を掻《か》き合わせて、勾配《こうばい》の急な階子段《はしごだん》を足早に降りて行った。

劇場での屈辱感が今更のように胸に込み上げて来た。それに畳みかけるように、電車の窓に見た、津田の見舞から戻る夫人の横顔が頭を掠《かす》めた。もうお延は夫人に気に入られるよう努力しようとは思わなかった。そもそものような努力をする事に意味があるとは、思えなくなって来ていたのである。夫人が単に自分を好いていないだけでなく、寧《むし》ろ積極的な悪意を持っているらしいという事は、既にお延にとって疑念の域を越えた一つの現実であった。そうしてこの訪問がその悪意に根差したものでないという保証は何処《どこ》にもなかった。お延にとっての目前の課題は、どうやって夫人に気に入られようという所から、どうやって夫人の悪意に対処するべきかという所へと、彼女自身も気が附かぬ間に移ってしまっていた。お延は敵地に乗り込むような気持ちで自分の家の玄関に立った。

格子戸《こうしど》を背景にした夫人の姿が眼に入った。

「近所まで参りましたものですから」

夫人はすっかり冬仕度であった。長いコートですっぽりと豊かな身体《からだ》を包んだ上に、コートと同じようなくすんだ色の絹の手袋を嵌《は》めている。左手には四角い風呂敷包みを抱えていた。その包みの中身が夫人から津田へ、そうして、津田から清子へと渡った果物籃《ものかご》と同じ店で求めた物である事をお延は知る由《よし》もなかった。

玄関に立った夫人の姿は拍子抜けするほど当り前のものであった。お延の挨拶《あいさつ》も勢い尋常なものにならざるを得なかった。それは取りも直さず夫人のこの突然の出現に礼を述べねばならない事を意味していた。

夫人はお延の鄭寧《ていねい》な挨拶に淡泊《あっさ》りと答えた。

「すっかりお寒うなりました」

「本当に。さあ、どうぞお上がり下さいませ」

「お邪魔じゃなくって」

そう云《い》いながら夫人はその場で風呂敷包みをお延に手渡した。

「果物菓子《フルーツ・ケーキ》。今、頂きましょう」

再び礼を述べる事を余儀なくされたお延は、勝手にいるお時を呼び出し、包みを持って行かせてから夫人を座敷に案内した。

二百一

座敷は幸い二階と違って余り日が射《さ》し込まず、安普請《やすぶしん》は左程《さほど》は目立たなかった。床の間には、岡本が「これでも持ってお行き」と津田に嫁ぐ時に出して呉《く》れた常信《つねのぶ》が掛かっている。象牙《ぞうげ》の軸もそれらしく落ち附いているので大方《おおかた》本物だろうという事であった。夫人の眸《ひとみ》だが、床の間を脊《せ》に坐《すわ》った夫人の視界には、その折角《せっかく》の常信が入らなかった。夫人の眸に映るのは、平凡極まりない欄間や縁側の向うの生垣《いけがき》の逼《せま》った庭などだった。それは吉川夫人のような客の眼《め》を楽しませるには、些《いささ》か侘《わ》びしい景色であった。何時《いつ》になく迅速に茶器が出された。到来物の洋菓子も皿に載っている。

「好《い》いお住まいですわね。とても静かですこと」

夫人は珍しそうに四囲《あたり》を見回した。

「いいえ、とんでもない」

くだくだしく謙遜《けんそん》するほどお延も鈍くはなかった。

「この度《たび》は津田が何から何まで有難う御座いました」

彼女は改まって神妙《しんびょう》に頭を下げた。

「お独りで退屈でしょう」

「いいえ」

夫人は声を揚げて笑った。

「良人《うち》がね、津田さんのお父様に頼まれてるんだからお前一度偵察《ていさつ》に行って来いって、ずっと申しておりましたんですよ。それが、まあ、何だかんだで失礼してましたんですけど、今日丁度《ちょうど》ここいらに用が出来ましてね。――それで急に思い立ちまして。今週なら延子さんも退屈していらっしゃるだろうって」

白々しい事を云《い》う、とお延の心には軽侮《けいぶ》の漣漪《さざなみ》が立った。しかもこの白々しい弁解は、却《かえ》って其所《そこ》に弁解の必要がある事をお延に明示せずにはいなかった。

暇な夫人はまめな交際家であった。おまけに目上と云えども病院までわざわざ足を延ばす程津田とは親しかった。そんな夫人が今までこの家を訪れなかったのは、それなりの理由《わけ》があっての事だったのかも知れなかった。今、お延は、その理由を他ならぬ自分の存在に見出《みいだ》すべきだったのを突然感じた。津田の結婚した相手がこの自分ではなく他の女だったら、夫人はもう疾《とっく》に顔を出していたかも知れない。その女がもし夫人の気に入った女だったら、一度のみならず、二度も三度も顔を出していたかも知れなかった。そう考えて行くと苦いものがお延の胸に込み上げて来た。自分が嫌われているという考えに馴染《なじ》むのは不快な経験であった。お延のような若い女には殊《こと》に不快な経験であった。しかも、今、その自分を嫌っている当人が眼の前に居るのだった。

何しに来たのだろう、とお延の胸は再び濃い不安に包まれた。

夫人は平気で続けた。

「それに一寸《ちょいと》お願いしたい事が御座いますし」

眼を上げるとお延の前には愛嬌《あいきょう》を集めたとしか云い様のない顔があった。お延は已《や》むを得ず自分も愛嬌を目元で返しながら凝《じっ》と次の言葉を待った。だが夫人は其所へ真直《まっすぐ》話を持って行く気はないらしかった。

「それにしても」と云って、彼女は首を傾《かし》げて考えるようにしながら指を繰った。

「三年振りくらいですかしら、この辺まで参りましたのは」

「はあ」

「すっかり変わっちまいましたわね」

「そうで御座いますか」

半歳前《はんとし》に初めて此所《ここ》に住み着いたお延としては外に挨拶《あいさつ》のしようもなかったが、無作法にならない程度にわざと熱のない声を出したのは、早く本題に入る事を暗に夫人に促した積《つもり》であった。だが夫人は急がなかった。彼女は出された茶を悠然《ゆうぜん》と呑《の》み、自分が抱えて来た洋菓子をお延にも勧めると、お時が添えた小楊枝《こようじ》を器用に操ってさも旨《うま》そうに口に運んだ。砂糖漬けの果物が色取りどりに嵌《は》め込まれた美しい菓子であった。そうしてその合間に毒にも薬にもならない世間話を始めた。

何でも夫人の大叔父に当たる人が此所から暫《しばら》く行った所に家を構えていたそうである。その人が死んだ後《あと》も、謡《うたい》をやっている父親のために、この辺《あた》りまで鼓《つづみ》を習いに週に一度は通わされたという事であった。

「実家がそう遠くは御座いませんでしたので」

夫人の話題はお延達の住んでいる土地の話を中心としていた。それは慥《たし》かに社交上の礼儀にはかなっていた。だが、澱《よど》みのない夫人の話術に一方的に受身に立たされたお延は無意味に焦《じ》らされているようで、短い合《あい》の手《て》を入れるのも苦痛であった。お延の合の手は先へ行くに従って益《ますます》短くなった。夫人は夫人で、世間話を何時《いつ》までも続けて動かなかった。

やがてお時が新しい火種を持って入って来た。夫人はそれをきっかけに漸《ようや》く口を噤《つぐ》んだ。二人はお時が火鉢《ひばち》に炭を継ぎ足している間、無言で相対していた。敷居際に頭を擦《こす》り附けるようにお辞儀をしたお時が消えると、お延は用もないのに火鉢の灰をほじくった。白い繊《ほそ》い手が柔婉《しなやか》に且《かつ》世話しなく、長い真鍮《しんちゅう》の火箸《ひばし》を持って右へ左へと動いた。無言の催促であった。

「ところで」と夫人は始めた。

「此間《こないだ》の、あの見合の件ですが」

何だ、あの事だったのか、とお延の身体《からだ》から急に力が抜けた。最後に夫人と会ったのは継子の見合の席だったのだから、考えればこれ程自然な話題もなかった。

二百二

「一体継子さん御自身はどう思っていらっしゃるのかしら」

「どうって、あの見合の相手の方の事ですか」

夫人の質問が唐突だったのでお延は思わず訊《き》き返した。

「そう、三好さんの事」

そう云えば青年は三好という名であった。

「さあ、どうで御座いましょう」

「あの後《あと》、延子さんに何か仰《おっ》しゃってまして」

「いいえ」

「何も？」

「ええ、何も。何しろ先日も御覧のような調子ですので――」

「そう。まあ、ああいう方だから一人で羞恥《はにか》んでらっしゃるだけだろうと想像はしていたんですけど。――又、其所《そこ》があの方の好《い》い所ね」

夫人はそこで一寸《ちょっと》黙った後口を開いた。

「延子さんと継子さんは従姉妹《いとこ》同志でらっしゃるのでしょう」

「はあ。左様で御座います」

「仲がとりわけよろしいんでしょう」

「まあ、途中から一所に育ちましたもんですから」

「そうでしょう。だから、延子さんにだけは特別に、――例えば御両親にも仰《おっ》しゃらない事を打ち明けられるとか、そんな事はないのかしら」

「見合に関しては、それは少しは話しましたが、別に何も」

「そう」

「何か云《い》いたくて黙っているという風でも御座いませんが」

「そう。困りましたわね。——其所を伺いたかったんですけどね」

夫人はさも困ったような声を出してから続けた。

「いえね。あの、三好さんの方は大層気に入っておられるんですけれど」

相手が乗り気だという話は初めてであった。何でもあの見合の日までは何方《どっち》でも好《よ》かったのに、継子を見てから急に気が変わったという事である。

「何しろ外国《あちら》に暫《しばら》くいらした方でしょう。だからお見合みたいな旧弊《きゅうへい》な遣《や》り方で生涯の連合《つれあい》は撰《えら》びたくないとか、散々むずかしい事を仰しゃってて——」

「はあ」

「でも、そんな事云ってたらどうやってこの日本でお嫁が見附けられます」

「そうで御座いますね」

「そうでしょう」

夫人はもう一歩進んだ。

「皆さん、延子さんみたように積極的でらっしゃる訳じゃありませんもの」

「まあ」

お延は仕方なく苦笑した。

「それでいて一度お目に掛かったら一も二もなくあのお嬢さんが気に入られて、馬鹿々々しいったらないでしょう」

確かにあの日継子は美しかった。お延に嫉妬《しっと》の念を惹《ひ》き起すほど美しかった。お延の胸には、あの日二人で食堂へ向かう際に胸を横切った、若い従妹《いとこ》に対する羨望《せんぼう》の気持が、一瞬熱く蘇《よみが》えった。然《しか》し見合の席で継子は如何《いか》にせん大人し過ぎた。大人しいという以外には継子の有《も》っている美点は少しも出なかった。少なくともお延にはそう思われたのである。だが考えればああいう大人しさこそ継子の有っている一番の美点かも知れなかった。

いずれにせよ夫人の言葉は全部が全部本気に取るべきではなかった。微笑みを湛《たた》えた夫人の唇を見詰めているお延の頭に、「仲人口《なこうどぐち》」という表現が不意に浮んだ。実際、岡本の長女との縁談は誰にとっても悪い話であろう筈《はず》がなかった。又、仮令《たとい》三好の社会的地位や財産が岡本家に見合うものだとしても、夫人のような人間なら、自分が好意を持つ人間を縦《ほしい》ままに操る楽しみの為《ため》にだけでも、この縁談に熱心になる事も有り得た。吉川夫人が三好という青年に相当の好意を持っているのは、彼女一流の無遠慮な言葉の端はしに明らかであった。しかも夫人のような人間にとっては、自分が無遠慮に食い込めれば食い込める程、相手に対する好意が増すらしかった。不図《ふと》津田に対する夫人の好意もこれと同じ種類のものだろうと思い附くと、お延は尠《すくな》からず厭《いや》な気がした。

二百三

「延子さん御自身はどうお思い」

「何がで御座いますか」

「何がって、三好さんの事ですよ」

お延は青年の平凡な姿を思い起こした。

「ああいうのは駄目《だめ》ですか」

「いいえ、なかなか良さそうな方だと思いますけれど」

「そりゃ、見てくれは津田さんの方が一段上かも知れないけど、その分己惚《おのぼ》れが少ないでしょう」

お延は又苦笑せざるを得なかった。

「継子さんには、どう？」

お延は無責任な応対をしたくなかった。昨日呉服屋から聞いた、最近岡本が次々と着物を作らせているという話もしたくなかった。お延は一瞬逡巡《しゅんじゅん》した後別の道を撰《えら》んだ。それは平たく云えば、この機を利用して岡本家における自分の地位を少し吹聴《ふいちょう》しておこうと極《き》めたのと同じであった。其所《そこ》には、先日見合の席で自分を完璧《かんぺき》に無視した夫人への、諷諫《ふうかん》の意が込められていた。

「実はあの後岡本にも同じ事を訊《き》かれて困りましたの」

彼女は恰好《かっこう》の良い眉《まゆ》を寄せて如何《いか》にも困ったという容子《ようす》を額に露《あらわ》した。

「同じ事って？」

「三好さんが未来の旦那様に可《い》いかどうかって」

「継子さんの？」

「ええ、可いかどうかまるで私《わたくし》に極めて呉《く》れって云《い》わんばかりですの」

「まあ」

「それが、叔父も叔母も大真面目《おおまじめ》なんですのよ」

お延はどうしようもないと云った笑顔を見せてから更に云い足した。

「そもそも継子さん自身がね、自分じゃさっぱり解《わか》らないからって、それで私をあんな所まで引っ張り出したらしいんですの」

「ほほほ」

夫人はさも可笑《おかし》そうに笑った。

「それじゃ、猶《なお》のこと延子さんにはお出《いで》を願わなくちゃならないわ。実はね」

膝《ひざ》を乗り出すようにして夫人は本題に入った。三好は是非と云って来ているのに、岡本の方でまだ迷っているようなのでもう一度皆で会う機会を持つ事にした。時は三日後の日曜日である。場所は又歌舞伎《かぶき》ではいくら出し物が変わったと云っても芸がなかった。先月なら団子坂の菊人形にでも行って、その後精養軒《せいようけん》か何処《どこ》かで食事という風にも出来たのだが、もう時期からいって遅いし、かと云って、外で食事を共にするだけでは充分に落ち附かないような気がする。それで大した事も出来ないが吉川家で午餐《ごさん》を出す事にしたので、就《つ》いてはその午餐にお延も列席して欲しいというのである。

「岡本の方でそう云って来たんで御座いますか」

話が思わぬ所に繋《つな》がってしまったのでお延は複雑な胸の中《うち》を蔵《かく》しながら尋ねた。

「いいえ、これは私の勝手なお願い」

叔父も叔母もこの間のお延の反応を見て、お延を呼ぶ無駄を悟ったのかも知れなかった。

「私など伺いましても何のお役にも立てそうに御座いませんが」

謙遜《けんそん》の言葉は実は真実の言葉であった。

「あら、そんなに堅苦しく考えなくて宜《よろ》しいのよ。此間《こないだ》だって御一所だったじゃない。大体此所《ここ》一週間は丁度お一人で淋《さび》しくてらっしゃるでしょうしね。――それに何ですか今のお話だと、何しろ先《ま》ず延子さんに三好さんを気に入って頂かなきゃならないみたいですもの」

そう云うと夫人はお延に向って顔中に愛嬌《あいきょう》を見せて微笑《ほほえ》んだ。其所には何処を探しても皮肉の跡は見当らなかった。怜悧《りこう》なお延は却《かえ》って不安になった。

「それでは、日曜日に宜《よろ》しく」と夫人は締めくくった。

吉川夫人の訪問の主意はこれで一応明らかになったが、お延は未《いま》だに何となく釈然としないものを感じていた。午餐の招待なら書状で充分に用が足りたのだから、夫人がこの話をするためだけに津田の留守にやって来たとはどうも思えなかった。又、そう思う事を期待されていないような気がしてならなかった。それどころか、却って其所に隠された何ものかを読み取る事を期待されているような気がした。それでいて、お延にそれが読み取れるような機会も与えられずに、二人の会見は終ろうとしていた。

二百四

「おや、まあ」

夫人は帯の間から女持の時計を出してそれを眺《なが》めた。

「そろそろお暇《いとま》しなければ」

静かな室《へや》の中で時計の蓋《ふた》を締める音がお延の耳に強く鳴った。恰《あたか》も穏やかな皮膚の面《おもて》に鋭い針の先が触れたようであった。

夫人は横に手を伸ばして袖畳《そでだた》みしたコートを手繰《たぐ》り寄せた。

「津田さんは無事に出発なさいまして」

「はあ、何から何まで御世話になります」

お延は再び頭を下げた。

「延子さん、本当を云《い》うと恨んでらっしゃるんじゃない？　私の事を」

「はあ？」

顔を上げると夫人の眼《め》が真直《まっすぐ》お延の方を見詰めていた。

「だってね、津田さんが家《うち》で療養なされば、一週間ずっとご一所にいらっしゃれたでしょう」

「まあ。とんでもない」

お延は驚いた。夫人はお延の驚くのを注意深く見ていた。そうして続けた。

「お二人で行《い》らっしゃればよかったのに」

夫人の眼は執濃《しつこ》くお延の上に注がれている。

「家を空けるのも不用心だと思いまして」

津田が自分に云った通りを繰り返《かえ》さざるを得なかったお延は、自分の置かれた立場に皮肉を感じた。そうしてその反動で却《かえ》って夫を弁護する必要を感じた。だがお延が再び口を開こうとした時、吉川夫人が追被《おっかぶ》せるように遮《さえ》ぎって入った。

「何しろ、心底恨めしそうに仰《おっ》しゃるんですもの。このままのんびり温泉にでも行かせて貰《もら》う訳にはいきませんかねって」

お延はその場に凍り附いた。温泉行きはまさか津田が自分から云い出した事だとは思わなかった。

「それで是非行ってらっしゃいってお勧めしたんですよ。でも、私、てっきりお二人で行らっしゃるお積《つもり》だろうと思ってましたの」

　あの日の病室での遣《や》り取りがお延の頭の中に一瞬のうちに蘇《よみがえ》った。其所《そこ》にはお延が一所に行って可《い》いかと訊《き》いた時の、津田の当惑した表情があった。あの時の津田は事の成行きを説明するのに、自分は行っても行かなくとも何方《どっち》でも構わないのだが、吉川夫人の好意を無下に断るのも悪いという口振りであった。それでいてお延が一所に行くと云うと、不意を打たれたように退避《たじ》ろいだのだった。当惑した津田の表情に重なるようにして、あの日の午後の様々な印象がどっとお延の眼の前に押し寄せて来た。

「そうしたら、御自分一人だけで可いって仰しゃるから、そんな事仰しゃらずに、折角《せっかく》だったら御一所にって、繰り返し申し上げたんですけれどね」

　其所まで云うと夫人は一旦《いったん》言葉に区切りを附けてから、お延の眼中を覗《のぞ》き込むようにして続けた。

「御二人の間に行き違いでもあったのかしらんなんて、老婆心《ろうばしん》でね、余計な心配までしたんですけど、まさか喧嘩《けんか》なんかなすってないでしょう?」

　お延は辛《かろ》うじて首肯《うな》ずいた。

「そうでしょう。まだ半歳《はんとし》ですものね、御一所になってから」

夫人は笑談《じょうだん》のように笑った。

「津田さんも嬉《うれ》しい最中の癖に無理しないでもよかったのに。――延子さんもそんなに遠慮なさらなくっても宜《よろ》しかったんですよ」

お延は自分の顔色が変わらないよう、有《も》っている意志力の総《すべ》てを集中させるだけだった。

「私はお二人の仲がうまく行ってるのが一番安心なんですから」

「はあ」

「なにしろずっと責任を感じておりますのでね。その辺の経過《いきさつ》は延子さんもご存じだと思いますが」

夫人はもう立ち上がっていた。

俥《くるま》が角を曲がるまで見送ったお延は、玄関へ回って来たお時の顔をじろと見据《みす》えると、逃れるように階子段《はしごだん》を上がって行った。

畳の上には先程の反物が転がっていた。何を考えるべきか判《わか》らなかった。というよりも、何も考えられなかった。お延は援《たすけ》を求めるように津田の机の前に坐《すわ》り込んだ。津田の入院中に調べた状差《じょうさ》しなどが茫乎《ぼんやり》と眼に入った。その手前には、朝、お延の使った硯箱《すずりばこ》が置いてある。螺鈿《らでん》の蓋の青貝が、斜めに低く入る夕刻の日を浴びて細かく光っていた。手足の先から血の気が引くほどお延の神経は昂《たか》ぶっているのに、頭は鈍くなっていた。

二百五

表を急ぐ豆腐屋の喇叭《らつぱ》の音が四隣《あたり》の空気を鋭く破った。

どれ位長い間机に突ッ伏していたのか、先刻《さつき》まで下でお時が座敷を片附ける気配がしていたのが、今は静かだった。台所で水を使う音も聴えて来なかった。散々泣いた後《あと》の重い頭を上げれば、突き当りの壁は既に黒く日が影っていて、恰《あたか》も別の室《へや》に目覚めたようであった。お延は机に肱《ひじ》を持たしてその黒い壁を眺《なが》めた。

突然ある疑《うたがい》がお延の心に芽生えた。

津田が慥《たし》かに温泉《ゆ》の町へ行ったという証拠は何処《どこ》にもなかった。現に出発の朝、津田は停車場《ステーション》まで送ろうという彼女の好意をこれという理由もなく断ったではないか。不断は寧《むし》ろ当然のように人に親切を尽させておきながら、あの時だけは妙に妻の身を想《おも》い遣《や》った口振であった。温泉《ゆ》の町行きは単にこの家を離れるための口実だったとしても不思議はなかった。一週間という自由な時間と例《いつ》になく膨らんだ紙入れを懐《ふところ》に、津田はこの東京の何処かに潜んでいるのかも知れない。そう考えて行くとお延には夫の東京に居る事が忽然《こつぜん》と現実味を帯びて感じられた。

それは旧時代の湿っぽい空気が未《いま》だに漂よっている下町の一角でしかあり得なかった。

身を横にしなければ潜《くぐ》れないような格子戸《こうしど》を通って玄関を開けると、薄っぺらい障子が行手を塞《ふさ》ぐ。障子の向うには急な階子段《はしごだん》が昼でも暗い二階へと通じている筈《はず》であった。木の匂《にお》いが鼻を突くと同時に、爪弾《つまび》く濃かな三味《しゃみ》の音《ね》が上から聴えて来る……。津田が東京に居るかも知れないという疑が確信に変わるのは一瞬の事であった。お延は反射的に机から身を起すと、丸めて持った手帛《ハンケチ》を袂《たもと》へ放り込みながら立ち上がり、急ぎ足で暗い階子段を降りて行った。

茶の間の重ね箪笥《たんす》から肩掛《かたかけ》を取り出し、真直《まつすぐ》玄関の三和土《たたき》へと下りたお延は其所《そこ》で初めて何時《いつ》もと四囲《あたり》の様子の違うのに気が附いた。平生《ふだん》ならもう疾《と》うにお時が小走りで出て来る筈なのに、家の中は森閑と静まり返っていた。お延は穿《は》いたばかりの下駄《げた》を沓脱《くつぬぎ》の上に脱ぎ、台所と隣の下女部屋が空なのを確かめると、茶の間へ戻って忌々《いまいま》しそうに座蒲団《ざぶとん》の上へ腰を卸《おろ》した。柱時計のボンボン鳴る音が無遠慮に耳に響いた。その柱時計の針を眼《め》の角《かど》で睨《にら》んでいるとやがて勝手口を開ける気配がした。お延はお時の名を烈《はげ》しく呼び立てながら再び沓脱の上に立った。

お時が周章《あわ》て玄関に顔を出した。

「一体何処へ行ってたんだい」

焦立《いらだち》に声が顫《ふる》えた。

泣き痕《あと》が判然《はっきり》残っているのか、怒鳴られた途端にお時が驚いたように自分の顔を偸《ぬす》み見たのが、益《ますます》業腹《ごうはら》であった。お延は下女を射るように睨んだ。お時は身を縮め、上《あが》り框《かまち》に膝《ひざ》を突いた。

「お手紙を出しに参りました」

「手紙？」

「箪笥《たんす》の上に載っていたお手紙です」

お延は岡本に宛《あ》てた封書の事を思い出した。同時に数時間前にその手紙を書いた自分を他人のように遠くに眺めた。

「封じ袋に封がしてありましたので——」

「あれを出しておしまいかい」

「へえ」

余計な事をして呉《く》れたという気持がありありとお延の顔附で読まれた。

「申し訳御座いません」

気を利《き》かせた下女を叱《しか》る訳にも行かなかったお延は嶮《けわ》しい表情のまま三和土へ下りると、格子戸に手を掛け、後《うし》ろも見ずに「直《じき》戻るよ」とだけ云《い》い残して寒い空気の中へ飛び出した。

日毎《ひごと》に日が短くなる季節であった。夕餉《ゆうげ》の支度を始める気配が家々の勝手口から漂い、他《ひと》の台所の賑《にぎ》わいが、傍《そば》を通るものを却《かえ》って侘《わ》びしい思いにさせる時間であった。狭い横道から電車通りに出ると、往来を行く人々が肩を窄《すぼ》め、空が次第に光を失なって行くのに追い立てられるように急ぎ足に歩いていた。眼に映る物の色が一面に蒼《あお》く沈んで来るのと同時に、夕暮れを補なう瓦斯《ガス》や電気の光がぽつぽつ其所らの店硝子《みせガラス》を彩《いろ》どり始めた。

お延は人通りと電車の響きを横切って向う側へ渡った。

向う側は一段と賑やかであった。出来たばかりの唐物屋《とうぶつや》や傾き掛かった塩物屋《しおものや》が新旧入り交じって左右に並んでおり、縞柄《しまがら》の襟飾《ネクタイ》や白く反《そ》り返ったしらす干など雑多な色や形が、一心に歩いているお延の眼の隅《すみ》を出鱈目《でたらめ》に刺激した。その内に、不図《ふと》先の方に大《だい》道占《どううらな》いの弓張提灯《ゆみはりぢょうちん》が夕闇の中に浮き出ているのが見えて来た。売卜者《うらないしゃ》の前には提灯の光に寒い顔を映した女が、悄然《しょんぼり》と、暗い影を細長く往来に投げ掛けて立っている。服装《なり》の貧しい若い女だった。お延がそのまま歩を進めると果して女の暗い影がお延の影と重なって一本の長い棒となった。今日に至るまで金を払って筮竹《ぜいちく》の音を聞いた事のないお延は、肩掛で顔を隠すようにして女の背後《うしろ》を足早に通り過ぎながら、まるで生まれて初めての音のようにその音を聞いた。

二百六

奔湍《ほんたん》の向う岸も同じ宿屋の所有地だった。

安永夫婦が昼間荷造に時間を取られた結果、その日四人が例の女夫松《めおと》の下に集まったのはもう大分日が傾いてからであった。宿の石門を出て左へ行くとすぐ前に橋が掛かっている。脚下に奔る潺湲《せんかん》の響を耳に橋《はし》を渡れば、向う側には裏に山を抱えた平らな土地が流れに沿って広がっていた。四人は何れ《いず》宿の別館が立つというその平地を通り抜け、畠《はたけ》の間を縫うようにして裏の山へ上り、山の中腹から西日を拝んだ後《あと》、再びだらだらと平地に向かって下りて来たのであった。

四人はやがて山端《やまばな》へ出た。

今来た途《みち》を振り返れば、傾斜した広い畠に点在する藁葺屋《わらぶきや》が至る所で沈もうとする西日を照り返していた。昨日滝へ往復した時は早瀬の反対側から見た藁葺屋である。畠の向うには杉山が幾重《いくえ》幾里《いくり》にも連なり、その更に向うには紫に染まった雲が暮れかかった空に透《す》き徹《とお》るように掛かっていた。

「ああ、美《うつ》くしい事」

清子が額に手を翳《かざ》しながら独言《ひとりごと》のように云《い》った。

「本当に」

貞子が横に並んで立った。

「でも、妾達《あたし》は今日で見納め」

「まあ、又すぐ来るさ。どうです、些《ち》と、一休みしませんか」

傍《わき》に古びた縁台が雨曝《あまざら》しになっているのを指して安永が云った。道らしい道のない所を上ったり下ったりするのに草臥《くたび》れたのか、皆な、安永の声を機《しお》に器械的に縁台へ歩み寄った。津田も先刻《さつき》から今までにない疲労を覚えていた。

縁台は斜め後《うし》ろに離れて立っている藁葺屋の物らしかった。金網で鶏を囲い飼いして《て》ある所は普通の百姓家のようであったが、物干竿《ものほしざお》に見覚えのある屋号を染め抜いた手拭《ぬぐい》が幾本も連なって翻《ひるがえ》っているのを見ると、宿屋に無縁な家とも思えなかった。そもそもこの辺一帯何処《どこ》までが近郊の農家の土地で何処からが宿屋の所有地なのかは判然としなかった。安永と貞子が縁台に腰を卸《おろ》すと、続いて津田と清子がそれぞれ左右の端《はじ》に腰掛けた。縁台の後ろには、熊笹《くまざさ》が三坪程《ほど》地を隠すように茂って生えていて、更に後ろに蜜柑《みかん》の木が五六本植わっている。四人は暫《しばら》く無言のまま夕焼けの中に拡《ひろ》がる縹緲《ひょうびょう》とした遠山《えんざん》を眺《なが》めていた。

滝から戻って以来清子とは今朝洗面所で一寸逢《ちょつとあ》った切りであった。

昨日は、散歩で冷えた身体《からだ》を暖めようとすぐに湯に浸《つ》かりに行き、序《ついで》にスリッパーを浴室まで穿《は》き込んでみたが清子は勿論《もちろん》の事、どういう訳だか、安永達も姿を現わさなかった。傍《そば》を人が通る気配さえしなかった。座敷に戻ってからも自分の室《へや》が清子が風呂場へ行く時の通り道になっているという下女の話を恃《たの》みに、折々耳を峙《そば》だてたが、それらしい足音は聞き分けられなかった。夕飯《ゆうめし》の後蒲団《ふとん》の中で持って来た本を読んでいるうちに眠くなったので寐《ね》てしまうと、前の晩寐損《ねそく》なった所為《せい》か、今朝、枕元の時計を雨戸から洩《も》れる日に見た頃はもう既に他の客が朝飯を済ませた後であった。太陽が入り組んだ宿の此所彼所《ここかしこ》を赫奕《かくえき》と照らす朝の光景の下では、昨日一日がまるで夢の中の出来事のように朦朧《もうろう》として来た。然《しか》し何一つ夢ではない証拠には、タウエルを片手に洗面所で楊子《ようじ》を使っていると、傍《わき》の姿見に向うから清子がやって来るのが映ったのだった。

「随分御緩《ごゆっ》くりね」

清子に鏡の中で挨拶《あいさつ》された津田は周章《あわ》て口中の歯磨粉《はみがきこ》を吐き出した。

「又散歩ですか」

「いいえ」

清子は左手にぶら提げていた寒菊の切り口を津田に見せた。

「これ」

「捨てるんですか」

「いえ、これは新しいの」

微《かす》かに口元を弛《ゆる》めた清子はそれ以上切花に関しては説明を加えず、明日立つという安永夫妻から今晩夕飯《ゆうはん》を彼等の座敷で一所に取らないかと誘いが掛かっていると云った。

「僕もですか」

「ええ、貴方《あなた》も」

津田が固《もと》より断る筈《はず》はなかった。午後の散歩に出る時は安永が下女を寄越《よこ》すそうだからよろしければそれも御一所にと附け加えると、清子はふうわりと腰を曲《かが》めた。同時に花を提げた左手が前へ出た。御辞儀をしたのだと津田が気が附いた時、女はもう後姿を見せていた。自分の間抜け顔を眼《め》の前の姿見に見出した津田は、それを苦にするより、策を弄《ろう》さずとも今日の大半を清子と共に居られるのを知った喜びの方が大きかった。昨日滝から戻って以来、初めて平静な時間がその時から津田に訪れたのであった。

今縁台からは、山の裾野《すその》の方に既に蒼暗《あおぐら》く夕闇《ゆうやみ》が押し寄せて来ているのが見える。都会と違って人工の灯《ひ》がないので、暮れた所は闇に呑《の》まれたように徐々に視界から掻《か》き消えて行った。暇な人間の特権である長閑《のどか》な会話は昨日と異なる所がなかったが、次の日の安永達の出発を控え、ある種の別の気分が皆なを支配していた。

二百七

「今夜は、屹度《きっと》一晩中これを聞かされますよ」

身を乗り出した貞子が、安永を間に挟《はさ》んだまま津田に向って三弦《さんげん》に撥《ばち》を当てる真似《まね》をした。義太夫《ぎだゆう》の真似だった。津田が苦笑すると次に清子を顧みた。

「でも、もう今晩限りで解放されますよ」

清子も低い声で笑った。両手を後《うしろ》へ突いて、身体《からだ》を空《くう》に持たせながら、伸した足の先を見ている。

「貴方《あなた》も御若いからああいうのは駄目《だめ》ですか」

その方面に興味の乏しい津田の様子を見て、安永が年寄のような云《い》い方をした。用があって昼に一度町まで降りたそうで、今日は襟《えり》に何やら毛皮の附いたインヴァネスを羽織っていた。

「此方《こっち》の奥さんも薩張《さっぱり》駄目だね」

安永が清子を顎《あご》で指すと貞子が弁護に回った。

「毎時《いつ》もちゃんと聞いて下さってるじゃないですか」

「いや、お上《かみ》さんだけだね、熱心なのは。ありゃ自分も長唄《ながうた》が大分出来るからね」

「出来れば猶《なお》の事聞いちゃられませんよ。商売ですよ。あの熱心は商売熱心」

「そうかね」

安永は取り立てて反対しなかった。顔は正面を向いたまま懐手《ふところで》を解《ほど》くと、内隠袋《うちがくし》を探って莨入《たばこいれ》を取り出した。津田も倣《なら》って袂《たもと》から敷島《しきしま》を取り出したが、袋の中にはもう一本しか残っていなかった。その一本を今灰にしてしまうべきか後に残しておくべきか、燐寸《マッチ》を片手に逡巡《しゅんじゅん》していると、隣から安永が「どうです」と自分の莨入を差し出した。吸口に箔《はく》を置いた埃及烟草《エジプトたばこ》が綺麗《きれい》に並んでいた。津田は礼を述べると一本抜き取った。

「それじゃ、まあ今晩は此方《こっち》の方で楽しんで下さい」

安永が猪口を口に当てる真似をしながら云った。貞子の太棹を抱えた恰好と云い、二人揃《そろ》って噺家《はなしか》のような身振をするのが津田には可笑《おか》しかった。手術後の身体でそう大酒を呑《の》む訳にも行かなかった彼は、「はあ」と愛想笑いをしただけで太い紙巻の先に火を点じると、安永と並んで空に向かって烟《けむり》を吐き出した。

烟は二筋に立ち騰《のぼ》って暮方の空に入って行った。かあんかあんと村鍛冶《むらかじ》の鉄を打つ音が拡《ひろ》がる空の底にうら寒く響き渡った。音が已《や》むと四囲《あたり》は余計静まり返った。

「あれは何でしょう」

清子が唐突に云った。

「鉄を打ってんですよ。馬の沓《くつ》かな」と安永が答えた。

「いいえ、あれじゃなくて、此方《こちら》の方」

声が後《うし》ろを向いていた。

皆なが清子の方を振り向くと、斜め後ろを真直《まっすぐ》指《ゆびさ》している。指先を眼《め》で追うと、藁屋《わらや》根《ね》の下が一面に赤い。

「だって、あれは唐辛子《とうがらし》を束ねて干してあるんでしょう」と貞子が答えた。

「ああ、そりゃそうですわね」

漸《ようや》く腑《ふ》に落ちたという声だった。

「私盆槍《ぼんやり》と随分と紅《あか》い干柿《ほしがき》だと思って見てましたわ」

「まさか」

「清子さん、眼鏡をお掛けなさい」

津田が端《はじ》から調戯《からか》うと皆なで笑った。かあんかあんという村鍛冶の音が亦《また》響き渡った。男達が申し合わせたように吸い終わった烟草を足元の土へ投げると、それを合図に皆なで立ち上がった。其所《そこ》から橋まではものの五分と掛からない距離だった。

何時《いつ》の間にか清子が津田の隣に肩を並べていた。安永達を先に遣《や》ろうと何喰《なにく》わぬ顔で歩調を緩《ゆる》めると、気の所為《せい》か清子もわざとのろのろと足を運んでいるように思える。橋に掛かる頃には前を行く夫婦との距離が五間ばかり開いた。この機会を捉《とら》えて何をどういう風に切り出したものかと腹の中で忙しく思案していると、清子の方で先を越した。

「昨日、吉川の奥様に御礼の端書《はがき》を出しておきましたわ」

「御礼の？」

津田にはその言葉が非道《ひど》く奇妙に聞こえた。彼は訊《き》き返した。

「御礼って、何の御礼ですか」

「あら。何のって、ほら、貴方も召し上がったじゃありませんか」

津田は漸《よう》やく昨日清子の剝《む》いて呉《く》れた林檎《りんご》を思い出した。同時に、突然清子から礼状を受け取って吉川夫人の面喰らうだろう様子がありありと眼の前に浮かんだ。そんな所まで出掛けて行ってまだ詰らない小細工を弄《ろう》している、と舌打されそうであった。「男らしくない」と云う夫人の口癖もそれを口にする時の夫人の表情も相継いで閃《ひら》めいた。津田は面白くなかった。もう清子に会えたからには夫人の事は何処《どこ》かに打ち遣《や》って忘れてしまいたかった。夫人の事だけでなく東京の事もなるべく考えずに済ませたかった。然《しか》し清子はそうさせて呉れなかった。

二百八

「序《ついで》に、関にも端書《はがき》を出しておきましたわ」

「はあ、関君に」

「ええ。貴方《あなた》がいらしてるって」

清子は笑いながら附け加えた。

「それも吉川の奥様からの御見舞をお持ちになって」

「そうですか」

「吃驚《びっく》りすると思いますわ、関は」

「そりゃあ、吃驚りするでしょう」

「漸《よう》く遊びに来る気になるかも知れないわ」

「さあ、其奴《そいつ》はどうだろう」

津田は頻《しき》りに顎《あご》を撫《な》でた。

「人を此所《ここ》に届けると、蜻蛉返《とんぼがえ》りですもの。一日だけでも暢《のん》びりしてったらって云《い》ったのに」

「清子さん」

「何でしょう」

清子が顔を津田の方へ向けた。例の毛織りものの肩掛《ショール》の下に、今日は、見覚えのある縞《しま》の吾妻《あづま》コートを着ていた。津田に与えられた時間は存外限られているかも知れなかった。

「それより、関君は気を揉《も》んで、急いで帰って来いって云うかも知れませんよ」

清子は声を出して笑った。

「それもあり得るわ」

「僕は関君にどれ位信用があるのか知《し》ら」

「さあどうでしょう」

「貴女《あなた》には？」

「信用があるかどうかっていう事？」

「ええ」

「何時《いつ》もむずかしい事をお訊《き》きになるのね」

清子は津田の投げ掛けた質問に正面から応ずる気配はなかった。

橋を渡り終った所で、眼《め》の前の太い道を荷車を引いた駄馬《だば》がごろごろと地を轟《とどろ》かせながらやって来た。荷台の上に粗朶《そだ》の大束を山のように積んでいるのが、通り過ぎた後で土塵埃《つちぼこり》の中に見えた。清子と二人並んで否応《いやおう》なしに足止めを喰《く》らわされている間に、津田はもう少し肝心な所へ切り込む決心をした。

「清子さん」

「はい」

二人が再び歩き出した時、安永達との距離はもう十間以上あった。

「僕が何故《なぜ》此所に居るのか、変に思わないんですか」

「だって、御自分で仰《おっ》しゃったじゃありませんか。最初から此方《こちら》にいらっしゃるお積《つもり》だったって」

「そりゃそうだけど」と津田は一度言葉を区切った。

「例えば、貴女が此方にいらしてるって吉川の奥さんから伺った時、予定を変更する事も出来た訳ですよ」

「そりゃあそう」

「そうでしょう」

「それはね、実は私《わたくし》も考えたの」

「それで、どういう結論ですか」

清子は顔を上げてちらと津田を見遣《みや》るとそのまま足を運んだ。

「結論なんて、そんな大袈裟《おおげさ》なものはありゃあしないわ」

「それじゃ結論でなくて結構です」

「だって」

「いや、構いません」

「そう」

清子はもう一度津田の方を見遣《みや》ると、云い渋った割には大した抵抗もなく答えた。

「私ね、もし私が貴方《あなた》だったら予定を変更しただろうって、そんな風に思いましたの」

津田はこの正直な答を聞いて思わず苦笑した。津田の苦笑したのを見て今度は清子の方が失笑した。二人は丁度《ちょうど》宿屋の石門を通過した所だった。先の方で安永達が格子戸《こうしど》を開けて玄関に這入《はい》るのが見えた。

「じゃあ、何故僕は予定を変更しなかったのでしょう」

「本当に」

「何故だと思います」

「さあ、何故でしょう」

敷石の上に規則正しく歩を移していた清子が突然足を留めて逆襲した。

「貴方、御自分で答を解《わか》って訊いてらっしゃるの。解らなくって訊いてらっしゃるの」

清子の眼は真直津田《まつすぐ》を見ていた。真面目《まじめ》なのか調戯《からか》っているのか津田は判断しかねた。

「無論解って訊いてるんです」

「そう。それじゃ御自分で仰しゃって下されば一番簡単じゃないですか」

津田は覚悟を極《き》めた。

「実は貴女にもう一度お目に掛かりたかったんです」

女は表情を変えなかった。耳朶《みみたぶ》から頸筋《くびすじ》にかけてうっすらと赧《あか》くなっただけだった。而《しか》も何故か首を傾《かし》げて津田の顔を探るように見ると、小さな声で「そう」と疑《うたがい》を残すように云った。

清子はすぐに歩き始めた。津田も周章《あわ》て後を追懸《おつか》けた。玄関が鼻先に迫った所で津田は背後《うしろ》から押し殺した声で訊いた。

「不可《いけ》ませんか」

清子は聴えなかったのか、そのまま背後を顧《かえり》みずに敷居を跨《また》いだ。

二百九

津田が続いて玄関に這入《はい》ると上《あが》り框《かまち》に膝《ひざ》を突いて待ち兼ねていた番頭が、たった今お延から電話があったのを伝えた。津田はいたく驚いた。

「何か急用だったのかい」

既に玄関の長い廊下の上で二人を待っていた安永達が、津田の顔を熱心に見守っていた。

「これと云《い》った御用はないそうです」

津田は頰《ほお》が火熱《ほて》るのを感じた。番頭は一人で愈《いよいよう》嬉《れ》しそうな顔をしている。

「御旅行が、お身体《からだ》に差障《さしさわ》りなかったかというお尋ねで御座いましたので、お元気そうにしていらっしゃると申し上げておきました」

「そうしたら、用はないんだね」と津田は念を押した。

「はあ。別にないそうです」

挨拶《あいさつ》に窮した津田は「暇なんだろう」と独言《ひとりごと》のように答えた。

「結構ですな、仲がよろしくって」

安永が極《き》まり切った台詞《せりふ》を吐いた。清子との関係を何も痼附《かんづ》かない程鈍いのか、それとも何も彼《か》も見透《みすか》した上で大人の知恵を以《も》って愚を粧《よそお》っているのか、津田には臆断《おくだん》が附かなかった。清子はと見ると沓脱《くつぬぎ》の上へ足を揃《そろ》えた所で、背後《うしろ》からは果してどんな表情をしているのか解《わか》らなかった。

貞子が安永の後を続けた。

「結婚なすってからどれ位になるの、津田さんの所《とこ》は」

「いやあ」

「なすったばかり?」

「そうでもないですよ」

「一年? 二年?」

女だけに貞子はどうでも可《い》いような事を正確に知りたがった。

「いやあ、一年は経《た》ってない筈《はず》です」

「筈ですって云ったって、御自分の事でしょう」

貞子は清子の方を見てこれだから男は困るというような笑い方をした。清子も已《やむ》を得ず白い歯を義理で覗《のぞ》かせた。津田も廊下に上がった所で、安永の座敷に小一時間後集まるというその晩の予定をもう一度確認し合ってから四人は別れた。

座敷では暗い室《へや》の真中で出掛けより濃い色に火鉢《ひばち》の火が燃えていた。どうした事か身体の関節《ふしぶし》に疲れがどっと出た。風呂場へ降りるのも億劫《おっくう》だった。津田は電燈も点《つ》けず、火鉢の傍《そば》に腰を卸《おろ》すとその場で仰向《あおむ》けになった。天井の染《し》みが夕闇《ゆうやみ》の逼《せま》る中にもくっきりと浮かんだ。

お延から電話があったと聞いた時のひやりとした感覚が戻ってきた。あの時、東京の方に急用が出来たのだとは一瞬たりとも思わなかった。清子の事が露見したのだとだけ即座に思い、腋《わき》の下から膏汗《あぶらあせ》がどっと流れ出た。今思い返しても我ながら浅ましい反応だったと、自分が好きこのんで身を置いたこの状況がさすがに苦々《にがにが》しかった。

袂《たもと》から出した袋を探ると先刻《さつき》の敷島《しきしま》が一本残っているだけである。下女を呼ぼうとして思い直した津田は、その最後の一本に緩《ゆつ》くりと火を点けた。

それから少時《しばらく》の間、彼は一本の烟草《たばこ》を器械的に口の中へ入れたり出したりしているだけだった。やがてこの陳腐な動作を何遍か繰り返すうちに、最初の衝撃《ショック》が少しずつ身体《からだ》を離れて行った。そうして最初の衝撃《ショック》が身体を離れるにつれ、緊張した神経が緩《ゆる》んで行った。すると切歯《せつぱ》詰った気持に漸々《だんだん》と余裕が出て来た。少しずつ横着な所も出て来た。烟草の先に白い燃殻《もえがら》が長く残る頃《ころ》には、果して津田の都合の好《い》い方向へ事実自体が形を変えて行った。

別に用はないというお延の言葉は強《あな》がち嘘《うそ》ではないかも知れなかった。お延のような女だって、そうそう毎時《いつ》も腹の中で捏《こ》ね返した事を口にする訳ではなかった。確《しつ》かりしているように見えたって若い女である事に変わりはないのだから、単に留守番が淋《さむ》しくて電話をして来たのかも知れなかった。彼女の云う通り、実際に津田の身体が心配だという事だって充分にあり得た。津田は自分を牽《ひ》き附けようとするお延の細い眼を憶《おも》い出した。そうして細君が気の毒になった。いざ実行する程の親切心こそなかったが、このまま東京に帰って遣《や》ったらどんなに喜ぶだろうとも思った。

だが津田の思考は此所《ここ》で止まる訳に行かなかった。彼は此所まで考えた所で愕然《がくぜん》とした。白い燃殻がぽたりと畳の上に落ちた。

吉川夫人の姿が脳に閃《ひらめ》いたのだった。

思えば、お延から電話があったと聞いた途端に夫人の事が頭に上《のぼ》らなかった方が不思議であった。吉川夫人の名を、つい先刻《さっき》清子の口から聞いた事を思い合わすと猶更《なおさら》だった。清子に会いに行ったのが露見したもしないもなかった。そもそも清子に会いに行った事がお延に露見するというのは夫人の筋立ての一環でしかなく、それは津田が温泉場へ来るのを承知した時、既に暗黙のうちに約束されたのだった。ただ、津田がその約束を自分の胸の奥底に畳み込んで置いたぎり、今まで憶い出さずに済ませていたというだけであった。その約束が何時如何《いついか》なる形で、お延を捕えに来るか分からないと云うぼんやりとした掛念《けねん》が頭のなかに霧となって懸《か》る度《たび》に、その霧を追い払って今まで遣《や》って来たのであった。

お延からの電話は吉川夫人が何か動き出した事の証拠かも知れなかった。

二百十

津田の病室でお延の事をあれこれ好き勝手に評していた夫人の様子が鮮明《あざやか》に蘇生《よみがえ》って来た。あの時は清子に会いに行く事で一杯だった津田の胸に、今頃《いまごろ》になって黒い不安の雲が四方から逼《せま》って来た。そもそも遠く離れた所で夫人が独りで何かを企《たくら》んでいるという事自体既に不快であった。だが今の津田は不快なだけでは済まされなかった。彼は不快である以上に不安であった。夫人はお延を奥さんらしい女に育て上げるという彼女の目標を明言した。津田は彼女の目標に必ずしも賛同出来なかったのみならず、彼女が具体的にどうする積《つもり》かに就《つ》いてはすくなからぬ懸念《けねん》があった。それなのに敢《あえ》て何も云《い》わずに東京を立ってしまったのであった。かくして彼の懸念は無言のうちに葬《ほうむ》られてしまった。自分の細君の運命を他人《ひと》に預けたのと同じ結果に陥った津田は、その後は自分の行為がお延にどういう影響を及ぼすかをなるべく考えずに済まそうとする他はなかった。こうして状況に考えるべく強制されてみれば、考えは蓮《はす》の糸を引く如《ごと》くに出て来たが、出たものを纏《まと》めて見れば、何処《どこ》か恐ろしいものばかりなのも当然であった。

夫人に脊中《せなか》を押されて初めて此所《ここ》までやって来た津田ではあるが、いざ来てしまえば彼女はもう不要であった。自分が清子に会いに来たのを唯一《ゆいいつ》知っている点に於《お》いてその存在は煩《わずら》わしくもあった。然《しか》しお延の事を中心に考えた時、夫人の存在は不要とか煩わしいというような生やさしいものではなかった。この瞬間夫人が東京で呼吸しているという事自体、飛《と》んでもなく物騒なものが野放しになっているような恐怖があった。先刻《さっき》から夫人の姿を頭に描きながら思案していた津田は、仕舞には肥え太った夫人が卒中にでも遣《や》られて呉《く》れたら有難いくらいに思っている非情とも現金とも云うべき己《おの》れを発見した。

こうなった以上津田は、吉川夫人が必要以上にお延を苛《いじ》めないで呉れる事を禱《いの》るより他はなかった。それは一つにはお延を庇護《かば》う気持から来ていた。初手《しょて》から偏見《プレジュジス》に染め上げられている夫人の眼には、津田のお延に対する感情の妙が見えなかった。津田が承伏しかねる所までお延の誇りを傷《きず》つけるかも知れなかった。それではお延が気の毒であった。だが津田が吉川夫人に穏便に進んで貰《もら》いたい理由のもう一つには、自分を庇護う計算が働いていた。

有体《ありてい》に云うと津田はお延が怖かった。お延は男が退避《たじ》ろぐような妙な勢いを有《も》った女であった。遮二無二《しゃにむに》突っ込んで来るその勢いは、夫の津田の眼から見ると、不断の取り澄ましたお延と紙一重に在るものだった。余所目《よそめ》に見たお延は文句の附けようのない静《しと》粛《やか》な女であった。然し、その静粛な所を一皮剝《む》けば、気の毒でも、薄気味悪くも、遣《や》り切れなくもある猛烈な所を有っていた。それを津田はこの半歳《はんとし》の間に屢《しばし》ば経験させられて来たのだった。この先その猛烈な所が持って行きようによってどう破裂するかは津田にも解《わか》らなかった。そうしてお延のそんな所を吉川夫人が充分に知る筈《はず》もないのが頗《すこぶ》る不安であった。それを知らずに高を括《くく》って掛かると思わぬ所で此方《こちら》が手傷を受けないという保証はなかった。

番頭を呼んでもう少し詳しくお延がどんな風だったか尋ねてみたい気がした。然しあの番頭の容子《ようす》から推すと、改まって聞き糺《ただ》されても困惑するだけに違いなかった。

津田は吉川夫人の手際《てぎわ》が心配だった。

だが東京に帰る事は矢張《やは》り考えられなかった。此所に彼を引き留めるものの力は余りに強かった。津田は先刻の清子の反応を憶《おも》い起こした。その反応は決して津田を満足させる類《たぐい》のものではなかったが、これ以上前へ進む事を断念させるものでもなかった。

無意味に天井を見詰めていた津田は、やがて気を換えて手を鳴らした。廊下の足音が室《へや》の前で留まった所で彼の黒い頭は漸《ようや》く手枕《てまくら》を離れた。彼は長い身体《からだ》を持ち上げた肱《ひじ》を二段に伸ばして、手の平に胴を支えたまま、敷居に顔を出した下女に新しい烟草《たばこ》を持ってくるよう頼んだ。下女は今まで彼が電燈も点《つ》けずに不景気な顔で寐転《ねころ》んでいたのに驚いた顔をした。もう安永の座敷で用意が整ったから其方《そっち》へ行くようにとの事である。

「もうかい」

「へえ。烟草も其方へお持ちしますから」

津田は退儀《たいぎ》そうに身を起こした。

薄暗い廊下を見当を附けながら行けば、小規模ながらも宴会らしい賑《にぎ》わいの聴える座敷に辿《たど》り着いた。襖《ふすま》を開けると、控え間の向うの明海《あかるみ》の下《もと》に朱塗の膳《ぜん》が光って並んでいた。津田は後手に襖を締めるとその明海《あかるみ》を目掛けて進んだ。

色沢《いろつや》の好《よ》いお上《かみ》さんが、床の間を脊に坐《すわ》った清子の洋盃《コップ》に麦酒《ビール》を注《つ》いでいる最中だった。清子は五本の指を揃《そろ》えて両手で洋盃《コップ》を差し出している。関の晩酌《ばんしゃく》にでも附き合う所為《せい》か、津田の記憶にあるよりも酒の席に馴染《なじ》んだ容子《ようす》がその綺麗《きれい》に反った指先に露《あら》われていた。津田が敷居にぬっと姿を見せると皆なが顔を向けた。

「さあ、丁度《ちょうど》始めた所で御座んす」

愛想の好い手招きで津田を清子の隣に坐らせたお上さんは、津田に洋盃《コップ》を取らせると麦酒《ビール》を注いだ。津田の前には貞子が化粧し立ての白い顔を陳列している。隣を偸《ぬす》み見ると清子も同様に化粧をしていた。そう云えば、仄《ほの》かに白粉《おしろい》の匂《におい》が漂っているのが、何方《どっち》の女のものだか判《わか》らなかった。貞子の洋盃《コップ》にもなみなみと麦酒《ビール》が注がれた所で、独りで先に遣っていたらしく既に赤い顔をした安永が音頭《おんど》を取った。やがてひとしきり挨拶《あいさつ》の言葉が交換された。

二百十一

家に戻ったお延は「今帰ったよ」と声を掛けると、台所から飛び出して来たお時に、明日の朝一番に例《いつも》の髪結《かみい》が来るからその積《つもり》でいるようにと云《い》い渡した。早足で戻って来たので呼息《いき》が喘《はず》んでいた。その喘《はず》んだ呼息の下から何処《どこ》か決然とした心の調子が自《おの》ずとあらわれていた。「へえ」と答えたお時は、女主人の出て行った時とまるで様子が違っているのを見て何か云いたそうにしたが、お延の方はそんな下女には一瞥《いちべつ》を呉《く》れただけでそのまま二階へ駈《か》け上がると電燈のスウィッチを捩《ねじ》った。夕闇《ゆうやみ》の暗さに馴《な》れていた眼《め》に眩しく室《へや》の中が照り渡った。

吉川夫人の突然の闖入《ちんにゅう》によって齎《もたら》された衝動《ショック》が足元に無残《みじめ》に形を与えられて残っていた。一瞬その場に立ち竦《すく》んだお延は次の瞬間には腰を曲めると、淀《よど》んだ室《へや》の空気を一掃するかのように手早く辺《あた》りを片附け始めた。投げ出されたままになっている反物は巻戻し、針箱の抽斗《ひきだし》は収め、裁物板《たちものいた》を畳んだ上に物差しと一所にきちんと並べて載せた。次に座蒲団《ざぶとん》を津田の机の前に引き戻すと、突っ伏して泣いた時に生じた机上の乱れを直した。序《ついで》に、細い眼を凝らして六畳敷の畳の上の小さな塵《ちり》まで指で鄭寧《ていねい》に摘《つま》み取った。

耳には受話器の冷たい感触とざあざあという雑音が残っていた。温泉場へは自動電話からは掛からないので、電車通りを越した郵便局まで行ったのだった。耳で覚えていた宿の名を交換手に告げると、予想に反し、大して手間取らずに電話は繋《つな》がった。ザラ紙の擦《こす》れ合うような雑音の中から「もしもし」と間延びした男の声が遠くに聴え、山里の空気が一瞬其所《そこ》に吹き込んだ感があった。津田の妻だと云うと「ああ、津田様の奥さまでらっしゃいますか」と如何《いか》にも旧知己のように津田の名を発音し、少時《しばらく》お延を待たせた後《あと》、「散歩にお出になってまだお戻りでは御座いませんが、急ぎの御用がお有りでしょうか」と訊《き》いたのだった。

即座に云う可《べ》き言葉を見い出し得なかったお延は、受話器を耳に当てたまま棒立ちになった。

「もしもし」

男は相手が聴えなかったものと思ってもう一度同じ事を繰り返した。我に返ったお延は力《つと》めて無心を粧《よそお》い、若妻らしい愛嬌《あいきよう》さえ声に込めて、何も用はないが、夫が手術したばかりの身体《からだ》なので、旅行が障《さわ》らなかったかどうか、無事を確かめたかっただけだと云った。すると男は大方は聴き取れたものと見え、「ああ、それはどうもわざわざ」とまるで自分の方が津田の家の人間でもあるかのような受け応《こた》えをした。

「拝見した所大変お元気でいらっしゃいますが」

「そうですか」

「御案じになる事はないと存じます」

お延は格別の用件は何もない事をもう一度念の為《ため》に繰り返し、礼を述べて電話を切ったのであった。

津田は温泉地に居た。——郵便局を出てから家に帰るまでお延の頭にあるのは、津田が嘘《うそ》も吐《つ》かずに温泉地に来ていたというその事だけであった。その平凡な事実は恰《あたか》も奇跡のように彼女を捉《とら》えて釘附《くぎづけ》にした。

勢い能《よ》く立ち上がったお延はもう一度室《へや》を眺《なが》め回すと電燈を消し、音を立てて階子段《はしごだん》を下りた。

「お夕飯はもう出来ているのかい」

勝手に首を出すと、しゅうと湯が沸《たぎ》って七輪の火へ懸かった所であった。

「へえ、直《じき》で御座います」

「一浴びして来て可《い》いか知《し》ら」

「どうぞ行ってらっしゃいませ」

丁度《ちょうど》人の立て込む夕食前《ゆうめしまえ》の黄昏《たそがれ》である。こんな時間に滅多《めった》に銭湯へ行く事のないお延は、人の多いのと膏《あぶら》の浮いた湯とに辟易《へきえき》しながらも手際《てぎわ》能く入浴を済ませ、小一時間後には、洗い髪を束《つか》ねて夕飯の膳《ぜん》に着いていた。女主人の機嫌を測り兼ねているお時は、盆の縁を弄《いじ》りながら、そうっと俯向《うつむき》加減に控えていた。気詰りな空気が茶の間を充《みた》す中で、鉄瓶《てつびん》の音だけが頻《しき》りに高く鳴っていた。

やがて箸《はし》を置いたお延は、お時が藤蔓《ふじつる》の着いた急須《きゅうす》を取り上げた所で徐《おもむ》ろに切り出した。

「以前御前《おまえ》から聞いたけど」

お時が顔を上げた。

「御前が家に居た時分、能く質屋に行かされた事があるって云ってたでしょう」

「はあ」

お時は急須を右手に持ったまま怪訝《けげん》そうにお延を見た。植木職人だった父親が怪我《けが》をしてぶらぶらし出してからの一家の苦労話は時折したが、お延の方からそんな話を持ち出した事は未《いま》だ曾《かつ》てなかった。お時は女主人の茶碗《ちゃわん》へ茶を注《つ》ぐと、口を開けて次の言葉を待った。お延はすぐには続けなかった。彼女は茶碗を両手で囲んで口の所まで持って行き、一口呑《の》もうとして留《とど》まった。そうして少時《しばらく》茶碗の中を覗《のぞ》き込んだ後殊更《ことさら》さりげない調子で云った。

「済まないけど明日妾《あたし》の代りに行って貰《もら》えるかしら」

「行くって、質屋へで御座いますか」

お時は呆気《あっけ》に取られた表情を見せた。

「そう」

お延は頬に一度に血が上《のぼ》るのを感じたが構わず突き進んだ。

「昨日買った縮緬《ちりめん》、新《さら》の反物だから好《い》い値が附くんじゃないかと思ってるんだけど、どうだろう」

「へえ」

お時は愈《いよいよ》驚きを深めた。

二百十二

「郵便局の並びに一軒あるでしょう」

「電車通りを越すので御座いますか」

「そう」

女主人の料簡《りようけん》が解《わか》らないお時は怖々《こわごわ》異を称《とな》えた。

「そんな遠くまで行かずとも、あの角の先のお爺《じい》さん所《とこ》が御座いますが」

憖《たし》かに電車通りを入った所に、爺さんが何時《いつ》も脊《せ》を丸めて新聞を読んでいる質屋があった。鼈甲縁《べっこうぶち》の矢鱈《やたら》に大きな眼鏡を掛けているのを、あれは質流れだろうとお時が評したのを、成程《なるほど》そういうものかと納得した覚《おぼえ》まである。

「彼所《あすこ》は厭《いや》よ」

即座に云《い》い放ったお延は、同時に幾分かの説明を加える必要を感じた。

「だって極《きま》り悪いんだもの。何時も通るから」

「はあ」

「いえね、妾《あたし》も旦那《だんな》様の行ってらっしゃる温泉へ行こうと思うの」

お延は茶碗から顔を上げると、初めてお時の顔を正面から見据《みす》えた。

「先刻《さつき》電話を掛けてみたら是非御出《おいで》って云われたもんだから」

「はあ」

お時は得心したようなしないような奇妙な表情を見せて女主人の視線を受けた。唐突な話に何と反応したら可《い》いのか解らないので、お延が後を続けるのを待っているのかも知れなかった。お延はそんな下女の容子《ようす》を安からぬ心で眺《なが》めた。見え透いた嘘《うそ》を吐《つ》いて赤恥を掻《か》くのは屑《いさぎ》よしとしなかった。ひょっとして下女を見縊《みくび》り過ぎたのだろうかという惧《おそ》れが彼女を襲った時、お時が少し改まった口調で極めて尋常な問を発した。

「すると御病気の方でも悪くなられたんですか」

「いや、お元気はお元気なんだけどね」

お延はほっと緊張を解いた。

然《しか》し緊張を解いたお延は敢《あえ》て下女の言葉に渡りに船と飛び附こうとはしなかった。温泉場へ立つのに夫の病気を口実に使えば慥《たし》かに尤《もっと》もらしくは聞こえようが、今のお延の神経は嘘から生じる応対の煩《わずら》わしさに堪えなかった。真偽綯《ない》交ぜにする方法を撰《えら》ばざるを得なかった彼女は、温泉場へ立つ必要を下女に説くにあたって、夫の病気よりも自分の気の病の方を主にして語った。そうして最後に締め括《くく》った。

「何しろ妾の方がこうしてると何だか心配でね」

真実に近い告白は淋《さび》しそうな笑《えみ》を伴った。

続いてお延は明明後日《しあさって》吉川家で午餐《ごさん》がある事、先刻夫人がそれを云いに来た事、その午餐に間に合うようなるべく一泊だけで帰って来る事を掻《か》い摘《つま》んで話した。何よりも独りでの留守居を惧れたお時は、お延が一泊ぎりで戻る積《つもり》だというのを聞いて胸を撫《な》で下《おろ》したようであった。然しそれと同時に、一泊の為《ため》だけにそんな遠い所まで往復するのを気に掛けた。

「何だか勿体《もったい》のう御座いますね」

「そうだね」

金の事を云っているのか労力の事を云っているのか判然としなかったが、何《いず》れにせよ今のお延には勿体ないというような感覚はなかった。固《もと》より物見遊山《ものみゆさん》を目的とした旅行ではなかった。津田と会って吉と出る保証はなかったが、もし吉と出ればその場でお延は酬《むく》われるのだから、滞在が短く済む事は喜ぶべきでこそあれ悲しむべきではなかった。

津田は自分の姿を見て驚くだろう。平生《ふだん》から突飛な事を好む性質《たち》ではないから露骨に不快な顔をするかも知れない。だが自分は良人《おっと》の機嫌も直せないような知恵のない妻ではなかった。津田も、どうしても淋《さむ》しかったのと細君から云われて、それでも何時《いつ》までも機嫌の直らないような良人ではなかった。お延の頭には自分が津田に甘えている様や津田が抗《あらが》い切れずに次第に眉《まゆ》を開く様が鮮やかに描き出された。やがてその想像は、二三日のんびりして行くよう津田がお延に勧める場面《シーン》にまで展開して行った。お延の唇《くちびる》が自然に弛《ゆる》んだ。然し仮令《たとい》夫に勧められてもお延は一泊だけで戻って来る積だった。吉川家の午餐を断わって滞在を延ばすよりは約束通り列席し、肚《はら》に一物あるらしい夫人の前に涼しい顔を見せ附けたかった。そもそも吉川夫人の不可解な来訪もその魂胆は、好《い》いようにお延を焦《じ》らした揚句《あげく》、不必要な疑《うたがい》を起こさせて若夫婦の間に水を差す事にあったのかも知れない。お延の頭には玄関に立った冬支度の夫人の姿が底気味悪くちらちらした。他人《ひと》の人生を弄《いじ》ろうとする夫人の動機を初めとして、夫人の目的も、その目的の意味する所も明らかではなかったが、そのような魂胆をあの夫人から嗅《か》ぎ出す事ほど今のお延にとって自然な衝動はなかった。思えば夫人との会見を過去に順次に遡《さかの》ぼってみて、いずれの断面にも大なり小なりそういう棘《とげ》のある欲望を夫人に見出さない事はなかった。髪を結《い》い終えてから停車場《ステーション》へ行き、津田の乗った列車に乗れば宿屋の夕飯には充分に間に合う筈《はず》であった。次の日は昼過ぎに立てば夜の裡《うち》に東京に戻れるから翌日の吉川家の午餐には支障なく列席出来る。吉と出た時のプログラムは頭の中ですらすらと出来上がった。

問題は凶と出た時の事であった。

その時に関してはお延は何の考えも浮かばなかった。向うには夕方に着くから何方《いずれ》にせよ夫の宿に一泊せざるを得ないが、その時には一泊する事に果して何の意味があるのか解らなかった。かと云って次の朝東京に向けて立つのにも何の意味があるのか解らなかった。そんな事態になったら、どんな顔をしてどんな風に東京に戻って来られるのか、極端に云えば、その後どうやって今と同じように生きて行けるのだか皆目《かいもく》見当が附かなかった。お延の想像力は恐ろしい淵《ふち》の底を見る前に踏み留《とど》まった。

何しろ、もし一晩以上になるようだったら電報を打つから、そうしたらその時初めてお時が吉川夫人と岡本と両方に電話をし、日曜日の午餐を断わるという事に話は落ち附いた。

「旦那様に会いにいらしたと申し上げるんですか」

お延ははたと当惑した。招待を受けておいて、それは如何《いか》にも拙《まず》かった。彼女は少時《しばらく》考えた後、その時には折悪《おりあし》く風邪を引いた事にでもしておくようお時に云い渡した。

二百十三

「こうなると解《わか》っていれば、昨日反物などお買いにならなければ宜《よろ》しゅう御座いましたね」

下女から自分の考えていた通りを云《い》われてお延の方は却《かえ》って淡泊な答が出来た。

「あの時はそんな事、思っても見なかったのだから仕方がないわ」

「戴《いただ》いた銘仙《めいせん》も持って参りましょうか」

「あれは御前《おまえ》に遣《や》ったんだから取っておいて頂戴《ちょうだい》」

「申し訳御座いません」

縮緬《ちりめん》で足りなければ他の物を出すだけであった。

「それより留守を宜しく頼みますよ。多分一晩だけの事だからね」

それを最後の言葉にお延は膳《ぜん》を離れた。

お時が台所へ下がると同時にお延は鏡台に向った。化粧気のない湯上がりの顔を前に、まだ濡《ぬ》れている洗い髪を背中に垂らして暫《しば》らくの間丹念に櫛《くし》を入れた。秋も仕舞の方だけあって、まだ宵《よい》の口だけれども四隣《あたり》は存外静かである。時々表を通る薄歯《うすば》の下駄《げた》の響きが冴《さ》えて、夜寒《よさむ》が次第に増して来るようだった。やがてお延は毛を再び束《つか》ね、何時《いつ》もの座蒲団《ざぶとん》の上へ直って長火鉢《ながひばち》の上へ手を翳《かざ》した。そうして灰の上に出た火の塊《かた》まりが色づいて赤く燃えるのを見詰めながら、明日の朝の段取りや小旅行に必要な品物を、頭の中であれこれと纏《まと》めようとした。

不意に門を敲《たた》く音が表に響いた。

女二人で不用心なので銭湯から戻って来た時に潜《くぐ》り戸《ど》も鍵《かきがね》を掛けてしまっていたのであった。お時がごそごそと下駄を探して勝手口から出て行くのが聴えた。それにしても尋常を逸《い》っする時間であった。どんどんという力強い音は門を敲いた主が男であるのを物語っていた。一瞬、旅行鞄《かばん》を提げた津田の姿を心に描いたお延は、自分の想像の小娘染《じ》みたのに苦笑すると、忽《たちま》ち真顔になった。そもそもこんな時間に吉報が舞い込むなどそうある可《べ》き事ではなかった。思わしくない消息を伝える電報か何かだと考えるのが一番妥当だった。当然の順として津田の手術後の身体《からだ》が先《ま》ず頭に浮かんだ。続いて京都に居る自分の両親や津田の両親の顔が眼の前に閃《ひら》めいた。糖尿病だという岡本も含め、異変の起こり得る人間の顔を僅《わず》かな時間に次々と憶《おも》い起こしていたお延は、戻って来たお時が妙な物を抱えているのに首を傾けた。

「何だったの」

「吉川の奥さまからの御使《おつかい》で御座います」

眼《め》の前に差し出されたのは古風な状箱《じょうばこ》であった。赤塗の表には名宛《なあて》がなく、真鍮《しんちゅう》の環《かん》に通した観世撚《かんじんより》の封じ目に黒い墨を着けてある。この旧式な趣味は、夫人が娘時代に鼓《つづみ》を習っていたという午後の話をお延の胸に不図《ふと》喚び起した。けれども中《うち》にあった手紙は状箱とは反対に、簡単な言文一致で用を済ましていた。

この度《たび》の御主人の転地療養に就《つ》いて至急お耳に入れねばならない事が出て来た。明朝十時頃《ごろ》迎えを寄こすから、俥《くるま》に乗って吉川の家迄《まで》来て貰《もら》えるかどうかという内容である。返事は使に口頭で伝えて呉《く》れとあった。お延は顔から俄《にわ》かに血が退《ひ》いて行くのが自分で解った。巻き納めずにいる半切れが力を失った右の手からだらりと垂れた。お時が何事が起こったのかという顔で敷居越に膝《ひざ》を突いている。

「伺《うかが》いますと伝えておくれ」

「今からで御座いますか」

下女が誤解するのも無理なかった。

「いえね、明日の朝、御迎《おむかえ》を寄こして下さるそうだから、その時にね」

「はあ」

使の者を帰したお時が踵《きびす》を返すと茶の間の縁《ふち》に顔を現わした。何かを訊《き》きたそうに愚図々々している。

「何だい？」

お延は煩《うる》さそうに顔を向けた。

「御旅行の方は如何《いかが》致しましょう」

「ああ」

お延はお時から眼を外《そら》すと長火鉢の上に翳《かざ》した両手を眺《なが》めた。例の宝石が毎時《いつ》もと同じに光るのがぼんやりと眸《ひとみ》に映った。

「吉川さんのお宅からの戻り具合によって極《き》めましょう」

「それでは質屋の方は」

「それもその時の事にしようよ。——鍥《かきがね》は掛けたかい」

お時は首肯《うなず》いた。

「そう。それじゃ、もう台所が済んだ所で寐《ね》て可《い》いよ」

「はあ」

お延が取り附く島もないのを見てお時は「御休みなさい」と手を突いて御辞儀をしたなり襖《ふすま》を閉《た》て切った。廊下へ洩《も》れていた電燈の明りが閉て切られた襖を白々と照らし出した途端、俯向《うつむ》いたお延の喉《のど》から深くて長い溜息《ためいき》が出た。肺腑《はいふ》の奥から絞り出されたような溜息であった。お延はその溜息を自分の耳で聞くと同時に、まだ襖の向うにお時がいるであろう事に気が附いた。だが彼女にはそれを深く苦にするだけの余裕がなかった。

お延は瞬《しばた》く睫毛《まつげ》を絡《から》んで涙の落ちるのにまかせ、長火鉢の中の赤い塊《かた》まりを呆然《ぼうぜん》と見詰めていた。

二百十四

眠りの足らない夜はもう三晩続いた。ことに昨晩は何時になっても寐附《ねつ》けず、漸《よう》く寐入ったかと思うと朝日が射《さ》し込む前からもう眼《め》が冴《さ》え冴えとしてしまっていた。さすがのお延の若い身体《からだ》も芯《しん》の方からの疲れが全身に拡《ひろ》がっていた。手水《ちょうず》を遣《つか》うのに、凍るような水を幾度も両手で掬《すく》っては瞼《まぶた》を冷やしたが、まだ泣き痕《あと》が腫《は》れ上がっているような気がする。お時の上目遣《うわめづか》いの給仕で形だけの朝飯が済むと、間もなく昨日頼んでおいた髪結《かみい》が洗い立《たて》の白い胸掛をかけて、おはよう御座いますと敷居越に手を突いた。

この職業に共通の目出度《めでた》い口振《くちぶり》を有《も》つ女に言葉《ことば》寡《すく》なに返事をしながら、お延は、昨夕《ゆうべ》湯治場へ立つ積《つもり》だなどと要らぬ事を云ったのが悔やまれた。大丸髷《おおまるまげ》でも結《い》おうと考えていた意気込はもう悉皆《すっかり》消えてしまっていた。

「矢張《やは》り丸髷になさいまし」

今日は簡単に庇髪《ひさしがみ》で可《い》いと云《い》ったお延に向かって髪結が応えた。穏やかな中《うち》にも何処《どこ》か容易《たやす》くは抵抗出来ない押しの強さがその中年の女の口調には感じられた。敢《あえ》て云い張るだけの気力もなかったお延は、眼の前の鏡に赤い手絡《てがら》をかけた大袈裟《おおげさ》な髪が出来上がって行くのを他人事《ひとごと》のように眺《なが》めざるを得なかった。髪結が帰った所でお時に手伝わせて着換えを済ませると、約束通りの時間に吉川の俥《くるま》が門に横附けになった。

陰鬱《いんうつ》な天気の日だった。外へ出ると朝の光を遮《さえ》ぎる雲が幾層にも垂れ込めて行く手を塞《ふさ》いでいる。お延が蒼白《あおじろ》く沈んだ顔を黒い幌《ほろ》に埋《うず》めて車上の人となり、車夫が梶棒《かじぼう》を上げた時であった。一寸《ちよつと》待って呉《く》れとお時が急に思い出したように云うと、潜《くぐ》り戸の方へ廻《まわ》った。

「矢《や》っ張《ぱ》り、来てました」

息を喘《はず》ませながら戻って来たお時は郵便をお延に手渡した。端書《はがき》が二枚あった。一枚は絵端書である。お延が眼で礼を云うのと車夫が再び梶棒を上げるのと同時であった。身体がふうわりと浮くようにして前に走り出した途端、お延は吾《われ》知らず身を乗り出して後ろを顧《かえりみ》た。平生《ふだん》は人の数にも入れないお時の存在が、その時はこの世で唯一《ゆいいつ》頼れるもののような気がした。お時の方も何処《どこ》まで何を理解しているのか、非道《ひど》く心配そうな顔をして走り出した俥を見ていた。

幌に吹き附ける風はもう冬であった。お延は肩掛《かたかけ》を掻《か》き合わせると二枚の端書に眼を下ろした。

一枚は小林からだった。

近日中に朝鮮に渡る事になった旨《むね》を印刷した挨拶状《あいさつじよう》である。傍《わき》に青い印気《インキ》で「来週の末に立つ。旅行から戻り次第聯絡《れんらく》して呉《く》れ玉《たま》え。到頭《とうとう》少し運が開けて来た。貴兄にも感謝している」と走り書きがあった。お延の胸にある小林の影像《イメジ》とは重ならない質朴《しつぼく》とも云える字をしていた。挨拶状の本文にちらと眼を遣《や》ったお延は、その如何《いか》にも晴れがましい調子と、津田のお古の外套《がいとう》に手を通した滑稽《こっけい》な後姿とを皮肉な眼で比較した。だが次の瞬間お延に小林自身の皮肉な声が響いた。

「奥さん、あなたそういう考えなら、能《よ》く気を附けて他《ひと》に笑われないようにしないと不可《い》けませんよ」

お延の蒼白い顔が更に青ざめた。

もう一枚の絵端書の方は無論津田からだった。滝の絵のようなものが色刷りで印刷されている。裏には大きな字で座敷の広い事、空気が綺麗《きれい》で気持ちの好《い》い事、夕べ少し寝損《そく》なった事が書いてある。それで全部だった。お延は端書を表に返して絵を凝《じっ》と眺め、それからもう一度裏の文を読んだ。そうして唇《くちびる》を噛《か》むと、二枚の端書を帯の間に挟《はさ》み込んだ。

風の強く吹く日であった。車夫は苦しそうに、前の方に曲《こご》んで馳《か》けた。

お延が水を打ったばかりの敷石に降りたのはそれから約半時間後であった。車夫の声が玄関に響くなり扉は左右に開かれ、顔を出した書生が「津田さんの奥様ですね」と云った。鏡の様な三和土《たたき》の上に大きな花崗石《みかげいし》の沓脱《くつぬぎ》が森《しん》と据《す》えてあるのが、重々しくお延の胸に反響した。それが不断横手にある内玄関《ないげんかん》から出入りする津田が、格子《こうし》の間から眺めては感心する沓脱であることをお延は知りようもなかった。

一旦《いったん》奥へ入った書生が又すぐ顔を出してお延を応接間へと招き入れると、其所《そこ》にはもう綺麗に身仕舞を整えた夫人が坐っていた。

「わざわざお越し頂いて」

夫人は眼の前の椅子を手で指した。それは毎時《いつ》も津田の坐《すわ》る椅子《いす》であった。津田がある種の陶然とした時間を予期して坐るその椅子に、お延は恰《あたか》も白洲《しらす》に据えられる罪人のような心細い気持ちで坐った。

二百十五

「吃驚《びっく》りなさったでしょう。昨日の今日で何ですけど、急に一寸《ちょいと》お話しなきゃあならなくなりまして」

眼《め》の前の夫人は昨日と同じ愛想の好い夫人であった。だがその愛嬌《あいきょう》を湛《たた》えた顔の真中には不調和な光を放つ瞳子《ひとみ》があった。昨日は辛《かろ》うじて引っ込んでいたものが、今日、闥《たつ》を排して其所《そこ》に無遠慮に露《あら》われているようであった。瞳子は独立の動きをして油の匂《にお》いのする結い立ての丸髷《まるまげ》の上に留まった。

「私の方からもう一度伺えばよろしかったんですけれど」

夫人は続けた。

「いいえ、とんでもない」

分を弁《わきま》えた挨拶《あいさつ》をお延が返した。それを夫人が鷹揚《おうよう》な微笑《ほほえ》みで受けた所で、下女が銀きせの丸盆に紅茶を載せて這入《はい》って来た。

応接間に案内されてからものの五分と経《た》っていなかった。水を打ったばかりの敷石といい、俥《くるま》が着くなり首を出した書生といい、そうしてこの下女の早業といい、凡《すべ》てがこの会見の為《ため》に予《あらかじ》め準備されていた。しかもこの周到な準備は、今朝から始まっただけのもののようには思えなかった。お延の来るのが解《わか》った昨晩から始まっただけのもののようにも思えなかった。今日のこの夫人との会見は、遥《はる》かの昔、お延が津田と出会った時既にこれと寸分違《たが》わぬものとなるのが自分の宿命として定められていたという気がしてならなかった。

お延はこれから来るものを予覚して思わず慄然《りつぜん》とした。

「でも」

洋卓《テーブル》に盆を置いて下女が消えると夫人は続けた。

「此方《こっち》の方が静かにお話し出来るんじゃないかと思って、勝手にお呼び附けしてしまって。それにお宅には、ほら、岡本さん所《とこ》からの女中が来ているでしょう」

「はあ」

夫人は一段声を潜めた。まるでお時が壁の向うにでも居るかのようであった。

「何しろ、こんな事は岡本さんに知れないに越した事は御座いませんからね」

岡本の名は来るべき時が来たという象徴《シムボル》であった。

「如何《いかが》？」

牛乳入れを差し出されたお延は首を横に振った。夫人はちらとお延の剛張《こわば》った顔に眼を遣《や》ると、自分の茶碗《ちゃわん》に牛乳を注ぎ、小さな柄《え》の附いた匙《さじ》で故意《ことさら》のように緩《ゆっ》くりと攪《か》き廻《まわ》した。銀が陶器に触れる音が微《かす》かにした。

瓦斯《ガス》暖炉の炎がお延の眼の隅《すみ》をちらちら刺激した。同時に、四囲《あたり》の様子に馴《な》れて来た彼女の眼に、応接間を飾る華麗《はなやか》な色や形が飛び込んで来た。以前媒酌人《ばいしゃくにん》としての吉川夫妻に津田と二人で挨拶に来た時は、春から夏への変わり目の季節であった。その時は観音開きの硝子《ガラス》戸が思い切り明け放たれ、戸外《そと》がまぶしい程光満ちて明るいのに眼を奪われた結果、暗く影になった室《へや》の中はまるで印象に残らなかった。お延は今日初めてこの室に通されたような気がした。先刻《さっき》から眼をちらちらと刺激する瓦斯《ガス》暖炉は入口に近い壁を切り抜いて作られており、上は横に長い鏡になっていて、鏡の前に大理石の置時計を中央に挟《はさ》んで左右に蠟燭立《ろうそくたて》が立っている。正面の丸い洋卓《テーブル》には煌《きら》びやかな七宝《しっぽう》製の花瓶《びん》が飾られ、その下には薔薇《ばら》の花を模様にして織り出した洋卓掛《テーブルかけ》が、末は同じ色合《いろあい》の絨《じゅう》毯《たん》と融《と》けるように波を描いて床の上に落ちていた。それだけなら寧《むし》ろ華美になり過ぎる所を、室の向うに重たく垂れる蒼黒《あおぐろ》い窓掛が全体の調子を沈ませていた。

お延の眼には物珍しい光景であった。岡本の財産が吉川家のそれに劣るとは思えなかったが、膏気《あぶらけ》の抜けた叔母からはこのような贅《ぜい》の香の匂い立つ濃厚な空間は生まれる筈《はず》もなかった。吉川に廻って帰って来た時の津田の満足そうな様子が、不意にお延の前に浮かんだ。夫は此所《ここ》で何が愉快だったのだろうか。

「何故《なぜ》お呼び立てしたか、お判《わか》りでしょうね」

夫人が突然訊《き》いた。

我に返ったお延は返答に窮した自分を見出した。同時に、自分が返答に窮するのを承知でその様な質問を問い掛ける夫人の悪意を朧気《おぼろげ》ながら感じた。お延はもう身体《からだ》の中に残っていない力を無理に奮い立たせ、夫人の追及に備えた。だが夫人はお延をそれ以上追い詰めようとはしなかった。夫人の眼の前には一晩のうちに面変《おもが》わりした程色光沢《いろつや》の悪くなった顔があった。腫《は》れ上がった一重瞼《ひとえまぶち》があった。その下を縁取る半円形の薄黒い暈《かさ》があった。彼女はそれで足れりとした。

二百十六

「いえね」

夫人は先刻《さつき》と同じ低い声で始めた。

「実は昨日お邪魔した時も本当は一寸気《ちょいと》になってたんですけど。――ひょっとすると延子さんは何か御存じでらっしゃるかも知れないと思いましてね。でも一体どういう風に切り出したら可《い》いのか解《わか》らなくって、ついつい、そのまま戻ってしまいましたの」

ところが宅《うち》へ戻った後も何やら落附かず、結局夜に入ってから心当りの家へ電話をしてみたのだと夫人は続けた。

「津田さんは出発なさる前に、何か仰《おっ》しゃってましたかしら」

夫人は真直《まっすぐ》お延の顔を見詰めた。

「まあ、僅《わず》かながらでは御座いますが」

お延の声は咽喉《のど》に絡《から》まってかすれて出た。

「そう。――まあ津田さんは延子さんを大事にしておいでだから、色々お話なさってるとは思いますけどね――」

夫人は少時《しばらく》お延の顔から眼を放さなかった。侮《あなど》られたくない一心でお延はそのまま夫人を見返した。

何時《いつ》の間にか室《へや》の中は物の形も判然《はっきり》と見分けが附かない程の暗さに包まれていた。紅茶がお延の前で冷めて行った。

「どうぞ御遠慮なく」

「有難う御座います」

お延は小さく頭を下げたが、膝《ひざ》の上に重ねられた白い両手は動かなかった。

「おや」

夫人は不意に窓硝子《ガラス》の方へ首を向けた。

「道理で暗い暗いと思ったら厭《いや》だわ。雨のようですわ。——一寸失礼《ちょいと》」

夫人は立ち上った。後姿の、羽織が帯で高くなった辺をお延が眼《め》で追うと、夫人は窓硝子《ガラス》の方へ近附きながら喋《しゃべ》り続けた。

「それでは、津田さんが何方《どなた》に逢《あ》いにいらしたのか、ひょっとして延子さんは……まあ、本当に雨ですわ」

窓の傍《そば》に立った夫人は、首を曲めて窓掛の隙間《すきま》から外を透かすように見遣《みや》ると、続いて大きく手を鳴らしながら後ろを振り向いた。

仄暗《ほのぐら》い中に呆然《ぼうぜん》とした白い顔が浮かんだ。二人の視線が空で一瞬絡《から》まった後お延は反射的に膝に重ねた自分の手に眼を下ろした。帯に締め附けられた胸が激しく上下するのが、何時《いつ》の間にかぼやけて来た眸《ひとみ》の面《おもて》に映った。

どちらも無言であった。

稍《やや》あって廊下に書生の粗野《がさつ》な足音が聞こえた。夫人は急いで応接間を横切ると、扉《ドア》を半開きにして入口を塞《ふさ》ぎ、此所《ここ》は自分でやるから離れの雨戸を閉《た》てるよう書生に云《い》いつけた。扉《ドア》の閉まる鈍い音が室に響いた。書生を追い帰した夫人は足音を忍ぶようにしてお延の正面の長椅子《ながいす》に戻った。お延は俯向《うつむ》いたままだった。何時の間に取り出したのか、小さな手帛《ハンケチ》を握り締めていた。やがて夫人の方から口を切った。

「あんまり判然とは仰しゃらなかったでしょうが」

僅《わず》かに顔を上げたお延は、瞼《まぶた》の赤くなった眼を夫人の上に留めた。

「あの女の人ですのね」

乾いた口元が顫《ふる》うように動いた。

「津田さんから聞いていらしたかしら。清子さんの事は」

「清子さんと仰しゃるのですか」

清子、清子、とお延はぼんやりとした頭の中で繰り返した。今まで靄《もや》に包まれていた女の影が急に輪廓《りんかく》を得てなまなましいものとなった。

「いいえ。何も聞いていません。私《わたくし》何も聞いておりませんの」

先刻云った事と矛盾する事などどうでもよかった。

彼女はふらふらと立ち上がった。

「どうなさるお積《つもり》ですの」

熱病患者のように赤い顔をしたお延を見上げながら夫人が吃驚《びっく》りして云った。

「これからすぐ参ろうと思いまして」

「あなた御自身で」

「はあ」

「あなた、そんな無茶な」

お延の涙によって僅かながら惹《ひ》き起こされた夫人の好感情はすぐ焦立《いらだ》ちに取って代った。

「いらしてどうするんです」

「どうするって、津田に会って――」

「会って、どうなさるんです」

夫人は声を和《やわ》らげた。

「まあ、もう一度お坐《すわ》りになって」

お延は動かなかった。

「あのねえ、あなた。貴女《あなた》なんかが乗り込んでらしたら、それこそ丸く治まるものも治まらなくなってしまいますよ。妙な騒ぎにでもなって御覧なさい。清子さんの御主人だって立派に地位のある方なんですからね」

二百十七

「御主人て……」

お延は首だけ向きを変えると、夫人の顔をまじまじと見た。

「その、清子さんて、結婚なすって……」

「そうですよ」

夫人は冷やかにお延を遮《さえ》ぎると、極《き》め附けるように云《い》い重ねた。

「でも変な事を想像なさっちゃあ失礼ですよ」

お延の無礼を咎《とが》めるという語勢であった。

「清子さんが津田さんと御《お》交際《つきあい》があったのは御結婚なさる前でしたよ。それは津田さんだって同じ事です。津田さんだって清子さんと御交際があったのは、貴女《あなた》とお会いになる以前の事ですからね」

そう云い切った夫人は、一寸《ちよつと》思い直すと継ぎ足した。

「少なくとも私はそう思いますよ。――だってまさか清子さんと外でお会いになっている風もなかったでしょう」

慥《たし》かに津田の日常は外《そと》に女が居る人間の日常ではなかった。女が居る人間の日常ではなかったからこそ、総《すべ》てが一層靄《もや》に包まれていたのだった。

夫人はお延に腰を卸《おろ》すよう再び眼《め》で合図した。だがお延は首を夫人の方へ向けたなり、同じ姿勢を崩さなかった。夫人は小さく嘆息すると焦《じ》れたように云った。

「変に事を荒立てたら私が清子さんに申し訳立たない事になりますからね」

夫人は「私が」という所に厭《いや》に力を入れた。

「何しろ、今度《こんだ》の事はね、清子さんに責任があるとは思えませんもの。こんな事延子さんに申し上げるのは何ですけど、私はね、責任は偏《ひと》えに津田さんにあると、そんな風に思ってるんですよ」

夫人は口を噤《つぐ》んだ。お延は黒眼の働きで夫人を問うた。

「だって、あなた、どう考えたって清子さんの側には其所《そこ》までの未練はありっこないんですもの。何たって最後になって振られたのは津田さんの方ですからね」

女に振られた津田を想像した事がなかったお延は息を呑《の》んだ。夫人はわざと乱暴に云った。

「もう後《あと》一息って所《とこ》で、清子さんは急に余所《よそ》へお嫁に行らしちまったの」

貴女は他《ほか》の女の捨てたものを後生大事に拾ったんですよ、と嗤《わら》われたようであった。意外な事実にお延の身体《からだ》から急に力が抜けて行った。夫人はその変化をめざとく捉《とら》えた。此所《ここ》でお延に帰られたりしては夫人の云う教育的目的は半分しか達成されずに終ってしまうのであった。夫人はお延に坐《すわ》るよう再度目顔で促《うな》がした。お延はうつろな表情のまま観念したように腰を卸した。夫人の眼はお延が腰を卸して動かなくなるまで凝《じっ》とお延の上に注がれていた。

雨は長く、密《ひそか》に、物に音を立てて降った。窓掛の隙間《すきま》から差し込むべき昼の光は雨に吸い込まれ、室《へや》の中は海の底のように、沈んだ闇《やみ》に鎖《とざ》されていた。瓦斯《ガス》暖炉の炎がゆらゆらと天井や壁に物影を踴《おど》らせる中で、二人は長い間無言で相対していた。やがて夫人は身を起こすと再び室を横切り、窓掛を半分まで引き下ろしてから元の場所に戻った。そうして洋卓《テーブル》の上に吊《つ》り下がっている電燈を点《つ》けた。揺れていた黒い物影がぴたりと静まり、客間の秩序が一瞬のうちに蘇《よみが》えった。電燈はお延の悄然《しょうぜん》とした肩の上にあかあかと照り注いだ。長椅子《ながいす》に腰を卸した夫人は、津田と清子の出会い、その中での自分の役割、そうして突然訪れた破局に就《つ》いて順を追って簡潔に語った。

「何しろあんまり突然で。――津田さんは少時《しばらく》もぬけの殻《から》みたいにおなりになって」

京都の津田の家の玄関で出会った津田はもぬけの殻の津田だったのだ。その後《あと》お延の家まで幾冊もの本を父の為《ため》にと風呂敷に包んでぶら下げて来て呉《く》れた津田も、もぬけの殻の津田だったのだ。親切でありながらも飽くまで淡々としていた男の態度を得難いものと思ったお延は、実はもぬけの殻を相手にしていたのだった。

夫人はお延の思惑《おもわく》にはわざと無頓着《むとんちゃく》に話を進めた。

彼女は当時そんな津田を見て大変責任を感じ、どうしようかと思っていたのだが、其所へお延が登場し、それで漸《ようや》く安堵《あんど》の息を吐《つ》いたのだと云った。

「それが今度の事でしょう」

夫人は其所で困ったものだという風に眉《まゆ》を顰《ひそ》めた。

昨夕《ゆうべ》共通の知人の所へ電話を入れ、挨拶《あいさつ》かたがた清子の近況を聞いてみれば、矢張《やは》り十日程前から、津田の行った温泉宿に独りで滞在しているという話だったのだそうであった。

夫人が口を閉じた後再び長い沈黙が続いた。

先刻《さっき》と反対にお延の顔は寧《むし》ろ気味の悪い程色を失なっていた。

二百十八

「あのね」

お延が押し黙っているのを見て夫人が又口を開いた。

「津田さんから何か、あの、別れ話のようなものを、延子さん、仄《ほの》めかされた事おあり？」

別れ話という言葉を耳にしてお延は今更のようにその言葉の陳腐な響きに胸を突かれた。彼女は眼《め》を膝《ひざ》の上に落とすと已《や》むを得ず首を横に振った。

「そう」

そんなお延を見下ろすようにしながら夫人は続けた。

「私もまさか其所《そこ》までは行ってはないだろうとは思ってましたの。だから今度《こんだ》の事は所謂《いわゆる》魔が差したっていう所《とこ》だと思いますけどね」

夫人は其所で言葉を一度区切った。続いて、弛《ゆる》んでもいない襟元《えりもと》を掻《か》き合わせると長《なが》椅子《いす》の上の上体を少し前に乗り出した。

「でもね、こんな事申し上げましたら失礼なんですけれどもね」

愈《いよいよ》本題に入るという意気込みが自《おの》ずから声に現われている。

「私、かねがね御二人を見ていてね、何時《いつ》かこんな事になるんじゃないかと、心配してたんですよ。だから今度《こんだ》の湯治のお話も、御二人で行《い》らっしゃらないと伺った時から、何だかおかしいって思ってましたの」

夫人は一旦口を閉じた。そうして顔を上げたお延の眼を捉《とら》えてから訊《き》いた。

「不躾《ぶしつけ》ですけど、延子さん御自身は一体どう思っておいででしたの」

長い間押し黙っていた所為《せい》でお延はすぐに声が出なかった。そもそも質問の意味が呑《の》み込《こ》めなかった。夫人に眼で促《うな》がされて漸《ようや》く出て来たお延の声は細くかつ長かった。

「どうって――」

「まあ、今度の事も含めてですけれど、御二人の御結婚の事ですよ」

お延は亦《また》押し黙った。夫人の質問は答を期待するものであるよりも、答えられぬ事を期待するもののように思えた。

「例えば良人《うち》なんかはね、御二人がとても旨《うま》く行ってるって勝手に信じ切ってますよ。何しろ津田さんが延子さんを大層可愛《かわい》がっておいでだからって。まあ、男っていうのはこういう事になると至って単純なものですけどね。――勿論《もちろん》良人なんかがそう思ってるのは、何といっても岡本さんがそう思ってらっしゃる所為《せい》ですけど。……でもね、正直云って延子さんはどうお思いでした」

お延は怒りを含んだ眼を夫人から放し、再び膝に落とした。夫人は眼を俯《ふ》せたお延の額の若々しい生際《はえぎわ》を少時《しばらく》じろじろと眺《なが》めてから口を開いた。

「私はね」

抑えた声である。

「延子さんに取ってね、今度の事が寐耳《ねみみ》に水って事はないんじゃないかと勝手に思ってたんですけど、どうでしょう」

お延は猶《なお》も膝の上から眼を放さなかった。

「ねえ、どうかしら」

お延は答える代わりに濃い眉《まゆ》を僅《わず》かに動かしただけであった。

「ねえ」

夫人は今度は一段声を上げた。だがお延は作り附けの人形のように凝《じっ》として動かなかった。

「まあ、あなた、そんなに唖か何《なん》か見たように黙ってらっしゃらないで。――ね、何とか仰《おっ》しゃいませよ」

蛇《へび》のように黙り込んだお延を前に夫人は嘆願した。彼女の声は嘆願に相応《ふさわ》しく、困ったような、綾成《あや》すような、命令するような響きを有《も》っていた。だがその調子に何処《どこ》か乾燥《はしゃ》いだ所があるのは隠し切れなかった。お延は緩《ゆっ》くり顔を上げると、四囲《あたり》に響くような低い声で答えた。

「寐耳に水では御座いませんでした」

ぴしゃりとした物云《ものい》いであった。夫人は一瞬むっとした表情を見せたが、すぐにそれを引っ込めた。そうして次に口を開いた時は声にも目元にも故意《ことさら》の愛嬌《あいきょうこ》を籠めていた。

「私、実は延子さんがね、お気の毒でなりませんでしたのよ」

お延は耳から頬《ほお》にかけてかっと赤くなった。気の毒という一言が鼓膜に響いたなり、其所《そこ》でじんじん熱く鳴った。夫人は追い打ちを掛けた。

「私だけじゃなくってね、清子さんとの成行《いきさつ》を知っている人達は皆なそう思っていたと思いますよ」

お延は更に赤くなった。夫人は痛快な眼差《まなざ》しでそれを見ていた。

「何処《どこ》かに無理があったんですよ、御二人の間にはね。だって津田さんはあの方に未練がおありでしょう。それでいてそれを隠そうとして、延子さんを大事になさる。ところが延子さんも大事にされようが何処か本物じゃないから気持良くないでしょう。津田さんだって御自分の未練を隠して生きてるもんだから気持良くない。だから、今度《こんだ》の事もあったんだと思いますよ」

それだけ云うと夫人は卒然と口を閉じた。お延は眼を二人の間に据えられた洋卓《テーブル》の上に落とした。三度目《みたびめ》の長い沈黙が二人を訪れ、時を区切って樋《とい》を叩《たた》く雨滴《あまだれ》の音だけがぽたりぽたりと室《へや》に響いた。夫人は自分の云った言葉をお延が一語一句嚙《か》みしめる時間を与えた積《つもり》かも知れなかったが、お延の頭は空虚《がらんど》だった。瞼《まぶた》の裏で洋卓掛《テーブルかけ》の薔薇《ばら》の模様が煎《い》り附くように踴《おど》っているだけだった。

二百十九

「あの方は清子さんにお会いになったら、矢《や》っ張《ぱ》り色々お迷いんなると思いますよ」

少時《しばらく》して突然夫人が口を開いた。お延は夢から醒《さ》まされた人のように眼を上げた。

「何しろ夢中でらしたから」

夫人の言葉は露骨であった。彼女の態度は猶《なお》露骨であった。彼女は追憶に眼《め》を彷徨《さまよ》わせると、うっすらと浮かんだ憶《おも》い出し笑いを隠そうともしなかった。

「でもね」

夫人は急に断固とした口調になった。

「私は津田さんがいくらお迷いになっても、結局は戻ってらっしゃると思うの、延子さんの所へね」

そう断言すると凝《じつ》とお延の眉間《みけん》を見ている。

「延子さんだって、そうお思いでしょう」

夫が自分を裏切ったという事実にもまだ馴《な》れないお延に取って、この先の夫の身の振り方など他人事《ひとごと》のように遠い話だった。

「そうでしょう。延子さんだって最終的には自信がおありでしょう」

夫人は同じ意味の事を繰り返した。お延は答えなかった。首さえ動かさなかった。

「だって津田さんだって馬鹿《ばか》じゃないですもの。何方《どっち》かって云《い》えば怜悧《りこう》過ぎる位ですもの」

お延が猶も何も云わないので夫人は「でしょう?」と相槌《あいづち》を求めた。だがそれは形式的なものだけらしかった。

「だって結婚の時の条件が条件じゃ御座いませんか」

「条件?」

不可解な言葉にお延は覚えず細い眼を見開いた。

「条件と云ったら何ですけれど――」

夫人は眼を見開いたお延を一瞬嘲《あざ》けるが如《ごと》く見たが、すぐにその表情を打ち消した。

「何て申し上げたら可《い》いのかしら」

どう説明しようか迷っている風である。

「遠慮なく云わせて戴《いただ》きますけどね、実は延子さんとの結婚話が起こった時ね、正直に云って初めは随分と妙に思いましたのよ」

　夫人は当時の自分の気持を再現するように眉根《まゆね》を寄せた。あんなに逆《のぼ》せ上がっていた津田がどうして又急に外《ほか》の女との結婚話などを出して来たものか薩張解《さっぱりわか》らなかった。津田ともあろうものがひょっとして自棄《やけ》っぱちを起こして詰らぬ女にでも捕まったんじゃないだろうか、などと内心随分心配したそうである。

「ところがね、それから延子さんの事を何だかんだと色々伺ってね」

　夫人は其所《そこ》でお延に眼の焦点を当てて嫣然《にこり》と微笑《ほほえ》んだ。

「それで私安心しましたの。あ、そういう方なら大丈夫だと思ってね」

　お延は黙ったままだった。

「本当にまあ、可《い》い方が出てらした。――津田さんも運の好《い》い方だと思って」

　平生《ふだん》は眼から鼻に抜けるようなお延が、今日は平生《へいぜい》の彼女ではなかった。頭に靄《もや》が掛かったまま夫人の云う事を聞いていた彼女は、夫人の言葉の意味する所は解らなかったが、言葉そのものは理解出来た。夫人の口を突いて出るのは一種の賞《ほ》め言葉には違いなかった。空御世辞《からおせじ》だとしか思えないその言葉を前に、お延は口を開くべく余儀なくされたような気がした。眉を微《かす》かに顰《ひそ》めた彼女は眼を夫人の翡翠《ひすい》の帯留《おびどめ》辺りに落とすと、迷惑そうに小声で応じた。

「いいえ」

「そうですよ」

「いいえ、とんでもない」

吉川夫人は憐《あわ》れむようにお延を見た。

「いいえ、御免遊ばしませね。私の云いたいのは、延子さん御自身の事はさて置いてね」

　お延は再び眼を上げて不思議そうに夫人を見た。

「津田さんにはちゃんとそれなりのお考えがあったという事ですよ。何しろ岡本さんが御実家代わりの方を貰《もら》おうというんですからね」

　お延の頬に亦《また》血が上《のぼ》った。

「自棄《やけ》っぱちどころか図迂々々《ずうずう》しいもんですよ」

　夫人の唇《くちびる》には著《いちじ》るしい冷笑の影が閃《ひら》めいた。

「当然のことですけど、良人《うち》がね、延子さんとの結婚の話が出た時は大層乗り気になりましたからね」

　夫人は良人という言葉に故意力《ことさら》を入れて発音した。

「それで私は解りましたの。津田さんのお腹《なか》ん中がね。好いた女に振られてしまった後《あと》はもう惚《ほ》れた腫《は》れたではなく、――何と申しましょう、何だか身も蓋《ふた》もない云い方になっちまうわね。要するに、頭でちゃんと筋道を立てて結婚しようという……」

「計算ずくでという事ですか」

低い隠《こも》った声でお延が云い放った。夫人は一瞬退避《たじ》ろいだが、すぐ冷然と笑った。

「ほほほ。計算ずくとまでは申しませんよ。お若いから、すぐに極端な事を仰《おっ》しゃる。延子さん見たような……出来た方を、そんな風な意味で計算ずくで貰ったなんて云ったら、それこそ罰が当るわ、勿体《もったい》なくって。ただ計算もあった、――尠《すく》なからずあったという事です」

夫人は肉附の豊かな頬《ほお》を顫《ふる》わせて笑った後《あと》、急に真顔になった。

「だって、そんな計算もあるから津田さんは平生《ふだん》から延子さんを大事になさる訳でしょう。その辺の所は延子さんも御承知だと思ってたんですけどね」

お延は剛張《こわば》った表情のまま堅く唇を結んだ。

「だから今度の事は、下手に騒ぎが大きくならない限り、津田さんは屹度《きっと》戻って来ますよ」

夫人は断言した。そうして前と同じ言葉を繰り返した。

「津田さんは馬鹿じゃないですもの」

二百二十

後は夫人の独壇場であった。

そもそも清子と一所になったところで津田が今まで通りに食べて行ける筈《はず》はない。自分も結婚している上に人妻を相手に事を起こして、社会の制裁を受けずに済まされる筈はないからである。職も危うくなるだろうし、亦《また》、職が危うくなったからと云《い》ってあの厳格な京都の方が手を差し伸べて呉《く》れる事もないだろう。不徳義な男女《なんにょ》としての烙印《やきいん》を額に受けた二人を待つものは、職を失い、親を失い、友人を失った後《あと》の孤独な精神生活であり、亦それ以上に、不安な経済生活である。零落の極には達さずとも相当の不如意《ふにょい》は覚悟せねばならない。その反対に津田が今まで通りに大人しくお延と一所にいれば彼の人生は安泰である。お延を大事にすればする程更に安泰である。物質的快楽を人一倍重んじる津田にそれが解《わか》らぬ筈はないのだから、今回もその辺の所を津田自身でもう一度能《よ》く得心が行けば丸く治まるに違いない。ただ相手もある事だし、慎重に物事を運ぶのがこの際の絶対条件である。夢、お延などが勝手に温泉場に乗り込んで行くべきではない。津田の元へ行くとすれば、誰か意見を云える立場にある人間が行くべきは当然の理である。夫人は此所《ここ》まで一息に突き進んだ。

お延は聴かない先からその後を推察する事が出来た。だが夫人は思わぬ寄り道をした。

「勿論《もちろん》、今すぐ行って戴《いただ》ける方が本当は一人居るんですけどね、適任の方が。誰だかお解りになる？」

夫人は中《あ》ててみろという風にお延を促がした。

「清子さんとの事も能《よ》く御存じの方」

お延は曖昧《あいまい》に夫人を見返しただけであった。彼女の気力は既に尽き果てていた。耳から入った夫人の言葉は判然《はっきり》とした意味に繫《つな》がらなかった。夫人はそんなお延を正面に見《み》据《す》えて何喰《く》わぬ顔で云った。

「秀子さん」

先刻《さっき》から幾度も赤くなったお延の顔が更にもう一度赤くなった。

「秀子さんにならら明日にでも行って戴《おお》けるかも知れないけれど、どうお思いになる？　堀さんは一応津田さん達の監督役も仰せつかっている事ですしね」

今度の話がお秀に知れるなど、想像するだけで屈辱に身体が顫《ふる》えた。何か云おうとして何も云い出せないままお延は結んだ唇《くちびる》を嚙《か》んだ。

「延子さんは、どうお思いになる？」

お延は隠しおおせない苦痛を見せて辛《かろ》うじて答えた。

「私《わたくし》は――」

先がすぐに続かなかった。

「私《わたくし》は、あんまり――」

掠《かす》れて殆《ほと》んど声にならない声であった。

「あんまりって、お厭《いや》？」

「はあ」

「おやおや、どうしてかしらね、好《よ》さそうな方なのに」

夫人はわざと驚いた顔を見せた。

「とても御兄様思いでらっしゃるし。それにね、清子さんとの経過《いきさつ》を能く御存じなだけ、あなた達御二人の事を心配なすってるんですよ、あの方は」

お延の苦痛を見せた顔を今一度眺《なが》めてから、夫人は端《はな》から達している結論に改めて達した。

「でも実は、いくら適任でもね、私も秀子さんにお願いするのは一寸《ちょいと》拙《まず》いかなとは思うんですよね」

今度の事は岡本は固《もと》より、夫の吉川に知られても津田が譴責《けんせき》されずには済まないだろうから、なるべく大事《おおごと》にしないに越した事はない。そう考えて行くと、いくら適任であってもお秀にすら知られない方が得策かも知れないと云うのである。

「それに津田さんだって、あの秀子さんに一生頭が上がらないのは遣《や》り切れないでしょうしね」

夫人は独りで可笑《おか》しそうに笑った。

お延は嶮《けわ》しい顔で夫人の笑うのを見ていた。不必要な寄り道をしてまでお秀の名を出して来る夫人の真意が解らなかった。自分を苛《いじ》めるのに主意があったのだとしたら、それは既にお秀との間に一悶着《もんちゃく》があったのを知らなくては出来ない芸当であった。兄妹喧嘩《きょうだいげんか》の後、夫人の名は格好な仲裁人として若夫婦の間で上がったが、翌日折り良く見舞に来た夫人に津田がその旨《むね》を申し出たという話は聞いていなかった。お延自身、思わぬ形で事実上お秀との仲直りが成立してしまい、そんな話に固執する必然性を感じずにいたのだった。理由《わけ》もなく突然出て来たお秀の名は、手品遣《てづまつか》いが空箱から不意に薄気味の悪い物を取り出して来たような不快と不安を愈《いよいよ》お延に与えた。夫人は平然と先へ進んだ。

「津田さんは何時《いつ》お戻りになるのでしたっけ」

何も聯絡《れんらく》がない限り来週の火曜日に戻って来る筈であった。夫人はそれを聞くと、日曜日の午餐《ごさん》が終わった所で、月曜日の朝、彼女自身が行くのはどうだろうかと提案した。夫人がそう云い出すのを疾《と》うに予期していたお延は反対すべき正当な理由も見当らなかった。けれども礼を云う気にもならなかった。礼を述べる義理すら感じなかった。

二百二十一

吉川夫人は緩《ゆっ》くり指を繰った。

「今朝でもう、水、木、金と三晩経《た》った訳でしょう。そうして土、日、月ともう三晩」

ちらと眼《め》を上げお延を見詰めて微《かす》かに薄笑いを浮かべている。

「まあ、何しろ清子さんのことさえ諦《あきら》めて貰《もら》えば、それでよしとすべきですわね」

お延は夫人の云《い》わんとしている意味が朧気《おぼろげ》ながら解《わか》るようで、怒りと恥ずかしさで意識の遠退《とおの》く感覚を覚えた。夫人はそんなお延の顔を、薄笑いを浮かべたばかりの口元を締めて、凝《じっ》と見守った。そうして今度は何か決然とした面《おも》もちを見せると、今締めた口をもう一度開いた。

「延子さんはお若いから承伏しかねるでしょうけど、夫婦なんて畢竟《ひっきょう》大同小異のもんですからね。そう貴女《あなた》のように一人で力んでね、自分だけは可愛《かわい》がられようってそんな風に期待なさっちゃあ、判然《はっきり》申し上げて男の人には負担になりますよ。況《ま》してや津田さんの場合、清子さんの事があるんですから猶更《なおさら》負担ですよ。そりゃ延子さんは延子さんで色んなお考えも、――見識もおありでしょうけど、そんなもんは御亭主に強要出来るものじゃありませんからね」

夫人は一旦言葉を途切らせた。お延は細い眼を見開いて、夫人の胸元の辺りに視線を泳がせているだけだった。

「津田さんが戻ってらして夫として過不足なく一家を構えて呉《く》れる。要所々々でそれらしい役割を果して呉れる。それで万事目出度《めでた》しなんです。それ以上望むのは、貴女、――分不相応とは申しませんけれど、まあ、そうね、贅沢《ぜいたく》ですよ。胴欲《どうよく》過ぎますよ」

其所《そこ》まで行った夫人は最後になってお延の機嫌を取ろうとするのか、急に口調を切り替えた。

「延子さんみたような方にこんな差し出がましい事を申し上げて何ですけど……でもまあ貴女《あなた》、これが倍近く年歯《とし》を重ねて来た女の忠告でも、――繰り事でもあるって、そう思って勘弁してちょうだい」

お延の眼は夫人の顔から逸《そ》れたまま動かなかった。恰《あたか》も耳を塞《ふさ》いででもいるように夫人には見えた。

今の言葉を結論のようにして夫人は暖炉の上の置時計を見た。時刻は正午を少し回った所だった。彼女は電鈴《ベル》を鳴らすと、顔を出した書生に洋卓《テーブル》の上を片附けさせ、台所へ昼食を云うよう命令した。その積《つもり》でもう簡単なものを用意してあるのだからと、漸《ようや》く眼を上げたお延の辞退には耳も貸さなかった。事実五分も経たないうちに先刻《さっき》の下女が、サンドウィッチと熱く入れ直した紅茶を再び銀きせの盆に載せて運び込み、洋卓《テーブル》の上に賑《にぎ》やかに並べ始めた。お延は眼の縁《ふち》の泣いた痕跡《あと》を悟られるのが厭《いや》さに、電燈に疎《うと》い不自然な方角へ顔を向け、わざと下女の方を見なかった。

出て行った下女と入れ違いに扉《ドア》から亦《また》書生が顔を出した。

「お電話です」

サンドウィッチを銘々の皿に取り分けていた夫人は、少し煩《うる》さそうに首を向けた。

「誰から？」

「三好様です」

夫人の眼元が覚えず弛《ゆる》んだ。お延がそれを機《しお》に立とうとするのを、彼女はその弛んだ眼で留めながら自分の方が立った。

「直《じき》ですから、お先に召し上がってらして」

夫人の背後《うしろ》で扉《ドア》が重い音を立てて閉じられた。一人取り残されたお延は鎖《とざ》された扉《ドア》を眼の角に物を云わせて挑《いど》むような眼差《まなざ》しで眺《なが》めていたが、急に身体《からだ》の力を抜くと、細い首を折って俯向《うつむ》いた。そうして膝《ひざ》に置いた手で、皺《しわ》だらけになった小形の手帛《ハンケチ》を少時《しばらく》弄《いじく》り廻《まわ》していた。

夫人は中々戻って来なかった。

待惚《まちぼうけ》を食らったお延は顔を上げ、洋卓《テーブル》の上にぼんやりと眼を彷徨《さまよ》わせた。——やがてその眼は、サンドウィッチを盛った白い西洋皿の隣に映る色彩の上にはたと留まった。先刻《さっき》下女が昼食と一所に運び入れた郵便の束があり、幾通か重ねられた封書の一番上に、今朝津田から受取ったのと同じ絵端書《えはがき》が絵の方を表に載っていたのだった。滝の近景ではなく秋山を遠景にした絵であったが、筆の運び方といい、色の具合といい、同じ絵師によって作られ、一組になっている物である事は疑《うたがい》がなかった。お延は逡巡《ためら》わず手を伸ばすとその絵端書を表に返した。すると津田の字の代りに見慣れぬ女文字が眼に飛び込んで来た。同時に廊下からスリッパーの音が聴えた。「御見舞の果物籠、有難く……」という出だしの文章が眼に入っただけであった。彼女は差し出し人の名を確かめる間もなくそのまま絵端書を元の場所に戻した。困絡かった頭で、余ッ程出回っている絵端書なのだろうかと思ったが、それ以上考えを回《めぐ》らす時間はなかった。

「子供みたい」

夫人は室《へや》に這入《はい》るなり云った。

「此間《こないだ》と同じ恰好《かっこう》で可《い》いですか、とか詰らない事をお訊《き》きになって。フロックを着てらっしゃい、とでも云うと思っているのかしらん。園遊会じゃあるまいし」

電話の会話を思い出して一人で笑っている。

「もう、待ち切れないようね。明後日《あさって》継子さんの御顔を拝めるのが」

夫人は不図《ふと》眼の前のお延に眼を留めると続けた。

「延子さんがお出《いで》になる事も申し上げましたよ。大変お怜悧《りこう》な方だから余《あん》まり馬鹿《ばか》な事ばかり仰《おっ》しゃるとそれこそ軽蔑《けいべつ》されますよって。何しろ、延子さんのお眼がねに適《かな》わなくちゃならないんですからねってね」

お延は、つと立ち上がった。夫人ももう引き留める真似をしなかった。家の俥《くるま》で送らせるという申し出を再三断って、お延は吉川家の玄関を出た。

二百二十二

外は濃い雨に鎖《とざ》されていたが昼だけに暗いながらも明るかった。お延は窖《あなぐら》から出て来た人のように軒下から空を仰ぐと、渡された蛇《じゃ》の目《め》を頼りに急ぎ足で歩き始めた。往来は一面に濡れていた。風も吹いた。蛇の目を深く差しても顔や襟元《えりもと》に細かい雨が舞い込んで来た。だがお延にはその雨を冷たいと思う心が麻痺《まひ》していた。彼女は教えられたままに道を行って直《じき》停留所に出ると、来た電車に器械的に乗った。幸い乗客の数は少なく、お延は難なく天鵞絨《ビロウド》に腰を卸《おろ》す事が出来た。

この二時間程の間に受けた衝撃と味わった屈辱でお延は何も考えられなかった。雨が窓硝子《ガラス》にあたって摧《くだ》ける音を立てるのも耳に入らなかったし、外部《そと》の歪《ゆが》んだ景色が朦朧《もうろう》と移って行くのも眼《め》に入らなかった。両手で前の床へ突き立てた蛇の目が、着物の膝《ひざ》を派手に濡《ぬ》らすのさえ気が附かなかった。前に坐《すわ》った六つ位の女の子が片方の手を隣の婆《ばあ》さんに預け、もう一方の手で微塵棒《みじんぼう》をくわえながら先刻《さっき》からそんなお延を不思議そうに見ていた。お延の眼も時折その女の子の上に下りたがその実何も見ていなかった。彼女はただ電車が軌道《レール》の上を走る細かい振動に、呆然《ぼうぜん》と身を委《ゆだ》ねているだけであった。

雨は益《ますます》烈《はげ》しくなったと見えて、電車が留る度にざあという音が車内を襲った。

やがて電車は馴染《なじ》み深い停留所に着いた。何時《いつ》も利用している線に乗り換える積《つもり》で降りたお延は、不図《ふと》、線路の反対側に止まっている別の電車に気が附いた。運転手の上に掲げられている行き先を眼にした彼女はその途端、傘《かさ》を半開きにしたまま何かに憑《つ》かれたように其方《そっち》へ歩き出した。気が附いた時お延は車台に飛び上っていた。するとそれを合図のように電車は走り出し、何時の間にか彼女は乗る積もなかった電車の乗客の一人となって釣革《つりかわ》に摑《つか》まっていた。

一つ、二つ、三つと停留所が過ぎた。

或《あ》る賑《にぎ》やかな停留所にお延が再び降りた時、雨は稍《やや》小降りになっていた。蛇の目を開いた彼女は、一所に降りた人影が四方に散るのを待つと傘《かさ》を左手に預け、寒さに自由を失った右手の指先で、帯の間から今朝受け取った二枚の端書《はがき》を取り出した。もどかしそうに上にしたのは小林の端書であった。お延は活版された住所を確かめると、首を伸ばして前後左右を見回し、方角を定めようとした。馴染みのない場所ではないので見当を附けて歩き始めてしまう積であった。だが丁度《ちょうど》その時、線路の向うに若い巡査が雨空を見上げながら所在なげに立っているのがお延の眼に留まった。彼女は派出所の入口まで行って若い巡査から道順を鄭寧《ていねい》に教わってから大通を渡った。小林に会わねばという目標が、熱に浮かされたようなお延の行動に一片の合理性を与えたのであった。

津田に温泉行きを勧めたのが小林ではないかという疑《うたがい》は、吉川夫人の口から津田の裏切りを知らされた刹那《せつな》に脳に閃《ひら》めいたものであった。それが後《のち》の相継ぐ衝撃の中で隅《すみ》に追い遣《や》られてしまっていたのが、先刻電車の行く先を見た途端、眉《まゆ》を焦《こ》がす火のような烈《はげ》しさで蘇生《よみがえ》ったのである。病院に来るなという津田からの走り書きを不審に思ったのは、矢張《やは》り虫が知らせたのだ。あの日、女が独りで湯治場に来ているのを小林から教えられた津田は、吉川夫人が病室に現われるや否《いな》や彼女の日頃《ひごろ》の好意を利用する事を思い附いたのだろう。そんな時お延に来られては困ると思って、周章《あわ》て書いたものに違いなかった。

お延の足は雨の中をずんずんと進んだ。

どうしても目指す人に会わずにおかれないという執念が、こんな時間には会えまいという掛念《けねん》をお延の頭から押し除《の》けた。小林に会ってどうこうするという判然《はっきり》した目算はなかった。亦《また》小林に会ってどうこう事態が変わる訳でもなかった。ただ、無知な女なら意趣返しに刃物三昧《ざんまい》でもしかねないような身体中を駆け回《めぐ》る怒りが、お延の足を前へ前へと急がせるだけであった。

大通りから狭い横道に入り、若い巡査に云われた通りに角をさらに二つ曲がると、粗悪な家が窮屈に立ち並んだ通りに出た。小林の下宿している住居《すまい》というのはその中でも見苦しい構えの家であった。破れた竹垣《たけがき》に囲われ、門と玄関との間は申し訳のように敷石を並べたのが一間《けん》余りしかない。敷石の尽きた所には擦硝子《すりガラス》の開き戸が左右から悄然《しょうぜん》と雨に鎖《とざ》されていた。急に、今頃小林が自宅《いえ》に居る筈《はず》がないという思いがお延を襲った。水を吸い込んだどす黒い屋根の瓦《かわら》の色が、その思いを一層深めた。気後れするままに彼女はしばらく門の前に佇《たたず》んでいたが、やがて手帛《ハンケチ》で髷《まげ》や顔に掛かった雨を拭《ふ》くと敷石に足を踏み入れた。

案内を乞うと痩《や》せた婆さんが出て来た。案の定小林は留守だった。昼に一度戻ると又すぐに出掛け、何時《いつ》になったら戻るか解《わか》らないそうである。

「もう直《じき》、あの、朝鮮だか何処《どこ》だかにお立ちになるってんで、余ッ程お忙しいようですよ」

お延の顔と髷《まげ》の間に無遠慮に眼を往来させている。小林とどういう関係にある人妻だろうと腹で頻《しき》りに思案している様子が、禿《は》げ上がった額に露《あら》われていた。お延は名前を尋ねる暇を与えずに、再び雨の降る中へと飛び出た。

二百二十三

泥濘《ぬか》るみに足を取られ非道《ひど》く歩き悪《にく》いのに、歩いているという実感がなかった。お延は前に曲《こご》み、傘《かさ》を風除《かざよ》けに使いながら、ひたすら自分の爪先《つまさき》を見詰めて今来た道を引き返した。然《しか》し行けども行けども先刻《さつき》曲がった角は容易に現れなかった。好《い》い加減来た所で顔を上げると、蛇《じゃ》の目《め》の下に望める侘《わ》びしく濡《ぬ》れた世界は見た事もないものだった。左手には古い椿《つばき》の生《お》い被《かぶ》さった墓地らしい構えが見え、右手は何時《いつ》の間にか低い土手になっていて、崖《がけ》の中途に生えた孟宗竹《もうそうだけ》が鬣《たてがみ》を振るように雨を吹いて動いている。お延ははたと足を留めると背後《うしろ》を振り返った。

雨に包まれて影画《かげえ》のように見える景色が一面に眸《ひとみ》に映じた。それは見覚えのない景色であった。夢中で足を運んでいるうちに、随分と遠くまで来てしまった事にお延は初めて気が附いた。湿った風が着物の裾《すそ》に吹き掛けた。

引き返すのも業腹《ごうはら》だったお延は、再び前を向くとそのまま垣根の切れた所まで行って角を左へ曲った。だが、直角だと見えた道は途中からあらぬ方向へ伸びており、此方《こっち》が大通りだろうと見当を付けた方向からどんどんと反《そ》れて行くばかりだった。しかも周章《あわて》て次に出て来た横町を折れると今度は直《すぐ》に行き止まりとなった。お延は道を引き返して、小路を右へ折れたり左へ曲ったりしたが、見覚えのある所へは容易に戻れず、仕舞《しまい》には同じ所を何時《いつ》までもぐるぐると回らされ、まるで狐《きつね》に取り憑《つ》かれたような印象を有《も》った。雨は強くもならない代りに弱くもならなかった。お延の踏んでいる土は何時の間にか地下の鉛管まで腐れ込もうかという程濡れていた。用心深く水溜《みずたま》りを避けて歩くだけの根も尽き果《はて》るうちに、足袋は甲まで泥水《どろみず》に浸《つ》かった。雨の所為《せい》で俥《くるま》は固《もと》より、人も往来に出ていなかった。情けなさで思わずその場に蹲踞《うずく》まりたいのを堪《こら》えてお延は猶《なお》も徘徊《はいかい》した。

やがて、突然視界が開けた。

眼《め》の前に大通があった。無数の銀箭《ぎんせん》が斜めに走る向うに、朦朧《もうろう》と停留所が浮かび上がった。ほっとした思いで大通を横切ろうとしたお延は不図《ふと》足を留めると、傍《そば》の瓦斯《ガス》燈に身を寄せて傘の下からその茫々《ぼうぼう》たる世界を見遣《みや》った。

それは遠い夢の中の景色のようであった。

お延は家へ帰る決心の附かないまましばらく眼の前に繰り広げられる光景を見ていた。乗降《のりおり》の一混雑が済むと、洋傘《こうもり》を差したいくつもの黒い影が水面の輪のように回りに広がり、一瞬広場の中心に静寂が訪れようとする。すると、細かい雨を烟《けむり》のように散らしながら又別の電車が予想外の方向から現れ、新たな人《ひと》の渦《うず》を作った。そうして電車の去った後《あと》、再び静寂が訪れようとした。電車が入れ代り立ち代り現れ、人が入れ代り立ち代り消えて行く停留所の喧騒《けんそう》が、何だか自分と毫《ごう》も関係のない事のように思える。周囲のものが悉《ことごと》く活動しているのは自覚しながらも、自分の魂だけはまるで由緒《ゆかり》もない他界から迷い込んだ幽霊のような心持であった。お延は何時の間にか自分の家へ帰るのも忘れて其所《そこ》に呆然《ぼうぜん》と佇《たたず》んでいた。

今のこの時間が現実だという事が不思議であった。

何か取り返しの附かない事が起こったのは朧気《おぼろげ》に理解出来たが、それが本当に自分の人生で起こったという実感がなかった。こうして此所《ここ》に立っているのも本当の自分のような気がしなかった。かといって本当の自分の居場所はこの世の中には何処《どこ》にもないような気がした。

――随分と長い間一処《ひとところ》に立っていたようだった。見れば先刻《さつき》道を尋ねた巡査が交番の前に仁王立《におうだち》になって此方の見当を眺《なが》めている。顔にかかる雨が突然薄寒く感じられた。

お延は瓦斯燈《ガス》の傍《そば》を不意に離れると、足早に大通を横切って停留所に辿《たど》り着いた。一面の舞台と見做《みな》していた広場が現実となり、同時にお延も電車を待ち合わす人間の一人となった。やがて、遠い向うから小さい火の玉があらわれ、それが一直線に暗い中を上下に揺れつつ近《ちかづ》いて来た。お延はそれに乗って家の傍《そば》で降りた。

電車通りから横道に入り、自分の家の門を潜《くぐ》った時であった。お延の眸《ひとみ》は植え込みの向うに人影を認めた。男の後姿であった。男は丁度《ちょうど》玄関の格子戸を締めている最中であった。

二百二十四

男の外套《がいとう》を見れば顔を見る必要はお延にはなかった。格子戸《こうしど》を締め終えた男は門の方へ向きを変え、毛繻子《けじゅす》の洋傘《こうもり》を開こうと手を前へ持って来た。その時、彼の方でも雨の中に人影を認めた。

「やあ、奥さん、此奴《こいつ》あ丁度《ちょうど》好かった」

小林はお延に招き入れられるものと思っているらしく、開きかけた洋傘を下ろすと格子戸へ再び手を掛けた。

「何の用です」

お延の声は火が附いたように鋭どかった。小林は手をぴたりと留めた。退避《たじ》ろいだ様子が一瞬顔に露《あら》われたが、すぐに持前の薄笑いを浮かべた。

「奥さんも、余ッ程執濃《しつこ》い性質《たち》ですね」

お延は蛇《じゃ》の目《め》の中から彼を刺すように睨《にら》み附けた。

「まだ怒っているんですか」

お延は無言のまま猶《なお》も小林の顔を睨み附けていた。小林はそんなお延を面白い見世物でも見るようにしげしげと眺《なが》めながら云《い》った。

「まあ、お叱《しか》りは後程《のちほど》受けるとして先《ま》ずは這入《はい》りましょうや」

小林は格子戸の方へと上体を捩《ねじ》った。猛然と軒下まで進んだお延は、怯《ひる》んだ相手を後《しり》目《め》に手を思い切り伸ばして格子戸を押さえた。その時お延の眸《ひとみ》に擦硝子《すりガラス》の内側に動く影が映った。小林の応対に出ていたお時がまだ玄関に残っていたのに違いなかった。人影を認めた途端、擦硝子《すりガラス》の向うは障子に白く閉ざされてしまった。

お延は荒い呼息《いき》をしながら小林に眼《め》を戻した。二人はこの前の時と同様鼻と鼻を突き合わせた。

「驚いたなあ」

「何しにいらしたんです」

悲鳴のように甲高い声であった。小林はそれを聞いて更に驚いた。

「いやあ、えらい権幕ですね。そんなに僕は奥さんに悪い事をしたかなあ」

お延は答えなかった。

軒先から垂れる雨が、軒下へと半ば入り込んだお延の蛇の目に当り、ぽたりぽたりと四隣《あたり》に大きく響き渡った。お延は軒先から一歩退《しり》ぞくと再び雨の中に立ち、一間程の距離を置いてもう一度小林と睨み合った。雨は雨垂れ落ちの砂利に当って、細かい音を立てた。

小林は空いた方の手で、外套の襟《えり》をこれ見よがしに立てた。

「おお寒。非道《ひど》い降りですね。新しい靴《くつ》が台無しだ。――あれ」

彼の眼はお延の泥まみれの足袋に留まった。

「こりゃ気の毒だ。こんな雨の中を何処《どこ》へいらしてたんですか。奥さんこそ風邪を引きますよ」

「余計なお世話です」

再び悲鳴のように甲高い声であった。小林は又もや眼を見開いた。

「これはこれは。――折角奥さんに暇乞《いとまごい》に伺ったというのに随分な挨拶《あいさつ》ですね」

「暇乞?」

お延は片頬《かたほお》を引きつらせた。

「わざわざ、――暇乞に、――いらしたんですか」

お延の声は亢奮《こうふん》を抑えようとする為《ため》、切れ切れになっていた。小林は訝《いぶか》しげにお延を見遣《みや》ったが、女だけに理由《わけ》の解《わか》らぬ歇斯的里《ヒステリ》でも起こしていると結論したのか、まともに取り合う必要を深くは感じないようであった。彼はわざと頭を掻《か》きながら切り出した。

「実は出発の日取りが極《き》まったんです。それで津田君が留守なのは承知してるんですが、奥さんに一応御挨拶《あいさつ》に伺ったという訳です」

小林は其所《そこ》で一度にやりと笑った。

「――それにひょっとしたら津田君御本尊がね、僕が立つ前には本当は戻って来るんじゃないかと思って、その辺の所も伺おうと思ったんです」

お延の眼には新たな憎悪《ぞうお》が加わった。だが、自分の云わんとする事に気を取られている小林は、構わず突き進んだ。

「奥さん。津田君は怪《け》しからん男です。友達甲斐《がい》がない事夥《おびた》だしい。今朝藤井先生の方に寄ったら津田君から先生に端書《はがき》が来てましてね。それが先生だけじゃなくって御鄭寧《ごていねい》に真事《まこと》君にまで来ている。奥さんにも来ていたでしょう」

小林は腮《あご》でお延を指した。

「綺麗《きれい》な絵の附いたやつですよ」

お延は何とも答えなかった。

「ところが昼に下宿に帰って見ると、僕ん所《とこ》には何の音信《たより》もない。如何《いか》に不公平な世の中だといったって、僕ん所《とこ》だけ郵便が遅れてるって訳でもないでしょう。どうも津田君は此間《こないだ》を最後に、何とか僕の顔を見ずに済ませようって魂胆らしくって、だから今度《こんだ》の静養とやらから僕が立つ前に戻って来ても、僕には聯絡《れんらく》もして呉《く》れないいんじゃないかと思うんです。―― 愈《いよいよ》僕に食傷したものと見える」

小林は最後の言葉を独言のように呟《つぶや》くと、一人でえへへ、と笑ってから続けた。

「だが、残念ながら僕の方はもっと義理がたく出来上がっていましてね。しかも津田君には気の毒だが、急に報告したい事が出て来てしまったもんで、猶更《なおさら》お目に掛かる必要が生じてしまったんです」

小林は其所で口を閉じるとお延が何か云うのを待った。だがお延は先刻《さつき》と同じ憎悪の表情を見せたまま彼の顔を見据《みす》えているだけであった。果して彼の云う事を理解したかどうかも解らなかった。

二百二十五

小林は少し調子を改めた。

「津田君は、何時《いつ》お帰りでしょうか」

お延は猶《なお》も一言も発っしなかった。小林もそのまま少時《しばらく》お延の顔を見返していたが、お延が何も云いそうにもないので繰り返した。

「どうでしょう、僕が立つ前には戻って来るんでしょうか」

お延は相変わらず無言だった。いくら図迂々々《ずうずう》しい小林でも、何時までも一人で喋舌《しゃべ》り続ける訳には行かなかった。

「成程《なるほど》」

彼は仕方なく一人で納得した。

「じゃあ、まあ、しようがないや。――好《い》いですよ、このまま侘《わ》びしく雨に濡《ぬ》れて帰るとしましょう。これで奥さんにだけは一応暇乞《いとまごい》をしたとして――」

小林はもう一度お延の顔を未練がましく見詰めてから、諦《あきら》めて続けた。

「まあ奥さんにだけは一応暇乞をしたとして、そうして、もし津田君が来週の末までに戻ったんなら、是非聯絡《れんらく》して欲しいと云《い》っていたとだけ伝えて下さい」

そう云った小林は洋傘《こうもり》を開き掛けて留《とど》まった。

「奥さん、ひょっとすると当分、いや、それどころじゃない、ひょっとするともう永遠にお目に掛かれないかも知れないから、最後に一言だけ云わせて下さい。奥さんの未来を憂慮しての、純然たる親切心から来る忠告です。――あんな程度の事で其所《そこ》まで怒っちゃ不可《いけ》ません。いくら奥さんのように浮世の雨風に無縁に生きて来たからって、あんな程度の事をそう何時《いつ》までも根に持つのは、ナンセンスです。判然《はっきり》云って不見識です。人生にあんな程度の……」

「あんな程度の、と仰《おっ》しゃるのですか」

お延が漸《ようや》く口を開いた。

「そうですよ。あんな程度の事ですよ」

「貴方《あなた》は、人が何も知らないと思って馬鹿《ばか》にして」

「馬鹿になんかしていませんよ。僕の方ですよ、御二人から馬鹿にされてるのは。此間《こないだ》だって津田君に――」

お延が口を利《き》き始めたので小林は眼を耀《かがや》かせた。だがお延はそんな小林をすぐに蒼蠅《うるさ》そうに遮《さえ》ぎった。

「もう何もかも……聞きました」

「ええっ？　聞いた？」

小林は一瞬何の話だか判《わか》らないようであった。

「ああ、そうか、津田君の事か。へえ、何かお聞きになったんですか」

お延は首肯《うな》ずいた。

「ほお」

「もう何もかも……」

お延は云い淀《よど》んだ。

小林は先を促がすようにお延を見た。お延の云う事を本気にしてないのは明らかであった。彼はそれを隠そうともせず、云えるものなら云って見ろという風に不遠慮に鼻先で笑った。

お延は決心した。

「あの、――清子さんとの事は」

お延はこの名前を口にする屈辱に全身で耐えた。

「ほお」

小林は不意打ちを喰らったような顔をした。彼は一瞬真顔になったが、徐々に皮肉な笑みを顔中に漲《みなぎ》らせた。

「津田君が自分から云ったのかな。――そいつあ感心だな」

お延は答えなかった。

「いやあ、こんな事は奥さんの前で云うのは失礼だけど、津田君にそんな勇気があるとは思いも寄りませんでしたよ。もっとせっぱ詰った状況の下《もと》でならともかくねえ」

小林は手帛《ハンケチ》を取り出して額を拭《ぬぐ》った。

「それとも僕が知らない所で急に状況がせっぱ詰って来たのかな」

小林はわざとじろじろお延の顔を探ったが、お延は表情を変えなかった。

「奥さん」

小林はお延の顔から眼を離さずに人を食ったような口調で続けた。

「僕は津田君を信頼していたんですよ。自分の得にならん事はせん男だってね。津田君とは長い交際《つきあい》だけど今日《こんにち》に至るまでこの信頼だけは裏切った事はなかったのになあ」

「あなたという人は――」

お延は黙った。

「僕が何ですか」

「津田を唆《そそ》のかして」

「津田君を唆のかす？」

「それを強奪《ゆす》りの材料にして」

「強奪りの材料？」

小林ははてなという風に首を傾《かし》げた。

「津田からお金を受け取らなかったと仰しゃるのですか」

「お金？」

首を傾げたままそう繰り返した小林は、次に膝《ひざ》を打たんばかりにして首肯ずいた。

「いやあ、だからこそ津田君に報告する事も出て来たって訳ですよ。お金は慥《たし》かに頂戴《ちょうだい》しました」

小林は外套《がいとう》の上から隠袋《ポケツト》を叩《たた》くとお延の顔をにやりと見遣《みや》った。

「尤《もつと》も、あっと云う間に消えちまったんで、平生《ふだん》なら忘れる所だったんですがね。だけど今回は……」

小林が後を続けようとするとお延が遮ぎった。

「そうして次は私を強奪りに来て」

「奥さんを強奪りに？」

「現に此所《ここ》に居るじゃありませんか」

「参ったな。――僕がどうやって奥さんを強奪るんです？」

「さあ。今度の事を私が知らないと思って、教えて遣るからお金を寄越《よこ》せとか」

「奥さんには驚かされますね」

「そうですか」

「上流の家庭に育たれたにしては人の事を悪く取り過ぎる」

二人の間に少時《しばらく》沈黙があった。

二百二十六

風が止《や》んだのか、今、雨は空から真直《まっすぐ》に降っていた。雨に物音を吸い込まれ、四隣《あたり》の家は昼間から寐静《ねしず》まっているように寂《ひっそ》りとしていた。二人の耳には雨垂れ落ちの砂利に当る雨の音だけが切れ目なく響いた。

「僕は慥《たし》かに、誰か回りに強奪《ゆす》れるような輩《やから》はいないかと考える事がある。始終ある。津田君は殊《こと》にそういう気を起こさせるんですよ。可哀《かわい》そうに、彼輩如《かのはいごと》きは何時《いつ》誰かに強奪られるんじゃないかと思って年中びくびくしてるからねえ。だけど僕は単に考えるだけで其所まで実行に移した事はまだないですよ。何故ないかというと、――ふん、何故だろう」

小林は、はたと自問した。だがお延は彼の云《い》う事など聞いていなかった。彼女は声を上げた。

「それならもっと始末が悪いじゃあありませんか」

「始末が悪い？」

「お金が目的じゃないとしたらもっと陋劣《ろうれつ》です」

「何の話です？」

「せいぜいお笑いなさい」

「奥さん」

「津田を、——私を笑い者にしようと思って、——復讐《ふくしゅう》して」

悲鳴のような声がお延の喉《のど》から再三出ると、同時に、小林を睨《にら》み付けた両眼に涙が押し寄せるのが、雨を通してでも判然《はっきり》と見えた。

「復讐？」

小林は今までの皮肉な調子を忘れて呆気《あっけ》に取られた声を出した。

「白々しい」

お延が鋭く云い放った。

「一体何がどうなって僕がそんなに悪者になったのだか判《わか》りませんが……」

「人を笑い者にして、――そうして、笑い者になっても矢《や》っ張《ぱ》り生きていた方が可《い》いじゃないかと、そう仰《おっ》しゃりたいんでしょう」

「奥さん」

小林はお延の顔を正面からまじまじと見詰めた。

「能《よ》く解《わか》りませんが、もし津田君が、今、何か奥さんを怒らせるような事をしているとする」

お延はあらん限りの憎悪を込めた眼《め》で彼を見た。

「津田君がそんな事をしてるって訳じゃあないですよ。ただ、仮にそうだったとする。でもそれは津田君の問題、――まあ強《し》いて云えば津田君と奥さんの問題であって、この僕に苦情を持ち込もうっていうのは御門違《おかどちがい》ですよ」

「津田に温泉に行くように勧めるのは可《い》いけれど、そんな勧めに乗るのが悪いという訳ですか」

「津田君に温泉に行くように勧める？」

一体何の話だろうという表情が小林の顔に浮かんだ。

「今、津田君が行っている温泉の話ですか」

「勧めた事はないと仰しゃるんですか」

「そんな事した覚《おぼえ》はないですよ」

小林が続けて何か云おうとするのにお延が畳み込んだ。

「あの女の人が今其所にいるのを教えただけだっていう訳ですか。それを聞いてわざわざ出掛けて行った津田が悪くって……」

「ちょっと待って下さいよ」

小林が息を呑《の》むのが判然《はんぜん》と見えた。

「津田君は、その、本当に清子さんに逢《あ》いに温泉に出かけたんですか」

「何を今更」

「驚いたなあ」

「馬鹿《ばか》らしい」

「いやあ、全くの初耳です。こりゃどうなってんだろう」

小林の顔には本物の驚きが露《あら》われていた。

「じゃあ一体誰が津田を唆《そそ》のかしたと云うんです」

お延は再度畳み掛けた。だが小林は、平生《ふだん》の減らず口を何処《どこ》かへ置き忘れでもしたように、言葉を失って其所に立っていた。お延はそんな小林の容子《ようす》を気息《いき》を凝《こ》らして見詰めた。

「奥さん」

再び口を開いた時、小林の声は不断より低かった。

「僕はその清子さんとは一面識もないんですよ。共通の知人もいない。ああいう上等な人達とは交際《つきあい》が無いですからねえ。どうしてこんな僕が清子さんが温泉に居るとか居ないとか、そんな事を知り得るんだか、一寸《ちょっと》考えて見て下さいよ」

小林の口調には一分の嘲弄《ちょうろう》と九分の真実とがあった。今度はお延の方が言葉を失った。冷え切った身体《からだ》から気味の悪い汗が一度に吹き出た。自分がとんでもない間違いをしでかしたかも知れないという思いが頭を掠《かす》めたが、それを押し払うように彼女は云った。

「だって津田の回りで、貴方《あなた》以外にそんな事をしそうな人は考えられないじゃないですか」

小林はお延の顔を瞬《またた》きもせずに見た。お延は頰《ほお》に血の色を走らせたまま、昂然《こうぜん》と小林を見返した。

二百二十七

「奥さん」

小林はお延から眼《め》を放さずに云《い》った。

「僕が奥さんに疑われるのは、まあ、色々失敬な事を云ったというのもあるでしょうけど、要するに僕が貧乏だからでしょう」

腹でこの観察を首肯《うけが》わねばならなかったお延は、面《おもて》は眉《まゆ》も動かさずにいた。

「日本で食い詰めて朝鮮くんだりまで都落ちをしようという矢先だし、無理もないなあ。小人窮すればここに濫《らん》すという理由《わけ》ですね」

小林は寒そうに肩を窄《すぼ》めると、序《ついで》に眉を顰《ひそ》めて雨空を見上げた。

「慥《たし》かに金はないなあ」

そう呟《つぶや》いた彼は、次に、他人《ひと》のだか自分のだか未《いま》だ不分明の外套《がいとう》を見下ろした。

「そうして金は欲しい」

彼は最後に眼をお延に戻した。

「ですがね、金の欲しい人間の方が悪い事をするとは限っていませんよ。大体我々は悪事を成す暇がないくらい食うのに忙しいですからね。貧乏暇なしってやつですよ。何しろ露命を繋《つな》ぐのに馬車馬のように齷齪《あくせく》してないと、饑《うえ》と寒《さむさ》が容赦なく追って来る。津田君にも云ったけど、僕なんかは彼と違ってうかうかと病気にもなれないんです。奥さんのような人に僕が疑われるのは無理もないんでしょうが、下々《しもじも》の情に通じてないもんだから、今一つ的《まと》を射てないですよ」

「あの日、貴方《あなた》は病院にいらしたではないですか」

「あの日？」

小林はお延の云うあの日を思い出そうと小首を傾《かし》げた。

「はあ。あの日ねえ。僕が津田君を見舞った日に何かあったんですか」

お延は答えなかった。

「あの日と云えば、そうそう、そう云えば吉川の細君も見舞に来たじゃないですか」

お延は何を下らない事をと云わんばかりに黒い眉を上げた。だが次の瞬間、彼女ははっとして今小林の云った言葉をもう一度頭の中で繰り返した。其所《そこ》で予想外の事実に突き当たったお延は、全く別の角度から小林の云った事を掘り起こさねばならなかった。

お延の声は知らぬ間に純然たる質問の調子を帯びた。

「あの日、それでは貴方は、吉川の奥さまに病院でお会いになったんですか」

「いいや」

小林は苦笑を洩《も》らした。

「残念ながら僕は彼女の御登場前に退却を命じられましたよ。津田君からね」

「津田から？」

「ええ」

お延の頭は混乱した。どうして津田が前もって吉川夫人の来訪を知る事が出来たのだか、見当が附かなかった。

「どうして津田が――」

お延は訊《き》きかけて逡巡《ためら》った。この期《ご》に及んでも、まだ、夫婦の間の疎通《そつう》の悪さを恥じる気持が癖になって残っていて、質問が素直に口を突いて出なかった。小林の方はそんなお延の心の揺《うご》きを見透かしたように、意地悪く繰り返した。

「どうして津田君が、何ですか」

「あの日、吉川の奥様のいらっしゃるのを知ってたんだか――」

「あはは、それはこの僕が教えたからですよ」

小林は得意の色を見せた。嘘《うそ》を吐《つ》くなという怒りがありありとお延の顔に読めた。

「嘘じゃありません」

小林は先刻《さっき》の人を食ったような調子を取り戻していた。

「ではどうして貴方が、そんな事を御存じだったんです」

「僕はもっともっと色んな事を知ってますよ。――津田君は、僕の恐るべき早耳を奥さんの耳に入れてないのかなあ」

彼はお延の顔を眺《なが》め廻《まわ》した。

「例えば、あの日は、お秀さんとごたごたがあった次の日でしょう」

お延は自分の表情が亦々《またまた》変わるのを抑えられなかった。

「何故《なぜ》、貴方がそんな事まで御存じなんです」

「いやあ」

小林はにやにや笑った。

「実はさる人に頼まれて探偵《たんてい》してるんですよ。津田君夫婦の素行調査をね」

だが、そう云った小林は、お延の顔を見ると不意に口を噤《つぐ》んだ。彼は苦笑した。

「参ったな。笑談《じょうだん》ですよ、奥さん。笑談笑談」

彼は自分の鼻先で右手を横に振った。そうしてお延の色を失った顔を少時《しばらく》の間注意深く見詰めた後《あと》、皮肉を眼元に漂わせながら口を開いた。

「僕が正直に云ったら奥さんの尊敬を得られますか？」

お延は微《かす》かに眉根を寄せただけだった。

「矢張《やは》り得られないと見える」

小林は亦片頬《かたほお》で笑った。だが皮肉なその眼元は笑っていなかった。

「奥さんからは尊敬も何も得られないのを承知で教えて上げます。僕は奥さんに親切にする何の義理もない。だからこれは純然たる親切です」

小林は最初に使った言葉を繰り返した。

「あの朝ですね、お秀さんが先生の所《とこ》に来たもんだから、其所で僕も色々聞かされたんですよ」

お延は乱れた頭の中で記憶の糸を手繰った。そう云えばあの日お延の家に不意に顔を出したお秀は、藤井に寄った帰り路だと云っていたのだった。風呂屋へ行って留守だったお延は、それを追懸《おっか》けるようにしてお秀の家を訪ねたのだった。お延は空いた方の手で自分の咽喉《のど》を押さえた。頸《くび》を絞めつけられた後のように胸苦しかった。小林の説明に一度得心の行ったお延が再び元の疑問に立ち返るまで少時間《しばらくま》があった。

「でも何故貴方は、吉川の奥さまの事まで知ってらしたんです」

「だから、それも先生の所《とこ》でお秀さんから聞いたんですよ」

「秀子さんから？」

「そうです」

「だってどうしてそんな事を、秀子さんが……」

「どうしてって――」

小林は一瞬逡巡《ためら》った。今の彼にとって、無知の闇《やみ》の中でもがいているお延を煮て食おうと焼いて食おうと、全く自由であった。彼の胸の中には、どうしたものだろうという優者の迷いが渦巻《うずま》いた。彼はその迷いを別段隠そうともせずにお延の反応を窺《うかが》った。

驚きが過ぎた後、お延の顔には別の表情が生まれていた。お延の眼は食い入るように彼の眼を見ていた。然《しか》しその眼は、現に今小林が彼女に与えつつある侮辱には全く無反応であった。その眼は小林を見ていてその実何も見ていなかったからである。今、お延には小林という人間など存在しなかった。自分すら存在しなかった。彼女を突き動かしているものは、彼女自身にも訳のわからない恐ろしさだけであった。それはお延を今まで生かして来たもの凡《すべ》てがするすると指の股《また》から滑り落ちて行くような、何とも云えない恐ろしさであった。小林を見詰める彼女の眼附きには、相手に頭を下げようという世間並の配慮が生じる余裕もなければ、相手に頭を下げることを恥に思う余裕もなかった。其所にはお延の存在を越えた何物かがありありと読まれるだけであった。

小林は自分でも知らぬ間に正直に答えていた。

「あの朝、お秀さんは、吉川の細君の所《とこ》に顔を出しているんですよ。先生の所に来る前にね」

二百二十八

お延は絶句した。

突き進めば突き進む程、夢想だにしなかった事実に突き当るばかりだった。小林はお延の驚愕《きょうがく》を前に、恰《あたか》も弁解するように云《い》った。

「津田君にも云っておいたんですよ。兄妹喧嘩《きょうだいげんか》なんかしたりするのは拙《まず》いってね。あんな所《とこ》まで飛火しちまうんですから」

「それでは津田も、――知ってますのね」

消え入るような声であった。

「あの日、秀子さんが吉川さんの所へ寄った事は……」

小林はお延から眼を離さずに用心深く点頭《うなず》いた。

お延は呆然《ぼうぜん》と其所《そこ》に立ちすくんだ。その呆然とした頭の中には吉川夫人とお秀と津田の三人の姿が巴《ともえ》の如《ごと》くにぐるぐると回転し始めた。巴の輪は回《めぐ》るに従って次第に狭《せば》まって来て、遂《つい》に一所に寄って、丸い円になろうとした。お延の肌《はだ》の色は今はまるで死人のようであった。小林はそんなお延の容子《ようす》を眉《まゆ》を顰《ひそ》めて窺《うかが》っていた。二人共長い間一言《いちごん》も口にしなかった。

雨垂れ落ちの砂利に当る雨の音が相変わらず静かに響く中《うち》に、いつの間にか小林は同情とも憐憫《れんびん》とも呼ぶべき、彼らしくない表情を浮かべていた。

「何しろ今日は退散します」

彼は既に立っている外套の襟《えり》をもう一度立てた。

「奥さんに疑われた事に関して恨みはしませんよ。それで傷《きずつ》くような体面もないですからね。――それより、奥さんこそ、もう好《い》い加減に中に這入《はい》らないと風邪を引きますよ」

お延には小林の声が聞こえないようであった。眼《め》は小林の方を向いていたが、判然《はっきり》何処《こ》を見ているとも思えなかった。黒い瞳子《ひとみ》には生きた光があった。けれども生きた働きが欠けていた。

「奥さん。風邪を引きますよ」

子供に云い聞かせるような口調であった。

「我々風情と違って雨も徹《こた》えるでしょう」

お延は相変わらず漫然と瞳孔《ひとみ》の向いた見当を眺《なが》めているだけであった。

「奥さん」

小林は少し大きな声を出した。それでもお延が反応を示さないのを見ると更に声を上げた。

「奥さん」

お延の身体《からだ》が揺れて前のめりになった。何時《いつ》の間にか小林の右手がお延の肩を支えていた。小林は腕に力をこめてお延を軒下へ引き入れた。お延の眼は平生《へいぜい》の我に帰った。そうして夢から醒《さ》めた人のように小林を見た。

「放して下さい」

「放しますよ」

既に小林の身体の方は軒の外に出ていた。彼はお延の肩から手を放すと、お延の方を向いたまま後退《あとずさ》り、立ち止まった所で洋傘《こうもり》を開いた。二人は今までと位置を交代した形で互の顔を一仕切《ひとしきり》見詰め合った。

「元気を出して下さい」

小林の声には今までにないものがあった。男の顔を打ち守ったお延は、其所に露《あら》われている、一種の真面目《まじめ》な眼の光を不思議なものでも見るように見詰めた。

「達者でいて下さい。津田君が戻って来ても僕どころじゃないでしょうから、彼とはもう会えんかも知れんな。津田君には向うから手紙を書くと伝えておいて下さい」

小林は洋傘《こうもり》を差した右手を旗を掲げるように上に挙げた。

「じきに一旗挙げて戻って来ますよ。御迷惑かも知れませんがね」

それだけ云うと彼はお延にくるりと脊《せ》を向けた。外套《がいとう》の脊中に先日の畳み皺《じわ》が無残に幾筋も残っているのがお延の胸を鋭く射た。お延は唇《くちびる》を噛《か》むと、その脊中が雨の中に消えるのを、蛇《じゃ》の目《め》を閉じるのも忘れて見送った。

格子戸《こうしど》を開けると例《いつ》もの小走りの音は聞こえず、泥棒《どろぼう》のようなひっそりとした足取りでお時が顔を出した。お時の顔は異様に赤く染まっていた。瞼《まぶた》も同様だった。下女部屋も台所も玄関のすぐ隣だし、外の壁は薄かった。お延は咄嗟《とっさ》に何が起こったのかを察した。

「お帰りなさいまし」

お時は泣いた顔を隠すようにして手を突いた。

お延は小声で「只今《ただいま》」と応じると蛇の目を框《かまち》に斜めに預け、肩掛《かたかけ》をお時に手渡した。次に「お湯を」と云ったなり上がり口に腰を卸《おろ》して足袋を脱いだ。爪先《つまさき》に滲《し》み込んだ泥《どろ》はお時が桶《おけ》に汲《く》んで来た湯で洗ってもなかなか落ちなかった。お延は足を拭《ふ》いた雑巾《ぞうきん》を再度お時に濯《ゆす》ぎに行かせ、もう一度指の股《また》を丹念に拭いてから漸《よう》く茶の間へ上がった。

茶の間は平生《ふだん》と同じに鉄瓶《てつびん》が規則正しく鳴っていた。長火鉢《ながひばち》の前には津田と自分の座《ざ》蒲団《ぶとん》が相変わらず差向いに置いてある。お延は電燈を点《つ》けると、真直《まっすぐ》重ね簞笥《たんす》へ向って進み、抽斗《ひきだし》の環《かん》に手を掛けて芝居《しばや》に締めて行った檜扇《ひおうぎ》模様の丸帯と一昨日《おととい》買った紋縮緬《もんちりめん》とを出し、お時の前に並べた。電燈の下で厚い帯に入った金が燦爛《さんらん》と光った。女主人の為《ため》に茶を淹《い》れていたお時は、すぐお延の意味を理解したらしかった。

「矢《や》っ張《ぱ》り今日立つよ」

「へえ」

「だからこれをお願い」

「へえ」

質屋が反物に大した値を附けなかったら、代りに丸帯の方を預けて来るようお延は云った。

「此方《こちら》は何たってこんな織だからね」

「へえ」とお時はもう一度繰り返すと、漸《よう》く腰を卸《おろ》したお延に茶を差し出し、茶の間を下がった。

「成るたけ早く戻って来て御呉《く》れよ」

お延は襖越《ふすまご》しに叫んだ。

二百二十九

お延は湯呑《ゆのみ》で両手を暖めながら一心に茶を呑んだ。肌《はだ》へ抜けた湿気が皮膚の活気で蒸し返され、身体《からだ》中じめじめして気味が悪かったが、着換えるよりも何よりも先《ま》ずは指先を暖めずにはいられなかった。眺《なが》めていると爪《つめ》の甲の底に流れている血潮が、寒さだか亢奮《こうふん》だかでぶるぶる顫《ふる》えるように思える。お延は茶を呑み終わった後《あと》も猶少時《なおしばらく》の間繊《ほそ》い指を火の上で焙《あぶ》るように擦《こす》り合わせていたが、やがてボンボン時計の音に急《せ》き立てられて身を起こすと、傍《わき》の茶簞笥《ちゃだんす》からジェムを出して五六粒呑んでから立ち上がった。

彼女は先ず必要な物を信玄袋に小さく纏《まと》めた。次に簡単に御化粧《おつくり》を直し、鬢《びん》を撫《な》でつけ、湿った着物を別のに着換えた。それでもまだお時が帰って来ないので、恰《あたか》も長旅にでも出る人のように、家の中をぐるりと一順点検して回った。下女と二人の閑散とした日が続いていたので家の中は不断より片附いている位で、敢てどうこうす可《べ》き点はなかった。明るい茶の間に再び戻って来た時、張り詰めていた気持の反動が急に来た。お延は己《おの》れを支うる力を用い尽した人のように座蒲団《ざぶとん》の上に崩れると、肱《ひじ》を長火鉢《ながひばち》の縁に凭《もた》せて凝《じっ》と両手で顔を抑えた。そうしてお時が帰って来るまでその姿勢のまま身動きもしなかった。

お時の差し出した風呂敷には檜扇《ひおうぎ》模様の帯が残っていた。お延は手垢《てあか》の附いた皺《しわ》だらけの紙幣《さつ》を長火鉢の上で数えた。

「これで全部？」

十円札が二枚と一円札が数枚あった。呉服屋に払った金の半分にもならなかった。

「これでも足らないでしょうか」

お時は吃驚《びっく》りした様子を見せた。

質屋の云《い》い値は丸帯の方が少し良かったのだが、縮緬《ちりめん》にお時が貰《もら》った銘仙《めいせん》を加えれば大体同じ位になると云うので、新《さら》の反物の方を預けて来たのだそうである。元の値は丸帯の方がまだ高いのだから、お時の判断は的確な判断であった。

「それじゃ、お前の分も質に入れておしまいかい」

「はあ」

お延は黙った。

「足らないでしょうか」とお時が心配そうに再び訊《き》いた。

「足りるでしょう。足らせましょう」

向うに着いてからもどうなるとも知れないという不安が根にあるので、仮令《たとい》いくら金があった所で充分な気がする筈《はず》はなかった。しかも眼の前に並んだ紙幣《さつ》は下女に取っては大金に違いなかった。

「有難うよ」

お延は赤黒い手を突いて控えているお時に礼を云った。

今から汽車で立つのでは軽便《けいべん》はもう終わっているかも知れないが、その時は俥《くるま》を雇ってでも津田の居る宿まで行く積《つもり》であった。だが今晩中に宿に着いた所で、日着き日帰りで明日《あす》東京へ立とうなどという気は、もう何処《どこ》かへ消えてしまった。今のお延には夫に会ってから先の事は一切考えられなかった。日曜日の午餐《ごさん》などに就《つ》いて想い煩《わずら》う余裕もなかった。何しろ夫に会う事。――今のお延にはそれ以外になかった。

吉川夫人と岡本へは明日の朝お時が電話をし、お延が風邪を引いて熱を出してしまったので、次の日は行けないと云う事に極《き》まった。吉川夫人は何が起こったかを悟るかも知れないが、それはそれで構わなかった。何が起こったかを悟っても、もうその頃《ころ》お延は津田の元に居るのだから、夫人にはどう介入する事も出来ない筈であった。

お延は直《ただ》ちにお時を帳場へ走らせた。

雨のお陰で他《ほか》は出払ってしまったとかで、古びた俥《くるま》が門に横附けになった。お延は護謨《ゴムわ》輪の擦り減って乗り心地の悪いその俥で、雨の中を一気に停留場《ステーション》まで乗り着けた。偶然、殆《ほと》んど待たずに列車の出る時間であった。切符口で皆なの後ろに並んで買う番が来るのを待っていると、不断は一所になる事もないような人種が集まっている。時間が時間なので女の数は取分け少なかった。男の中では唐人髷《とうじんまげ》に結《い》った半玉《はんぎょく》に見送られている中折帽《なかおればう》の紳士などは良い方であった。光沢《つや》のある前掛を締めた商人《あきうど》が居る。半天《はんてん》兼どてらのような物を着た上に天秤棒《てんびんぼう》さえ荷《かつ》いだのが居る。中にはお延に取っては乞食や立ちん坊《ぼう》と撰《えら》ぶ所のない連中もいた。お延は肩を窄《すぼ》め、呼息《いき》を堪《こら》えて彼等を避《よ》けながら、自分の番が来た時に中等切符を買った。車内は思ったより混んでおり、通路側に漸《ようや》く一つ空いた席を見附けた所で遥《はる》か後ろから口笛が鳴った。

車はごとりと動き始め、お延は闇に向かって出発した。

二百三十

宿の人間に総出で見送られ、俥《くるま》が四台賑《にぎ》やかに連なって出発したのは同じ日の朝であった。生憎《あいにく》の曇り空とは云《い》え、去り行く秋を惜もうという貞子の提案で、幌《ほろ》は四台共《とも》後ろに勢いよく跳ね上げられていた。俥は山間《やまあい》の冷たい空気を切って走り出した。安永を先頭に、貞子、清子、津田と続く行列は、宿の石門を出た後少時《あとしばらく》は奔湍《ほんたん》を左手に見て進み、やがて順繰りに早瀬の上の架け橋を渡ると、大自然の中の点景と化して山道をゆるゆると下った。停留場《ステーション》へは半時間で着いた。間もなくやって来た軽便《けいべん》に乗り込んだのは、お延が吉川夫人からの迎えの俥に乗り込んだのと殆《ほと》んど同じ頃であった。四人が向合わせに腰を卸《おろ》すとその途端に軽便は出発した。

安永夫婦の出発が、四人揃《そろ》っての遠出の計画にまで発展したのは、昨夕《ゆうべ》の宴会も終わる頃であった。事の始まりは、清子が、翌日は自分も気晴らしに二人と一所に停留場《ステーション》まで降り、見送りがてらに何か土産物でも見てみたいと云い出したのにあった。宿に来てからまだ一度も下まで降りていないと云う。

「何か面白いものでもあるんですか」

津田は清子に尋ねる代りに安永に訊《き》いた。散歩の最後に交わされた会話の性質上、清子に親しく話し掛けるのが逡巡《ためら》われたのが、宴会の終わる頃となってもまだ続いていたのだった。今の見送りの話に故意《わざ》と自分が除外されているのではないかという蟠《わだか》まりもあった。

安永は酔《えい》の廻《まわ》ったどろんとした眼《め》のわりに判然《はっきり》と否定した。

「それはないでしょう。彼処《あすこ》は見る所《とこ》も食べる所《とこ》もない、詰らん所《とこ》ですよ」

「そうでしょうな」

津田は数日前に軽便を降りた時の印象を頭の中に蘇生《よみが》えらした。薄暮《ゆうぐれ》の靄《もや》に包まれた鄙《ひな》びた停留場《ステーション》の周囲《あたり》には、小さな茶店のようなものしか見当らなかった。

「そう。それじゃ御見送りだけでも」

清子が重ねて云った。津田には横顔を見せたままだった。

津田は見送りを云い出した清子の料簡《りょうけん》に就《つ》いて思い回《めぐ》らさざるを得なかった。例の散歩の時の会話もあって、清子は津田と二人切りになるのをなるべく遅らせようとしているのかも知れなかった。だがそんな事をして何の意味があるのだか津田には能《よ》く解《わか》らなかった。見送りに行き、宿に二人で取り残されるのを数時間遅らせた所で、その晩も、次の日も、その又次の日も、関からの電報でもない限り、津田と二人切りになる機会は幾らでも残されていた。亦《また》その反対に仮令《たとい》安永達が消えた所で、宿の人間の眼がある限りそうそう二人切りになれる訳でもなかった。清子自身それ位のことを了解していない筈《はず》はなかった。了解しつつも猶《なお》津田と二人で残されるのを数時間でも遅らせたいのだろうか。それとも矢張《やは》り本人の云う通り、単に退屈しているだけなのだろうか。清子の横顔からは津田には判断が附かなかった。

「こうっと」

安永は朝起きて顔を洗う時のように、赤い顔を両手でごしごし擦《こす》った。そうして更に赤くなった顔を上げると眼をぱちつかせてみんなを見回した。

「それじゃ一層《いっそ》のことみんなで一寸《ちょいと》遠出するのはどうでしょう」

彼が名をあげたのは去年、例の大雨の日に夫婦で行ったという温泉《ゆ》の町である。軽便で行けば一時間もない、海に面したその温泉《ゆ》の町は、交通の便が可《い》いので今皆なの居る町より大分開けた保養の地であった。安永が云うに、その大雨の日、老紳士と昼を食べた料理屋というのが結構食べられる店だったから、其所《そこ》でみんなで海を見ながら昼を食べるのはどうかというのである。幸い嵩張《かさば》る荷物はもう昼のうちに送り出してあるし、遠回りになるといっても、そもそも其所から横浜までは鉄道が真直《まっすぐ》通っているのだから、横浜にも大して遅くならずに戻れると云う。

津田の心は既に動いていた。早く安永達に宿を立って欲しい気持はあり、本来ならばそんな気持を抱えて亦明日彼等と飲み食いしたりするのは寧《むし》ろ面倒な筈であった。だが先刻《さつき》の見送りの話に自分が除外されていた反動で、何時《いつ》の間にかその温泉《ゆ》の町へ行ってみたいような気になっていたのだった。帰りの道中清子と二人切りになれるだろうという計算も其所には尠《すくな》からず働いた。然《しか》し津田が乗気なのを見せればそれだけで清子が難色を示す惧《おそ》れがあった。

津田が自分は何方《どっち》でも可《い》いがという風に清子の方へ首を捩《ねじ》った。清子は極めかねて当惑した様子を眉《まゆ》の間に現していた。安永と貞子もそんな清子を凝《じっ》と見た。

「可い気晴らしになりますよ」

安永が勧めた。すると貞子も口巧者《くちこうしゃ》に云い足した。

「妾達《あたしたち》はその方が却《かえ》って有難い位だわ。気分が変わって」

清子は津田の方を振り向くと訊いた。

「どうしましょう」

「行きましょう。此所《ここ》に居たってすることもないんだから」

津田が故意《わざ》と事もなげに答え、それで物好きな見送りが決定されたのであった。

二百三十一

　清子は真向いに腰を掛けていた。硝子《ガラス》戸に額を押し附けるようにして外部《そと》を見ている。乏しい光線を受けた額が、何時《いつ》もより蒼白《あおじろ》く津田の眸《ひとみ》に映った。その隣の貞子は二日酔気味だとかで手帛《ハンケチ》で顔を覆《おお》ってぐったりしていた。津田の隣に坐《すわ》った安永は、軽便《けいべん》が動き出した途端に隠袋《かくし》から新聞を取り出し、先刻《さっき》からがさがさと気世話《きぜわ》しい音を立てて読んでいた。車が軌道《レール》の上を走る音が八釜《やかま》しい所為《せい》もあって、誰も口を利《き》こうとはしなかった。

　窓の外部《そと》には遠くの峯《みね》と濁った空とが漠々《ばくばく》と遥《はる》かに望めた。何処《どこ》で地《じ》が尽きて、何処で雲が始まるか分からない程ぼんやりとした景色であった。近くを通り過ぎるものが時折固有の表情を以て津田の脳髄を刺激したが、思う間もなくそのぼんやりとした景色の中に吸い込まれるように消えて行ってしまった。反対側の窓には、手の届きそうな所に白茶けた岩肌《いわはだ》が逼《せま》っているだけだった。総《すべ》てが単調であった。津田は外部を見るのにも飽き、瞼《まぶた》を閉じて軽便の細かい震動に身を委《まか》せていた。すると不図《ふと》、耳の底の方から、エエ聞こえませぬ、安珍《あんちん》様、という声が聴えて来た。そりゃどうよくじゃ、どうよくじゃわいなあーと続く。津田は覚えず苦笑した。昨夕《ゆうべ》の安永の日高川《ひだかがわ》だった。

　昨夕既に酒の入っていた安永は、お上《かみ》さんから麦酒《ビール》の瓶《びん》を奪うようにして津田と清子に酌《しゃく》をし、自分も盛《さかん》に飲み、一人で喋舌《しゃべ》り立ててみんなを笑わせ、お上《かみ》さんに唄《うた》わせ、そうして最後に待っていましたとばかり自分の喉《のど》を長々と披露《ひろう》したのだった。そう云《い》えば明け方も、半醒半眠《はんせいはんみん》の裡《うち》に、そりゃあんまりどうよくじゃわいなあーという所だけ繰り返し頭の中で鳴り響いていたのが憶《おも》い起こされた。その途端、明け方に感じた体調の不安が、津田の意識の中で今一度判然《はっきり》と蘇生《よみが》えった。

昨夕《ゆうべ》は酔が廻《まわ》るにつれ、勧められる酒を断わるのが慵《ものう》くなった結果、思いの他飲み過ごしてしまったのだった。明け方、酒で昂奮《こうふん》した彼の脳裏には、日中に交《かわ》る交《がわ》る痕《あと》を残した色彩が、時の前後と形の差別を忘れて一度に散らついていた。それが何の色彩であるか、何の運動であるか判然《はんぜん》としないうちに寐苦《ねぐる》しくて眼《め》が醒《さ》めたのだった。すると安永の義太夫《ぎだゆう》が耳の底で執濃《しつこ》く鳴っていた。同時に頭が重いだけでなく、手術をした痕に妙な違和感があるのに気が附いた。入院中に経験した収縮感に似たものである。津田は少し不安になった。朝起きてみても、その不安は少時《しばらく》彼に附き纏《まと》っていたが、出発の慌《あわ》ただしさや、目の前に繰り広げられる風景の変化の中で、何時《いつ》の間にか忘れてしまっていたのだった。幸い、今、明け方感じた違和感は悉皆《すっかり》消えていた。

津田は斯《こ》うして軽便に揺られている自分を他人事《ひとごと》のように不思議の感を持って眺《なが》めた。実際、自分の健康を危険に曝《さら》し、さして楽しみでもない遠出などに附き合うのは平生《ふだん》の彼にも似合わない酔興であった。酔興である以上に愚《ぐ》であるかも知れなかった。然《しか》し、そもそも肉体上の不安を封じ込んで温泉行きを決心した津田は、その瞬間から既に平生の津田ではなかった。東京を後《あと》にした事自体が既に酔興でもあり、愚でもあった。彼は今更後悔する気には別段ならなかった。

それに安永達がこの遠出を云《い》い出したのも、夫婦が自分たちで遊びたいが為《ため》ではなかった。それは昨夕辺りから急に快楽を帯びて来たみんなの調子を、このまま最後まで盛り上げて行こうという、遊び人らしい配慮が働いての事であった。津田はそういう彼等の配慮に附き合うのを一種の義務のようにも感じていた。考えようによってはこの遠出の話になったのも津田が彼等の仲間に加わり、以前は女二人が中心だった附き合いを、男二人が中心の附き合いに変えてしまった所為だからであった。男が二人になったからこそ、このように遊び方の規模が大きくなったのに違いなかった。

いずれにせよ安永達は今日立つのであった。そうして清子との日はまだ数日残されているのだった。彼等との時間は云わば幕間《まくあい》の狂言のようなものであった。

清子は相変わらず硝子《ガラス》戸に額を押し附けるようにして外部《そと》を眺めていた。津田はその頑《かたく》なな姿勢から、自分と眼を合わす事を拒んでいるという昨夕以来の印象を深めた。昨日の散歩以来二人切りで口を利く機会もなかったのは、矢張《やは》り清子が自分と二人切りになるのを避けている所為だとしか考えられなかった。先刻宿の玄関でみんなで落ち合った時も、津田が近寄れば自然遠ざかるように見えたたし、津田の方を向くのすら何となく回避しているようだった。だがその様な清子の態度は津田を挫《くじ》けさせるものではなかった。清子の拒絶が嫌悪の情から来たものだとはいくら己惚《おのぼ》れを差引いても思えなかったからである。津田から見た清子の拒絶は何よりも先《ま》ず彼女が自分の存在に無関心でいられない事を物語っていた。無関心でも無心ですらもないその清子の態度に、津田は敢《あえ》て名を附けるのを憚《はばか》ったが、清子が自分を避ければ避けるほど眼の前に露《あら》わになるのは、男と二人切りになる事に緊張を覚えている一人の女であった。津田は其所《そこ》に希望を繋《つな》いだ。

何時《いつ》の間にか軽便はもう平地を走っていた。

二百三十二

終点が目的の温泉《ゆ》の町だった。

昼間から既に宿引きが立ち並ぶ間を縫うようにして停留場《ステーション》を出ると、周囲《あたり》は霧が掛かっていた。海が近い所為《せい》か、湿気を帯びた空気の一分子毎《ごと》に、何だか潮の匂《におい》が籠《こも》っているようだった。山を降りたというのに寒い風が枯枝を揺《ゆす》ぶって吹いている。朝から曇っていた空は、晴れるどころか更にどんよりと重たく閉ざされていた。然《しか》し通りにちらほら見える人の影は、さすが温泉《ゆ》の町らしく、みんなそぞろ歩きでもするように長閑《のど》かに履物《はきもの》の音を響かして往来していた。

四人は先《ま》ず停留場《ステーシヨン》の鼻先にある大きな土産物屋に入った。干魚やら揚饅頭《あげまんじゆう》やら、何処《どこ》にでもあるような詰らぬものが、棚《たな》には収まり切れずに天井の至る所から釣《つ》り下がっている。清子は夫婦の買物に根気に附き合っていたが、最後に楠《くすのき》細工が並んでいる前に立つと、自分もあれこれ手に取った揚句《あげく》小振りの丸盆を買った。みんなの後《あと》を茫乎《ぼんやり》と附いて歩いていた津田も真似《まね》して同じ物を買った。てんでに紐《ひも》で括《くく》った紙包をぶら下げて土産物屋を出れば、大きな門のある料理屋は同じ並びに建っていた。

案内されたのは二階の眺《なが》めの好《い》い座敷であった。

「どうですか。悪かあないでしょう」

真先に座敷に這入《はい》った安永は、座蒲団《ざぶとん》の上へ胡坐《あぐら》を掻《か》くなり室《へや》の中を見廻《みまわ》して云った。その性急《せつかち》な調子が如何《いか》にも能《よ》く彼の性質を代表しているようだった。津田も足を折りながら柱の木口や床の軸などを見廻した。

「東京辺《へん》の安料理屋より却《かえ》って好《い》い位ですね」

清子はと振り向くとまだ廊下に立ったままだった。男達に後姿を見せて硝子《ガラス》越しに外を眺めている。見晴らしの良さが売物なので、表廊下の外側は勿論《もちろん》のこと、表廊下と座敷との境も腰板より上は硝子《ガラス》が嵌《は》め込まれており、夏が終っても座敷の中から外の景色が眼に入るように出来ていた。右手には中庭を隔てて向うの二階の広間が望め、左手には中庭に植わった松の枝の隙間《すきま》を縫って、鈍く光る海が望めた。清子はその海の方へ身体《からだ》を向けていた。

両手を後ろに投げ出した津田は、上体を靠《もた》せて声を上げた。

「何かありますか」

清子は緩《ゆっ》くりと首だけ振り向いた。

「雨になりそうですわ」

「ほう、雨ですか」

「厭《いや》だわねえ」

厠《かわや》に寄っていた貞子が廊下伝《ろうかづたい》にやって来て、清子の隣に立って云《い》った。

「あの番頭に訊《き》いたら、今日は昼から晴れるって云ってたのに」と今朝結《い》わせた丸髷《まるまげ》の鬢《びん》を撫《な》でている。

清子は平生《いつも》と同じ廂《ひさし》だったが、矢張《やは》り今朝結《い》わせたらしく、首から上が改まった印象を与えた。二人共座敷の中に這入《はい》ろうともせず、何かに魅入られでもしたように外を見ていた。

「どれ」と津田も今卸《おろ》したばかりの腰を上げると、隣へ行って立った。

成程《なるほど》海の向うの空が一角、泥炭《でいたん》を溶いて濃く流したように、黒い色に凄《すさま》じく染め上げられていた。眼《め》を凝らすと、その黒い空の端がゆらゆらと伸び縮みするように見える。海も気味の悪い鉛色をしており、しかも何時《いつ》の間に風が強まったのか波が大きく上下に蜿蜒《うねく》っている。三人は空の黒ずんだ部分が今にも世界全体を侵食しそうなのを、不吉なものでも見るように無言で眺めていた。

だが自然界の不穏な動きに比べて人間界は頗《すこぶ》る泰平であった。津田が眼を転じれば、右に見える二階の広間に、余程早くからの宴会でもあるのか二三人紋附羽織の人影が出入りするのが見える。その見当で芸者が三味線の調子を合わせている音も聞こえて来た。音に誘われて何時の間にか女達も津田と同様座敷の方へ首を向けていた。

内廊下との境の襖《ふすま》が開いて、茶を持って来た下女が風呂をどうぞと云う。

「どうします、風呂は」

一人紙巻を燻《くゆ》らせていた安永は座蒲団から三人の顔をぐるりと見廻した。みんな朝浴びて来ているのか誰も行きたそうな顔をしなかった。

「風呂は可《い》いや。――飯と、飯よりも先《ま》ず酒だ」

下女は心得て立って行った。

廊下の三人が座敷に入って腰を卸《おろ》した所で向うの座敷でも客の頭が揃《そろ》ったのか、三味線の音《ね》が二枚の硝子《ガラス》戸を隔てて微《かす》かに聞え出した。四人は手持無沙汰《ぶさた》に茶を御代りしながら取り留めもないことを話した。腹が好《い》い加減茶で膨れた時分に下女が順繰りに膳《ぜん》を運び込み始めた。

二百三十三

貞子が早速徳利の尻《しり》を持ち上げた。下女は邪魔になるので、用があれば呼ぶからと云《い》って膳《ぜん》が運び込まれた所で下げたのだった。今日は津田は酒を遠慮したかったが、初手から断るのも興醒《きようざ》めだと考え、一応形だけ盃《さかずき》を差し出した。すると隣に坐《すわ》った清子が、当然の事のように続けて酒を受けるのが見えた。

少時《しばらく》盃の遣《や》り取りがあった後《あと》、津田は清子に御酌《おしやく》をして貰《もら》った盃を一口飲むと云った。

「昨夕《ゆうべ》気が附いたけど清子さんは随分と飲《い》けるんですね」

「まあ、そんな」

清子は両手で徳利を持ったままで答えた。まあと云った割には大して羞恥《はにか》んでいない。

「いや、私も驚きましたよ」

安永が口を挟《はさ》んだ。

「主人の所為《せい》ですわ。関に能《よ》く附き合わされるの」

最後の言葉は津田に向かって云われたが、それに応《こた》えたのは貞子だった。

「そりゃ当然だわ、奥さん見たような美人に御酌して貰えるんだったらね、どんな御亭主だって自宅《うち》で飲みますよ。妾《あたし》が男だったってそうするわよ。その代り、黒人衆《くろうと》の商売が上がったり」

清子は何も云わずに笑いながら、わざと貞子の前に徳利を差し出した。どうぞ、というように自分の首を徳利を傾けたのと同じ方に傾けている。

貞子は盃を受けると唇《くちびる》に附け、一口飲んでから続けた。

「何しろ、奥さんは可《い》いわよ。昨夕《ゆうべ》も恐れ入ったけど、飲むと益《ますます》美人になっちまうんですもの」

「いや、全くだ」

下を向いて膳の上の肴《さかな》を早速箸《はし》で突っついていた安永が、ひょいと顔を上げて相槌《あいづち》を打った。

「あら」と貞子が安永の方へ首を捩《ねじ》った。

「あんた、知らん顔してた癖に、何時《いつ》の間に見てたの」

「何時の間に見てたって――」

安永は箸を一点に留めると殊更《ことさら》困ったような顔を見せた。夫婦の遣り取りは真面目《まじめ》に取るには余程《よほど》芝居掛かっていた。だがその芝居掛かった遣り取りの根底には、昨夕の微《び》醺《くん》を帯びた清子の姿がみんなの記憶にあった。黒い眼を大きく潤《うる》ませ、その縁にぼおっと紅《くれない》をめぐらせた清子の艶《えん》な姿は、津田に取っても初めての光景だった。隣に坐った津田は、感心しても始まらないという空疎な気持を抱えながら、そんな清子を折りある毎《ごと》に偸《ぬす》み見ていたのだった。

「そんなこと、誰だって気が附くよ。――ねえ津田さん」

助けを求められた津田が答に窮して苦笑すると、安永は、手に持った箸で眼《め》の前に坐った貞子を指した。

「これなんかは見掛けだおしにすぐ赤くなるでしょう」

「そう、正《まさ》に金時の火事見舞」

貞子は周章《あわて》たように首を竦《すく》めると盃を下ろした。そうしてもう既に火照《ほて》って来た頬《ほお》を両手で押さえながら云い足した。

「憚《はばか》りながら、修行が足らないってことだけはないのにねえ」

「そりゃ、修行の方は盲目だったら、今頃はもう検校《けんぎよう》だ」

みんなが笑い、それが緒《いとくち》になって酒の修行をするとかしないとか、肝臓に出来、不出来があるとか何処《どこ》でも聞くような話が続いたが、途中から安永が、或時《あるとき》商売相手の亜米利加《アメリカ》人と飲み比べをして負かしてやったという話を始めた。何しろ西洋人相手に同じ土俵で勝負をしたって到底《とて》も勝ち目がないというので、事前に海老《えび》の天麩羅《てんぷら》を五皿食って行ったそうである。

「そうしたら思う壺《つぼ》で、互に食い物が出る前からがぶがぶ遣り始めたんだが、此方《こっち》は海老で腹を拵《こさ》えてあるから先《ま》ずは平気でさあ。奴の方は悉皆酔潰《すっかりよいつぶ》れてしまいましてね」

安永が無理矢理俥《くるま》に乗せて帰したそうである。

「その話初めてだわ」

「そりゃ大分昔の話だからさ。其所《そこ》まではよかったんですが、それからが問題でね」

自分も自宅《いえ》に帰って寐《ね》たのは可《い》いが、夜中に寐苦しくって起きてみたら、胸がむかついて堪《た》まらない。身体《からだ》も倦怠《だる》くって堪《た》まらない。これは非道《ひど》い二日酔になったものだと水をがぶ飲みしたり濡《ぬ》れ手拭《てぬぐい》を頭に載せたりして寐たのだが、矢張《やは》り気分が悪くて眠れない。朝になるのを待って医者に来て貰うと、君、これは二日酔じゃないよ、黄疸《おうだん》だよと云われたそうである。

「黄疸？」

覚えず津田が訊《き》き返した。

「天麩羅の食い過ぎだそうです」

「そんなに簡単に黄疸になりますの」

清子も信じられないという風だった。

「急性黄疸って奴《やつ》だそうでね」

「まあ」

津田も急性黄疸などというのは聞いたことがなかった。

「成程《なるほど》鏡を見たら、なんと白目が真黄色でした」

安永は如何《いか》にも本当らしく云った。

二百三十四

その話には更に落《おち》があった。

数日後同じ亜米利加《アメリカ》人と会ったので、あの日は大丈夫だったかと聞くと、一体何の話だと怪訝《けげん》そうな顔をするのでこれこれこうだったではないかと云《い》ったのだが、天から信じないのだそうである。実際酔潰《よいつぶ》れてしまったもんだから翌朝起きた時には記憶がなかったものと見える。しかも独身《ひとりみ》なので証人もいないと来ていた。

「二日酔もなかったのかしら」と貞子が疑わしそうに訊《き》いた。

「それが矢《や》っ張《ぱ》り、なかったんだろうね」

「まあ」と清子が云った。愛想で感心した真似《まね》をしている。

「そういうのは英語で話されるんですか」

外国語を口で使った試しのない津田は其方《そっち》に感心した。すると安永は平気で、何、其奴《そいつ》は偉い奴《やつ》で、自分で日本語を話すんですよと答えた。

「何しろ毛唐には敵《かな》いません」

安永はそれで黙った。すると貞子が附け足した。

「そりゃあ、あの連中は何でもかんでも強いから」

おや、と思うほど蓮葉《はすつぱ》な口調であった。徳利の尻《しり》を持って津田の前に差し出している。

津田は盃《さかずき》で酒を受けながら、不図《ふと》今の彼女の語気に刺激されて、女の前身を洋妾《らしやめん》ではないかと勝手に想像した。続いて酒を受けた清子が、今度は自分の方から徳利を持ち上げて貞子に返したりしている。誰も貞子の言葉を受け継がなかったので一時座が静かになり、箸《はし》が皿小鉢《こばち》に触れる音だけが聞こえて来た。料理はともかくも、器は宿より大分上等であった。

「あら、雨ですわ」

吸物椀《わん》を手にした清子が外を見て云った。

残る三人も一斉《いつせい》に首を硝子《ガラス》戸の方へ向けた。雨は丁度《ちようど》降り始めたばかりと見える。水滴が斜めに硝子《ガラス》の上を走るのがみんなの眸《ひとみ》に映り、一刹那《せつな》、俄雨《にわかあめ》が頭上を通り過ぎるような爽《さわ》やかな印象があった。だが四人の視界の中で斜めの筋は忽《たちま》ち数を増して行った。

「本当だ」

「厭《いや》んなるわ」

夫婦が同時に云った。空は時を移さず黒雲を集め、四囲《あたり》は急速に暗くなった。同時に雨が軒を打つ音が聴えて来た。内廊下をばたばたと走る音がしたと思うと下女が這入《はい》って来て、電燈のスウィッチを捩《ねじ》った。一瞬のうちに室《へや》に黄色い光が漲《みな》ぎった。「急な雨で、どうも——」と、雨の降り出したのがまるで自分達の所為《せい》のような口振りである。

「此所《ここ》に着いてからで助かったよ」

下女に向かって安永が応《こた》えた。

「どうぞ、歇《や》むまで御緩《ごゆっ》くりなさってって下さいまし」

「歇むまでって、君、こりゃ歇むのかね」

敷居際《ぎわ》に手を附いて下がろうとした下女に、安永が真面目《まじめ》な顔をして聞き糺《ただ》した。出掛けに「晴れるかね」と彼に訊かれ、「晴れます」と断言した宿の番頭の顔が、咄嗟《とっさ》に津田の頭に浮かんだ。女達も同じ思いらしく、興味を有《も》った眼附《めつ》きで下女の返事を待った。

「さあ」

下女は困った表情を見せた。

「どうかね」

「さあ、それは解《わか》りませんが」

「解らないかね」

「へえ、どうも」と下女は田舎者らしく恐縮して頭を下げた。

「君は可《い》いや、正直で」と安永が云うとみんなが声を揃《そろ》えて笑った。下女は妙な客だと云わんばかりの顔を見せると、もう一度御辞儀をして襖《ふすま》を閉《た》て切った。

「矢っ張り降って来ましたね」と津田が云った。

「ええ、矢っ張り降って来ましたわ」と清子が繰り返した。

「此所に来ると、毎時《いつも》降られるわ」

貞子は鬢《びん》や髱《たぼ》を撫《な》で附けると、顰《しか》めた顔をそのまま硝子《ガラス》戸へ向けて上の方を望んだ。

「全くだ」

そう答えた安永は、金鎖《きんぐさ》りを引っ張り出して懐中時計を見た。

「実際、出る頃には止むかなあ」

「どうでしょう」

清子も貞子に倣《なら》って上の方を望んだ。津田もそれに倣って首を捩った。

二百三十五

室《へや》の位置が中庭を隔てて例の広間を右手に控えているため、津田の坐《すわ》った位置からは空は広くは視界に落ちなかった。従って雲の往来《ゆきき》や雨の降り按排《あんばい》も能《よ》く分らなかった。けれども凄《すさ》まじい風が甚《はなは》だしく庭木を痛振《いたぶ》っているのは事実であった。

津田は雨よりも空よりも、まずこの風に驚いた。

雨は軒に響くというよりも寧《むし》ろ風に乗せられて、気儘《きまま》な場所へ叩《たた》き附けられているような音を起こした。その間に三味線の音が気紛《きまぐ》れものらしくみんなの耳を掠《かす》め去った。

急に襲い掛かった雨に奪われていた四人の注意は、やがて膳《ぜん》の上に戻った。一座は暫《ざん》時《じ》無言で箸《はし》を動かしていたが、突然、思い出したように安永が話し始めた。

「毛唐の話の序《ついで》ですけどね、実は最近面白い発見をしましてね」

彼は仔細《しさい》らしくみんなを見回した。みんなはちらと顔を上げただけで等《ひと》しく箸を動かし続けた。

「何だと思います」

安永は津田に向かって訊《き》いた。津田は已《や》むを得ず箸を留めた。

「さあ」

「奴らの鼻でさあ」

「ほお」

「奴らの鼻はね、こう立派でしょう」

安永は片手を輪にして西洋人の鼻を自分の鼻の上に乗せた。

「あれはね、我々東洋人のと違って成長するんですよ。山手なんかで見掛ける亜米利加《アメリカ》人の餓鬼の鼻は日本人の餓鬼と同じに低い。ところがそれがどんどんと成長して大きくなるんです。しかもね」

安永は再びみんなを見回した。

「大人になった所で止まるかというと止まらない。年を取ると愈《いよいよ》大きくなり続けるんです」

「ほお」

「嘘《うそ》だと思ったら、若い娘とその母親とを比べて御覧なさい」

「成程《なるほど》」

「人によって大きさが倍は違って来まさあね」

「まさか、馬鹿《ばか》なことばっかり」

「本当だよ、御前《おまえ》。仕舞《しまい》に大きくなり過ぎて顎《あご》にまで垂れ下がって来る」

安永が顎まで垂れた鼻を困ったように見おろす真似《まね》をするので、みんなは笑い出した。

「横浜に住んでいると色々勉強になります」

それを機《しお》に横浜に話が移った。

安永は昨夕《ゆうべ》と同様、酒を飲むと益《ます》賑《にぎ》やかになり、相手が聞こうが聞くまいが頓着《とんじゃく》なしに好きな事を喋舌《しゃべ》り、一人高笑いした。高笑いすると酒の滴《しずく》を宿した口髭《くちひげ》が震えた。端《はた》で見ているとその所為《せい》で一層本人が満足しているらしく映った。

安永は始めは神戸で修行したそうである。それが生糸《きいと》産業が横浜に移り始めたとみると早々と神戸には見切りを付け、横浜鉄道が開通する前にはもう浜で商売を始めたということだった。じき、安永の故郷でもないのに横浜の御国《おくに》自慢となった。何と云《い》っても伊勢佐木《いせざき》町に敵《かな》う町は東京にもないと云う。勧工場《かんこうば》もあれば、食う店もあり、芝居や寄席《よせ》や見世物は勿論《もちろん》の事、活動を遣《や》っている所だけでも横浜電気館、又楽館《ゆうらくかん》、オデヲン座と揃《そろ》っている。仕舞には貞子まで口を揃えて、今日は帝劇、明日は三越なんて云うが、実際のところ、買物だって横浜で遣りつけてしまうともう到底《とて》も三越なんぞへは行く気がしなくなる。ことに本物の西洋人が買物をする町なのだから、西洋の物を買うのなら横浜しかない。奥さんも駝鳥《だちょう》の襟巻《ボーア》だの香水だのが欲しかったら横浜まで出てらっしゃい、後案内します、などと云い出した。

清子は笑いながら点頭《うなず》いていた。

昨夕から彼女の言葉は常よりも大分少なかった。だがそれを補って津田が口数を多くするような配慮は、この夫婦を前には無用だった。酒で益《ますます》弛《ゆる》くなった安永の舌は止《とど》まる所を知らなかった。今日は義太夫《ぎだゆう》も出ないので猶更《なおさら》であった。安永は頭の彼方此方《あちこち》に仕舞ってある妙な話を、次々と切れ目なく取り出して来た。そうして盛《さかん》に笑った。貞子も旨《うま》く合の手を入れた。津田も清子と同様もっぱら聞き手に廻《まわ》るだけで時間はどんどんと経《た》って行き、気が附けば何時《いつ》しか食事も終わりに近附いていた。

二百三十六

雨は今、空から真直《まつすぐ》に降っていた。空は前よりも猶《なお》暗かった。風は治まったらしいが、その代り雨の密な降り方が、愈《いよいよ》本格的になって来た。少時《しばらく》前まで何とはなしに雨が歇《や》むのを期待していたのが、こうなると嘘《うそ》のようであった。

膳《ぜん》の上に残った食い散らした皿小鉢《こばち》が、急に汚らしく津田の眼《め》に映った。さすがの安永も喋《しやべ》り疲れたらしく、大欠伸《おおあくび》を立て続けにした。津田も続いて生欠伸《なまあくび》をした。脳の中心が茫乎《ぼんやり》として、世の中と自分との間に薄い靄《もや》が掛かったようである。女達も揃《そろ》って、突然疲れた顔を見せた。

　出掛ける前は、食事が済んだら辺りを逍遥《しようよう》しようという事になっていたのが、当然立消えになった。下女を呼んで膳を下げさせた後《あと》、淹《い》れ替えられた茶を飲みながら男は男同志、女は女同志で少時《しばらく》ばらばらに話した。何《いず》れの側にも別段話題という話題もなかった。やがて胡坐《あぐら》を掻《か》くのにも疲れた津田は、腰を伸ばそうと便所に立った。厠《かわや》は広くて長い廊下の彼方《かなた》にあった。

　座敷の前まで戻って来た時である。敷居際《ぎわ》に立つと不図《ふと》硝子《ガラス》越しに清子と眼が合った。清子が偶然戸外《そと》を見遣《みや》った時に、丁度《ちようど》津田が戻って来たのだった。安永と貞子は彼等の間で何かを喋《しやべ》っているらしく、入口を向いた清子にも其所《そこ》に立った津田にも注意していなかった。清子と津田の眼は硝子《ガラス》戸を通して絡《から》み合い、不意を突かれた清子は釘附《くぎづけ》になったように津田の顔を打ち守った。津田はその視線を捉《とら》えて何かを訴え掛けようとした、けれども清子の視線はそれを跳ねつけるように素早く反《そ》れた。彼が硝子《ガラス》戸を開けた時、彼女は既に下を向き、袂《たもと》に手を入れて何かを探している最中だった。取り出したのは白いレエスの縁取りの附いた手帛《ハンケチ》である。清子は津田の這入《はい》って来たのと無関係な方向に眼を遣ると、うっすらと火照《ほて》った顔をそれで煽《あお》いだ。横に腰を卸《おろ》した津田の鼻に幽《かす》かに香水が匂《にお》って来た。昨夕《ゆうべ》嗅《か》いだ香と同じ匂《におい》だった。

清子は改めて戸外《そと》を眺《なが》めると独言《ひとりごと》のように云《い》った。

「この雨で横浜まで無事に御帰りになれるかしら」

「なあに、此方《こっち》の方は立派な鉄道だから、平《へい》ちゃらでさあね」

安永は何時《いつ》の間にか両手を後ろに附き、足を前に投げ出して肥え太った腹を遠慮なく突き出していた。

「剣呑《けんのん》なのは御二人ですよ。何しろ御天道様が照ってたって怪しいんだからね、軽便《けいべん》てえ奴《やつ》は」

定まりの悪くなった首を左右にぐるぐる廻《まわ》している。ただでさえ太い首が、赤銅色《しやくどういろ》に染まっているのが壮観であった。

「でも、この程度の降りだったら馬車でも戻れるわ」

貞子が楊枝《ようじ》を使いながら応《こた》えた。

「そりゃ、そうだ」と安永は今度は首を上下に振った。

「時期が時期だからあんな風には降りっこないもの」

「まあ、そうさ」

同じ運動を繰り返している。

「ホホ、帰れなくなって御覧なさい」

貞子が眼の前に並んだ津田と清子を楊枝《ようじ》を銜《くわ》えながら顎《あご》で指した。

「又、あの番頭が心中だ心中だって騒ぐでしょうから」

「そりゃ、そうだ」

安永は酔後《すいご》の欠伸《あくび》をしながら続けた。

「何しろ似合いの御二人だからな」

頻《しき》りに眼を擦《こす》ると、懐《ふところ》から金鎖《きんぐさ》りを取り出した。文字盤を眼の近くまで持って行き、そろそろ出発の時間だと云って退儀《たいぎ》そうに身体《からだ》を起し、奥へ向って手を敲《たた》いた。耳を欹《そばだ》てれば、向うの二階で弾いていた三味線も何時《いつ》の間にか已《や》んでいた。残り客らしい人の酔った声が時々雨を横切って聞こえて来る。別段楽しんでいた訳ではないのに、享楽の時が終わったという意識が忽然《こつぜん》と津田を捉《とら》えた。

敷居に現れた下女に勘定を云い附けると、稍《やや》あって料理屋のお上《かみ》さん自身が勘定書を持って挨拶《あいさつ》に来た。勘定書は東京並みの値だった。みんなが自分が払うと云って揉《も》めるのを、貞子の提案で安永と津田で折半することになった。

「女の人は可《い》いのよ」

貞子に極《き》め附けられ、清子は帯の間から出した綺麗《きれい》な色の女物の紙入を元に収めざるを得なかった。

安永はもう一度金鎖《きんぐさ》りを取り出した。

二百三十七

安永達の出発の時間は軽便《けいべん》で宿に戻るには中途半端な時間であった。晴れていれば俥《くるま》でも雇って辺りを見物して時間をつぶすことも出来ようが、この雨では停留場《ステーション》で待つより他はなかった。すると傍《そば》で事情を聞いていたお上《かみ》さんが津田と清子に馬車で戻ることを勧めた。軽便を使えば風雨から十全に守られるという利点はあるが、長い間待つ上、向うの停留場《ステーション》に着いたら着いたで、いずれにせよ馬車か人力かを使わずには宿に戻れない。それだったら一層《いっそ》の事、直接馬車で帰った方が楽だと云《い》うのである。

「丁度好《ちょうどい》い。それじゃ、序《ついで》に此所《ここ》で御開きにしちまいましょうや」

安永が例の軽い調子で云い出した。津田と清子はもう停留場《ステーション》へも行かずに、この料理屋から直接立てば可《い》いと云う。

「だって、それじゃ余《あん》まりですわ」

清子が異議を申し立てた。援《たすけ》を求めるように津田の方を振り返ったが、津田が要領を得ない顔をしているのを見ると仕方なしに自分で繰り返した。

「それじゃ御見送りになりませんもの」

「いや、これで、もう充分の見送りでさあね」

「この雨にわざわざ濡《ぬ》れることたないわよ」

貞子も例の調子で上手に云い重ねた。お上《かみ》さんも、事実駅まで行くと又馬車を調達するのが手間だから、本当は此所に呼ぶのが一番面倒がないと云う。皆なにそう云われて、清子も敢《あえ》て云い募りはしなかった。「じゃあ、御言葉に甘えましょうか」と云って津田の方を見た。

「ええ、じゃあ、そうしましょう」

津田は鷹揚《おうよう》に答えた。鷹揚に答えたが精神《こころ》は鷹揚とは懸け離れた所にあった。彼に取っては安永達を見送る見送らないなどはどうでもよかった。ただ論点が其方《そっち》へ移った為《ため》、馬車で戻るという事自体の是非が不問に附《ふ》されたのがひたすら難有《ありがた》かった。雨や風の舞い込む幌馬車《ほろばしや》でそう落ち附いた話が出来ようとは思わなかったが、軽便に乗れば音が八釜《やかま》しいだけでなく、前にも横にも背後《うしろ》にも人が居る。馬車ならば少なくとも回りに人目はなかった。津田は、雨の降り濡《そぼ》つ山路を、女と二人馬車に閉じ込められて走け《か》行くのに何だか小説染《じ》みた興味を唆《そそ》られた。実際、先刻《さつき》貞子が馬車の話を出して以来、津田の胸には或《ある》種の断片的な影像《イメジ》が幾度となく往来していたのだった。其所《そこ》には御者の掛声があった。馬の尻《しり》を打つ鞭《むち》の音も、ぎしぎし鳴る車の音もあった。雨も吹いた。風も唸《うな》った。そうして凡《すべ》ての中心に女が居た。その熱い呼吸《いき》が感じられるほど女の存在は近かった。それらの影像《イメジ》は期せずして今から現実となるのだった。

津田は人知れず胸を躍《おど》らせた。

「それでは」と安永が急に居住居《いずまい》を直し、しばらく別れの挨拶《あいさつ》が四人の間で鄭寧《ていねい》に交換《やりとり》された。是非、浜へいらした折には、というような内容が、夫婦の口から男の言葉と女の言葉で繰り返された。清子も世話になった礼を両手を突いて述べた。やがて、此方《こっち》はもう時間なのでと、安永達が腰を上げた所で津田と清子も身を起こし、一所に帰り支度をして玄関へ出た。二人の馬車ももう呼びに遣《や》ったそうでじきに来る筈《はず》であった。

戸外《そと》は何時《いつ》の間にか細かい糠雨《ぬかあめ》になっており、雨の糸は殆《ほと》んど霧を欺《あざむ》く位であった。この調子では馬車で帰っても大して恐ろしい思いもせずに済みそうだった。安永達の方は俥《くるま》を云うにも近過ぎるという事で、料理屋が御供に附けて呉《く》れた小僧を従え、店の屋号の入った大きな番傘《ばんがさ》を差して糠雨の降る中へと出た。軒下に立った清子は女だけに、彼等が門の向うに消えるまで時折手を振ったりしていた。

二人を見送り終わった所で入れ替わりに馬車が着いた。津田が先日乗ったのと同じ黄色いズックの幌の馬車だった。ひたぶるに濡れた馬車は、何処《どこ》までも漠々《ばくばく》とした無色の世界の裡《うち》に、静かに光っていた。それは津田の眼には、遠い国から来た使者のように如《い》何《か》にも不思議に映った。

「奥さんからどうぞ」と御者が清子に云った。

清子は「はい」と素直に答えると落ち附いた横顔を見せて先に乗った。夫婦者だと思って疑わない御者は、当然のことのようにその隣に津田を押し込んだ。座席は狭かった。

記憶にあったよりも猶《なお》狭かった。腰を卸《おろ》した途端、津田は厚い外套《がいとう》を通して若い女の身体《からだ》が緊張した右腕に触れるのを感じた。全身が夢に疼《うず》く心持がした。御者の掛声が幽《かす》かに空気を伝わると馬車は走り出し、雨が霧のように幌の中に吹き込んだ。

二百三十八

二人は世間から全く切り離された。

幌《ほろ》は高く上がった御者台の近くまで下ろされていた。出入り口には雨除《あまよ》けの幕が垂らされ、外部《そと》の景色は、幌の左右に申し訳の如《ごと》くに附いた、セルロイドの四角い窓から望めるだけであった。二人は各自《おのおの》窓へ首を向けたまま、無言のうちに幌を打つ雨や風の音を聞いた。隙間《すきま》から吹き込む霧雨に清子は肩掛《ショール》で顔の下半分を隠し、津田は外套《がいとう》の襟《えり》を立てた。飲み食いした後《あと》に人を襲う弛緩《しかん》した気分と、急に男女が二人切りになった際に生じる緊張した沈黙が馬車の中を同時に支配していた。津田は今すぐその沈黙を破る気にはならなかった。彼には先《ま》ずこうして清子と二人切りになったという事実に慣れる必要があった。密室と化した馬車の中には湿ったズックの臭《におい》に交ざって、昨夜《ゆうべ》津田を悩ませた香《か》が微《かす》かに充満しており、津田はいつしかその微かな香を眼《め》の眩《ま》う程強く感じていた。そうして嗅覚《きゆうかく》の刺激のうちに一種の幸《ブリス》を覚えていた。

随分時間が経《た》ったようであった。

酔《えい》でも醒《さ》まそうとするのか、時折手帛《ハンケチ》で顔を扇《あお》いでいた清子が、突然口を利《き》いた。

「あ、そうですわ」

胸元に指を入れると、小さい白いものを左手で差し出した。

「これ」

肩掛《ショール》が口を塞《ふさ》いでいるので、声が不明瞭《ふめいりよう》だった。

「何ですか」

「先刻《さつき》の」

見れば何時《いつ》の間に用意したのか、懐紙《ふところがみ》の包みである。

「金ですか」

清子は空いた方の手で、肩掛《ショール》を顎《あご》の下まで下げてから答えた。

「ええ、私《わたくし》の分だけでも」

「要りませんよ」

「だって、困りますわ」

「困ることはないですよ」

「だって――」

清子は四角く畳んだ包を持て余したように津田の顔を見た。

「お納《しま》いなさい」

「そう。それでは、そうします」

清子は素直に包を元に収めると、低い声で「御馳走様《ごちそう》」と礼を述べ、再び正面を向いた。

二人はそれぎり亦《また》黙って半透明の窓の外を別々に眺《なが》めた。温泉《ゆ》の町は疾《と》うに過ぎ、今馬車は崖《がけ》沿いに海を見下ろしながら走っていた。清子の側の窓からは下方に黒い烟《けむ》を上げる海が朧気《おぼろげ》に望め、津田の側の窓からは切り立った赤茶色の地面が何処《どこ》までも続いた。地面に生えた草木の侘《わ》びしく濡《ぬ》れた色が視界に立ち現れては消えた。

津田は二人切りになり、当初の目的を達するに愈《いよいよ》何の障害もなくなってみると、自分を此所《ここ》まで駆り立てて来た目的の主意自体が既に変容してしまったのを認めざるを得なかった。今、彼を捉《とら》えているものは過去の出来事にはなかった。今の彼にとって、過去に女との間に何が起こったかを知るより、今こうして女と居る事実の方が重要であった。のみならず、今こうして女と居る事実が、この先どういう方角へ流れ込むかという未来の出来事の方が重要であった。それは有体《ありてい》に云《い》えば、この先どうなるかによって、津田を苦しめて来た過去の出来事自体別の色に塗り換えられるような気すらして来たという事でもあった。これからの時間が津田にとって望ましい様相を帯びれば帯びる程、二人の過去も津田にとって好ましい色合を帯びて来るのは必然であった。何しろまだ数日残されていた。そうしてこれからその数日の間に何が起こるかは解《わか》らなかった。事実二人は一年前よりある意味で自由な二人であった。互に結婚に縛られた二人は互の結婚で解き放たれ、現に誰の許諾《きよだく》も経ずにこうして馬車に乗っている。手紙を毎日のように遣《や》り取りしていた時ですら、人目のない所で、これ程長い間、これ程近くに清子の身体《からだ》があった事はなかった。況《ま》してや二人揃《そろ》って同じ宿に帰る事など考えられなかった。津田は女の元に自分を送り込む吉川夫人の意図を今更のように怪しんだ。

はっと思うと大きな石でも踏んだのか、馬車が大きく揺れて清子の左肩が津田の右胸に倒れ込んだ。

「馬車が……」

重心を失った清子は津田の鼻先に白い両手を宙に浮かせた。その手を突く場所は男の膝《ひざ》の上しかなかった。清子は一瞬躊躇《ためら》い、躊躇った所為《せい》で身体が猶《なお》深々と男の胸に倒れ込んだ。津田は咄嗟《とつさ》に両腕で女を支えた。清子の喘《はず》んだ呼息《いき》が、津田の襟を立てた首の辺りに生暖かく吹き掛かった。

「馬車ごと倒れちまいそうですね」

女の身体を起こしながら云った津田は、自分の声の不自然に枯れているのに気附いた。

「何時《いつ》か馬が足を踏み外すんじゃないかと思って」

元の姿勢に直った清子は何事もなかったように云った。だがその低過ぎる声の調子には無理に心の動揺を蔵《かく》す努力があった。鼻先を掠《かす》めた女の髪の匂《におい》が空気に濃く漂っているのを嗅《か》いだ津田は、急にこれ以上何も云わないでいるのが息苦しくなった。

「然《しか》し、あれで本当の奥さんですかね」

津田の質問は如何《いか》にも唐突であった。貞子に関して数日前宿の下女に発した問いを、もう一度術《すべ》なく繰り返しただけであり、繰り返した後でよりによって詰らぬ事を云ったものだと忽《たちま》ち後悔した。そもそもその唐突な問いの意味が清子に明瞭《めいりよう》かどうかは疑わしかった。だが清子は言下に答えた。

「そりゃ、違うでしょう」

そう云って目元で笑っている。反応の速いのと意外なのとで呆気《あつけ》に取られた津田が笑い出すと、清子も一所に笑い出した。

二百三十九

それが機会《はずみ》となり、幌《ほろ》の中の緊張が解けた。話題は自然に今見送ったばかりの安永達の上に降りた。清子は右手に持っていたレエスの縁取りの附いた手帛《ハンケチ》を両手で拡《ひろ》げると、初対面の時、二人から近附きの徴《しる》しにと貰《もら》ったのだと説明した。生糸《きいと》の他に絹の手帛《ハンケチ》も輸出しているそうで、商品の一つだということだった。津田は清子の口から二人が売卜《うらない》、殊《こと》に方位九星に凝っている事なども知った。貞子の実家が日本橋の生薬屋《きぐすりや》であるのも知った。安永の兄の一人が樺太《かばふと》に居るのも知った。当り障りのない問答を少時《しばらく》重ねている裡《うち》に、津田自身口を利《き》くのが大分楽になって来た。同時に、舌を使うという器械的な作業が相互作用の一環として、彼の精神に逆に影響を及ぼして来た。

彼の口を突いて出た次の問は弛《ゆる》んだ精神の結果に相違なかった。

「関君は、すると、外ではもう飲まないんですか」

大した考えもなく口を利《き》いた津田は、この問を掛けた途端、腹の中で拘泥《こだわ》っていた事を覚えず口にしたのに気附いた。清子も何かを感じたらしく一瞬津田を見詰めてから答えた。

「そんな事はないわ」

無邪気とも皮肉とも片附かない顔を見せている。

「ちゃんと飲んで来てよ。男ですもの、当然だわ」

「飲んで帰らないなんて事はありますか」

「それはないわ。——少なくともまだないわ」

清子は可笑《おかし》そうに低く笑うと、逆に津田に問返《といかえ》した。

「貴方《あなた》は、そんな事おありなの」

「僕はないですよ」

「だったら同《おん》なじじゃない」

「いやあ、些《ちつ》とも同《おん》なじじゃないですよ」

津田は笑談《じょうだん》めかして応じたが、腹の中では釈然としなかった。釈然としない心持の底にあるのは、この数日来津田の頭の中に浮かんだり沈んだりしている関の黒い影である。それは単に一人の男の影ではなく、昨年の暮病院の暗い控室で偶然出会った、公《おおやけ》には云《い》い難い疾《やまい》に罹《かか》った一人の男の影であった。この一年来なるべく忘れようとしていたその関の姿は、清子と再会してからというもの、四六時中ちらちらと津田の神経を刺激して止《や》まなかった。精神が弛《ゆる》んだ途端に関の事をこんな形で不用意に話題に載せたのも、全くその所為《せい》に違いなかった。

あの晩、津田は関と晩飯を食いながら、こともあろうに性《セックス》と愛《ラヴ》に就《つ》いて議論を交わしたのだった。二人は麦酒《ビール》の勢いもあって、書生時代に戻ったように熾《さかん》に熱弁をふるった。清子に逆《のぼ》せ上っていた津田は、彼女の名こそ出さなかったが、愛《ラヴ》の熱心なる弁護者であった。元来女性の身体《からだ》を玩具《がんぐ》視するのに興味を覚えたことがなかった彼は、尤《もっと》もらしい口吻《こうふん》で、吾々《われわれ》新時代の人間にとって道楽など丸行燈《まるあんどん》や雁首《がんくび》と同じ旧時代の遺物に過ぎないと気炎をあげた。その反対の立場に立つのを余儀なくされた関は、浪漫的愛《ロマンチック・ラヴ》などという概念《コンセプト》を難有《ありがた》がるのは、西洋の文芸に囚《とら》われた所為だ、西洋風を鼓吹《こすい》して憚《はばか》らない愚者の言草だなどと反駁《はんばく》した。女などは畢竟《ひっきょう》性《セックス》の相手となれば充分だなどと、聞いたような事も云った。関は単に議論の為《ため》の議論をしていたのかも知れないが、それでも、道楽を津田よりは当然のものとして受け止めていたのは慥《たし》かであった。その関が清子を得たのだった。清子を得て、清子の御酌《おしやく》で酒を呑《の》むのを楽しみに毎晩自宅《いえ》へ帰って来るのだった。

「変わりましたね」

「関のこと？」

「ええ」

「さあ、どうでしょう」

「今は真面目《まじめ》なんでしょう？」

「ええ、真面目だわ、お蔭《かげ》様で」

「だったら変わったんじゃないですか」

「ほほほ」

「そうですよ。だって、そう真面目一方って方でもなかったじゃないですか」

清子は殊更《ことさら》肯定する必要も否定する必要も認めないと云わんばかりに、わざと返事を控えた。津田にはそれが、恰《あたか》も関を弁護しているように見えた。彼の胸の中には関を中傷したい気持が尠《すく》なからず湧《わ》き上って来た。

事の成行きを外側から見ることが出来る時、津田は其所《そこ》に運命の皮肉な働きを見た。運命というのは往々にしてかかる逆説的な装いを纏《まと》う物だという哲学的観察すらあった。だがそういう超然とした態度を取れる事は寧《むし》ろ希《まれ》であった。不断は忘れているあの晩の記憶が何かの拍子で蘇《よみがえ》れば、その都度甚《はなは》だしく衝撃《ショツク》を受けない訳に行かなかった。関の前で自分の演じた滑稽《こつけい》な役割を思うと、ひそかに声を揚げたい位恥ずかしかった。

あの晩は清子の名を出さずに済ませたが、関が後《のち》に噂《うわさ》なり清子自身の口からなり、津田と清子との関係を知るに至った可能性は大いにあった。そうすればあの晩、津田に熱弁をふるわせたものが、事もあろうに、津田を捨て自分を撰《えら》んだ女であるのを理解し得た筈《はず》である。津田はそれを考えると遣《や》り切れなかった。あの晩の記憶を持っている関が疎《うと》ましかった。時によってはひたすら憎かった。だが実際何と云って関を責められたであろう。津田を裏切ったのは関ではなく清子だった。女に貞節だった津田を捨て、女は性《セツクス》の相手として事足りれば充分だと豪語した関を撰んだのは他ならぬ清子だった。津田が誰かを責めるとすれば責めるべき相手は清子であった。

二百四十

津田は此所《ここ》何日間か腹の中で蜿蜒《うねく》っていたことを口に出すのを、咄嗟《とつさ》の際に決心した。そんな事を女の前で話題に載せようと前々から極《き》めていた訳ではなかった。そんな話を出すのは清子に対して失礼だという常識的な分別はあったし、亦《また》、それと同時に、そんな話を出して清子に腹の底を見透かされるのは避けるべきだという計算もあった。だが今津田は、行掛上《ゆきがかりじよう》自分の衝動の赴《おもむ》くままを口にする欲求を強く感じた。彼を駆り立てるものは自分を捨てた女に対する一種の復讐心《ふくしゆうしん》であった。

津田は今まで話頭に上《のぼ》すのをわざと憚《はば》かっていた清子の病気に触れた。

「清子さんも、然《しか》し、気の毒でしたね」

突然気の毒だと云《い》われた方の清子は、不審そうな顔をして津田の方を見遣《みや》った。どういう意味でしょうと眼《め》で問うている。疚《や》ましい所のある津田はその眼に退避《たじ》ろいだ。

「いや、実は——」

彼は躊躇《ためらい》を抑えて後《あと》を続けた。

「実は吉川の奥さんから聞いてるんです。貴女《あなた》が此所に入《い》らした理由《わけ》をね」

「ああ……ええ」

清子は素早く外部《そと》へ眼を転じた。仄暗《ほのぐら》い幌《ほろ》の中で顎《あご》から頸《くび》にかけての線が緊張していた。津田は一瞬女に同情した。然《しか》し、その白い喉《のど》を見ていると、段々と残忍な気持ちが昂《こう》じて来るのを抑えられなかった。

病院で出喰《でく》わした関の姿が津田の頭に閃《ひらめ》いたのは、吉川夫人から清子の流産の話を聞いたその瞬間であった。あれ以来清子の流産と関の質《たち》の悪い病気とは、津田の胸の中で極《きわ》めて分かち難く結び附けられたのである。こうしてわざわざ山へまで療養に来ている清子の姿を、あの穴蔵《あなぐら》のような病院の控室から引き離して考える事は不可能であった。津田の再会した清子は処女時代の面影をそのままに、あの暗い控室でうなだれ、恰《あたか》も罪の裁きを待つように自分の番を待つ患者たちの影に附き纏《まと》われていた。無論この推略が正しいという保証はなかった。清子のことを考えるとそのようなことがあってはなるまいとすら思った。若い女の綺麗《きれい》な肉が、見えない所で不浄な疾《やまい》に冒されている所を想像するのは残酷であった。清子が可哀《かあい》そうである以前に何だか天に対する冒瀆《ぼうとく》のように思われた。だがそう思う気持と、その残酷な想像が事実であって欲しいと何処《どこ》かで願う気持とは別物であった。後者の感情が誉《ほ》められる物だとは思わなかったが、両方を天秤《てんびん》に懸ければ、寧《むし》ろ其方《そっち》の方が強いのは否《いな》めなかった。

「残念な事をしましたね」

津田は執濃《しつこ》く繰り返した。

「ええ」

清子は外に眼を遣ったままで答えた。

雨が幌を打つ音が、風の吹き加減によって不規則に強くなったり弱くなったりした。清子は自分の世界に閉じ籠《こも》ったように押し黙ってしまっていた。津田はそんな清子の顔の筋肉の揺《うご》きを一つも見逃さずに観察し、自分の残酷な想像が事実であるということを確かめようとした。確かめた上で、貴女は自分を捨てたその罪で、折角《せっかく》宿った子を失ったのだと云って遣りたかった。けれども清子は無表情としか云いようもない静かな横顔を見せるだけだった。

やがて清子が津田の方に首を向けた。

「でもね」

二重瞼《ふたえまぶち》を細目にして津田の更に遠くを見遣るような眼であった。

「私《わたくし》、そう実感がないの。結婚したと思ったら子供が出来てしまって、そうして子供が出来たと思ったら、今度はあっという間に駄目《だめ》になってしまって。――何だか自分の事のような気がしないぐらい……」

清子の語気は不思議な位静かであった。夫を恨んでいるようではなかった。夫に恨みを抱いているのを、津田の手前取り繕っているようでもなかった。だが清子の声には自分を責める調子が何処にもなかった。静かな語気には、自分を見舞った悲劇に対して寧《むし》ろ諦念《ていねん》と呼べるような距離があるのを感じさせた。彼女自身の不注意で流産をしたのだったとしたら、その様な諦念の響きは不似合だった。

二百四十一

津田は一《いち》か八《ばち》か賭《か》けてみる事にした。

「清子さん」

「はい」

「僕が関君と最後に会った時の話を覚えていますか」

「覚えてるわ。去年の暮のお話でしょう」

清子は急に話題が変わったのを怪しむ風を眼元《めもと》に現わした。実際、端《はた》から見れば津田のこの唐突な質問には何の脈絡もなかった。而《しか》も関との最後の会見の話など、後《のち》の顚末《てんまつ》を考えれば、津田こそ避けて然《しか》るべき話題であった。

「あの時の事を関君も何か云《い》ってましたか」

「ええ、二人でお食事なすったんでしょう。それがどうかしたの？」

「でも食事をする前に、僕達が何処《どこ》で一所になったか御存じですか」

津田は清子の顔をじろじろ見ながら訊《き》いた。

「いいえ、それは知らないわ」

「関君は何とも云ってませんでしたか」

「貴方《あなた》も仰《おっ》しゃらなかったじゃない」

津田は故意《わざ》と間を置いてから答えた。

「ええ、申し上げませんでした」

普通の談話としては寧《むし》ろ低過ぎる声であった。清子の声がそれを反響して緊張した。

「何処でお会いになったの」

津田が清子の顔を眺《なが》めるだけで容易に答えないので、彼女は愈《いよいよ》真剣な声を出した。

「何か私に関係ある事なの」

「当時はそうも思わなかったんですけど」

「今はあるとお思いなの」

「あるかも知れません」

「教えて下さい」

「しかし、名誉に関わる事だからな」

「私《わたくし》の？」

「いや。……いずれにせよ大した事じゃありません。見当違いかも知れないし——」

津田は言訳がましく前置きすると清子の視線を避けて正面の御者台の方を向いた。

「先達《せんだつて》吉川の奥さんから貴女《あなた》が此所《ここ》に療養に入《い》らした理由《わけ》を聞いたでしょう。実はその時、咄嗟《とつさ》にあの晩の事を思い出したんです」

津田はわざと彼女の方を見ずに続けた。

「あの晩関君と食事をしたのは、その前に妙な病院で偶然一所になったからなんです。今度僕が手術を受けたのもその病院ですけどね」

「まあ」

清子が呼吸《いき》を呑《の》むような気配がした。眼の角からそっと偸《ぬす》み見ると、首の方から頬《ほお》に掛けてみるみる赤く染まるのが映った。

「関君からは聞きませんでしたか」

清子は剛張《こわば》った横顔を見せたまま返事をしなかった。津田は厚顔を冒《おか》して続けた。

「関君が云ってなかったとしたら、僕の名誉の為《ため》に遠慮して呉《く》れてたのかも知れません。何しろ関君は、僕もそういう方面の病気だと勝手に信じ込んでましたからね」

清子の赤く染まった横顔から少しずつ血の気が引いて行くのが解《わか》った。やがて津田が彼女の方へ眼を戻した時その顔色は平生《いつも》より大分蒼《あお》かった。津田の眼は彼女の視線と無言のうちに行き合って、両方共しばらく其所《そこ》に止まった。固《もと》より自分の推測に確信があった訳ではない津田は、清子の反応を見ながら、笑談《じょうだん》にしてしまうか更に肉薄するか、自分の出方を極《き》める心組《こころぐみ》であった。眼の前の清子の反応は津田の推測に確信を与えて呉《く》れるものではなかった。だがそれは略《ほぼ》肯定するもののように見えた。津田を見詰める清子の眼には底の方から段々と強い光が宿って来た。それは怒りの光であった。津田はその怒りの光を甘んじて受けた。それは最初から予期したものだったからである。津田は清子の怒りを買っても彼女の胸に切り込みたかった。

清子はじきに何かを云おうとした。だが言葉が口から出掛かったまま唇《くちびる》は確《しか》として動く気色《けしき》はなかった。津田が猶《なお》も待っていると、やがて低く重い言葉が、繋《つな》がらないように、一字ずつ出た。

「貴方は、一体、何を仰しゃりたいの」

「自分でも能《よ》く解りません」

咄嗟に津田は答えた。

二百四十二

稍《やや》あって清子の眼《め》の表情が変わった。怒りの光が消え、自分にとって遠いものを見るような距離を置いた眼附きとなった。その眼附きは嘗《かつ》て清子には見出した試しのないものであった。津田はその諦《あきら》めたような冷やかなような眼附きを前に踏み留《とど》まった。彼は徒《いたず》らに女の顔を眺《なが》め、その口を出る次の言葉を暗に待ち受けた。だが清子は何も云《い》わなかった。硬い表情を見せたまま津田から眼を離すと窓の外に眼を向けただけだった。津田はこれ以上突き進むのを断念せざるを得なかった。二人は亦《また》無言のまま馬車に揺られた。どちらも何も云い出さないうちに可成《かな》りの時が経《た》った。

清子が再び口を開いた時、その声は不断よりも却《かえ》って落ち附いている位だった。

「あの、慥《たし》か延子《のぶこ》さんて仰《おっ》しゃったでしょう」

「ええ。――そうです」

津田は突然お延の名を耳にして危うく塞《つか》えそうになった。津田の出した結婚披露の招待状から覚えているとしか考えられなかった。

「延子さんはどうですの」

「どうって何がですか」

「あの、お子さん」

「まだですよ」

「そう。でも、じきお出来になるわね」

「僕は別段欲しくもありませんよ。そうそう惚《ほ》れて一所になったっていう女房でもありませんから」

笑談《じょうだん》のように云う積《つもり》が覚えず真剣な声になった。だが清子は殆《ほと》んどそれに注意せず津田を遮《さえぎ》った。

「あの――」

清子はそう云っただけで口籠《くちごも》った。

「何でしょう」

「延子さんは――」

彼女は此所《ここ》に来て再び口籠った。眼元に逡巡《ためらい》を見せて津田の方を窺《うかが》っている。前後の関係からいって何が出て来るかと津田は一瞬恐れた。

「私《わたくし》が此所に来てるのを、御存じでらっしゃるの」

「いいや」

津田の返答は自分でも驚く程すらすらと口を突いて出た。

「貴女《あなた》の事は、僕の結婚前の事も含めて何も云っていません。何だかんだと余計な事を云う奴《やつ》がいるから知ってるかも知れないけど、僕からは云った事はないですよ。関係のない話ですからね」

「そう」

津田は寧《むし》ろ「そうですか」と訊《き》かれたような気がした。清子は何とも云えぬ表情を眉《み》間《けん》にあつめて、凝《じっ》と津田の顔を眺めた。そのうち不図《ふと》唇《くちびる》を開きかけたが、亦緩《またゆっ》くりと閉じてしまった。

「何ですか」

「え？」

「何か云いかけたでしょう」

「別に」

清子は頑愚《かたくな》に押し黙った。

風の重みが幌《ほろ》に乗《の》し掛ってひゅうひゅういった。風は何処《どこ》からか二筋に縒《よ》れて来たのが、急に擦違《すれちがい》になって唸《うな》る様な怪しい音を立てて、虚空遥《こくうはるか》に騰《のぼ》る如《ごと》くに見えた。津田は風に耳を峙《そば》だてた。

「風が」

「ええ」

「凄《すさ》まじいですね」

「ええ」

清子は会話に乗って来る風はなかった。相槌《あいづち》を打つのも躊躇《ためら》う気色《けしき》が自然と見えた。清子は平生《ふだん》から特に口数の多い女ではなかった。けれどもこんなに言葉を惜しがる女でもなかった。先刻《さつき》の件で感情を害したという事もあろうが、それとは別に、昨夕《ゆうべ》辺りから彼女が何か一人で思案をめぐらせているのは確《たし》的《か》であった。而《しか》もそれはお延の場合のように、互の思惑を憶測しながら土俵の上で睨《にら》み合わねばならないような、そんな複雑な懸引を前提とする心の動きだとは思えなかった。津田が一体何を考えているのですかと真剣に問いさえすれば、存外素直に答えるのではないかという気さえした。どういう答が飛び出すかは兎角《ともかく》、その時の清子の眼附も口振も想像出来る位だった。けれども津田は、まだ日があるのにそう敢《あえ》て事を急ぎたくなかった。津田の頭の中には、先刻の清子の、諦めたような冷やかなような眼附が頻《しき》りに往来した。懸引をする気がないという事は云わば執着が少ないという事でもあり、そう考えて行くと、清子が何と答えるかには、何処《どこ》か恐ろしい所があった。下手に突ッ込んで、其所《そこ》から先へ進むのが困難になるような事を、今わざわざ清子の口から聞き出す結果に陥るのは得策ではなかった。それより、一歩でも二歩でも自分の好都合な方へ今の二人の関係を持って行く方が賢明だった。

津田があれこれ考えていると清子が出し抜けに問掛けた。

「吉川の奥さんには能《よ》くお会いになるの」

清子は知ってか知らないでか、打遣《うっちゃ》って置きたい所ばかり掘り返そうとした。津田は内心辟易《へきえき》した。然《しか》し極めて平然と答えた。

「能くって程でもないけど、偶《たま》に顔を見ますよ」

「不相変《あいかわらず》御元気だって、貴方此間《あなたこないだ》仰しゃってらしたわね」

「不相変です。元気過ぎて迷惑な位です。自分に子供がないもんだから、何だ蚊《か》だと世話を焼きたがって困ります」

清子は片頰《かたほお》で笑っただけだった。

二百四十三

「でも、考えれば考える程随分と妙な御話だと思って」

清子は再び口を開いた。

「何の話ですか」

「一昨日《おととい》の朝伺った時は何となく納得してしまったんだけど、矢《や》っ張《ぱ》り妙な御話だと思うの。あの方が私《わたくし》への御見舞を貴方《あなた》にことづけて下さったりするの、そんなのどう考えても変でしょう。あの後《あと》御礼の端書《はがき》を書くのにも何て申し上げたら可《い》いのか解《わか》らなくって、困りましたわ」

「そうですかね」

「だって、私の方はもうずっと御無沙汰《ごぶさた》してしまってるんですもの。随分あの奥さんも御親切だと思って」

清子の口調には明かに皮肉があった。

「あれはね、僕に対する親切ですよ」

「貴方に対する？」

「僕がね、貴女《あなた》がいらっしゃる所に乗り込んで行くのに、何か勅命でも帯びてないと、勇気が出ないんじゃないかと思ってんですよ」

津田は笑いながら云《い》ったが、清子は少しも笑わなかった。真面目《まじめ》な顔で津田の方を見ると少し改まった調子で尋ねた。

「あの方、延子さんとの御結婚の時、お仲人《なこうど》なさったんじゃなくって？」

「そうですよ。ああいう調子だから本人が買って出たんです」

清子は何かを云おうとして、はたと口を噤《つぐ》んだ。津田は清子が何を云おうとしたのか、朧《おぼろげ》気に理解出来るような気がした。だがその理解を押し進めるのは彼自身にとって愉快な事では到底有り得なかった。その部分は東京を離れてからこのかた、無理矢理に思考を停止している部分である。清子にも其所《そこ》で考えるのを停止させたかった。津田は調戯《からか》うように云った。

「何だか悉皆《すっかり》用心深くなっちまいましたね」

「私《わたくし》？」

「先刻《さっき》から何か云い掛けちゃ、途中で止めてるじゃないですか」

清子は抗議しなかった。それどころか女としては深すぎるような声で素直に賛成した。

「そうだわね。本当にそう」

「最初に朝にお目に掛かった時は、そうでもなかったのに。あの時は随分と遠慮のない事を僕に仰《おっ》しゃったりしたでしょう」

「そうなの。あの時は前の晩非道《ひど》く吃驚《びっく》りしたでしょう。その吃驚りした分だけ次の朝の貴方の説明を聞いて、ああ、そうかって納得してしまったの。でも、今から思うと一体何をどう納得したんだか能《よ》く解らない位だわ。あれから考えれば考える程、気になるんですもの」

「気になるって一体何がですか」

話題を避ける事に主眼を置いた津田の質問は、その調子に、本来質問に伴うべく真面目さを必然的に欠いていた。清子は少し間をおいてから緩《ゆっ》くりと低い声で答えた。

「何がって。――色々ですわ」

「余り考えすぎるんですよ」と津田は笑談《じょうだん》にして云った。

「そうね。もう考えるのを止めましょう」

清子はそう云うと微《かす》かに微笑《ほほえ》んだ。そうして微笑みを唇《くちびる》に残したまま窓の外に眼《め》を転じた。間もなく雨の音に交じって早瀬の流れる音が聴えて来た。見渡す限り濛々《もうもう》とした大海の中に、記憶にある古松《こしょう》の影がのっと黒く現れて消えた。

「そろそろですね。――明日は晴れるかな」

津田は如何《いか》にも新しい気分に誘われたように云った。

「どうでしょう。晴れると可いんだけど」

清子は外に顔を向けたまま答えた。

「そうしたら、何処《どこ》へ行きます？」

「何処って、お散歩？」

「ええ」

少なくとも今のうちに、明日の散歩の約束だけでも取り付けておきたかった。だが清子は外に眼を遣《や》った切りですぐには応じなかった。

「どうせ、大して見る所はないんでしょう」と津田は清子の横顔を覗《のぞ》き込むようにして訊《き》いた。

「ええ。実際何もないわ」

清子は何処かに心を置き忘れたように器械的に答えたが、その後気《あと》を取り直したのか、津田の方を振り向いて附け足した。

「今まではだって三日おきに公園、滝、向う岸と繰り返していたのよ。だから滝へ行くのなんかも此間《こないだ》でもう三度目でしたの」

「成程《なるほど》。だったら公園でも可いし、また滝でも僕は構いません」

津田は答を促すように清子を見たが、清子は再び何も云わなかった。その代り津田の顔を偸《ぬす》むように見た。

「どうしたんですか」

「はあ」

気の所為《せい》か、女の顔が突然赤味を帯びたように見えた。津田の胸は騒いだ。

「云って下さい」

「あのね」

清子は窮屈な座席の上で身を捩《ねじ》ると、津田の方を向いた。

「私《わたくし》、昨夕《ゆうべ》から考えてたんですけど、もう東京へ戻ろうと思うの」

津田の眼を真正面から見据《みす》えている。

二百四十四

その途端、馬車が凄《すさま》じい音を響かせて架け橋に掛かった。数日前、星月夜《ほしづくよ》に女の影を一図《いちず》に追懸けて渡った架け橋であった。その橋を渡ればもう宿までいくらもなかった。

吹き込む雨とは別に、滲《にじ》み出る汗が津田の額を濡《ぬ》らした。

「僕が詰らない事を云《い》うので怒ったんですか」

津田はやっとの思いで質問した。声が辛《かろ》うじて震えなかったのが難有《ありがた》かった。

「いいえ」

清子は首を横に振った。津田は何も云わずに説明を待った。

「ただもう此方《こっち》へ来て、随分になるんですもの。――じき関からも、帰って来いって云って来ると思うの」

稍《やや》あって津田は云った。

「それだけが理由ですか」

「それだけって……」

「矢張《やは》り、僕が居るからでしょう、御帰りになるのは」

津田が女の顔を食い入るように見詰めると、女はその視線を黒い眸《ひとみ》で一旦《いったん》深々と吸い込み、それから急に跳ね返すようにして答えた。

「まあ、そうですわ」

「僕が詰らないことを云うのでお怒りになったのでしょう」

清子は再び首を横に振った。

「いいえ」

今度は妙に判然《はっきり》した声だった。

「怒ってはいないの」

「そうしたら何ですか」

「私《わたくし》ね、ただ、何だか不安ですの」

其所《そこ》まで云うと清子は何かに耐えるように緩《ゆっ》くりと眼《め》を閉じた。そうして再び眼を開けると聞兼《ききかね》る程の低い声で云った。

「だってこのまま此所《ここ》に居たら私どうなるのかと思って」

女の声は嘆息《ためいき》のように微《かす》かに唇《くちびる》から洩《も》れただけであった。だが津田はその声を明らかに聞き取った。真面目《まじめ》な声であった。浪漫的《ロマンチック》な響きも、女特有の媚《こ》びもなかった。その声は津田の官能に華やかな何物も与えなかった。だがその分津田の肺腑《はいふ》に染《し》み入った。津田の頭はぼんやりした切りで何も考えられなかった。何を云うべきかも解《わか》らなかった。実際何を云う時間もなかった。急に馬の歩みが緩《ゆる》くなったと思ったら、馬車は忽《たちま》ち宿の門に横附けになっていた。御者の声が雨を伝わって響くと、間もなく手代《てだい》が傘《かさ》を持って駈《か》けて来るのが窓から見えた。今は馬車を降りるより他《ほか》になかった。

宿の人間が、雨に見舞われた客に気遣《きづか》って語り掛けるのに好《い》い加減に答え、二人で帳場を通り過ぎた所で津田は清子の脊中《せなか》に尋ねた。

「もうじき立たれるって、大体何時頃《いつごろ》の話ですか」

清子は恰《あたか》も津田の声が耳に入らなかったかの如《ごと》くそのまま足を前に運んだ。返事をしたのは津田の室《へや》の前まで来た時であった。彼女は足を留めると急に振り返った。

「出来れば明日《あす》の朝にでも」

「成程《なるほど》」

「お天気の具合にもよりますわ」

「成程」

他に言葉が出て来なかった。清子はそんな津田を昵《じっ》と見て附け加えた。

「何しろ極《き》まった所で私の方から御報告しますわ」

津田の舌は上顎《うわあご》へ密着《ひっつい》てしまったように自由を失ったままだった。二人は其所で黙礼を交すだけで別れた。

座敷へは続けて下女が這入《はい》って来た。濡《ぬ》れた着物を津田が着換えるのを手伝いながら、こんな雨の中を御苦労様でしたと女が云った。津田の耳には女の言葉が恰《あたか》も嘲弄《ちょうろう》のように響いた。女は一旦消えるとじきに戻り、新しい火種を火鉢《ひばち》に足したり茶を淹《い》れたりしてから最後に敷居際《ぎわ》に手を突くと、身体《からだ》を暖める為《ため》すぐ温泉《ゆ》へお入りなさいましと勧めた。津田は要領を得ない返事を返しただけで、座敷の中央に胡坐《あぐら》を掻《か》いたその姿を動かさなかった。二枚の硝子《ガラス》戸の向うでは築山《つきやま》が雨と風に烈《はげ》しく洗われていた。紅葉は吹き附ける雨に打たれてあらかた地面に落ちてしまっており、僅《わず》かに残った葉も風になぶられて表と裏と細かく色を返し、今にも吹き飛ばされそうに揺れている。音と動きに富んだ戸外《そと》の光景は、津田の心の動揺を映し出すもののようであった。

津田は少時《しばらく》は熱い茶を矢鱈《やたら》に啜《すす》った。そうして湯呑《ゆのみ》が空になった所で懐手《ふところで》をした。懐手をしたと思ったらその手を解いて紙巻を出すと徐《おもむ》ろに火を点けた。心がふわふわするので坐《すわ》っていながら腰が宙に浮いているようだった。

清子という一人の女に其所まで自由な意志があるということが不思議だった。津田の胸には忌々《いまいま》しいという感情よりも悲しいという思いよりも、単に驚愕《きようがく》の念があった。彼は女がこんな風に思い切り能《よ》く自分を見捨てる事の出来るのが信じられなかった。脳で理解する能力は持ちながら、実感として感受する能力は持ち合わせなかった。だが振返れば、そういう自由な意志があるからして現に清子は身を翻《ひるがえ》して関の所へ行ったのだった。津田は何時《いつ》まで経っても女がそんな風に手前勝手に遣《や》れるという事実に馴染《なじ》めなかった。彼はその事実に直面する度に、平手で横面《よこつら》を力任せに打たれた如《ごと》くに驚かされた。驚かされては無残《みじめ》に狼狽《うろたえ》た。

何しろこのままでは来た甲斐《かい》もなく東京に戻ることになるかも知れなかった。もうこれ以上こうして手を拱《こま》ぬいでいる訳には行かなかった。今晩何らかの行動を起こす必要があった。何をどういう風に切り出したものか、そもそも自分が何を望んでいるかも判然《はんぜん》としなかったが、何かを成さねばならなかった。津田は茫然《ぼうぜん》として烟草《たばこ》を燻《くゆ》らしながら何時までも考えた。何時まで考えても何処《どこ》へも到着する事が出来なかったが、ぐるぐると同じ所を迷う中で唯一慥《ゆいいつたし》かなのは、今清子に去られては堪《たま》らないという事だけであった。手前の人工池ではこの雨の中を噴水が相変わらず幾筋にも水を吹き上げていた。

二百四十五

既に暗い世界に、暮方の濃い色が何時《いつ》の間にか更に逼《せま》って来た。雨は歇《や》むどころか、愈《いよいよ》勢いを増し、見渡す限りに濛々《もうもう》と天地を鎖《とざ》した。風も絶え間なく吹いた。闇《やみ》が刻々と濃くなるのに今更のように気附いた津田は、重い腰を漸《ようや》く上げると風呂を浴びに下へ降りた。

階子段《はしごだん》の途中から大きな笑い声が響いて来た。若い男の笑い声だった。津田は胸に一鼓動を感じた。馬鹿《ばか》げた想像だが、その声の主《ぬし》が浴槽《ゆぶね》の中に清子と併《なら》んでいる図が頭に閃《ひら》めいたと思うと、何時《いつ》の間にかその男の顔が関の顔になっていた。下へ着くと果して大風呂の前に上靴《スリッパー》が二足脱いであった。彼は忍び足で擦硝子《すりガラス》の前まで行って立った。

男の話し声が聞こえた。

「この湯は何に利《き》くんだろう」

湯槽《ゆぶね》に浸《つか》って首から上だけ出しているような悠長《ゆうちょう》な声である。津田の惧《おそ》れていた声ではなかった。しかも同年輩の男に向かって話す口調であった。相手は湯槽の外で身体《からだ》でも洗っているのか、何か答えたらしいのが小桶《こおけ》で被《かぶ》る水音に消されて聞こえない。その上に覆《おお》い被《かぶ》さるように先の声が続いた。

「然《しか》し豆腐屋にしちゃ、君のからだは綺麗《きれい》過ぎるね」

「こんなに黒くってもかい」

今度は返事が判然《はっきり》と響いた。矢張《やは》り若い男の声だった。

「黒い白いは別として豆腐屋は大概箚青《ほりもの》があるじゃないか」

「なぜ」

「なぜか知らないが、箚青があるもんだよ。君、なぜほらなかった」

ざあっという水の音に再び答が掻《か》き消された。妙な手合いが来たものだと辟易《へきえき》した津田は、音を立てぬよう大風呂の硝子《ガラス》戸を離れた。

どういう偶然の仕業か、宿に着いた晩貞子に踏み込まれたのを除くと、今まで風呂で人と出食わしたことはなかったのである。出食わすのを心当《こころあて》にしている相手が居る所為《せい》で、故意《わざ》と変則的な時間に行ったり、果ては用もないのに風呂場の前を通ったりもしたのに、不思議と誰にも会わず仕舞であった。それが今、毎時《いつ》も津田の入る大風呂に男が二人も入っているのだった。

硝子《ガラス》戸を脊《せ》にした津田は、左右に並んでいる小さな風呂場を思案顔で見渡した。窮屈な湯槽で我慢するか、それとも一旦《いったん》戻ってから出直すしかなかった。出直そうという結論に達した津田は今来た道を引返し、階子段を昇りかけた。然《しか》し彼は二三歩昇った所で足を留めると、くるりと身を廻転《かいてん》した。そうして再び階子段を降り、大風呂の前をそのまま素通りした。続いて廊下の突き当りまで行くと其所《そこ》から更に下に降りている階子段に足を掛けた。

この下に更に風呂のあることは着いた晩に下女から聞いていた。一度はわざわざ覗《のぞ》きにまで行ったのに実際に入った経験がなかったのは、古くて汚いのもあったが、それよりも、最初の晩の貞子の口振りから安永達が上の大風呂しか使わないのを教えられ、彼等と風呂を共にする習慣があると云う清子も其所しか使わない筈《はず》だという結論に一人で達していた所為であった。漠然《ばくぜん》とした期待によって津田自身が身に附けた上の大風呂に入る習慣は、今、二人の闖入者《ちんにゆうしや》によって破られたのだった。下の風呂へと降りる階子段は宿のどの階子段よりも一層急で一層暗かった。その上天井が低く落ちて来ているので脊の高い津田は身体を真直《まつすぐ》立てるのも剣呑《けんのん》であった。一段降りるごとに空気が益《ますます》湿って、何だか奈落《ならく》の底へ底へと潜るような印象がある。途中から湯滝の音が湿った空気を伝わって聴こえて来たが、こうして聴いているだけでは、宿の外から聴こえるのか内から聴こえるのか解《わか》らなかった。下に着いてから更に角を一つ曲がると、漸《ようや》く擦硝子《ガラス》の戸の前に出た。

電燈は点《つ》いているが四囲《あたり》の木が黒ずんでいるので風呂場全体の印象は頗《すこぶ》る暗かった。

一体どういう地形に宿が建っているのか、此所《ここ》でも浴槽の位置が、大地の平面以下に切り下げられていた。褞袍《どてら》を脱いで下に降りると、浴槽の角からどんどんと音を立てて湯滝が落ちて来ては、湯の表面に大きな渦《うず》を描いて後から後から縁の外へ溢《あふ》れ出ている。津田はその渦を乱すのを遠慮するようにして湯壺《ゆつぼ》に浸った。すぽりと浸《つ》かると、乳のあたりまで這入《はい》った。

湯気を抜くための廂《ひさし》の下の硝子《ガラス》戸が雨の為《ため》に閉《た》て切ってあり、立て籠《こ》められた湯気は床から天井を隈《くま》なく埋《うず》め、隙間《すきま》さえあれば節穴の細いのを厭《いと》わずに洩《も》れ出でようとする景色である。津田は少時《しばらく》首だけ出して漫然と湯滝の落ちるのを眺《なが》めていたが、やがて向きを変えると、倦怠《だる》そうに浴槽の側《ふち》に両肱《りょうひじ》を置いた。そうしてその上に額を載せて俯伏《うつぶし》になった。

二百四十六

再び顔を上げた時、津田は自分が何処《どこ》にいるのか、何をしていたのか、悉皆《すっかり》忘れていたのに気が附いた。湯滝の響きと湯烟《ゆけむり》に囲まれて、何時《いつ》の間にか現実の場所からも現実の時間からも無限に遠い所へ行っていたのだった。深い忘却を経験して戻って来た感覚が脳にしびれるように残っていた。

その途端不図《ふと》何処かで聞いた事のある父母《ぶも》未生《みしょう》以前の己《おの》れという言葉が頭に上《のぼ》った。

実際父母未生以前の己れとやらに還《かえ》ったらあんな気がするのかも知れなかった。突然頭に上ったその言葉には、無信心な津田の胸にも、無条件に生を受けた罪業《ざいごう》の念を喚《よ》び起すような一種の響きがあった。同時にひとつの顔が眼《め》の前に浮かんだ。

自分の顔だった。

自分の顔なのに何だか見慣れない顔だという印象があった。不快な顔だという印象もあった。一体何時こんな顔を見たろうと考えるうちに、宿に着いた晩、夢中歩行者《ソムナンビユリスト》の如《ごと》くに廊下を彷徨《さまよ》っていた時、不意に鏡の中に見出した顔だったのを憶《おも》い出した。一度浮かんだその顔は、眼の前から追い払おうとすると、却《かえ》って津田に附き纏《まと》うようだった。しかもこうして一人記憶の中で対面するうちに、あの時は幽霊のように凄《すさま》じく見えたその顔が、どういう訳《わけ》か寧《むし》ろ自分の本来の顔のような気がして来た。

彼は正気を取り戻すようじゃぶじゃぶと矢鱈《やたら》に水音を立てて顔を洗った。

東京でも同じように非道《ひど》い雨なのだろうかという疑問が起こった。次いで、茶の間で黙念と雨垂れの音を聞いているであろうお延の様子が頭の隅《すみ》にぼんやりと浮かんだ。お延の正面には例《いつ》もの厚いメリンスの座蒲団《ざぶとん》が敷いてあった。其所《そこ》が津田の帰る場所であった。津田は心の眼でその見慣れた場所を不思議なものでも見るように見た。ついこの間まで其所へ帰るのを当然の事としていたのに、今の津田にはその当然であるべき姿が前世の夢の如く遠くに眺《なが》められた。昨日彼の肝を冷やしたお延から電話があったという事実すら、何だかこの自分の人生に起こった事のような気がしなかった。それでいてつい今しがたまで清子と共に居た事も、同じように遠い世界の出来事に思えてならなかった。意識が深い底へ潜ってしまった所為《せい》か、世の中から忘れられたような、世の中を見捨てたような、自分の実世界に於《お》ける立場と境遇とを離れた鈍い感覚がなかなか脳を去らなかった。津田は痺《しび》れた頭を無理に働かせて今自分の置かれた状況を落附いて眺めようとした。

何しろ清子は明日の朝にでも消えようとしているのだった。そうして津田は振り出しと殆《ほと》んど変わらない所に未《いま》だ立っているのだった。馬鹿《ばか》にならずにしかも満足の行く解決を得ようという当初の目的を、津田はこの数日間必ずしも毎時《いつ》も念頭に置いて動いて来た訳ではなかった。然《しか》し結果から見れば彼は馬鹿にならずに済ませていた。同時に何の解決も得られないままであった。

「どうしよう。今から馬鹿になるべきだろうか——果して今から馬鹿になれるかしらん」

実際今更馬鹿になって突き進むには、清子の前で最初に泰然と構えてしまった分、宿に着いた晩あれこれ迷っていた時に比べて一層大きな勇気が必要であった。清子に再会するにあたって嘘《うそ》から出発した津田は、清子の前で正直になるきっかけを初手《しょて》から失っていた。かと云《い》って飽《あ》くまで嘘の中に留《とど》まり、清子の出発を平気な顔で見送るには、既に自分の執着を表に出し過ぎてしまっていた。又それ以上に、そもそも己れの心が平気でいられなかった。清子に向かって馬鹿になって突き進む事も清子を平然と見送る事も出来なかった津田は、自分に残された時間の急に僅《わず》かになったのを、ひたすら理不尽に思うだけであった。

少時《しばらく》湯槽《ゆぶね》のなかで、じゃぶじゃぶやっていた津田はやがてぱんぱんと大きく手を鳴らした。昨晩は酔《えい》が廻《まわ》って風呂に入らずじまいだったし、今朝も忙しさに紛れて垢擦《あかすり》を掛けさせる余裕がなかったのだった。壁の反響が手伝って、手を鳴らした音が井戸の底の音のようにわんわんと自分の耳に跳ね返って来た後、四囲《あたり》は森閑とした。凝《じっ》と耳を澄ましたが、津田の呼んだのを宿では誰も気附いた様子がなかった。彼はもう一度思い切り手を鳴らした。すると「へえー」と遥《はる》か上の方から威勢の良い声が帰って来た。

がらがらと硝子《ガラス》戸が開いて這入《はい》って来たのは予想通り勝さんである。津田は烟《けむ》の出るような赤い身体《からだ》を湯壺《ゆつぼ》から出して留桶《とめおけ》の前へ腰を卸《おろ》し、訊《き》かれるままに今日生糸《きいと》屋の夫婦を送りがてら隣りの温泉地まで足を延ばした事や、其所で四人で昼食を食べた事などを話した。

「どうも生憎《あいにく》の天気で、気の毒なこってしたねえ」

勝さんがぐいぐい脊中《せなか》を擦《こす》りながら云った。

「なに、それなりに面白かったよ」

何も見られなかっただろうと勝さんが云うのに対して津田は土産物屋に這入《はい》ったと答えた。勝さんはどの土産物屋かと訊いた。何でも駅の眼の前だったと云うと、店の中の様子など尋ねて得心したらしく「はあ、あっちだな」と独言《ひとりごと》を云った。

「楠《くすのき》細工を一つ買った」

「ほう」

「丸盆だ」

「ほう」

「ところで、新しいお客がいるらしいね」

「あれっ、旦那《だんな》は能《よ》く御存じで。東京から若い男の方が御二人見えました」

「一人は豆腐屋さんだね」

津田がそう云うと勝さんは吃驚《びっく》りしたように脊中を擦っていた手を止めた。

「何の御商売だか私《わっし》にゃ解《わか》りませんが、豆腐屋ってこたあないですよ」

再び手を動かし始めている。

「そうかい」

「旦那と同じに学問のありそうな御二人《おんな》ですよ」

「そうかい」

津田にはどうでも可《よ》い事だったが、学問があると云われて何だか奇妙な気がした。勝さんはざあと肩に湯をあびせると「それでは、お疲れ様」と挨拶《あいさつ》をしてさっさと出て行ってしまった。津田は薩張《さつぱり》した身体をもう一度湯壺まで運んだ。下の湯の方が利くと下女が云っていた以上は、色々な成分を含んでいるのだろうが、色が純透明だから、入り心地《ごこち》がよかった。折々は口にさえふくんで見るが別段の味も臭《におい》もなかった。浴槽《ゆぶね》の縁に靠《もた》れてふわふわと身を浮かしているうちに、不図《ふと》、今清子はこの風呂へ入りに来るのではないかという気がして来た。津田は新しい眼をもって四囲を見回した。廂《ひさし》の下の閉《た》て切った硝子《ガラス》戸に、雨が容赦なく横なぐりに叩《たた》きつけられていた。

風呂から上がったところで何もすることはなかった。本も荷物を軽くする為《ため》、岡本から借りた中から二三持って来ただけなので今はもう読むものもなかった。電鈴《ベル》を鳴らして下女を呼び、何か読物がないかと訊くと、稍《やや》あって番頭自身が恐縮の態度で「こんなものしか御座いませんが」と旧《ふる》い風俗画報を綴《と》じたのを持って来た。固《もと》より本を読むような気分ではなかったが、精神がじりじりと落附かない分、振舞にだけでも並の逗留《とうりゆう》客《きやく》の寛《くつろ》ぎを見せねばならないような詰らぬ強迫感があった。益《ますます》烈《はげ》しくなる風雨の音を耳に、腹這《はらばい》になって所々虫の食った本を器械的に繰っていると、間もなく晩食《ばんめし》となった。昼に腹一杯食べた所為で食べたくもないのを、津田は已《や》むを得ず身体を起こし、吸物を吸ったり刺身を突《つつ》いたりした。同じように美しく調《ととの》えられた食膳《しよくぜん》を、清子も歩けば一分と離れていない座敷で前にしている筈《はず》であった。一度は夫婦になろうかとまで思っていた二人が同じ膳を別々に食べているのが、津田には何とも不条理に思えた。

二百四十七

膳《ぜん》を下げて一度引っ込んだ下女が、蒲団《ふとん》を敷きに顔を出した。

「非道《ひど》い降りになったもんだねえ」

「へえ、亦《また》橋の工事が遅れます」

津田は此所《ここ》に来る連中、軽便《けいべん》の窓から見た橋を思い出した。

「去年の出水では、この辺はどうだった」

「この家はお蔭《かげ》様で無事でした」

だが滝が溢《あふ》れ、奔湍《ほんたん》の向う岸は場所によっては水浸しだったという事だった。津田は狂う風と渦巻《うずま》く浪《なみ》に弄《もてあそ》ばれる滝壺《たきつぼ》を頭に描いた。すると安永から聞いた身投げしたという若い女の着物が水の中でぐるぐると回転している図が自然に瞼《まぶた》に浮かんだ。月も星もない筈《はず》なのに濡《ぬ》れた帯が蛇《へび》の鱗《うろこ》のように光って空《くう》に踊る容子《ようす》も妄想《もうぞう》された。今まで多少静まっていた暴風雨《あらし》が夜更《よふ》けと共に再び募ったものか、真黒な空が真黒いなりに活動して瞬時も休まないような音がする。雨戸という雨戸が閉《た》て切られ外部《そと》の模様が眼に見えない分、暴風雨《あらし》は、木を根こぎにしたり、塀《へい》を倒したり、屋根瓦《やねがわら》を捲くったりして津田の想像の中で烈《はげ》しく暴れ廻《まわ》った。何だか小さな自分たちの存在を粉微塵《こなみじん》に破壊する予告の如《ごと》くにも思われた。

下女が下がった後、津田は蒲団の上に寐転《ねこ》ろんで天井を眺《にら》んだ。今晩はこのまま過越《すご》してしまう訳には行かなかった。彼は手を伸ばして再び綴物《とじもの》を取ると仰向《あおむ》けのままぱらぱらとめくったが、心は頁《ページ》の上にはなかった。事実、不図《ふと》気が附いた時には、何時《いつ》の間にか本は胸の上へ伏せてしまっていた。雨が廂《ひさし》になだれ崩れる音が催促をしているようで厭《いや》に心臓に徹《こた》えた。津田は身体《からだ》を起こすと蒲団の上に胡坐《あぐら》を掻《か》き、紙巻に火を点《つ》けた。だが当途《あてど》もない考えに耽《ふけ》って脳を疲らすだけで、烟草《たばこ》を呑《の》んでいる事さえ忘れがちだった。而《しか》も其所《そこ》に気附いて、再び吸口を唇《くちびる》に持って行った時の烟《けむり》の無味《まず》さは又格別であった。彼は大きく嘆息すると諦《あきら》めて吸殻《すいがら》を灰吹《はいふき》の中へ投げ入れた。

寒さが脊中《せなか》へ噛《かじ》り附いたように冷えて来たので湯にもう一度浸《つか》りたかったが、ひょっとするとその間に清子の方で此所まで遣《や》って来るのではないかなどという虫の好《い》い考えが浮かび、それも決心が附かなかった。津田は時々眼を上げて、障子を眺《なが》めた。然《しか》し障子は何時《いつ》まで経っても開かなかった。こうなれば思い切りよく自分の方から清子の座敷に乗り込む他《ほか》はないのかも知れなかった。津田は幾度も頭の中で、清子の室《へや》へ至る長い廊下を歩く所を想像した。室の前に立って障子に手を掛ける所も想像した。清子の驚いた表情も想像した。だが其所まで行って彼の想像は頓挫《とんざ》せざるを得なかった。其所から先は予測が附かなかった。驚いた清子が又電鈴《ベル》を鳴らさないという保証はなかった。

電鈴を鳴らされて狼狽て退散する己れの醜態を清子の前に曝すのは厭だった。かと云って無理に泰然と構えて退散せずに居れば、やって来た宿の人間がどういう詮議立てをするかと思うと猶更《なおさら》勇気が挫《くじ》けた。

津田はもう一度肩で大きく嘆息した。

その時であった。ひたひたと板の上を渡る上靴《スリッパー》の音が、壁を通して微《かす》かに聴えて来た。床の間の後ろを通っている裏廊下からであった。座敷へは築山《つきやま》に面した縁側からしか出入り出来なかったが、裏にもぐるりと廊下が通っているのであった。清子の泊まる別館から来れば、津田の座敷の角に来た所で廊下は表裏二手に別れ、表の方は庭伝いに延び、裏の方は座敷の押入の裏から角を曲がって座敷の床の間、控えの間の床の間と二つの室の裏に続き、再び縁側と一所になって風呂場の方角へ伸びているのだった。津田自身その裏廊下を通る用はなくとも、別館から来る清子が使うことは大いに有り得るので、今までもそれとなく注意をしてはいたのだが、こんなに判然《はっきり》と足音を聞いたのは初めてであった。而《しか》も外の風が八釜《やかま》しく雨戸を鳴らす中に偶然判然と聞いたのだった。足音はすぐに遠ざかって行ってしまった。

女の足音であった。用事を有《も》って此所彼所《かしこ》に出入りする下女達の、公然とした響きを持つ足音ではなかった。足音は慎ましやかである以上にひめやかであった。津田は足音が完全に消えた後《あと》も長い間身じろぎもせずにいたが、やがて静かに起き上がり、まだ濡《ぬ》れたタウエルを取ると、石鹸入《シャボンいれ》と共に持って座敷を出た。

津田はすぐには下に降りなかった。彼は先《ま》ず厠《かわや》へ寄った。厠を出てからもわざと鏡を見て髪に櫛《くし》を入れた。それから緩《ゆっ》くりと下へ降りた。何時《いつ》も入る大風呂は森《しん》と静まり返っていたが、津田は恰《あたか》も啓示を受けた人間の如く毫《ごう》も迷わなかった。真直《まっす》ぐ正面を見詰めたままその前を通り過ぎ、暗く照らされた階子段《はしごだん》を更に下に降りた。すると階子段の途中から例の湯滝の音が耳に聴えて来た。それに交じって人の立てる水音もして来た。風呂場が見渡せる所まで来れば、案の定、擦硝子《すりガラス》の嵌《はま》った戸の前に見覚えのある羅紗製《ラシャ》の上靴《スリッパー》が揃《そろ》えてあった。津田は足音を忍んで戸の前に立った。少しでも逡巡《しゅんじゅん》すると勇気が挫《くじ》けそうな気がした彼は、深い呼吸と共に勢いを附けて戸を引いた。

一瞬目くらましを食らわされたようだった。雨の為《ため》、立ち上がる湯気の逃場《にげば》を失ったのが津田の顔に真向《まとも》に吹き附けたのであった。白い烟《けむり》が渦を巻いて津田の横を通り過ぎると漸々《だんだん》と視界が開け、それと同時に今まで聞こえていた水音が静まって、滝の落ちる規則的な音が残っているだけなのに気が附いた。

二百四十八

広い風呂場を照らすものは、只《ただ》一つの小さい釣《つ》り電燈のみだった。漲《みな》ぎり渡る湯烟《ゆけむ》りが電燈のやわらかな光線を含み、奥へ行くほど暖かに見える。一面の虹霓《にじ》の世界が濃か《こまや》に揺れるその中心に、暖かい灯影《ほかげ》を集めた白い輪廓《りんかく》が朦朧《もうろう》と浮かび上がった。女であった。そうして無論清子であった。

風呂場を埋める湯烟りは、埋めつくした後から、絶えず湧《わ》き上り、清子の姿は縦《ほしい》ままに曝《さら》け出されることはなかった。霧が散り、露骨《あからさま》に女の肉の輪廓が雲の底から浮き上がりそうになると、何時《いつ》の間にか亦《また》押し寄せる湯烟りが幾重にもその白い影を薄い幕の向うに閉ざしてしまった。そうして閉ざしては又露《あら》わにした。湯壺《ゆつぼ》から出て湯を被《かぶ》っていた清子は、小桶《こおけ》を両手に抱え、開いた戸の方を呆然《ぼうぜん》と振り返っていた。

津田は潤沢《うるおい》の饒《ゆた》かな黒い大きな眼を恰《あたか》もまのあたりに見たような気がした。

彼は反射的に戸を締めると踵《きびす》を返した。何処《どこ》をどう通ったのか解《わか》らなかったが、幾つもの階子段《はしごだん》を上がり無数の暗い廊下を折れた後《あと》、気が附けば自分の座敷へ辿《たど》り着いていた。彼は室の真中に立って天井の電燈を点《つ》けた。鼻先に光が点《とも》り一瞬炎天に眼が眩《くら》んだようになったが、直瞳《じき》が落附いて四辺《あたり》が見えるようになった。見慣れた景色が眼に映ると漸《ようや》く平生《ふだん》の心地が戻って来た。自分の細長い影が障子に映っている。タウエルと石鹼《シャボン》を持ったままの姿であった。電燈が揺れるのに合わせて、障子に映った細長い影も大きくなったり小さくなったりしていた。

津田はまるで泥棒猫《どろぼうねこ》か何かのように狼狽《あわ》て戻って来た自分の行為に対して、云《い》いようもない汚辱を感じた。わざわざ機を狙《ねら》って此所《ここ》数日肚《はら》の中で燻《くす》ぶっていた思いを遂げ、その揚句《あげく》、恰《あたか》も自分の方が驚かされたように退却したのを吾《われ》ながら怪しんだ。けれども如何《いか》どう考えてもあのまま風呂場に踏み込む勇気があるべきだったとは思えなかった。如何《いか》に好都合に解釈しても、清子がその様な勇気を自分から期待しているとは考えられなかった。それでも厚かましく押し入ろうという料簡《りようけん》は起こらなかった。彼はタウエルと石鹸《シャボン》を器械的に元に戻すと胡坐《あぐら》を掻《か》いた。そうして又すぐに立ち上がった。どうしたら可《い》いのか解らなかった。折角与えられた機会をみすみす取り逃がしてしまったが、それでいて、そうするより他に途《みち》はなかった。津田はしばらくの間両手で髪の毛を掻き上げながら障子の前を行ったり来たりしていたが、やがて不図《ふと》足元に敷かれた蒲団《ふとん》を見下ろすと、足音を立てて控えの間との仕切りを開け放った。次に腰を曲めて下の敷布団を両手で摑《つか》み、枕《まくら》を載せたまま蒲団全体を勢い能《よ》く控えの間に引擦《ひきず》り込んだ。それから再び仕切りを締めた。

津田は今の作業で乱れた褞袍《どてら》を直すと忍び足で縁側へ出た。縁側と裏廊下の継目の所に、上から釣り下がった電燈が仄《ほの》暗く四囲《あたり》を照らしている。彼はその電燈の真下に立った。其所《そこ》に立てば縁側伝いに来ようが、裏の廊下から来ようが、別館に戻る清子に出食わさずには済まなかった。それでいて僅《わず》かに何方《どちら》かに身を寄せるだけで、清子に気附かれずにいる事も可能だった。津田は頭の天辺《てつぺん》から黄色い光線を浴びながら、凝《じつ》と眼を閉じると、一方の耳で風に打ち附けられて鳴る雨戸の音に耳を澄まし、もう一方の耳で森《しん》とした廊下に耳を澄ました。首のあたりから全身が愈《いよいよ》冷え込んで行くのが他人事《ひとごと》のようにしか感じられなかった。稍《やや》あって、先刻《さつき》と同じ上靴《スリッパー》の音が微《かす》かに聴えて来た。足の運び具合によってぎいと折々板が鳴るのが一々心臓に響いた。足音が予想通り裏の廊下へ掛かった所で、津田はそっと縁側の方へ身を引き、其所から更に大きくもう一歩暗がりの中に下がった。呼吸《いき》を整える間もなく電燈の下《もと》に清子が現れ、横顔を見せたまま鼻先を通り過ぎた。津田は押し殺した声で「清子さん」と声を掛けた。清子は足を留めた。振り向いた顔が燭光《あかり》を受けて白く闇《やみ》に浮かんだ。津田は清子に不安を与えないようその場を動かずに口を利いた。

「待っていました」

清子は無言で津田を凝視した。

「待ち伏せしてました。――と云うべきかな」

津田は一昨日の朝の会話を思い出して覚えず云った。清子に対して云ったというよりも、自分に対して半ば弁解的に半ば自嘲《じちよう》的に云ったのだった。

「這入《はい》って戴《いただ》けますか」と彼は続けた。

清子はこの宿で最初に見掛けた時のように、伊達巻《だてまき》をずるずるに巻き附けたままの恰好《かつこう》だった。寐巻《ねまき》の裾《すそ》から華やかな長襦袢《ながじゆばん》の色が上靴《スリッパー》を突っ掛けただけの素足の甲にこぼれているのも同じだった。津田は恰《あたか》も風呂場に踏み込まなかったことで清子に貸しを作ったようで、その分無理が通るような気がしていた。清子も似た気分に動かされているのか、少なくとも彼女の驚きは何処《どこ》かで予期と通ずるものだった。

「御願いがあるんです」

清子は依然として言葉を発っしなかった。

「一寸《ちょっと》だけで結構です」

そう云うと津田は、清子から眼を離さぬようにしながら障子を開けた。

広い座敷が電燈に明るく照らされていた。蒲団を控えの間に隠してしまった結果、室《へや》の中は時計の針の示す時間よりは尋常に見えた。だが実際はそろそろ宿の静まり返る頃であった。呼ばない限り下女が出入りする惧《おそ》れはなかった。津田がもう一度眼で乞うと、清子は剛張《こわば》った表情を見せて津田と座敷の間に眼を往復させていたが、やがて無言のまま、敷居際《ぎわ》に立った津田の傍《そば》を擦《す》り抜けて室の中へ這入《はい》って来た。

二百四十九

二人は火鉢《ひばち》を挟《はさ》んで相対したまま動かずに、又物を云わずに、黙念と坐《すわ》っていた。外の暴風雨《あらし》が今までより更に執濃《しつこ》く津田の耳に附いた。雨は風に散らされるのでそれ程恐ろしい音も伝えなかったが、風は屋根も塀《へい》も電柱も、見境《みさかい》なく吹き捲《めく》って悲鳴を上げさせた。頑丈《がんじょう》な柱だの厚い塗壁だのに包《かこ》まれて比較的安全な宿の座敷に居るのにも拘《かかわ》らず、周囲一面から出る一種凄《すさま》じい音響は、抵抗し難い不思議な威嚇《いかく》を人間に与えた。

清子は行儀良く両手を火鉢に翳《かざ》し、俯向《うつむ》き加減に坐っていた。津田と同じく、戸外《そと》を駆け抜ける暴風雨《あらし》の音に耳を澄ましているようであった。

「何を考えているんです」

少時《しばらく》して津田が訊《き》いた。

「あの、滝の事。今どんなかしらと思って」

「ああ、あれは去年の大雨の時溢《あふ》れたそうですよ」

清子は顔を上げた。津田は安心させるように云った。

「大丈夫ですよ。もし水が出たとしても此方《こっち》側までは来ませんよ」

清子は津田の顔を真直《まっす》ぐ見ながら答えた。

「ええ、それは心配してないわ。只《ただ》、この雨でどんな風になっているかしらと思って」

「成程《なるほど》」

二人はそれぎりで、又、しばらく暴風雨《あらし》の音を聴いた。清子は再び眼《め》を俯《ふ》せて睫毛《まつげ》を見せているだけなので、火鉢の中の赤い炭を見ているのだか、自分の手を見ているのだか解《わか》らなかった。火鉢の縁に手頸《てくび》から先が二寸ほど白く見え、あとは重ねた衣《きぬ》のうちに隠れている。細い肉には指輪が二個《ふたつ》燦《さん》と光っていた。清子の端然《たんぜん》と坐っている姿に、津田は寧《むし》ろ甘い苦しみを感じた。凝《じっ》として見ているに堪えない程清子は静かに姿勢を崩さずにいた。その静かな姿勢で、無意味な談話を交わす意志がないのを暗に示していた。時間が又そのまま経《た》った。津田は勢いとして本題に入るべく余儀なくされた。

「本当に御帰りになるんですか」

清子は同じ姿勢のまま何も答えなかった。声に出ない言葉の符号《シンボル》の如く、閉じられた瞼《まぶた》がごく微《かす》かに顫動《せんどう》するのが見えた。津田は思い切って云《い》った。

「もう少し……二三日で可《い》いから残って貰《もら》えませんか」

清子は猶《なお》も俯向《うつむ》いたままだったが、稍《やや》あって低い声で訊いた。

「残って何かありますの」

寧《むし》ろ冷やかな調子だった。

「お訊きしたい事があるんです」

「お訊きになってどうにかなるようなことなの」

清子はちらと眼を上に向けた。

「いいや。どうにもならないでしょう。多分どうにもならないと思います」

「そう。それでもお訊きになりたいの」

「ええ」

「何故《なぜ》？」

「何故って、そうしたら僕の気持が治まると思うんです」

「そうですか知《し》ら」

厭味《いやみ》のある言い方ではなかった。其所《そこ》にあるのは純粋な懐疑に近い何ものかであった。

清子は嘆息すると再び瞼《まぶた》を顫《ふる》わせて「どうしましょう」と半ば独り言のように云った。

「あなたの御満足行くような御答《おこたえ》が出来るか知ら」

「正直に答えて下さればそれで結構なんです」

「そう」

清子はそう云うと顔を上げた。

「それじゃ、どうぞ」

津田の眼を凝《じっ》と見詰めている。

「どうぞって……」

津田は呆《あき》れたように繰り返した。

「どうぞ、お訊きになって」

「そんな」

津田の頭には血が上った。女に調戯《からか》われていると思った。

「そんなに簡単な訳に行かないから、もう二三日此所《ここ》に残って下さいって御願いしてるんです」

「まあ、随分とむずかしい御話ね」

清子は少し下唇《したくちびる》を反らして笑い掛けている。津田は堪《たま》らなくなった。男とこう差向《さしむかい》で坐っている事の危険に、清子はどれほど気が附いているのだろうか。彼女は津田が両手を伸ばせばすぐ届く所に、恰《あたか》も犯され得ない薄い幕にでも守られているように落ち附き払って坐っていた。超然としたその態度は驚くべく図迂々《ずうずう》しいものでもあった。津田は両手を伸ばしてその薄い肩を思い切り揺すってみたい衝動にかられた。清子の胸元を飾る派手な伊達巻《だてまき》の縞《しま》が、熱くなった頭の中で出鱈目《でたらめ》に錯綜《さくそう》し、幾通りもの強い色となって津田を刺激した。

二百五十

汽車を下りると、停留場《ステーション》の出口から町端《まちはな》へかけ宿引きが印傘《しるしがさ》の堤を築き、旅人を取り囲んでは喧《かまびす》しく已《おの》れの屋号を呼び立てていた。中にも烈《はげ》しいのは、素早く手荷物を引《ひ》っ手繰《たく》ろうとさえした。お延は彼等の間をどうにか潜《くぐ》り抜けると、車夫の提灯《ちょうちん》が固まった所を急ぎ足で目指した。

停留場《ステーション》に着いても軽便《けいべん》はもう出ないというのを知ったのは、汽車の中の車掌の口からであった。半ば覚悟していたお延は大きく失望もしなかった。出発前に夫の持っている旅行案内を開いて調べる気もしなかったのは、軽便があろうとなかろうと、いずれにせよ宿へ辿《たど》り着く腹積《はらづもり》だったからである。夫の居場所に少しでも近附きたい一心で、何しろもう東京には一時もいる気がしなかった。汽車の窓を打つ雨が烈しくなるにつれ、果して無事に宿まで行き着けるかと不安が高まったが、その不安を抑え、ただひたすら前へ進む事だけを念じていたのだった。

眼《め》の前の光景はお延の気を挫《くじ》くに充分であった。

車夫の提灯は雨の音と風の叫びに冴《さ》え、恰《あたか》も闇《やみ》に狂う物凄《ものすご》さを照らす道具のようにお延を脅かした。四隣《あたり》には馬車の姿は見えず、俥《くるま》は宿引きの連れて来た近くの宿へ行く客だけを乗せて、雨の中をてんでに四方に散って行った。お延は顔を打つように吹き附ける雨の中を声を嗄《か》らして俥を探したが、どの車夫も彼女の行く先を耳にすると露骨に馬《ば》鹿《か》にした顔を見せた。それでも諦《あきら》めずに烏鷺々々《うろうろ》していると年を取った車夫が見かねて云《い》った。

「無理だよ、奥さん、諦めなよ。この雨であんな所《とこ》まで行くような命知らずはいねえよ」

軽便で行っても二時間は掛かり、さらにその後俥《あと》で半時間は揺られる所だと云う事をその時お延は初めて知った。彼女はこの宿場町で一晩泊まるより他ないのを納得せざるを得なかった。

改札場の表は、大きな宿《しゅく》の通りである。立派な宿屋も眼の前に二三軒ある。お延は電気燈の点《つ》いている三階作りの前を何となく気後れして次々と通り越すと、只《ただ》暗い方へ行った。すると比較的淋《さび》しい横町の角から二軒目に御宿《おんやど》と云う看板が見えた。不断ならお延のような女の眼には入らない、汚い看板であった。彼女の足はその看板を目指して進んだ。

案内を乞うと感じの悪い女が出て来てお延を二階の階子段《はしごだん》の下の、じめじめとした室《へや》に案内した。室の隅《すみ》に申し訳に唐机《とうづくえ》だの鏡台だのが備え附けられている。曇った鏡に向かって髷《まげ》に降り掛かった雨滴を拭《ぬぐ》っていると、台所の辺りから下女達のどっと笑う声が聞こえた。女一人だと思って見括《みくび》られて狭くて暗い室に押し込められたような感が益《ますます》強まった。やがて先刻《さっき》の下女が宿帳を持って来た。

お延は宿帳を取り上げて津田延子と鄭寧《ていねい》に書いた。朝一番に軽便で立ちたい、と云うと女は「さあ、それは」と首を傾《かし》げた。この雨で仮橋《かりばし》が危うくなっているので、一度雨が歇《や》んで修理が出来るまでは軽便は出ないだろうと云う。事実今晩は最終の軽便が出なかったそうであった。お延は落胆に口も利《き》けなかった。下女はそんなお延を同情のない眼で見ていた。

風呂場は廊下の突き当りで便所の隣にあった。薄暗くて、大分不潔のようなので洗うのもそこそこにして室に戻ると、もう床を延べてあった。

まだ寐《ね》るには早かったが一応床に入り、電燈を消さずに仰向《あおむ》けになったまま凝《じっ》としていた。丸一日中神経が張り詰めていたのが、こうして横になっても急には緊張が弛《ゆる》まなかった。身体中《からだじゅう》の関節《ふしぶし》は硬くなったままだったし、手足の先の自分でも吃驚《びっく》りする程冷たいのも、何時《いつ》まで経《た》っても直らなかった。突然、岡本の一家と一昨年《おととし》の夏に和歌山へ遊びに行った時の記憶が、まるで今晩の淋しさを対照的に際立《きわだ》たせるかのように胸を横切った。宿で氷菓子《アイスクリーム》を食べながら、それでも暑い暑いと云って頻《しき》りに懐《ふところ》に風を送り込んでいた叔父の呑気《のんき》な顔が浮かんだ。だが、その顔はすぐに吉川夫人の冷笑やら小林の呆気《あっけ》に取られた顔やら、果ては小悧巧《こりこう》そうに喋舌《しゃべ》るお秀の顔などに取って替わられた。怒りが身体を貫くと同時に、今度は眼の縁を赤くしたお時の顔が浮かんだ。お延は嚙《か》んだ唇《くちびる》を放した。お時も一人で不安な夜を過ごしている筈《はず》だった。

一際《ひときわ》高く風が唸《うな》ると、突然電燈がぱたりと消えた。

二百五十一

朝になって津田は夢を見た。

雨戸でも開けに来たのか、誰かが縁側をすたすたと渡る音が津田の枕《まくら》を伝わり、その音に刺激されて一度浮上した意識が、再び暗窖《あんこう》の裡《うち》に降下する際に夢を見たものらしい。縁側を渡る音は不透明な意識の中で昨夕《ゆうべ》の停電騒ぎの音と混同された。「停電だ、停電だ」という声が帳場の方で聴えたと思うと、周章《あわ》て寝床《ねどこ》から這《は》い出て障子を開けた津田の鼻先を、蠟燭《ろうそく》を提げた下女が白い横顔を見せてすうっと通り過ぎた。「おい、此方《こっち》だ」

と声を掛けたが、女は静かに振り向いただけで、亦《また》すたすたと廊下を歩いて行ってしまった。

津田は何時《いつ》の間にか女の後を追っていた。

四囲《あたり》は夜道である。夜道を行く女は今は蠟燭の代りに提灯《ちょうちん》を提げている。女が止まらずにすたすたと歩くので津田も已《や》むを得ずにすたすたと歩いた。前を見ると山が闇《やみ》の影を、高い空から自分等の頭の上へ抛《な》げかけている。あの山を越すんだろうかと心細くなった津田は引き返そうかとも思うのだが、女がずんずんと先へ行くので仕方なしに後を追った。やがて二人は森の中に入った。右も左も黒い木が空を見事に突っ切って、頭の上は細く上まで開《あ》いている。路《みち》は愈《いよいよ》細い。無論登りである。女は細い山路を何時《いつ》までも歩き続けており、その女の後を津田は一心に追い懸けている。声を掛けて女を止めたいのだが、声を出すのが禁じられているような気がして黙って足を運んでいる。山の奥がその又奥へと果てしもなく続いているように思える。気が附けば何時しか女は文金島田に裾《すそ》模様の振袖《ふりそで》という扮装《いでたち》で、背後《うしろ》を行く津田の眼《め》は闇に燦《きら》めく金襴《きんらん》の帯に吸い附けられたようになっていた。何里だか見当のつかない程の山路を歩くうちに、到頭《とうとう》山を越えたものと見える。青田に掛かったらしく、鷺《さぎ》の影が時々闇《やみ》に差した。

尚《なお》も行くうちに、女の光った帯がお延の持っている檜扇《ひおうぎ》模様の帯に不意に変わった。その途端、鷺《さぎ》が一際《ひときわ》鋭い声で鳴いた。すると突然、真事《まこと》にキッドの靴《くつ》を買って遣《や》る可《べ》きだったという後悔の念が津田を捉《とら》えた。女はと見ると、立ち止まって津田の方を振り向き、袂《たもと》を顔に当ててさめざめと泣いていた。同時に地鳴りのような音がして夜が急に白んだ。

眼を開けると雨戸が開け放たれた所らしく、座敷の中には寒そうな朝の光が差し込んでいた。夜通し耳に響いていた雨の音は今止《や》んでいた。津田は寐足《ねた》らない頭を枕《まくら》の上に着けたまま、醒《さ》めたとも醒めぬとも名の附かぬ路を少時辿《しばらくたど》った。やがて睡眠と覚醒《かくせい》との際《きわ》どい均衡が崩れ、意識が次第に透明になって来た。津田はその透明になって来た意識の中で今見た夢のことを考えた。ああいう妙に昔の物語めいた夢を見たのも、雨と風に鎖《とざ》された山里の宿屋に居る所為《せい》に違いなかった。

夢は淋《さび》しい色調のものだった。夢に出て来た女の顔も淋しいものだった。彼は見たこともない女の顔をもう一度眼の前に描こうとした。然《しか》しその顔は既に判然《はんぜん》としなかった。女の顔は清子にもお延にも似ていなかった。それでいて津田の前を行くその後姿は清子のようでも、お延のようでもあった。女を追懸《おっか》ける津田の気持も、清子の後を追懸けているようでもお延の後を追懸けているようでもあった。津田は天井を眺《なが》めながら少時の間今《とおの》の夢を眼の前に幾順となく循環させた。循環させるうちに夢は段々ばらばらになって遠退《とおの》いて行き、その代り、そもそも夢の大本《おおもと》にある昨夜《ゆうべ》の停電の記憶が鮮やかに蘇生《よみが》えって来た。

頭上から釣《つ》り下がっていた電燈がぱたりと消えたのは二人が火鉢《ひばち》を挟《はさ》んで無言で相対している最中だった。「停電だ」と津田が云うのに木精《こだま》するように、「停電だわ」という声が想像した通りの見当で聞こえた。一瞬暗闇に呑《の》み込まれたような感があったが、気が附けば眼の前に赤い小さな光の塊りがあった。火鉢の中の炭火だった。

暗闇に眼が慣れるにつれ、切炭《きりずみ》の火は明るさを増し、次第々々に驚く程四囲を判然《はっきり》と照らし出した。清子は俯《うつむ》向いていた頸すじを伸ばして顔を上げていた。女特有の柔らかい頬《ほお》や顎《あご》の線が暗闇に融《と》け、輪廓《りんかく》は朧気《おぼろげ》なままに、清子の顔は自ら光を放つようにぼうっと浮き出ていた。津田は仄赤《ほのあか》く照らし出されたその顔を凝《じっ》と眺めた。清子の方も津田の顔を眺め返した。津田が何かを云おうとして逡巡《ためら》っていると、恰《あたか》もそれに応《こた》えるように清子の口元がうっすらと開いた。実際は僅《わず》かな間のことだったが、現実の時間とは別の時間が緩《ゆっ》くり時を刻んで流れたように思えた。

二百五十二

気が附くと帳場の方から人のばたばたと動く音が聞こえて来た。清子は反射的に立ち上がっていた。

「明日は帰らないで下さい」

立ち上がった為《ため》清子の顔は、暗闇《くらやみ》のなかに吸い込まれたように掻《か》き消えた。津田は覚えず火鉢《ひばち》の此方《こちら》側から清子の手頸《てくび》を執《と》った。

「少なくとも、もう一度話す機会を作って下さい」

人の動く音が近附いて来た。津田は低い声で縋《すが》るように繰り返した。

「もう一度だけで結構です」

「解《わか》りましたわ」

清子の声は猶《なお》低かった。津田が手頸を離すと清子は急ぎ足で敷居まで突き進んだ。

「約束して下さいますか」と津田は自分も立ち上がりながら今一度耳語《ささや》くように云った。

「ええ」

清子はもう敷居の外に出ていた。

清子の足音が遠ざかるのと同時に、下女が蠟燭《ろうそく》を点《つ》けて縁側伝いに持って来た。下女は気が動転しているのか、津田の座敷に蒲団《ふとん》が敷かれていないのにも気附かずに、蠟燭を机の上に立てると又慌《あわ》ただしく出て行った。津田は自分で控えの間の蒲団を戻してから火鉢の前に直って腕を組んだ。蠟燭の焔《ほのお》は隅《すみ》の方でちらちらと右へ左へと揺れた。室《へや》の中は灯《ひ》の勢いの及ぶ限り、穏かならぬ薄暗い光にどよめいて、渦《うず》を巻くように動揺した。漸《ようや》く鼓動の治まって来た津田の胸の中には、女を逃がしてしまったという無念さと、罪を作らずに済んだという安堵《あんど》の気持とが、長い間闘《せめ》ぎ合っていた。やがて先刻《さっき》の下女が「こちらの方が安全で御座いますので」と蠟燭の代りに古風な行燈《あんどん》を置いて行った。

津田は下女の出て行った後蒲団の中に潜り込んで寐《ね》ようと眼を閉じたが、何かの拍子で眼を開ける度に室の中が微《かす》かな光に照らされているのが、妙に落ち附かなかった。行燈を吹き消して闇《くら》がりにして見ると、今度は暴風《あらし》雨の音が耳に附いて眼《め》は益《ますます》冴えた。漸《ようや》く寐入ったと思えば又眼が冴え、暁を待ち侘《わ》びているうちに再び寐入り、それを繰り返しているうちに到頭《とうとう》朝となって先刻の夢を見たのだった。

一夜明けたという感がなかった。寐が足りないというだけでなく、夜中《よるじゅう》昨日一日の記憶が烈敷《はげしく》脳の中を往来していた所為《せい》だった。津田の昂奮《こうふん》した神経は蠟燭の焰のちらちら揺れるのや、清子の頬《ほお》や額や耳朶《みみたぶ》の炭火に薄赤く染まったのなどを闇の中に描き出した。伊達巻《だてまき》の派手な縞柄《しまがら》も描き出した。仄暗《ほのぐら》い電燈の下《もと》の白い裸体《はだか》も描き出した。彼の瞼《まぶた》の裏には馬車の中の横顔も閃《ひら》めいた。黒い烟《けむ》を上げる海も、安永と貞子の酔《えい》の廻《まわ》った顔も浮かんだ。清子の濃い眸子《ひとみ》や鮮かな唇《くちびる》の色がぐるぐる廻転《かいてん》した。昨日の名残りの幾多無数の幻影《まぼろし》は、蚕が糸を吐くようにそれからそれへと絶間《たえま》なく津田の脳を襲っては、暴風《あら》雨《し》の音の裡《うち》に追いつ追われつ躍《おど》り狂った。こうして朝となって見ても、眼の前の光より昨夜《ゆうべ》の闇の方が余程現実味がある位だった。

津田は景気附けに欠伸《あくび》をすると枕元《まくらもと》に置いた時計で時間を調べてから起きようとした。だが次の瞬間、彼は自己の肉体の主ではないことを思い知らざるを得なかった。時計を枕元に戻し、その手を烟草《たばこ》盆の方へと伸ばそうとした時である。昨日の朝と同じ鈍痛を伴った収縮感が、創口《きずぐち》の周囲に緩《ゆっ》くりと浪《なみ》を描きながら走り、津田は反射的に呼吸《いき》を呑《の》むと出し掛けた手を引っ込めた。起きて動いていれば却《かえ》って気にせずに遣《や》り過ごしてしまえる程度のものでしかなかったが、局部を棒で攪《か》き混ぜられるような異な心持である。違和感は昨日の朝と同じようにも僅《わず》かばかり強まったようにも思えた。昨日の遠出の無理が祟《たた》ったのかも知れなかった。ここ二三日、寸分たりとも精神の緊張が弛《ゆる》む暇がなかったのも、身体《からだ》には毒だった筈《はず》であった。今日は本来なら安静に身を横《よこた》うべきだという思いが津田の脳を掠《かす》めたが、今日という日は寐ている訳には行かなかった。鈍痛は直《じき》に退《ひ》いた。津田はそれから猶《なお》半時間余り用心の為天井を眺《なが》めてから身を起こした。

二百五十三

縁側に出ると、眼《め》に入る空は一面に雲に鎖《とざ》されていた。暴風雨《あらし》の後の朝とは思えなかった。暴風雨《あらし》の後の朝のように空の色が蒼《あお》く入れ替わるどころか、まるで昨日が今日へとそのまま持ち越されたような感があった。季節が季節だから二百十日辺りに襲って来る大雨とは矢張《やは》り性質が違うものと見える。一面に濁った空は、一夜明けたという気の薩張《さっぱり》しない津田の気分と不思議に対応していた。庭では宿の犬が立木の根方《ねがた》に据《す》えつけた石の手水鉢《ちょうずばち》の中に首を突き込んで、其所《そこ》に溜っている雨水をぴちゃぴちゃ音を立てて飲んでいた。

床を出たのが遅かったので、朝風呂は後回しにすることにして、洗面所へ向かった。金盥《かなだらい》に頭ごと浸《ひた》すようにして顔を洗っていると背後《うしろ》から、昨日の大風呂の男達らしいのが、ヂッキンスの両都物語りがどうだとか仏国《ふっこく》の革命がどうだとか貴族や細民がどうだとか云《い》いながら歩いて来るのが聴えて来た。大道《だいどう》で講演でもするような大声で旅館の廊下を濶歩《かっぽ》している。成程《なるほど》これは豆腐屋ではないと苦笑した津田が手拭《てぬぐい》で顔を拭《ふ》き終わった時、二人はもう通り過ぎていた。兵児帯《へこおび》を締めたその後姿しか見えなかった。大風呂の方へ降りて行くものと見える。後は旅館は森閑としていた。季節がら客が少ないとはいえ、朝のうちは此所彼所《ここかしこ》で一日の始まりを記す様々な音がするのが常なのに、今朝はそんな音も聴えて来なかった。津田は鼻先にある姿見に、向いの硝子《ガラス》戸越しに廂《ひさし》の先に余る空の端《はし》が鉛色に染まって映っているのを見た。愈《いよいよ》晴れるのだか或《あるい》は又雨になるのだかさっぱり判《わか》らない空だった。

朝飯《あさめし》の給仕は余り見慣れない下女だった。却《かえ》ってその方が好都合だと判断した津田は、食事が済んだ所で女に向かって云った。

「別館の奥さんを知ってるだろう」

「へえ」

下女は突然呼び止められて、下げようとしていた朱塗りの膳《ぜん》を周章《あわて》て下に置いた。

「今日何時かお目に掛かりたいんだけどね」

「へえ」

「何時、御都合が可《い》いかって訊《き》いてきて呉《く》れ玉《たま》え」

津田は座敷を出ようとした下女に更に云い添えた。

「ああ夜通し降ったんじゃ今日は散歩は無理だろうからね、宜《よろ》しければ僕の方から別館へ伺いますからって、そう伝えてお呉《く》れ」

下女は鈍い眼で津田の云うことを聞いていた。

「解《わか》ったね」

津田は少し不安になって云った。

「へえ」

下女は敷居に頭を擦《こす》るようにして出て行った。津田は手持無沙汰《ぶさた》にしきりに楊枝《ようじ》を使いながら清子の返事を待ったが、下女はなかなか戻って来なかった。彼は仕方なしに自分で茶を淹《い》れ換えると、袂《たもと》に手を突っ込んで烟草《たばこ》を探した。下女がその姿を漸《よう》く敷居に現したのは、湯呑《ゆのみ》も空になり烟草も燻《くゆ》らし終わった所だった。待草臥《まちくたび》れた客に対する下女の報告には愛想も何もなかった。

「もう、出てしまわれたそうです」

津田は息を呑んだ。心臓を射抜かれたようだった。到頭《とうとう》逃げられてしまったという喪失感が音を立てて胸の中に広がった。

「室《へや》がもう、空だったのかい」

津田の声は辛《かろ》うじて咽喉《のど》を出た。

「へえ」

下女は少し弁解の必要を感じたように附け足した。

「お室に見えないので帳場へ行って訊《き》いてみましたら、もう半時間程前にお出掛けになったそうです」

津田は懐《ふところ》から時計を出して時間を見た。軽便《けいべん》の時刻を知っている訳ではないから、それは畢竟《ひつきよう》無意味な所作でしかなかった。津田は残った方の手で額の汗を拭った。いずれにせよ、今から半時間前に出たということは、もし清子が馬車で立ったのだとしたらそろそろ停留場《ステーション》に着く頃だった。俥《くるま》で立ったのだとしても、もう相当な所まで行っている筈《はず》であった。津田の瞬時の衝動は女の後を追うことにあった。どくりどくりと気味の悪い程大きく脈を打つ心臓は、彼の四肢《しし》の筋肉にそのまま座敷を飛び出ることを要求した。だが彼の頭脳は同じ筋肉に、今からどう行動を起こした所で清子が軽便に乗るのに間に合う筈のないことを伝えた。しかも仮令《たとい》何かのことで間に合ったとしても、女が其所《そこ》まで自分を避けたいのなら、もうこれ以上執濃《しつこ》く追うことには意味がなかった。津田は時計を懐に戻しながら、顔色の変わったのを悟られないよう下女をすぐに下げた。

火鉢《ひばち》に翳《かざ》した両手は直《じき》に掌《てのひら》だけ煙が出るほど熱くなった。津田はその火照《ほて》った双の掌で顔を左右にぐるりと一撫《ひとな》ですると、緩《ゆっ》くりと立ち上がり、室《へや》を出て帳場へ向かった。何か置手紙くらい残して行ったかも知れなかった。

二百五十四

番頭は津田の顔を見るなり、昨夕《ゆうべ》は散々《さんざん》でした、と挨拶《あいさつ》をした。麓《ふもと》の方では少し水も出たとかで、こんな季節はずれの暴風雨《あらし》は天候の不順な山でも珍しいそうである。まだ電話の線は切れたままだが東京に急な用があるようなら人を電報を打たせに遣《や》るから心配しないでほしい。——幸い、軽便《けいべん》はどうやら漸《よう》やく先刻《さつき》動き始めたらしい、と番頭は続けた。番頭の喋《しゃべ》るのに内心焦《じ》れ慮ながら相槌《あいづち》を打っていた津田は、軽便という言葉を聞いて不意に相手を遮《さえ》ぎった。

「軽便が止まってたのかい」

「へえ、何でも仮橋《かりばし》の具合を用心して止めてあったんだそうで御座います」

すると清子は軽便が通じた所で立ったものと見える。津田は話題を清子の方へと無理に転じた。

「ところで別館の奥さんは馬車で立たれたのかね」

「へえ?」

番頭は一瞬妙な顔をしてから答えた。

「いいやあ、歩いて行《い》らっしゃいましたよ。お廃《よ》しになった方が可《い》いって申し上げたんで御座いますけどね」

「歩いて？　駅まで？」

津田は驚いた。

「駅まで？」

今度は番頭の方が吃驚《びっく》りして津田の言葉を繰り返した。

「いいえ、ほら、あの滝で御座いますよ。昨日《きのう》の雨でどんな風になったか御覧になりたいって仰《おっ》しゃるんで、しょうがなしに下女の中歯《ちゅうば》をお貸し申したんですよ。何しろ非道《ひど》い泥濘《ぬか》るみで歩けたもんじゃ御座いませんからね」

己《おの》れの誤解に気附いた津田が言葉を失ったままなので、番頭がどうかしましたかと尋ねた。

「いいや、どうもしない」

津田は我に返ると殊更《ことさら》首を捻《ひね》って云《い》った。

「滝ねえ」

「へえ、雨で濁っているだけだって申し上げたんですけどね。お若い方は酔興ですな」

「成程《なるほど》。それじゃ僕も若い部類に入って、行くか」

「滝へで御座いますか」

番頭は呆《あき》れた声を出した。

「うん。駅までじゃ勇気が出ないが、滝まで位だったら大丈夫そうだ」

津田は理由にもならない理由を述べると、呆気《あっけ》に取られたままの番頭を其所《そこ》に残して自分の座敷に取って返した。津田が褞袍《どてら》を短く端折《はしよ》り直し、上に羽織りを着て戻って来たのは、それから五分も経《た》たなかった。

外へ出た津田は、その途端、始めて風邪《ふうじゃ》を意識する場合に似た一種の悪寒《さむけ》を催した。肌《はだ》に纏《まと》わり附く大気が瞬時の裡《うち》に雨に変わりそうに水分を含んでいた。一面に柔かい靄《もや》の幕が掛って、近くに在るものさえ常の色には見えない中を、右手の谿川《たにがわ》が昨夜の雨を集めて一段と高い音を立てて流れている。見るもの聞くもの触れるもの、総《すべ》てが水に浸食され、四囲《あたり》はまるで深い海の底に沈んだような感があった。道は泥《どろ》から足を引き上げる度に、粘土を踏むような抵抗があり、歩くのが男の足でも難儀だった。津田は半時間前にこの同じ歩き悪《にく》い道を辿《たど》ったであろう清子のことを思いながらひたすら歩を運んだ。少時《しばらく》行くと向うから筒袖《つつそで》を着た男が、脊《せ》は薪《まき》を載せて、冷飯草履《ひやめしぞうり》をぴちゃぴちゃ鳴らしながら遣《や》って来ると、白目をむいて津田を睨《にら》んで通り過ぎた。津田はそのぴちゃぴちゃ鳴る音を脊中で聞きながら、不図《ふと》今朝見た夢を憶《おも》い出した。夢の中でも現実でもこうして何時《いつ》も女の後を追懸《おっか》けているのが、今更のように彼の意識に上《のぼ》った。

広い道を反《そ》れ、この間と同じ岨道《そばみち》を山に入れれば、四囲の空気は益《ますます》湿気を帯びて来た。

津田は古松《こしよう》の黒い幹の間を縫うようにして急いで登った。無闇《むやみ》に急いで登ったので胸を突く程傾斜が急に感じられる。するとこの間と同じく不意に滝の音が耳を打ち、同時に木立ちの向うに白い滝の真直《まつすぐ》落ちるのが眼に入った。滝の傍《かたわら》には女の姿があった。清子の吾妻《あづま》コートと肩掛《ショール》とが判然《はつきり》と識別出来るまで、津田は猶《なお》大足で近寄った。そうして木立を出る一歩手前で呼吸《いき》を継《つ》ぎながら立ち止まった。

其所から視界を遮ぎるものは靄以外もう何もなかった。眼の前は一面に暈《ぼか》されて、先日は手に取る様に見えた飛瀑《ひばく》の水も絶壁の岩も、今日は空と続きの殆《ほと》んど一色《ひといろ》に眺《なが》められた。その一色を背景に、十間余り先に清子が静かに立ち、青竹の手欄《てすり》越しに滝壺《たきつぼ》を見遣っていた。この間津田と二人で並んで立っていた場所だった。

女は津田に横顔を見せていた。少し俯向《うつむ》き加減の表情は、淋《さび》しいような、きびしいような、思い詰めたような、諦《あきら》めたような、何とも云えない表情であった。それは何よりも先《ま》ず、人に見られていないと思っている表情であった。津田はその見慣れない女の横顔を凝《じつ》と見た。昔あの女は自分と会った後《あと》でも別れてからは、あんな顔をしていたのだろうか。ある日、あんな顔をして、自分の元を去るのを決意したのだろうか。それとも、ああいう顔をするようになったのは結婚してからなのだろうか。女は結婚するとああいう顔をするようになるものなのだろうか。人に見られていないと思っている清子をこうして見ているのは何だか悪いことをしているようだった。けれども津田はそんな清子から眼を離すことが出来なかった。

二百五十五

寂寞《じやくまく》とした空気が四隣《あたり》を支配していた。猶《なお》も見ていると突然清子が手欄《てすり》から身を離し、津田に脊中《せなか》を向けると滝沿いの緩《ゆる》い土の段を登り始めた。聳《そび》え立つ白茶けた岩が行く手を遮る所《さえぎ》まで登り切ると、身をひらりと舞うように廻転《かいてん》し、又土の段を降り始めた。足元を見ているので津田には気が附かないらしい。先刻《さつき》立っていた平たい場所まで降りたと思うと又身をひらりと廻転して登り始めた。そうして登り切った所で又降り始めた。逍遥《しようよう》でもしている積《つも》りなのか、絶壁《きりぎし》の傍《わき》を烏鷺々々《うろうろ》しているので、何だか剣呑《けんのん》な感じがする。二三段降りた所で初めて下の方に佇《たた》ずんでいる津田の姿が眼に入ったものとみえ、急に立ち留った。上から見下《みおろ》す女の視線と下から眺《なが》めた津田の眼《め》とが空気を隔てて互に行き当った時、津田は木立ちを出て清子の方へ歩み出した。

「帰ってしまったのかと思いましたよ」

清子は津田の云《い》ったことが解《わか》らないような表情を遠くから見せている。津田はもう数歩近寄ってから繰り返した。

「帰ってしまわれたかと思いました」

夢から醒《さ》めたような眼附きで津田の顔を見守った清子はすぐには返事をせず、一寸《ちよつと》間を置いてから彼女らしい緩慢な調子で云った。

「だって、お約束したじゃない」

「そりゃそうですがね」

だって貴女《あなた》は突然に気の変わる人ではないですか、と津田は云いたい衝動に一瞬駆られた。だが清子の何物にも拘泥《こうでい》しない、天真の発現のような物言いは彼の機鋒《きほう》を摧《くじ》いた。清子はどうして此所《ここ》にやって来たのかも説明しなかったし、津田がどうやって自分の跡《あと》を追って来たのかも尋ねなかった。

「私《わたくし》眠れませんでしたわ」

何時《いつ》もは大きく見開いた瞼《まぶた》に、今日は寐《ね》の足りない倦怠《けた》るさを見せながら微笑《ほほえ》んだ。

「僕も余《あん》まり眠れませんでした」

津田も微笑んだ。二人の間には今、一種の新しい親和力が生まれたようだった。

宿で初めて清子に話した朝、津田はあんな過去が二人の背後《うしろ》に控えていながら猶《なお》清子に気安く相対《あいたい》出来るのに驚いた。だがその気安さは、針を芯《しん》に蔵《かく》した気安さでしかなかった。清子を昔のままの清子として見る時、彼女が今人妻であるのが苦痛だった。清子を人妻として見る時、彼女が依然として故《もと》の彼女であるのが苦痛だった。昔は津田を信じて輝いた眼を、未《いま》だに有《も》っているのが苦痛だった。清子を眼の前にしている限り、そのいずれかの苦痛を感ぜずに済ませる方法はなかった。それが昨日から今朝にかけ、二人の関係は何時の間にか微妙に変化していた。津田の側から云えば、昨日から今朝にかけて気息《いき》を継ぐ間もなく受けた刺激によって、記憶の中の清子が、益《ますます》背景に退き、それに代って眼の前に居る清子の存在が益一義的になって来たのであった。津田は知らず知らずのうちに女に近附いていた。彼は今、あるがままの清子に相対するのにそう苦痛を感じなくなっていた。清子が清子でありながらも、他の男から貰《もら》った宝石を嵌《はめ》ているという事実がそう神経に障《さわ》らなくなっていた。そうして、昔のままでありながらも昔のままではない、人妻としての清子に新たに執着する自分を感じた。然《しか》しその清子は再び津田の元を去ろうとしているのだった。

清子は微笑んだまま滝壺《たきつぼ》に眼を落として云った。

「岩が見えなくなってしまってよ」

成程《なるほど》この間見たごつごつした岩は、一つ大きいのが尖《とが》った先を出しているのを除くと、高くなった水面の下に全部隠れてしまっていた。滝は山に落ちた雨を持ち越して、この間より遥《はる》かに太く勢い能《よ》く落ち、絶間なく水飛沫《みずしぶき》となって捲《ま》き上がっては、半空から大気の裡《うち》に溶け込んだ。番頭の云った通り、うっすらと茶色く濁《にご》ってもいた。

津田が顔を上げた時清子は静かに云った。

「お話を伺いましょう」

津田は少し狼狽《うろたえ》た。此所ですぐこんな話になるとは予期していなかった。

「寒くはないですか」と津田は念の為《ため》尋ねた。

「だって、そんなに長くはかからないでしょう」

彼は観念した。宿と違って此所では少なくとも天と地の間で女と二人切りだった。他《ほか》の人間のいない分、塵界《じんかい》を離れた心持がした。

津田は少時《しばらく》黙って顎《あご》を撫《な》でながら自分の云うべき台詞《せりふ》を探した。清子はこれから何が来るかを疾《と》うに承知しているだろうが、それでも余り拙《まず》い切り出し方をするのは考えものだった。津田は平生《ふだん》の癖で先《ま》ず自分の自尊心がなるべく傷《きず》つかずに済む表現を考えようとした。然し事実が事実だからうまい表現が思い当る筈《はず》もなかった。彼は逆に自虐《じぎゃく》的に出るより他《ほか》はなかった。

「何故《なぜ》、突然……僕は嫌《きら》われたんでしょう」

質問は津田自身の耳にも如何《いか》にも愚に聴えた。清子はその愚な質問を耳にするや否《いな》や、津田の顔を見据《みす》えて云い放つように答えた。

「私《わたくし》、貴方《あなた》のことを嫌いになった訳じゃないわ」

迷見附《まごつ》いた津田は別の云い方をした。

「だって、僕のことが厭《いや》になったから関君の所へ行ったんでしょう」

「ええ」

清子の答は故意に単簡だった。だが彼女はすぐ後に附け足した。

「でも厭になるのと嫌いになるのとでは違うわ」

「違いますかね」

津田は皮肉ではなく少し驚いて訊《き》いた。

「そりゃ、違うと思うわ」

「どう違いますか」

「だって貴方、誰かを嫌いになったら、その人と一所《いっしょ》に居るのも厭でしょう」

清子は津田から眼を外《そ》らすと滝壺を見下ろしながら云った。

「私《わたくし》、そんな風な意味で貴方と居るのが厭になったことはありませんもの」

津田は果して清子の言葉を喜ぶべきかどうか判断が附かなかった。

二百五十六

少時《しばらく》沈黙が続いた。津田は身体《からだ》を回転し、手欄《てすり》に両手と尻《しり》を凭《もた》せるようにすると、滝を覗《のぞ》き込んでいる清子の隣に逆に滝に脊《せ》を見せて並んだ。そうして眼《め》の前に開ける陰気な景色に語りかけるように沈んだ低い声で云《い》った。

「いずれにせよ、関君の所へ嫁に行く時にね、これこれこういう理由でお前が厭《いや》になったって何故《なぜ》一言云って下さらなかったんですか」

清子がすぐに答えないので、津田の声は四囲《あたり》の重い空気の裡《うち》に寒そうに響いてから消えた。先刻から霧が動いているらしく、下の方に見える松林の足元でしきりに白いものが捲き返しているのが眼に映った。凝と見ていると、女と二人で四方から逼る雲に徐々に包み込まれて行くような錯覚があった。世界から切り離されて、上へ上へと昇って行くようでもある。津田は知らず知らずのうちに、この時間が何時《いつ》までも続いて呉《く》れることを願っていた。

清子は稍《やや》あってから滝を覗き込んだまま答えた。

「だって何しろあの時はああするのが精一杯で、貴方《あなた》がどうお考えになっても可《い》いと思っていたんですもの」

彼女は少しの間、口を噤《つぐ》んだ後に続けた。

「それに、何を申し上げても……」

清子は此所《ここ》に来て再び口を噤んだ。

「何ですか」

「あのね、何を申し上げても、一番肝心なことは通じないような気がして」

「それはその時の話ですか」

「ええ」

「それなら今はどうですか」

清子は黙った。津田は清子の無言の脊中を横目で窺《うかが》った。

「今も一番肝心なことは通じないようですか」

「——さあ」

清子の返事は大分遅れてから戻って来た。

「通じるか通じないか試されたら可いじゃないですか。構わずに云っちまって下さい。何故突然僕のことが厭になられたんです」

清子はそれには答えず、津田に脊を見せたまま自分の方から質問した。

「それをお訊《き》きになるためにわざわざ東京からいらしったの？」

「ええ」

そう答えた津田は清子の今の口吻《こうふん》が気になったので附け足した。

「こんな事、嘘《うそ》を吐《つ》いたって始まらないでしょう」

「そりゃそうなんだけど」

「そうなんだけど、何なんですか」

清子は顔を横に上げた。

「でもね東京からいらしったのは、先《ま》ず貴方の御病気のことがあったからでしょう」

「先ずって——」

「御病気のことがあったから、それで此方《こちら》に来ることになさったって、そう仰《おっ》しゃってたじゃない」

「そりゃ、たまたま、物の順序として、そういうことになったんです。でも気持の上の順序は違うんです。貴女《あなた》にお目に掛かりたかった方が先です。貴女にお目に掛かって、何故ああいう成行きになってしまったのかを訊きたいって、あの時以来ずうっと思ってたんです。ずうっと思っていた所へ今度の転地の話がたまたま出て来たんです」

清子は津田の言訳を静かに聞いていたが、津田が言葉を区切ったのを見ると、再び自分の持って行きたい所へ話を戻した。

「でも、転地のお話さえなかったら、私にも会わずに済ませてしまわれたということでしょう」

「それはそうかも知れません」

そう云ってから津田は深い声で附け加えた。

「でも、もう一旦《いったん》会えると解《わか》ってからは、会わずには済まされなくなりました。一旦会えると解ってからはその事しか考えられなくなりました。今まで会わずに済まされたんだから、今更そんな事を訊くななんて、そう云われたって、もう今となっては無理なんです。今となっては今まで会わずに済まされたのが嘘みたいなだけです」

津田は通例の彼に似合わず一心に自己を弁護した。事の成行きで大して見苦しい真似《まね》をするはめにも陥らず、彼は女に自分の未練を、愛を語れた。今云っていることには一言の嘘もなく、津田は女を前に全く正直に胸の中《うち》を語れるのに何処《どこ》かで酔うような快感を覚えた。清子はそんな津田を微《かす》かに眉《まゆ》を顰《ひそ》めて見詰めていた。彼女は云った。

「でも今更そんな事お訊きになってどうなさるの」

「僕の気が治まります」

津田は昨夜《ゆうべ》と同じことを繰り返した。

「それは納得の行く答をお聞きになったらの話でしょう」

「はあ」

「納得の行く答じゃなければ、いずれにせよ気が治まらないと思うわ」

突き離した口調だった。津田がどう反論しようかと考えていると、彼女は突然手欄から身を離した。そうして津田の顔を正面からまじまじと見て云った。

「貴方、本当は吉川の奥さんに云われていらしたんじゃなくって？」

二百五十七

質問は余りに唐突だった。女が真相を突いて来た驚きよりも、藪《やぶ》から棒にこんな問いが飛び出て来た驚きが、津田の反応を一瞬遅らせた。

「いかに僕だって、人に云《い》われてこんなところまでやって来やしませんよ」

「そりゃ、人に云われただけじゃ、いらっしゃらないでしょうけど」

清子は津田から眼《め》を離さずに、その抗弁を無視するように云った。

「僕があの細君に云われて来たと思ってらっしゃるんですか」

津田は両耳が熱《ほて》るのを忌々《いまいま》しく感じた。

「それだけでいらしたとは思わないけど、でも結局は同じことだわ」

清子は疑《うたがい》の矢を射懸《いか》ける眼遣《めづかい》を弛《ゆる》めなかった。

「だって吉川の奥さんは貴方《あなた》が此方《こちら》にいらっしゃるのに、随分好意的でらした訳でしょう。延子さんの事があるんだもの、私《わたくし》が此所《ここ》に来てるのを御存じなら、本来なら貴方をお止めになるべきでしょう。それをお止めになるどころか、あんな風にお見舞まで言附《ことづけ》て下さるなんて、まるで貴方に行けって嗾《けしか》けてるも同然だと思うの」

物の機《はず》みで果物籠を利用してしまった結果は、小細工を弄《ろう》したことに対する竹篦返《しっぺいがえ》しの如《ごと》くに何時《いつ》までも執濃《しつこ》く響いて来た。津田は軽率に吉川夫人の名を出してしまった己《おの》れを呪詛《じゅそ》した。機転を利かした積《つもり》のあの時の満足感が今となっては自分を愚弄《ぐろう》するもののように思えて来た。然《しか》しあの時にもう少し先々のことを考えて別の手段を思い附くべきだったという後悔は、胸を一瞬横切っただけで、こうなって必然だったという諦《あきら》めにすぐ取って代わられた。そもそも夫人の名を利用するのを思い附いたのも今回の事の大《おお》根《ね》に夫人の存在があったからに過ぎず、此所に居る間中夫人の黒い影に祟《たた》られるのは逃れられない宿命に違いなかった。津田は辟易《ひる》む気持を隠して清子の顔を見返した。

「一寸《ちょっと》親切過ぎますかね」

夫人のお延に対する思惑《おもわく》など知りようもない清子にとって、夫人のお節介は慥《たし》かに度を越したものに見えたに違いなかった。けれども夫人のような自由な立場にある人間が、自分の気の赴《おもむ》くままに常識を越えたとしてもそれはそう有り得ないことではなく、行き過ぎた親切ということで片附けてしまえなくもない筈《はず》だった。すると津田の答を受けた清子の眼のうちに一種の侮蔑《ぶべつ》が輝いた。

「親切なんて通り越してますわ」

「そりゃ、どういう意味です」

「どういう意味って、貴方御自分で能《よ》く解《わか》ってるじゃありませんか」

答を知りながら空《そら》っ遠惚《とぼ》けるものと解釈したらしい清子の口調に、津田は尠《すくな》からず吃驚《びっく》りして云った。

「何かあるんですか」

「貴方、本当にお解りにならないの」

清子は津田の眼の中を覗《のぞ》き込んだ。

「解りませんよ」

しばらくは津田の顔を打守るに過ぎなかった清子は、躊躇《ためらい》を眼の縁に見せながら漸《ようや》く口を開いた。

「だってあの方、私の事を……恨んでらっしゃるでしょう」

声は一段と低かった。

「恨む？」

「ええ」

清子は短く答えると津田から眼を外《そら》した。

「だって私ね、最後の所であの方の思ってらした通りに動かなかったんですもの」

滝の方へ身を戻すと、青竹の柵《さく》に手を掛けて俯向《うつむ》き加減になった。

「成程《なるほど》」

津田は自分の迂闊《うかつ》に初めて気が附いた。夫人とお延との関係に迂闊だった如く、夫人と清子の関係にも迂闊だった。どたん場になって清子が身を翻《ひるがえ》した時、夫人の裏切られ方と自分の裏切られ方とは違っていて当然だったのに、それを考えずに今まで済ませて来たのだった。女を恨む夫人の未練と女を恨む自分の未練とが同じものである筈は有り得なかった。もう一歩突き進めれば、果して夫人の感情を未練と名附けられるかどうかも疑わしかった。清子が自分のもとを去って行ったという驚愕《きょうがく》に伴い、津田の胸には悲しみとも怒りとも附かぬどろどろした思いが湧《わ》き起こったが、もし夫人に同様の感情が生まれたとしても、それがより濃く怒りに染め上げられていて何の不思議もなかった。

津田は女から新たに与えられた認識を前に独りで当惑せざるを得なかった。

「然《しか》しそれが、僕を此所に送り込む事とどう関係があるんですか」

清子は横に立っている津田を下からちらりと見上げた。

「どう関係があるって……」

一瞬云い渋った彼女は再び眼を滝壺《たきつぼ》に戻すと、言葉を小さく区切りながらも判然《はっきり》と云った。

「だから、私がこうして此所で貴方とお目に掛かってね、そうして、あの、関に顔向け出来ないような、……本来ならば、顔向け出来ないような事になれば可《い》いとお思いになって……」

「関君に？」

津田は身を起こして清子の方を見た。

「ええ」

清子の顔が頸《くび》からさっと赤くなるのが横から見えた。突然清子の云わんとしている事が意味をなし、津田の頰《ほお》にも勢い能《よ》く血がのぼった。

「そんな所《とこ》まで考えていたのかしらん」

津田が覚えず自分の驚きをそのまま口にすると、清子は低い声で答えた。

「まるで念頭になかったっていう事もないでしょう」

津田は言葉を失った。

二百五十八

初手《しょて》から罪悪を冒す可能性を考えて津田は此所《ここ》へ来た訳ではなかった。夫人がそれを勧めているとも思ってなかった。それが、確信を持ってそう云《い》えなくなってしまったのは、宿に着き、自分の眼《め》に曝《さら》されて暗い電燈のもとに立ち竦《すく》んだ清子をまの当りに見たその刹那《せつな》だった。

寝巻《ねまき》姿の女をまの当りにした津田は、自分がそもそもそう無邪気ではなかったことを認めざるを得なかった。それだけでなく、夫人もそう無邪気ではあり得なかったこと、しかも、夫人がそう無邪気ではあり得なかったのを、自分が暗に承知していたことも認めざるを得なかった。だが津田は今の今まで夫人の立場を罪悪の勧めであるよりは、罪悪の黙認のような罪の少ないものだと解釈していたのだった。彼が其所《そこ》に見出したものは世故に通じた年長の女の寛容であった。それは余所目《よそめ》には如何《いか》に不徳義なものに映ろうと、津田と彼女との間に横たわる特殊な関係から見れば、究極的には津田への親切の域を出る物ではなかった。津田の己惚《おのぼれ》から考えても、そのような親切があの夫人にあって不思議はなかった。ところがその自分への好意と見えたものが、同時に他の女——お延のみならず、清子への敵意の表われでもあったのかも知れなかったのだ。夫人はお延の教育を云々《うんぬん》しながら、その上清子に対しての復讐《ふくしゅう》まで用意していたのかも知れないのだ。津田は複雑過ぎる幾何学模様を鼻先に突き附けられた時のような眩《めまい》を覚えた。そんな吉川夫人の心の道筋は男の津田が辿《たど》るには余りに入り組んだものだった。或《あるい》は逆に余りに衝動的で、無自覚でも無反省でもあるものだった。夫人の言動を外部《そと》から解析すれば、其所には入り組んだ動機が控えているように見えよう。けれども夫人自身は単に自分の衝動の赴《おもむ》くままに動いていたとしても不思議はなかった。いずれにせよ津田は恐ろしいという思いを持つだけだった。

津田の頭には病室での夫人の笑顔が閃《ひら》めいた。夫人は嫣然《えんぜん》と笑いながら津田の温泉行きを笑談《じょうだん》のようなものだと云ったのだった。面白半分の悪戯《いたずら》だと云ったのだった。

「恐ろしいなあ」

津田が独言《ひとりごと》のように呟《つぶや》くと、清子は脊《せ》中《なか》を見せたまま反論した。

「別にあの方はね、御自分のなさってることをそんなに深くは考えてらっしゃらないと思うわ。──単なる悪戯《いたずら》程度に思ってらっしゃるんでしょう」

たった今記憶の底から浮かんだ言葉を清子が使ったのが、気味の悪い符合のようだった。清子は夫人を弁護する気もないと見えてすぐ附け足した。

「でも悪戯であろうとなかろうと結局は同じことですわ」

「そんなことをして一体何になるんだろう」

津田は再び独言のように云った。清子は黙っていたが、やがて彼女自身、津田に云うとも自分に云うとも附かない調子で答えた。

「もしそんな事になって、それを奥さんが御存じだと知ったら、私が奥さんに頭が上らなくなるとか、そんな風に思ってらっしゃるのかも知れないわ」

清子はそう云うと何物かを振り払うが如《ごと》く、卒然と頭を上げ脊を真直《まっすぐ》に延ばした。二《ふた》重瞼《えまぶち》を細くして少時《しばらく》滝の向う側に広がる沈んだ色の空を眺《なが》めていたが、やがてその細めた眼を静かに津田の方に向けて云った。

「私、そんな事、実際はどうでも可《い》いんですけど。――ただあの奥さんがそういう風に貴方《あなた》との間に入ってらっしゃるのが厭《いや》ですわ」

「成程《なるほど》」

彼は自分が今まで創り上げていた過去の影像《イメジ》を塗り替える必要を感じた。

「何時頃《いつごろ》からあの奥さんをそんな風に見てたんですか」

「さあ、何時頃からかしら」

清子は肩掛《ショール》の襟元《えりもと》を合わせながら、首を傾《かし》げた。

「前々からですかね」

「ええ、そりゃそうよ」

当然だと云わんばかりの返事だった。津田は顎《あご》をひと頻《しき》り撫《な》でた。

「然《しか》し、あの細君から自由になる為《ため》に関君の所《とこ》へ行ったって訳でもないでしょう」

「ほほ、それもありますわ」

清子は少し可笑《おか》しそうに笑った。

「でも、それだけじゃないでしょう」

「そりゃ、それだけじゃないわ」

清子は真面目《まじめ》な顔に戻ると続けた。

「私ね、実際、最後の所であの方の事なんかはどうでもよかったんだけど、貴方の事が気になったの」

「僕の事が？」

「ええ。始めのうちは何が何だか訳が解《わか》らなかったんですけど、途中からね、あの奥さんが間に入って色々仰《おっ》しゃるのが窮屈で。――ところが貴方はその窮屈を些《ちっ》とも厭がってないでしょう。厭がるどころか、喜んで云いなりになってらっしゃるんですもの」

津田は憮然《ぶぜん》とした。

「僕は貴女《あなた》が思ってらっしゃる程、云いなりになんかなってませんでしたよ。云いなりになってるような顔をしてただけです」

「でも何故《なぜ》、そんな顔をなさる必要があったんだか未《いま》だに解らないわ」

津田は答うべき言葉を持たなかった。黙っている事が如何にも半間《はんま》であると自覚したが他《ほか》になす術《すべ》がなかった。稍《やや》あってから彼は弁解した。

「いずれにせよ全部が全部あんな細君の云うなりになってた訳じゃありません。自分で不都合だと思ったら云うことを聞かないまでです」

清子は妙な笑い方をした。

「信じて貰《もら》えないようですね」

清子は何とも答えなかった。

二百五十九

何時《いつ》の間にか二人は併《なら》んで滝壺《たきつぼ》を見下《みお》ろしていた。勢いを得て落下する滝は底に当ると渦《うず》を捲《ま》き、渦を捲いては様々な起伏を不規則に連ねて立ち上がった。細かい霧を透《とお》して、砕《くだ》け散る水烟《みずけむり》の合間から、例の一つだけ残った岩がぬるぬる光るのが見えた。津田の眼《め》は自然その岩に留まった。他の岩が増えた水に呑《の》まれた後に一つだけ尖《とが》った先を見せているのが厭《いや》に曲々《まがまが》しかった。

「すると、僕が吉川の細君の云いなりになってたから厭になったんですか」

「それもありますわ」

清子は横顔を見せたまま先刻《さっき》と同じ言葉を繰り返したが、今度は少しも笑わなかった。

「それもってことは、まだ他にも色々あるということですね」

「他にも色々あるっていうより、そんなことも含めて、もとは一つですわ」

「云《い》って下さい」

津田は清子の横顔を眺《なが》めた。寒いと見え、肩を窄《すぼ》めて両手を青竹の上で重ね、出来るだけ外界との交渉を少なくしている。

「だって申し上げる程のこともないんだもの。――というより、此間《こないだ》からずっと貴方《あなた》に申し上げてるような気が自分じゃしてるんですけど」

津田は黙って待った。青竹が手の内側で湿って行くのが気持悪かった。清子は首を横へ捩《ねじ》った。そうして黒い眼を寧《むし》ろ憂鬱《ゆううつ》そうに津田の額の上に据《す》えて云った。

「貴方は最後の所で信用出来ないんですもの」

「それが理由で僕が厭になったんですか」

「ええ」

津田は何だか腹立たしかった。そんな在来《ありきたり》の答を聞きに、汽車に乗ってこんな山里まで来た訳ではなかった。そんな在来の答を探して、ここ一年、失われた女の影に取り憑《つ》かれて日を送って来た訳ではなかった。

「何が信用出来ないんですか」

津田の声には微《かす》かな焦立《いらだ》ちが露《あら》われていた。

「何がって、そんな風に訊《き》かれたってお答しようがないわ」

清子は素気なく津田から眼を離し、再び横顔を見せた。津田は手欄《てすり》を撥条《ばね》に脊筋《せすじ》を伸ばして立つと、清子の前曲《まえこご》みになった脊中を上から見下ろしながら重ねて云った。

「だって只《ただ》信用出来ないって云われたって、余《あん》まり曖昧《あいまい》で能《よ》く解《わか》らないじゃないですか。人間として信用出来ないということですか。男として信用出来ないということですか。一体どういう意味でそう仰《おっ》しゃるんです」

津田の声の調子には焦立ちが益《ますます》露われた。それを聞いた清子は、つと柵《さく》から身を離し、津田とすれすれに向き合って立った。そうして男の顔を正面から凝《じっ》と打ち守ると、低いながらも力の籠《こも》る声で云い放った。

「例えば、――現にこんな所にいらっしゃるじゃないの」

津田は跳ね返されたように清子の顔を見返した。女は顔色を動かさずに男の視線を受けた。滝の音が切れ目なく続いているのが今更のように耳を打ち、同時に辺りの湿り気を帯びた空気が突然肌《はだ》の露《あら》わな部分を刺激した。津田を見据《みす》える清子は、今は呼息《いき》も止めたように凝《じっ》としていた。

清子は世間的な徳義的立場から自分を非難しているのだろうか。津田から見た清子という女は、男子さえ超越する事の出来ないあるものを津田の前へ現れたその日から超越していた。或《あるい》は始めから超越すべき牆《かき》も壁も有《も》たなかった。始めから囚《とら》われる所の少ない女だった。従って彼女は日々の生活の中では世間の道徳を踏み外すことはなくとも、それを自分の信条として重んずることもなかった。少なくとも津田にはそう思えていたのだった。津田は彼女の真意が解らなかった。

「お延という人間が居てという事ですか」

「ええ」

清子は津田の眉間《みけん》に視線を据えると首肯《うな》ずいた。

「私《わたくし》が貴方の所に行ったとしても、こんな風に裏切られたのかしらんと思って」

「だってそれは一所にならないじゃないですか」

津田の声には不当な扱いをしないで呉《く》れという苦情が込められていた。

「そもそも貴女《あなた》が僕の所に来て下さらなかったからじゃないですか、僕がこんな所まで来たのは。——貴女が僕の所に来て下さらなかったから、何故《なぜ》だったのかってこんな所まで訊きに来たんじゃないですか」

二人は少時《しばらく》向き合いながら徒《いたず》らに滝の音を聞いた。

二百六十

先に口を開いたのは清子だった。

「貴方《あなた》はそれで此所《ここ》に行《い》らしたって仰《おっ》しゃるんでしょうけど」

「そうではないんですか」

「そりゃ、貴方はそう思ってらっしゃるでしょう」

「実際はそうじゃないって訳ですか」

「違いますわ」

清子は急に声を上げた。

「だって、一体貴方に、何かを訊《き》く気なんて実際におありなの？　此間《こないだ》からもう少し後にしよう、後にしようって、訊く事を先送りしてらっしゃるだけじゃない。貴方は正直に云《い》って本当のことなんか何もお訊きになりたくない、――というより、お訊きになる事が出来ないの。貴方って方はこんな所までいらしても……他人《ひと》を……延子さんを裏切ってこんな所までいらしても、まだ真面目《まじめ》になれないんです」

彼女は其所《そこ》まで一気に畳みかけると、結論附けるように云った。

「そういう所が厭《いや》なんですとしか申し上げようもありませんわ」

津田は少しの間、呆気《あっけ》に取られて清子の顔を眺《なが》めるだけだった。清子は肩掛《ショール》に顎《あご》を埋《うず》めると、津田の胸の辺りに眼を泳がせていた。唇《くちびる》は固く閉じている。

「それはそうかも知れません」

津田は一度言葉を区切ってから清子の眼を捉《とら》えた。彼は変に悲しかった。同時に不当な扱いを受けているという気が益《ますます》強くなった。

「貴女《あなた》の仰しゃる通りかもしれません。でも、貴女にお目に掛かりたい一心で此所へ来たのだけは事実です」

かった。

清子は何も云わなかった。

「それすら信じて貰《もら》えないんですか」

清子は猶《なお》も何も云わなかった。

「じゃ僕は何の為《ため》に遣《や》って来たんだろう。——吉川の細君の為ですか」

津田は自嘲《じちよう》の渦《うず》を唇の端に漲《みなぎ》らせて云った。だが清子は津田の自嘲に応ずる気色はなかった。

「何の為ですか」と津田は硬い表情で繰り返した。

清子は相手の眼を昵《じつ》と見詰めると、急に何もかも放り投げるように云った。

「何の為だか、私にはさっぱり解《わか》らないわ」

「どうしてそんな云い方をするんです」

「だって、実際解らないんですもの」

清子は一際《ひときわ》鋭い声を出した。津田は改めて女の顔を見た。怒りを放つ清子の眼《め》は津田の視線と無言の中《うち》に行き合った。津田は女の口から烈《はげ》しい言葉が飛び出るのを凝《じつ》と待った。だが女は口を噤《つぐ》んだままだった。烈しい言葉は女の眸《ひとみ》を蒼《あお》く燃やすだけで女の口からは何時《いつ》まで待っても出て来なかった。女は津田を見詰め、津田も女を見詰め返した。二人は少時《しばらく》互に相手の眸を打ち守った。やがて津田は眼の前の二重瞼《ふたえまぶち》に蒼い怒りと重なるようにして、不可思議なある表情の生まれるのを認めた。其所には、何か苦痛に近い訴えがあった。それは、艶《えん》なるあるものを、官能の骨を透《とお》して髄に徹するような訴えであった。それは同時に、どんな言葉よりも深い霊の訴えでもあった。津田は女の言葉を予期しつつある今の場合を忘れて、その眸に凡《すべ》てを遺却《いきやく》した。

するとと清子が微《かす》かに口を開いた。

「そりゃ、貴方は私に会いにいらしたんでしょうけど、貴方って方は……」

睫毛《まつげ》が顫《ふる》えている。

「貴方って方はそんな御自分のお気持にも充分に真面目になれないんだもの。昔からそうだったし――」

津田は眼の前の黒い瞳《ひとみ》が潤《うる》んで来るのを呆然《ぼうぜん》と見ていた。

「今だってそうなんです。自分を捨てるっていうことがおありじゃないから些《ちっ》とも本物じゃないんです。他人《ひと》は気が附かないだろうって高を括《くく》ってらっしゃるけど、そんなもんじゃないんです。他人には解るんです。――今回だって真実、何がなんでも……私《わたくし》に会いにいらしたんだったら、そうしたら、私だって、この胸にちゃんと感じると思いますわ。そうしたら……」

清子は後を続けなかった。濡《ぬ》れた睫毛を二三度繁叩《しばたた》くと、丸く大きく盛り上った涙を頰《ほお》の上に流した。涙は頰を伝わり、女の柔らかい顎の線を緩《ゆっ》くりとなぞってから肩掛《ショール》の上へぽたぽたと落ちた。女の眼が深い海となった。何物かが大濤《おおなみ》の崩れる如《ごと》く一度に津田の胸を浸《ひた》した。こうして静かに大地の上に立っているのが苦痛だった。二人の間を隔つ空気を破りたい衝動が已《や》み難く湧《わ》くのを身体《からだ》の中に感じたが、それより強い力が四肢《しし》をぐっと抑えて動けぬように締め附けていた。その時である。清子の眸《ひとみ》が不意に津田の眼を離れると、遠くの一点に焦点を当てた。津田は彼女の顔色がさっと変わるのを見た。彼は覚えず慄然《りつぜん》とした。轟《ごう》と音がして山の樹が悉《ことごと》く鳴ったような気がした。

緩《ゆっ》くりと背後《うしろ》を振り返ると、下方の蒼黒い木立の終わった所に亡霊のように寒い人影があった。先刻《さつき》津田が立ち止まって清子を見上げていたのと同じ場所に、女がひっそり立っているのだった。何時から其所に居るのか、赤茶けた松の幹に左手を掛け、少し斜めになった身体を支えて竦《すく》んだように此方《こっち》を見ていた。

お延だった。

一瞬お延の身体はふわっと宙釣《ちゆうづ》りになったように見えた。支えていた方の手を放したのだった。彼女は身を翻《ひるがえ》すべきか前に出るべきか躊躇《ちゆうちよ》しているようだった。

「おい」

津田は大きな声を出した。見合わす三人は、互に互を釘附《くぎづけ》にして立った。

二百六十一

「おい」

津田は繰り返すと、凍《い》てついた空気を破るようにお延の方へ向かって歩を移し出した。お延が身を翻す機会は際《きわ》どい瞬間に去った。二人の女の視線を前後から受けて歩く津田は、たった今お延の見た筈《はず》の光景《シーン》を頭の中で再現しようと試みた。

お延はどれ位の間彼所《あそこ》に立っていたのだろうか。二三分だけのことだったのだろうか。それとも五分も十分も立っていたのだろうか。――いや、ひょっとするともっと長い間立っていたのかも知れなかった。津田は足を器械的に運びながら脳の中で前へ前へと記憶を遡《さかのぼ》った。然《しか》し、仮令《たとい》半時間前へと遡ったところで、其所《そこ》には熱心に話を交わす一対の男女が居るだけであった。清子の眼《め》から溢《あふ》れ出た涙も、あの距離からでは見える筈がなかった。細君は何も見なかったに等しいという結論に達した津田は、足を前へと運びながら一人でほっと胸を撫《な》で下ろした。

だが彼はすぐにこの様な身勝手な思考から抜け出ざるを得なかった。徐々に鮮明に浮かんで来るお延の外貌《がいぼう》は彼をして思わず戦慄《せんりつ》せしめるに充分だった。大木の陰から此方《こっち》を窺《うかが》うお延の顔は津田の知ったお延の顔ではなかった。例《いつ》も見慣れた柔らかい頰《ほお》がひきつったように堅く剛張《こわば》っていた。肌理《きめ》の細かい白い皮膚は、干乾《ひから》びて生きた人間の光沢《つや》がなかった。唇《くちびる》は色を失っていた。その上みはられた眼は赤く充血して、何だか精神に異状を呈しているのではないかとさえ懸念《けねん》された。津田はぎょっとした表情を素早く打ち消して、殊更《ことさら》普通の声を出した。

「どうしたんだ。東京の方で何かあったのか」

お延は津田の問いが聞こえたのかどうか、充血した眼で彼の顔を凝視しているだけだった。相手を見ているようでその癖何処《どこ》か焦点の定まらない眼附きをしているので、津田は自分と眼が合っているのかどうかも定かではなかった。彼は先ず所々乱れた大丸髷《おおまるまげ》に眼を留め、それから順々に泥《どろ》に染まった足袋へと眼を下ろして行った。襦袢《じゆばん》の襟《えり》が弛《ゆる》み、細くて長い咽喉頸《のどくび》が明らさまに出ている。習い性で朝の身繕《みづくろ》いはちゃんとしただろうに、その後の狂いにまで手が回らない分、精神が軌道を逸した感じが露《あら》わで何とも哀れだった。そんな細君を清子に引き合わせるのが気恥ずかしかった。だがこの際そうする以外に、今後、己《おの》れを釈明する余地を残す方法はなかった。

津田は清子の方を振り向いて呼んだ。

「清子さん」

清子はどうするべきか迷っている風だったが片手で手招きをしながら津田が再度呼ぶと、意を決した態《てい》で一歩足を踏み出した。やがて清子は津田を真中に挟《はさ》み、お延とは二間程の距離を置いた比較的遠い所で留まった。

「清子さん、僕の妻《さい》だ」

清子を前に、お延に初めて生きた表情が生まれた。

「学生時代の友達の奥さんだ」

二人の女は互の顔を眸《ひとみ》を凝らして眺《なが》めた。何と云《い》っても虚飾の多い女同志だから挨拶《あいさつ》ぐらい交わすだろうと思っていた津田は当《あて》が外れた。女たちは何方《どちら》の側にも徒《いたず》らに丁寧な頭《つむり》を下げる余裕も、愛嬌《あいきょう》の渦《うず》を浮かす余裕もなかった。二人はただ相手の顔を見詰めるだけであった。而《しか》も彼女らの瞳《ひとみ》に漂よう色は反感の色ではなく、それは寧《むし》ろ何か別のもっと深いものだった。事実、二人の女は津田の事を忘れたように、相手に心を奪われてその場に佇《たた》ずんでいた。

沈黙を破ったのは清子だった。

「私《わたくし》、先に帰りますわ。どうぞ御機嫌よう」

津田にともお延にとも片附かないお辞儀をすると身を翻した。虚を突かれた津田ははっとしたが女に随《つ》いて行く訳には行かなかった。何時《いつ》の間にかお延がまるで物にでも憑《つ》かれたようにふらふらと滝の方へ向かっており、彼は狼狽《あわ》て其方《そっち》の後を追うより他《ほか》はなかった。お延の後を追う足の下の大地が常の大地のような気がしなかった。「どうぞ御機嫌よう」という女の最後の台詞《せりふ》が、歩を運ぶうちにも彼の頭のなかで幾度も木霊《こだま》し、幾度も木霊するうちに、あれが別れの挨拶だったのを津田は漸《よう》く悟った。振り向けば清子の後姿は黒い木立の中に消えていた。

お延がぴたりと止まったのは先刻《さつき》清子が津田と話をしていた場所である。

「一体どうしたんだ」

お延は先刻の清子と同じように青竹の手欄《てすり》越しに滝壺《たきつぼ》を覗《のぞ》き込んでいた。

津田は仕方なしにお延の隣に並んで立った。すると忽然《こつぜん》とお延が清子と畧《ほぼ》同じ脊丈《せい》の高さをしていることに気がついた。しかも、お延の平生《いつも》の張りつめた所作が緩んだ結果、二人の女が似たような姿恰好《かっこう》に出来上がっているのにも初めて気が附いた。心持ち顎《あご》を肩掛《かたかけ》の中に埋め、俯目《ふしめ》勝《がち》に滝壺を見下《みお》ろしているお延の姿は、つい先刻まで同じ所に立っていた清子の影像《イメジ》と気味の悪い程正確に重なるものであった。津田は何だか落ち附かないものを感じて、それを振り払うように質問した。

「どうしてこんな時間に着いたんだ。一体何時東京を出たんだ」

お延は茫然《ぼうぜん》としているだけだった。津田は同じ内容のことを今度は綾《あや》成すような口調で尋ねたが、彼女は聞こえた風も見せなかった。

「おい、一体どうしたって云うんだね」

お延は猶《なお》も答えなかった。津田の声は苛立《いらだ》ちを帯びた。

「おい、何か云って呉《く》れなきゃ、何が何だか解《わか》らないじゃないか」

お延は依然として夢でも見ている人のように一口も物を云わなかった。お延の沈黙に不当に苦しめられているような心持がして来た津田は、彼女の意を迎えるために色々云うのが厭《いや》になりそれ切《ぎり》口を閉じた。普段は夫の反応に鋭敏過ぎる程のお延が、今津田の存在すら忘れたようなのが不気味だった。

二百六十二

　時は無暗《むやみ》に緩《ゆっ》くりと流れた。津田はその間お延の隣りに併《なら》んで、沸《わ》き騰《のぼ》る水烟《みずけむり》を透《とお》して例の尖《とが》った岩が見え隠れするのを見下ろしていた。けれども彼にとって疾《とう》に陳腐になったその光景は、彼の眼の上《うわ》っ面《つら》を意味もなく撫《な》でているだけだった。彼の心の眼《め》は先刻《さっき》からひたすら清子の後を追い懸けていた。時間から云えばそろそろ宿の門を潜《くぐ》った頃《ころ》かも知れないし、ひょっとすると既に座敷へ戻って荷造りを始めた頃かも知れなかった。こうしている内にも女は一歩一歩手の届かぬ所へと消えようとしているのだった。じりじりと焦《こげ》る心持に津田は愈《いよいよ》身の置所がなくなった。

「何だか薩張解《さっぱりわか》らないが、御前は妙なことを考え過ぎてるよ」

　津田は手欄《てすり》から身を離した。動かないで長く一所《ひとところ》に立ち尽すものに、寒さは辛《つら》く当った。

「戻ろう」

　彼は不意に云《い》った。そうしてそれ以上一言も口を利《き》かずに滝に脊《せ》を向けた。遠ざかる夫の脊中を眼で追っていたお延は、稍《やや》あってから黙って後を随《つ》いた。二人は無言で山を下りると先刻《さっき》の泥濘《ぬか》るんだ道へ出た。容赦をせずに大股《おおまた》で歩を運んだ津田は先へ行く程お延を引き離したが、やがて門の手前まで来た所で足を留めると、後ろを振り返った。

さすがに宿の人間の思惑が気になったのであった。若い夫婦は目出度《めでた》く一所《いつしよ》に玄関を潜《くぐ》ることになった。

番頭は津田には会釈《えしやく》だけすると、背後《うしろ》のお延に話し掛けた。

「すぐ、お解りになりましたか」

津田の神経は一瞬脊中に集中した。細君が応《こた》えなければ自分が何とか云い繕うより仕方がなかった。するとお延の返事は大して遅れずに返って来た。

「ええ、難有《ありがと》う」

津田はこの時初めてお延の声を聞いた。それは津田の耳には奇妙に掠《かす》れて聞こえたが、余所目《よそめ》には尋常な挨拶《あいさつ》に聞こえた筈《はず》であった。

「一本道で御座いますから」

番頭は猶《なお》も愛想を云った。胡麻塩頭《ごましおあたま》の中で何を考えているのかは判断が附かなかったが、津田には探りを入れる程の稚気《ちき》も根気もなかった。番頭は続いて帳場を顧《かえり》みると手代に小桶《こおけ》を云い附けた。

足を先に洗い終えて座敷へ上がると、見覚えのある信玄袋《しんげんぶくろ》が小机の脇《わき》に置かれていた。お延が一旦《いつたん》座敷に上がったとも思えないので、下女が運び込んだものらしかった。津田は室《へや》の中央に敷かれたいつもの座蒲団《ざぶとん》に腰を卸《おろ》した。すると独り切りになって一息つく暇《いとま》もないうちに、お延が下女に案内されて遣《や》って来た。下女は揃《そろ》いの座蒲団や女物の縕袍《どてら》を室の中に手早く入れながら、敷居を越した所に盆槍《ぼんやり》と立ったままのお延に尋ねた。

「お極《き》まりになりましたか」

お延は器械的に津田の方を見た。下女はそれを見て、お延から津田へと返事を促《うなが》す眼を転じた。津田は已《や》むを得ず下女に尋ねた。

「何を極めるんだね？」

「今晩、お泊まりになるかどうか解らないって奥さんが仰《おつ》しゃってたもんですから」

下女は今度は津田とお延の間に眼を往復させながら答えた。津田は一度眼をお延に戻してから云った。

「勿論《もちろん》泊まるさ」

昼飯にするか奥さんは先に風呂に入るかと訊《き》かれて、お延は再び津田の方を向いた。まるで精神の心棒を抜かれた自動仕掛の人形だった。

「どうするね」

「後にしますわ」

亦《また》もや人間らしい返事がお延の口から出たのを聞いて、津田は肚《はら》の中で安堵《あんど》の息を吐《つ》いた。

「それじゃ昼飯にして呉《く》れ」

ほどなく昼飯が運び込まれて二人は夫婦者らしく差向いに膳《ぜん》を前にした。お延は固《もと》より一言も口を利かなかった。箸《はし》も殆《ほと》んど附けなかった。津田も何か話さねばと思う傍《かたわら》、どうせ捗々《はかばか》しい返事を返す筈のないお延に色々喋《しゃべ》り掛ける余裕はなかった。清子が今にもこの宿を立ってしまいそうで、食べる真似《まね》をするだけで精一杯だった。事実彼はお延の顔さえ碌《ろく》に見ずに箸を動かし続けた。津田の頭の中には、清子が衣桁《いこう》から外した袷《あわせ》を畳んでいる図が浮かんだ。荷を詰めた行李《こり》を手代《てだい》に絡《から》げさせている図だの、御粧《おつくり》を直している図だの、帳場で勘定を済ましている図だのも次々と浮かんだ。彼の想像はじきに恐ろしい音を身体《からだ》中に響かせて狂い廻《まわ》った。今度こそ清子が消えてしまうということが実感として襲った時、彼は遂《つい》に箸を投げ出した。総身が名状しがたい圧迫を受けて、腋《わき》の下には気味の悪い汗が出た。

下女が膳を下げに来た所で津田は、常より蒼《あお》い顔を見せて云った。

「別館の奥さんがね、何時《いつ》東京へお帰りになる積《つもり》なのか、行って予定を聞いて来て呉《く》れ玉《たま》え」

「はあ……」

下女は一瞬口籠《くちごも》った。宿に着いた翌日清子の座敷に津田を案内した婢《おんな》だった。

「そろそろお立ちになった頃かと存じますが」

妙な眼遣《づか》いをして津田の反応を窺《うかが》っている。彼は力《つと》めて声のうわずるのを押さえた。

「へえ、もうかい」

「帳場の人間が馬車をどうとか云っておりましたので」

下女は説明した。

「やけに早いんだね」

「はあ、何でも荷造りは明方のうちに済まされていたそうです」

憔《たし》かな所を訊きに婢が帳場へと引き返している間、津田は眼を佐倉炭《さくらずみ》の白い残骸《なきがら》に落としたまま一遍も上げなかった。お延もことりとも物音をさせなかった。

二百六十三

婢《おんな》は廊下に足音を響かせてすぐに戻って来た。

「矢《や》っ張《ぱ》り、たった今馬車でお立ちになった所《とこ》だそうで御座います」

報告の義務を果たした婢が障子を締めるや否《いな》や、忽《たちま》ち一種の生理的な恐怖が押し寄せて来た。津田は倒れるように仰向《あおむき》に寐転《ねころ》がった。大地が大いに揺れる自覚があり、津田は明らかに、自分の下に動く畳の様を、肩と腰と脊《せ》の部分に感じた。同時に天井が歪《ゆが》んだ。眩《めまい》に襲われたのであった。彼は両眼《りょうめ》を閉じて少時《しばらく》そのままの姿勢を保った。縕袍《どてら》を通して外部《そと》から見えるのではないかと思われる程心臓が躍《おど》っていた。津田はやがて忽然《こつぜん》と身を起こした。

「風呂へ入って来る」

お延は津田が出て行くまで一言も発っしなかった。

津田は急ぎ足で一番下の風呂まで降りた。たっぷりした湯に肩まで浸《つか》った途端、眼に熱いものがこみあげて来た。女が去って行ってしまった悲しみは意識を介さず直接に心臓に来た。何時《いつ》の間にか津田は濛々《もうもう》と立ちこめる湯烟《ゆけむり》の中で静かに泣いていた。普段泣くことを忘れていたのが嘘《うそ》のように涙は後から後から涌《わ》いて出た。彼は涙が止まった後も長い間湯に浸り、湯滝の音を聞くともなしに聞いていた。

上に居るお延の事を考え出したのは着物を纏《まと》う段になってからだった。細君の光沢《つや》を失った顔を思い浮かべた津田は改めて愕然《がくぜん》とした。遣《や》り切れない思いが胸を充《み》たした。黒い塊が心臓の上に乗っかったような、何とも云えない圧迫感があった。津田は遣り切れない思いとどうにかしなければ不可《いけ》ないという気持を、同時に抱きながら帯を結んだ。座敷に戻れば、先刻《さっき》と同じ薄暗い場所にお延は寒そうに坐《すわ》っていた。小一時間身じろぎもしなかったものと見える。襖《ふすま》に薄ぼんやりと映った影が、そんなお延に、石のように寄り添っていた。津田は細君の態度をどう解釈したものか解《わか》らなかった。時が経《た》つのも忘れて呆然《ぼうぜん》としていたのか、或《あるい》は面当《つらあて》のためにこうした不自然な態度を示すものなのか、彼には判断が附かなかった。判断を停止した津田はお延との対座を避けて床柱に脊を靠《もた》せて坐った。

昼食の後下女が掛けて行った手取形《てとりがた》の鉄瓶《てつびん》が、長火鉢《ながひばち》の上でじんじんと沸《たぎ》っていた。

津田は細君に横顔を見せたまま烟草《たばこ》を吸い始めた。これから展開されるべき光景《シーン》を頭の中に描くうちに、烟草の烟《けむり》は幾筋も天井に昇った。

お延は恰《あたか》も坐っている席の下から自分の足の腐れるのを待つかのように、相変わらず身じろぎもせずに凝《じっ》としていた。しおらしく泣き伏しでもして呉《く》れたら慰めようもあった。だがお延は泣き出す風もなかった。涙など何処《どこ》かへ仕舞い込んで錠《じょう》でもおろしてしまったような、硬い表情を見せていた。一層《いっそ》津田の胸倉を摑《つか》んで罵《ののし》ってでも呉れれば却《かえ》ってその後の扱いは楽になるだろうに、お延の受けた教育からいっても、育った環境からいっても、彼女の生来《しょうらい》の矜持《きょうじ》からいってもそのような振舞に出る筈《はず》もなかった。この際津田の方から下手に出てこの気不味《きまず》い沈黙を破り、謝罪し、更に慰撫《いぶ》せねばならないのは明白であった。

「畢竟《ひっきょう》女は慰撫し易《やす》いものである」

先日偶然齎《もたら》された自信を、彼は記憶の抽斗《ひきだし》から引っ張り出して来て、それを遠くから眺《なが》めたり近くから眺めたりした。そうして、腹の中で嘆息した。今になって急に自信を失った訳ではなかった。この様な思いがけない事態となって果してまだ細君を慰撫しおおせるかどうかは保証の限りではなかった。けれどもその懸念は今の津田にとって一義的なものではなかった。今は慰撫しおおせるか否《いな》かよりも、慰撫せねばならないという事自体が彼の気持に重くのし掛かっていた。ここ一日の強い色彩を持った緊張に疲れ切った彼の神経は、清子が去ってしまった衝撃《ショック》を表に出さないよう努めるだけで精一杯だった。これからお延に自分から積極的に働きかけねばならないというのは苦痛以外の何物でもなかった。而《しか》も自分のした事を後ろめたく思っている分、それを蔵《かく》してお延の機嫌を取ろうというのは猶更《なおさら》気が進まなかった。抑えていた身体《からだ》の方の疲れも一度に出て来たらしく、そもそも口を利《き》くのが退儀だった。その苦痛だ、気が進まない、退儀だという気持は、胸の中で様々に形を変えて蜿蜒《うねく》るうちに、今まで頭の何処かに潜《ひそ》んでいた、これしきの事で兎《と》や角《かく》云われるのは業腹《ごうはら》だという思いに段々と繋《つな》がって行った。それは煎《せん》じ詰めれば自分の悪い所は棚《たな》に上げて、相手を逆恨みし始めたという事に他ならなかった。

結局大して悪いことはしてないじゃないか、と津田は烟を鼻の穴から出しながら思った。

「法に照らしても、社会の通念から鑑《かんが》みても、別段疚《やま》しいことはしていないじゃないか。他人《ひと》に見せられないようなことは何一つしなかったじゃないか。大して悪いこともしていないのに、苟《いやしく》も夫たるものが、細君を宥《なだ》めすかしたりする必要が果してあるだろうか」

答は無論否であった。一旦疚《いったんやま》しいという気持を抑え付けてしまえば、後はお延を慰撫せねばならないと思うだけで不当な罰を受けているような感が募るだけであった。何時の間にか津田は肚《はら》の中で、そもそもお延がこんな所まで押しかけて来るのが僭越《せんえつ》なんだという思いを強めて行った。「十七八の娘じゃあるまいし、大騒ぎしてこんな所までやって来るには及ばないじゃないか」と彼の鋒《ほこさき》は厚かましくも細君へと向かっていた。やがて「大体昔の女がこれしきの事でこんなに煩《うるさ》く干渉したと云うのか」という類《たぐい》の愚にも附かない文句も胸のあちこちに浮かんで来た。すると勝手なもので、普段は馬鹿《ばか》にしているお秀まで、堀の女出入りにいちいち干渉しないだけ女としての美徳をより備えているように思えて来た。仕舞《しまい》に、もしお延の方から家を出るとか出ないとか騒ぎ出したら、それこそ離縁してしまうのに大した不都合もないような気すらして来た。妻として後々《のちのち》この事を根に持たれて事ある度に責め立てられるのは耐《た》まらないという思いがそれに拍車をかけた。女など掃いて捨てる程居るじゃないかという己惚《おのぼれ》も終《つい》には平気で顔を出した。だが其所《そこ》まで乱暴に考えが発展して行くと、会社で葉巻を燻《くゆ》らす吉川や、披露宴の時その吉川と愉快そうに談笑していた岡本の姿などが当然の順序として眼の前に浮かんだ。同時に自分への媚《こび》を含んだ、お延の日常の所作が蘇生《よみがえ》った。夫に愛された妻でありたいと若い女が願うのに罪を見出すのは困難であった。

津田は嘆息するとお延の方へ首を捩《ねじ》った。豊かな大丸髷《おおまるまげ》が鬱陶《うつとう》しく眼を射た。するとお延が口を利いた。

「貴方《あなた》、可《い》いんですの？」

津田は不意を突かれて驚いた。自分が話の緒口《いとぐち》を見出さねばならぬと思う余り、お延からも口を利けるのを殆《ほと》んど忘れていた。

「何が可いんだい」

彼は巻莨《まきたばこ》の残を捨てると徐《おもむ》ろにお延の顔を見た。

「だって――東京にお帰りになってしまったんでしょう」

一旦津田と顔を合わせたお延は、すぐ眼の前の灰に視線を落とした。

二百六十四

「そうだよ」

「それで可《い》いの」

お延の口調には津田が予期していた詰問するような調子はなかった。憤《いきどお》るにも気力の源が既に枯れているのか、拍子抜けするような弱々しさがあった。急にお延が不憫《ふびん》に思われた津田は、努力もせず自然に優しい声を出していた。

「だって御前《おまえ》、それでよくなきゃ困るだろう」

お延は俯向《うつむ》いて火鉢《ひばち》の縁に揃《そろ》えた繊《ほそ》い指を曲げたり、伸ばしたりしながら云《い》った。

「そうしたらあたしはどうなるの」

「御前はどうもなりゃしないよ。序《ついで》だから此所《ここ》に二三日いたら可いじゃないか。それから一所《いっしょ》に東京へ帰ろう」

「一所に東京へ……」

お延の声は枯れていた。彼女は無言で宝石の鈍く光る自分の指先を見ていたが、少時《しばらく》してから掻《か》き消えるような声で訊《き》いた。

「それじゃお諦《あきら》めになるの」

「諦めるとか諦めないとか、そんな事は最初から問題じゃないんだ」

「だって――」

そう云うとお延は顔を上げた。

「本当だ」

お延は穴の開くように津田の顔を見詰めると再び俯向いた。火鉢の縁に揃えた指を亦《また》曲げたり伸ばしたりしている。数分経《た》ってから漸《ようや》く微《かす》かに口を開いた。

「じゃ何故《なぜ》こんな所までいらしたの」

「それには色々あるんだ」と津田は顎《あご》を撫《な》でながら云った。

おいそれと返事の出来る問いではなかった。何故自分が此所に来るに到ったかをお延に有りのまま云う訳には行かなかった。どうしてそれを有りのまま云ってはならないのかは、自分でこの問題を突き詰めて考える事を今日まで怠って来た津田の頭の中で必ずしも明確ではなかった。然《しか》し云ってはならないという気がするのだけは慥《たし》かであった。

それを云うという事は凡《すべ》てを云う事に等しく、そうして凡てを云う事の困難は津田にとって、本能的に感じられるものであった。ただ津田が有りのままを云わずにどうにか自分を釈明するには、先《ま》ずお延自身がどういう順序を踏んで此所に来たのかを知らねばならなかった。ところがお延のような女がそう簡単に自分のことを喋舌《しゃべ》ろう筈《はず》はなかった。彼女が東京を出るまでの成行《なりゆき》を正面から聴糺《ききただ》したところで埒《らち》が明こう筈はなかった。津田が先ず自分を釈明しない限り、お延は自分のことを話さないだろうし、お延が自分のことを話さない限り、津田は自分を釈明しようもなかった。津田の前を塞《ふさ》ぐのは堂々廻《めぐ》りの論理《ロジツク》だった。

津田は床柱から身体《からだ》を離し、火鉢に寄りかかった。

「ちょっと、茶を入れて呉《く》れないか。風呂へ入って咽喉《のど》が乾いた」

お延は素直に茶器を傍《そば》に寄せると、鉄瓶《てつびん》の湯を急須に注いだ。

「鵯《ひよどり》が鳴いてるね」

庭から鵯の鳴くのが八釜《やかま》しく聴えて来る。津田は熱い茶を啜《すす》りながら、鵯の声に誘われるように廂《ひさし》の先に横たわる空を下から透《すか》して見た。単調に濁っていた空の中《うち》に何時《いつ》の間にか色が幾通りも出て来ており、雲が鈍く重なり合う間を縫って、透《す》き徹《とお》る藍《あい》の地がきれぎれに望めた。雲が溶けて流れるにつれ、その分だけ藍の地が余計表に出るようである。大空はゆるやかに動いていていた。

「こいつは晴れるかな」と彼は呟《つぶや》いた。

少時《しばらく》は津田の茶を啜《すす》る音だけが四囲《あたり》に響いたが、やがてお延が先刻《さつき》と同じ言葉を繰り返した。

「何故こんな所までいらしたの」

弱々しい声の中《うち》にも、眼が漸《ようや》く真直《まつすぐ》に津田を見ている。津田は湯呑《ゆのみ》を空にするとお延に答える代りに自分の方から賽《さい》を投げた。

「御前《おまえ》は清子さんが此所に居る事を、一体誰から聞いたんだい」

津田の眼にお延の唇《くちびる》が顫《ふる》えるのが映った。やがてお延はその顫える唇を嚙《か》むと、折角《せつかく》上げた眼を元通りに佐倉炭《さくらずみ》へと落としてしまった。津田は自分の大体《おおよそ》想像する所を口に出してみることに肚《はら》を極《き》めた。

「ひょっとして吉川の奥さんじゃないかい」

お延の蒼白《あおじろ》い頰《ほお》に赤味がさっと差した。

「どうしてそうお思いになるの」

津田の顔を上目遣《づか》いに見ている。

「どうしてって、あの奥さんなら清子さんのことを能《よ》く知ってるからさ」

お延は再び唇を嚙むと俯向いた。津田はそれを見て取るともう一歩先へ進んだ。

「吉川の奥さんは御前を呼び寄せたのかい？　それとも向うからやって来たのかい？」

お延は俯向いたままだった。腮《あご》を胸に押し附けているので、恰《あたか》も半襟《はんえり》の模様を見詰めてでもいるように見えた。津田は湯呑を両手で弄《もてあそ》びながら、次に来るべきものを待った。案の定お延はじきに堪《こら》え切れなくなったものと見え、津田の眼の前で睫毛《まつげ》に絡《から》んで一雫《ひとしずく》涙が落ちた。一雫落ちた涙は後は堰《せき》を切ったように次から次へと幾らでも落ちた。

「詰らん事を色々云われたかも知れないが……」

お延は急に物に襲われたように手を顔に当てて泣き出した。津田はそれを見てお延には気の毒だという思いを抱きながらも、密《ひそか》に安堵《あんど》の息を吐《つ》いた。慰める緒口《いとぐち》を遂《つい》に摑《つか》んだ彼は知らず知らずのうちに組んでいた膝《ひざ》を解いていた。そうして動く前に今一度細君の泣く姿を眼に確かめると、座蒲団《ざぶとん》を滑り降り、お延の横に躙《にじ》り寄って脊中《せなか》にそっと手を置いた。

「どうしたね」

お延は左右の肱《ひじ》を火鉢の縁へ靠《もた》せて、両手に顔を埋《うず》めていた。宿の手前、声を押し殺そうとするので無暗《むやみ》に肩で引泣上《しゃくりあ》げている。津田は段々と本当にお延が可哀想《かあいそう》になって来た。薄い肩が痙攣《けいれん》するように眼の前で上がり下がりするのを見るに忍びなかった。

「さあ」

彼はお延の顔を下から覗《のぞ》き込むようにして自分の手帛《ハンケチ》を右の手に差し出した。白い麻の布はお延の膝《ひざ》の上にひらりと落ちた。

二百六十五

吉川夫人が、ああだこうだとお延を突ついている場面が稲妻の如《ごと》くに頭を横切った。それはどう考えてもあの瓦斯《ガス》暖炉の炎がちらちらする、吉川家の客間でなくてはならなかった。暖炉の火気《かっき》に煽《あお》られるように活発に動く夫人の唇《くちびる》が、眼《め》の前に物騒に逼《せま》って来た。夫人に対しての憤《いきどお》りが一瞬身体《からだ》を貫いたが、津田は自分が憤る権利を持たぬことを認めざるを得なかった。弱い女を苛虐《いじ》めるのを可能にしたのは他《ほか》ならぬこの自分だった。そう思うとさすがに好《い》い気分はせず、胸の中を苦いものが渦巻《うずま》いた。しかも、その苦いものを押し隠そうとする分、細君を可哀想《かあいそう》に思う気持も何処《どこ》か中途半端なものにならざるを得なかった。お延の泣くのを見詰める津田の胸には、やがて、涙の後に生ずる反動を利用して彼女の心を落ち附けようという元からの計算が再び頭を擡《もた》げて来た。こうしてお延の泣くのを見詰めるのはさすがに居心地悪かったが、お延の涙が流れれば流れるほど、その後で彼女の心が自分にとって扱い易《やす》い状態になって呉《く》れる筈《はず》であった。

少時《しばらく》してお延は果して泣き止んだ。津田の眼の前で濃い眉《まゆ》がぴくぴくと動いたと思うと、彼女は袖《そで》で眼を拭《ふ》き、屹《きっ》と顔を上げた。

「奥さんからは詰《つま》らないことどころか、為《ため》になることばかり教えて頂いたわ」

「為になる事？」

お延は点頭《うなず》いた。濡《ぬ》れた細い眼が怒りできらきらと光った。泣いて落ち附きを取り戻した分、津田の扱い悪い平生《いつも》の自己をも取り戻したようだった。津田の思わくは聊《いささ》か外れた。彼はたった今同情を寄せたのも忘れて、底気味の悪い心持でその光った眼と光沢《つや》の悪い頬《ほお》を眺《なが》めた。

「例えば何故《なぜ》、貴方《あなた》がね、あたしみたような者をお貰《もら》いになったのかとか」

「馬鹿《ばか》な」

津田は吐き捨てるように云《い》った。

「御前ね、あんな人の云う事を信じちゃ不可《いけ》ないよ」

自分を信じれば可《い》いと云い放つ程厚顔ではない津田はその先が塞《つか》えた。彼は慰藉《いしゃ》の辞に窮した。細君の横に両膝《りょうひざ》を折って坐《すわ》ったまま、もう一度脊《せ》にそっと手を置いた。

「お延、何しろ御前《おまえ》も湯に入って来ないか。時間はあるんだから、それから緩《ゆっ》くり話をしよう」

お延は何とも答えずに自分の膝に落ちた切りの良人《おっと》の手帛《ハンケチ》に眼を下ろした。

「お延、御前には本当に済まない事をしたと思ってるんだ。だがそんな浮いた料簡《りょうけん》で来たんじゃないんだ。御前は信じないかも知れんがね、己《おれ》は罪を犯したりはしてないんだよ」

お延は下を向いたままだった。

「本当なんだよ」

津田は続けた。天に扶《たす》けられて罪を犯さずに済んだのを恰《あたか》も自分の大計の一部のように吹聴《ふいちょう》した。

「何しろそんな積《つもり》で来たんじゃないんだ。御前に事前に話すことも考えたんだが、余計な心配をするんじゃないかと思ってね、それで東京へ戻ってから話そうと思ってたんだ」

津田はお延の蒼白《あおじろ》い額に向かって繰り返した。

「本当だよ。――本当なんだよ」

その時お延が不図《ふと》顔を上げた。唇が半分開きかけている。お延の無反応なのに慣れ、口先で好い加減に同じ台詞《せりふ》を繰り返していた津田は不意打ちを喰《く》らって退避《たじ》ろいだ。しかも顔を上げたお延に自分の退避ろいだのを見られてしまったのも直感した。お延の視線は津田の額を射ったまま其所《そこ》で動かなかった。開きかけた唇は開かずにいた。本当に本当ですかと訊《き》こうとして、転瞬のうちにそれを訊く無駄《むだ》を悟ったのかも知れなかった。

津田は少時その居心地の悪い視線を受けていたが、やがて畳に両手を附いて四つん這《ば》いになると、右手を伸ばして先刻《さっき》自分の坐っていた座蒲団《ざぶとん》の向う側から莨盆《たばこぼん》を引き寄せた。そうして今度はお延の隣に胡坐《あぐら》を搔《か》くと無暗《むやみ》に烟《けむり》を吐いた。お延は無言で彼の動作を眼で追った。鵯《ひよどり》の声が硝子《ガラス》戸を通して亦煩《またうる》さく聴えた。彼は敷島《しきしま》を一本灰にするまで吸い続けた所で、灰吹きに吸殻《すいがら》を放り込みながら云った。

「何しろ先《ま》ずは湯に入っておいで。それから緩《ゆっ》くりと話をしよう。——厭《いや》かい」

お延は何とも云えない顔を見せてまだ少時黙っていたが遂《つい》に火鉢《ひばち》の縁から上体を起こした。津田はほっとした。

稍《やや》あって、津田は、石鹼入《シャボンいれ》を手に室《へや》を出ようとしたお延を引き留めて尋ねた。

「御前ね、まさか、あの奥さんが此所《ここ》に来いって云ったんじゃないだろうね」

お延が此所に来たこと自体吉川夫人の差金《さしがね》ではないという保証はなかった。津田には今朝の清子との会話以来、夫人に対する恐怖が漠然《ばくぜん》と強まっていた。

「いいえ。——まさか」

「では御前がこんな所に来ているのは知らないんだね」

津田が念を押すとお延は微《かす》かに唇を片頰へ寄せた。

「あの方は御自分でいらっしゃるお積《つもり》だわ」

「此所へ？」

お延は頭《かぶり》を竪《たて》に振った。

「貴方をね、あたしの元に連れ戻しに来て下さるんですって」

「驚いたな。そりゃ一体何時《いつ》の話だい」

「明後日。——月曜日ですわ」

お延はタウエルを下げた手で指を繰った。

「耐《た》まらんなあ」

津田は大袈裟《おおげさ》に眉を顰《ひそ》めた。

「御前が何を云われて来たかは知らないけどね、あの奥さんの云う事など信じない方が可いよ。何しろああいう暇な人間だから他人《ひと》の迷惑も考えずに、ある事ない事、色々云うんだから」

お延は津田の云うことを聞いたとも聞かぬとも答えず、淋しい笑みを片頬に見せて座敷を出た。

二百六十六

津田は一人になった後、仰向《あおむ》けになると、組んだ両手に頭を載せて天井を眺《なが》めた。昨夕《ゆうべ》の雨を吸って天井の染《し》みが一段と濃くなったようだった。昼食と夕飯の間の半間《はんま》な時刻で、下女たちの廊下を渡る音も聴えなかった。

今見たばかりのお延の何とも云《い》えぬ淋《さび》しい微笑が眼の前をちらちらと往来したと思うと、次の瞬間、清子が軽便《けいべん》に揺られながら窓の外を眺めている姿が浮かんだ。懐《ふところ》から時計を出せば、もういくらもしない内に鉄道の駅に着く頃《ころ》だった。津田は女の黒い眸《ひとみ》を今一度眉間《みけん》に熱く意識した。涙で潤《うる》んで暈《ぼか》された眸だった。同時に自分を責める女の声が胸の中に空しく反響した。悔いとも懊悩《おうのう》とも附かないものが不意に胸を突いた。追い討ちをかけるように、今度は最初の晩に出会った時の絵が面《ま》の当《あ》たりに浮かんだ。階子段《はしごだん》の上で暗い光を浴びて棒立になった姿だった。寐巻《ねまき》の上に伊達巻《だてまき》を巻き附け、素足に薄い羅紗《ラシャ》製の上靴《スリッパー》を穿《は》いたあの時の清子の姿は、息が塞《つま》るほど鮮明に津田の眼《め》の前に描き出された。津田は深々と呼吸した。恰《あたか》も女の匂《にお》いが其所《そこ》にあるようだった。鼻の中を座敷の冷たい空気が突き抜けるだけなのが今更のように意識にのぼった。何時《いつ》の間にか、凡《すべ》てが終ってしまったのだった。終りを告げる拍子木の音が音のない世界から響いて来るのを、津田は現実のもののように聴いた。

少時《しばらく》すると、湯殿へ行く途中でお延が頼んだらしく、女の滞在には不可欠な鏡台を手《て》代《だい》が控えの間へと運び込んだ。清子の座敷で見たものとそっくりの黒柿の縁《ふち》と台の附いた鏡だった。矢張《やは》りあの時見たような、小さな長火鉢《ながひばち》や厚い座蒲団《ざぶとん》なども次々と運び込まれた。津田は手代が出て行った後二つの室《へや》の境目に立って後手を組むと、不思議な思いで容子《ようす》の一変した控えの間を眺め回した。恰も入れ物は同じで、その中に入る女が清子からお延に移っただけのようだった。その移行は津田自身にも何が何だか能《よ》くは解《わか》らないまま、何時の間にか潤滑に且《かつ》迅速に成されていた。その間彼自身が決断を下す契機《かん》は一度もなかった。事実は相継ぐ大浪《おおなみ》のように彼を呑《の》み込み、気が附いた時彼は思ってもみなかった場所に立っていた。而《しか》も思ってもみなかったその場所とは、振り出しとそう大きくは違わない場所であった。津田は急に家庭の体裁を整えて来た控えの間を今一度眺めた。その控えの間の鏡台にこれから向うのは、他ならぬ自分の妻君であった。今はもうその事実を事実として受け止める他はなかった。それは現実が彼に強《し》いる必然であった。同時に彼がこれから生きて行く上において、最も摩擦の少ない途《みち》でもあった。

津田は故《もと》の居場所に戻るとお延が座敷を出る前に汲《く》んで出した茶を、飲むように嘗《な》めるように、口の所へ持って行った。外は何時《いつ》しか透き徹《とお》る雲の間から日脚《ひあし》が出ており、柔らかい光を受けた築山《つきやま》の葉が黄金色に陽《ひ》を射返して、暮れ行く秋の名残《なご》りを眼に訴えていた。昨夜《ゆうべ》の暴風雨《あらし》を猶梢《なおこずえ》に生き残った葉だった。遠くの向うには焦《こ》げたように赭黒《あかぐろ》くなった杉山が連なっている。華やかな色彩には乏しくとも四囲《あたり》は凡《すべ》てが平和であった。長閑《のどか》であった。

津田は眼を閉じた。

――「これで可《い》い。これでよかったんだ」という、沈んだ情緒が自然と彼の胸に湧《わ》いて来た。それは「これしかなかったんだ」という静かな諦《あきら》めと融け合って、津田の心は虚《うつ》ろな悲しみの中にありながらも久し振りに穏やかに呼吸した。すると先刻《さっき》のお延の淋しい微笑がもう一度頭に浮かんだ。津田の心に改めて細い漣漪《さざなみ》が立った。たしかにお延を宥《なだ》める試錬がまだ残っていた。然《しか》しそれもその気になれば出来ない筈《はず》はなかったし、現に彼はその気になりつつあるのだった。津田のそういう思いに賛同するように眼の前の手《て》取形《とりがた》の鉄瓶《てつびん》が頻《しき》りに鳴った。

やがて控えの間に人が入り座蒲団に腰を卸《おろ》す気配がした。津田が境の襖《ふすま》を開けると果してお延が鏡に向い、脊《せ》に長く垂らした髪をすいていた。

「洗ったのかい」

「ええ」

お延は鏡に映った津田の顔を見た。

「結いたてだったんだろう」

「ええ、でも……」

お延は其《その》先を云わなかった。櫛《くし》を頭の上へ持って行く度に袖口《そでぐち》から白い腕が覗《のぞ》いた。

「暖まったろう」

「ええ」

「どの風呂に入った？」

「大風呂よ」

夫の愛想が好《い》いのが可笑《おか》しいのか、お延は鏡の中に美しい歯を見せた。

「すぐ下の大風呂かい」

「さあ、随分下まで行ったような気がしたけど」

「それじゃ滝がある風呂かい」

「滝？　お風呂に？」

髪を櫛で束《つか》ね上げようとしていたお延は、上目遣いに津田を見ながら訊《き》いた。

「ああ」

「そんなもん見なかったわ」

「そうかい」

一番下の風呂は何時の間にか清子と二人の世界を象徴するようになっていた。それは既に記憶の中にしか存在しない世界だった。それ故《ゆえ》に却《かえ》って神聖だった。彼はその神聖な領域が侵されなかったことに安堵《あんど》し、同時に安堵する自分に気が咎《とが》めたので、慰藉《いしゃ》の積《つもり》で猶《なお》も少時敷居の傍《そば》に佇《たたず》んでから襖《ふすま》を閉じた。

火鉢の前に腰を卸《おろ》した津田は昨夕《ゆうべ》の風俗画報をぱらぱらと繰った。古い紙から舞上がる黴《かび》だか塵《ほこり》だか分からない細かいものが眼や鼻を刺激するなかを、文字を追うのも面倒で口絵ばかり眺めていた。若い女が麦酒《ビール》を両手に持つ絵があった。博覧会のイルミネーションの絵も、安永の話した伊勢佐木町の絵もあった。次々と趣向の替わる絵を追う中《うち》にも、先刻鏡の中に見たお延の白い腕や白い歯が眼の前をちらちらした。津田が隣りの室に気を取られながらそれでも器械的に頁《ページ》を剝繰《はぐ》っていると、不意に其方《そっち》の方の障子が開く気配がして「帳場の方でお預かりしていたのをうっかり忘れておりまして」という手代の声が聞こえた。聞くともなしにその声を聞いた津田は手代の足音が遠退《とおの》くのを耳にしながら、妙な胸騒ぎがして本を膝《ひざ》に伏せた。

二百六十七

襖《ふすま》がすうと開いて、髪を束《つか》ね掛けたお延が立っていた。唐紙《からかみ》に倚《よ》りかかって半紙を右手からだらりと下げている。津田が怪訝《けげん》な顔をして見上げると、無言で白い紙を前へ出した。津田は再び怪訝《けげん》な顔を見せたが、お延は依然として手を棒のように差し出しただけである。訳が解《わか》らぬまま腰を上げ、鴨居《かもい》の下まで行って半紙を受け取れば、見覚えのある手蹟《て》が眼《め》の中に飛び込んで来た。

「御見舞、戴《いただ》き切れませんでしたので御二人でどうぞ召し上がって下さい」

襖の向うには果物籠《かご》が畳の上に転がっていた。津田は白い紙の上に並んだ文字にもう一度眼を落とした。幸い其所《そこ》には吉川という名はなかった。不埒《ふらち》な媒酌人《ばいしやくにん》の名は、清子が津田たち夫婦のこれからを思って書かずに済ましたのかも知れなかった。津田は安からぬ胸の中《うち》を隠して「これがどうした」という風にお延の顔を見た。

「あたし、端書《はがき》を見たのよ」

「端書?」

「吉川さんの所で、偶然、御礼状の絵端書を」

「御礼状って、清子さんのかい」

お延はこみ上げて来るものを防ぐように眼を閉じてうなずいた。

「それは違うんだ」

津田は狼狽《あわ》てた。彼は急《せ》き込んで己《おの》れを釈明しようとした。果物籠は吉川夫人から自分への見舞だったこと、それが清子への見舞にと転じたのは他ならぬ自分の仕業であったことなど、順を追ってお延に説明しようとした。だが狼狽れば狼狽る程言葉が上滑りをして、自分の口を突いて出る言葉が自分の耳にも空々しく聞こえるだけだった。お延は津田の言訳を聞いている風もなかった。今津田の口を突いて出ている言葉には少なくとも偽《いつわり》はないのに、彼女がそれを聞く耳すら持たない事は明白であった。津田は肚《はら》の中で絶望した。けれども彼の頭は自分の絶望を落ち附いて観ずる余裕を有《も》たなかった。彼の頭はただ乱雑な火事場のように取留《とりとめ》もなくくるくる廻転《かいてん》した。そのくるくる廻転する頭で次々に云《い》うべき言葉を捜していると、お延が割り込むように云った。

「ひとつだけ正直に答えて頂戴」

慄《ぞっ》とする程低い声であった。

「貴方《あなた》は誰から聞いて此所《ここ》にいらしたの」

津田は迷った。こうなったらもう一層《いっそ》正直に吉川夫人の事を打ち明けてしまいたかった。けれども何物かが咽喉《のど》を恐ろしい勢いで締め附けて云わせなかった。彼は告白出来なかった。しかも損得の勘定から告白出来ないのではなかった。津田はこの時初めて自分のしてしまった事に就《つ》いて朧気《おぼろげ》ながらその意味が摑《つか》めた。自分の行為は今更単なる告白で贖《あがな》えるようなものではなかった。告白で贖えた時期も過去にはあったかも知れないが、今既にその時期が過ぎ去ってしまったのは明らかだった。ひょっとすると本当に取り返しの附かないことをしてしまったのかも知れないという思いに襲われた彼は、自分の足元の土が崩れ行くのを総身で感じながら、最後の嘘《うそ》を吐《つ》いた。

「御前は不愉快に思うよ」

「構いませんわ」

「小林さ」

「嘘だわ」

お延は鋭く切り返した。

「どうして嘘なんだ」

「だって、知ってるんですもの」

「小林にでも訊《き》いたと云うのかい」

お延は彼の顔を凝《じっ》と見返した。

「ええ、訊いたのよ」

「本当に訊いたのかい」

「ええ」

津田は生唾《なまつば》を呑《の》み込んだ。

「そうして、小林の云う事を信じるのかい」

お延はただ津田の顔を穴の開く程眺《なが》め入っただけだった。やがて掠《かす》れた声で云った。

「矢《や》っ張《ぱ》り――吉川の奥さんだったのね」

呻《うめ》くような声がお延の咽喉《のど》から押し出されると、彼女はその場にへたへたと崩れた。束《つか》ね掛けた髪が解けて肩に散った。津田が周章《あわ》て両手を伸ばして擦り寄ると、彼女はその途端に跳ね起き、柱へ駆け寄って帳場に繋《つな》がる電鈴《ベル》を鳴らそうとした。

「何をするんだね」

津田はお延の手頸《てくび》を摑んだ。

「帰ります」

「馬鹿な」

津田はお延の身体《からだ》を必死で押さえながら云った。

「お延、頼むから落ち附いてお呉《く》れ。東京に帰りたいんだったら、明日《あす》の朝一所《いっしょ》に帰ろう」

少時《しばらく》抗《あらが》った後《あと》、お延の身体からは不意に力が抜け、後はひきつけを起したように泣くだけだった。津田はそんな細君を抱えて座敷の座蒲団《ざぶとん》の上へ坐《すわ》らせようとしたが、お延はいやいやをするように夫の手から身を振りほどくと、恰《あたか》も其所だけが自分の場所だとでもいうように鏡台の前に蹲踞《うずく》まった。袂《たもと》を顔へ当てたので、濃い眉《まゆ》の一部分と、額と生際《はえぎわ》だけが鏡に映った。

二百六十八

どれぐらい時が経《た》ったのか見当も附かなかった。空の色は時と共に変わり、そのうち障子だけがただ薄暗く眼に映るように室《へや》の中が暮れて来た。お延はもうとっくに泣き止んでいた。少時《しばらく》前まではそれでもまだ時折り肩を震わしていたのが、それも徐々に間遠《まどお》になり、今は生きているのか死んでいるのか解《わか》らない程静かだった。鏡台に俯伏《うつぶ》せになったお延の脊中《せなか》を縕袍《どてら》がもう一枚上から覆《おお》っているのは、お延自身の縫い上げたのを、先刻《さつき》旅行鞄《かばん》の中から津田が引っ張り出して掛けて遣《や》ったのだった。濡《ぬ》れて黒々と光る髪の毛が縕袍の襟《えり》から所々はみ出し、脊中に海藻のように貼《は》り附いていた。津田はお延の傍《わき》に腕を拱《こまぬ》いだまま胡坐《あぐら》を掻《か》いていた。名残の光で今しばらくその静かな脊中を見ていた津田は、遂《つい》に声を出した。

「おい」

夫の声が聞こえないのかお延は身動きしなかった。

「おい」

津田はお延の肩を揺《ゆす》った。お延はそれでも身動きしなかった。津田は今度は腕に力を込めて揺った。お延は返事をせずに首だけをそろりともたげて津田の方に顔を向けた。魂と直接《じか》に繋《つな》がっていないような細い黒い眼が、薄暗い光のなかで怪しい輝きを帯びていた。頬《ほお》の色が異様に熱かった。ぼんやりとした不安を感じてお延の額に手を当てた津田は眉《まゆ》を顰《ひそ》めた。彼は自分の額に手を持って行くと、その手を再びお延の額へと戻した。続いて狼狽《あわて》て立ち上ると、思い切り先刻の電鈴《ベル》を鳴らした。

下女はじきにやって来た。彼は婢《おんな》に控えの間に蒲団《ふとん》を敷かせると、お延をその上に寝《ね》かせるのを手伝わせた。

「お風邪でしょうか」

お延の上気した顔を見ながら下女が訊《き》いた。

「そうかも知れん」

「丁度好《ちょうどい》い所でした。お医者様を呼んで参りましょう」

丁度好い所でした、というのは墓石の字を書きにこの宿に来たという例の書の先生がここ数日風邪気味で、毎日往診に来る医者が偶然居合わせたからであった。今丁度《ちょうど》診察が終わり、患者と医者二人で碁を打っている最中だという。事実、医者は十分位してから折鞄を小脇に抱えて金縁の眼鏡を掛けた顔を出した。

脈を取ったり聴診器を当てたりした医者は矢張《やは》りただの風邪だろうという診断を下して、熱さましの注射を一本打つと頓服《とんぷく》を呉《く》れた。お延はそれを夫の手から飲まして貰《もら》った。水を張った金盥《かなだらい》が持ち込まれ、お延の額には定まり通り濡手拭《ぬれてぬぐい》が載せられた。医者は帰る間際《まぎわ》に津田の方を不意に顧《かえり》みて云《い》った。

「貴方も手術後の御身体《からだ》だそうですな」

「はあ」

津田が驚いた顔を見せると医者ははは と笑い、先生から聞いたのだと云った。先生というのは書の先生のことを指すらしかった。何時《いつ》だったか下女に聞かれて話したのが伝わったものと見える。

「経過はどうですか」

「たまに痛みます」

「気を附けなくっちゃ不可《いけ》ません」

医者は子供に諭《さと》すように云うと「どうぞお大事に」と座敷を出た。枕元《まくらもと》に取って返せばお延は顔を半分ほど夜具の襟《えり》に埋《うず》めて眼を閉じていた。津田は診察の為《ため》に点《とも》した電燈を消し、そっと腰を卸《おろ》すと、絞り更《か》える積《つもり》で額に載った濡手拭《ぬれてぬぐい》を持ち上げた。彼女は眼を開けた。

「熱があるんだから寐なくちゃ不可ない」

お延はすぐに眼を閉じたが寐入る様子はなかった。瞼《まぶた》の下の、泣き痕《あと》の残った頬がまだ剛張《こわば》っている。神経の昂奮《こうふん》が熱のあるにも関わらず、眠りを呼ばないものと見えた。

自分の存在が却《かえ》って眠りの妨げになると考えた津田は、控えの間との境を開け放したまま隣の座敷に戻り、今度は座敷の方の電燈を点けた。そうして明るい電燈のもとで暗念と腕を組んだ。

次にお延のもとへ来た時、漸《ようや》く薬が効いて来たのか、お延は眼を塞《ふさ》いでうつらうつらしていた。けれどもそれは穏和《おだや》かな眠りではなかった。吐く呼息《いき》吸う呼息双方とも苦しそうで、何かに堪えるようにうっすらと眉根を寄せている。そんな細君を凝《じっ》と見るのに忍びなかった津田は、手拭いを絞り更えたり、額の露を拭ったり、夜具を襟元まで引き上げて遣《や》ったりした。その度に乱れた髪が括《くく》り枕の上で、微《かす》かに波を打つ様に動いたが、一旦《いったん》眠り始めたお延はなかなか目覚めなかった。相変わらず頬に涙の痕を見せたまま、何時《いつ》までも睫毛《まつげ》を鎖《とざ》していた。枕辺に曲《こご》んで深い寐息を聞いていた津田はやがて不安になった。風邪といっても主に神経の昂奮で熱を出したのだと思っていたが、ひょっとすると何か重い病気の前触れかも知れなかった。医者はすぐに療《なお》ると云っていたが、果たして医者の云う事などどれ程信用出来るものだか判《わか》らなかった。悪くしたら肺炎にでもなるのではないかという気までして来て津田はだんだんと怖くなった。

「どうぞよくなって呉《く》れ。後生だから肺炎なんかにならないで呉れ」

彼は心のうちでこう云って頭《こうべ》を下げた。これで大病にでもなられたら自分の身の置き所がなかった。もしここ数日中に東京へ帰ることが出来なくなれば、どうにかして吉川の前にこの事態を取繕わねばならなかった。もし肺炎にでもなられたら、それこそ岡本へも知らさずには済まされなかった。

二百六十九

津田は好《い》い加減烟草《たばこ》で荒されたロのうちで鉛のような夕飯を食べた。後《のち》に食欲が附くかも知れないというのでお延の膳《ぜん》も座敷の中に入れておいた。給仕の下女が下がった後忍び足で敷居際《ぎわ》までお延の容子《ようす》を見に行くと、彼女は依然としてすうすう寐《ね》ていた。津田は故《もと》の場所に戻って腕を組み、時折顔を上げては薄暗い隣の室《へや》に眼《め》を遣った。

夜は恐るべく長い先まで続いていた。

やがて彼は亦《また》腰を上げ、今度は敷居際で留まらずに隣の室まで足を踏み入れた。そうして音のしないよう気を附けて枕《まくら》の横に坐《すわ》ると、心持頸《くび》を延ばして、細君の顔を上から覗《のぞ》き込んだ。それからそっと手を彼女の寐顔の上に翳《かざ》した。彼女は口を結んでいた。彼の掌《てのひら》には細君の鼻の穴から出る生暖かい呼息《いき》が微《かす》かに感ぜられた。その呼息は規則正しかった。また穏やかだった。彼は少時《しばらく》掌に細君の穏やかな呼息を感じてから漸《ようや》く出した手を引いた。お延の名を呼んで安心したいような気が彼の胸を衝《つ》いて起こったが、彼は直《すぐ》その衝動に打勝った。お延の神経には熟睡が一番の薬である筈《はず》だった。有難いその眠りが、静かに彼女の瞼《まぶた》の上に落ちている今、彼は天から降る甘露をまのあたりに見るような気がした。

津田が次に戻って来た時、気配を感じたのかお延は眼を開けて天井を見た。津田は蒲団《ふとん》の傍《かたわら》からまたその眼を見下《みおろ》した。

「大丈夫か」

陳腐で簡略なこの言葉のうちには、憐憫《れんびん》と苦痛と心配があった。お延は津田の顔をまじまじと打ち守ってから首肯《うなず》いた。津田は枕元に腰を卸《おろ》し、濡手拭《ぬれてぬぐい》をはずすと、彼女の額の上に自分の右の手を載せた。神経性の熱だった所為《せい》か、若い体力の所為か、何時《いつ》しか熱は大分除《と》れていた。津田は額にかかった毛を掻《か》き上げて遣った。

「御前《おまえ》、何か食べるかい」

お延は首を括《くく》り枕の上で横に振った。二人とも無言のまま時が流れた。隣の座敷から来る光でお延の顔が半分照らし出されているのを津田は見るともなしに見ていた。蒼白《あおじろ》かったり、赤かったりした彼女の肌《はだ》が今は丁度《ちょうど》好い色に染まっていた。お延は眼を閉じていたが、眠っていない証拠にやがて瞼の端から涙が一筋頬《ほお》を伝わった。津田は苦しい思いでそれを眺《なが》めた。彼は云《い》った。

「お延、考えても御覧」

お延は赤くなった瞼をうっすらと上げた。

「御前さえ胸のうちに止めて置いて呉《く》れたら凡《すべ》てが丸く治まるんだよ」

お延は乾いた唇《くちびる》を嚙《か》むと眼を閉じた。亦《また》これから泣かれるのかと思うと津田は心底遣り切れなかったが、幸いなことにお延は数回発作のように引泣上《しやくりあ》げただけであった。彼女は発作が治まると細い眼を見開いて津田の上に据《す》えた。何か云いたそうに唇が開いたが何も云わなかった。

「御前、何しろもう少し寐るが可《い》いよ」

そう云い残すと津田はひとまず座敷に引き上げた。

津田は故の場所に直ると床柱を脊負《しょ》って黙念と眼を瞑《つむ》った。津田はなるべく考えないようにした。けれども色のあるもの、形のあるものが頭の往来を仕切りなしに通った。凝《じっ》としているのはただ津田の身体《からだ》だけであった。

不意に廊下の方からざわざわと足音が聴え、下女の声に交じって能《よ》く通る男の声が響いて来た。男の声は津田の室の前で留まった。

「やあ」

障子を開けたのは小林だった。

「何しに来た」

「矢鱈《やたら》遠い所《とこ》だ」

「何しに来た」

小林は津田に応《こた》える代りに背後《うしろ》に突っ立った下女に云った。

「姐《ねえ》さん、熱い酒とね、茶漬《ちゃづ》けかなんかで可いから何か食うもんはあるかね」

「へえ」

彼は行きかけた下女を呼び止めた。

「電話は通じるかい」

「電話はまだです」

敷居を入った所で仁王立ちになった小林は、先日見たホームスパンの脊広《せびろ》姿でにやにや笑った。だが彼の薄笑いは隣の座敷に敷かれた蒲団を見るとすぐに引っ込んだ。お延は半身を起こして襟《えり》を掻《か》き合わせていた。小林は「病気ですか」と真面目《まじめ》な顔で挨拶《あいさつ》をした。お延も釣《つ》られて頭を下げた。

「奥さん、だから云わないこっちゃない。風邪を引いたんでしょう」

お延は指で襟元を掻き合わせたまま、再び挨拶の続きのように頭を下げた。

「何しに来た」

津田はお延に話し掛けている小林を睨《にら》みながら同じ事を繰り返した。小林は津田の方へ首を戻した。

「おい、そんな挨拶はないだろう。この忙しいのにわざわざ頼まれて、遣って来たんだからな」

「頼まれて？　誰が貴様なんかにこんな事を頼むんだ」

そう云った津田は、首をぐるりと返すと嶮《けわ》しい眼をお延の方へ向けた。

「おい、御前小林に余計な事を云ったろう」

だがお延には津田の質問が聞こえた様子はなかった。彼女は新たな驚愕《きようがく》の表情を顔中に露《あら》わにして入口の方を見遣っていた。何ごとかと津田が彼女の視線を追うと、小林の脊中からお秀が白い顔を覗かせていた。

二百七十

「兄さん」

お秀は津田の顔を見て鋭い声で云《い》った。長時間の旅行の後だというのに一糸の乱れも見せぬ黒い鬢《びん》が、今鏡台の前を離れたばかりのような印象を与えた。きちりと整った眼鼻がその印象を更に深めた。お秀の眼は続けて隣の座敷の暗がりの中に下りると、其所《そこ》ではたと留まった。

「嫂《ねえ》さん」

思いがけず床の上にお延を見出した影響で、「兄さん」と云った時の身構えた声の調子が一瞬崩れた。然《しか》しお秀はすぐ前の調子を取り戻した。彼女は皆なの見守る中を一挙一動ものものしく響かせながら敷居を越すと、すうっと後手に障子を締めた。

「何だ。何しに来た」

床柱を脊負《しょ》っていた津田は、座蒲団《ざぶとん》から身を乗り出さんばかりにして云った。宿の手前、高くなるべき筈《はず》の咽喉《のど》をやっとの思いで抑えるのが精一杯であった。お秀はそんな津田をじろりと一瞥《いちべつ》しただけだった。彼女は敷居際《ぎわ》に突ッ立った小林の傍《そば》を擦り抜けて隣の座敷へ足を踏み入れると、蒲団の中に半身を起こしたお延の前まで行って両膝《りょうひざ》を附いた。

「嫂さん、一体どうなすったんです。——何処《どこ》かお悪いんですか」

声を潜《ひそ》めてさも心配そうに訊《き》いている。顔附も眼附も判《わか》らない男たちの眼《め》に映るのは、綺麗《きれい》に結ばれた御太鼓《おたいこ》帯《おび》の後姿であった。

「お延さんは風邪を引かれたそうですよ」

小林がお秀の背後《うしろ》から少し居心地の悪い声を出した。

「まあ」

お秀は責めるような眼差《まなざ》しを遠くの津田に肩越しに投げてからお延に戻った。

「お医者さまは？」

「ええ。もう可《い》いんですの」

お秀の同情を留《とど》めるようにお延が急いで小さな声で応じた。驚愕《きょうがく》と困惑と絶望とを搗《つ》き交《ま》ぜたお延の表情は、お秀の如才ない同情を受け入れる余地のない事を物語っていた。

「嫂さん」

お秀は急に畏《かしこ》まった声を出すと、居ずまいをただした。

「兄が申し訳ないことをしました」

神妙《しんびょう》に両手を附いて御辞儀をしている。光沢《つや》やかな黒い頭がぴたりと畳に附いた。

「これ、この通り」

お秀は神妙な御辞儀を繰り返した。背後に立ったままの小林は眼を瞠《みは》って眼の前の光景《シーン》を観ていたが、熱の名残りでまだ上気したお延の頬が、みるみるうちに更に赤く染まるのを眼にすると、微《かす》かに皮肉な顔附きを見せた。一人だけ離れて坐《すわ》った津田がいらいらした声を出した。

「おい、何しに来たんだって云ってるだろう」

「何よ、兄さん」

頭を上げたお秀は露骨に顰《しか》めた顔を津田に向けた。

「頼まれたんですよ、岡本さんに――わざわざ」

恰《あたか》も厳粛な事実でも告げるかのような口調に、抑え切れない得意の色が仄《ほの》めいた。

「岡本さんに？」

津田は驚いた顔をお延の方に向けた。片手で洗髪《あらいがみ》を掻《か》き上げていたお延も、雷火に打たれたが如《ごと》くぴたりとその手を留めた。

「実は僕もなんだ」

小林もそう云うと、津田を目懸けて座敷の中を大股《おおまた》に突き進んだ。そうして火鉢《ひばち》を隔てて津田の鼻先に立ち、何処《どこ》に坐ろうかと顎《あご》をぐるりと廻《めぐ》らして考える風を見せた後《あと》、津田の右手にどかっと胡坐《あぐら》を搔いた。控えの間がそのまま真直《まつすぐ》眼に入って来る位置であった。彼は続いて、おおさぶと云いながら火鉢の上で両手を大袈裟《おおげさ》に擦り合わせた。先刻《さつき》から首を捩《ねじ》って小林の動きを眼で追っていたお秀が、お延の枕辺《まくらべ》から小林に話し掛けた。

「電話はまだ通じないんですって」

「そうらしいですね。今僕も聞いたところです」

「貴方《あなた》、お室《へや》御覧になって？」

お秀は重ねて尋ねた。先を知りたい津田を故意に焦《じ》らしているとしか考えられなかった。

「ええ、外套《がいとう》と荷物だけ放り込んで来ました」

「好いお室？」

「どうだろう。余《あん》まり能《よ》く解《わか》りませんでしたが」

「そう。私のはとっても好いお室」

お秀は其所《そこ》で一度言葉を区切ると、明るい座敷の方へ首を捩ったまま、皆なに聞こえるよう殊更《ことさら》判然《はっきり》と云った。

「清子さんがお泊まりになってらした室よ」

一瞬皆なが息を止めた。お秀は小林とお延の見守る中で津田の方へ眼を転じた。

「今日のお午《ひる》に御帰りになったんですってね」

「何だ、お前」

「此所《ここ》の下女が先刻教えて呉《く》れたのよ」

お秀は涼しい眉《まゆ》を見せて答えた。

「御前は阿呆《あほう》だ」

津田は擲《たた》き附けるように云った。

「何よ、兄さん。いきなり」

「阿呆だから阿呆だって云ってるんだ」

二百七十一

津田の唇《くちびる》が怒りで顫《ふる》えていた。

「着いた早々、軽々しくそんな事を女に訊《き》いて」

「ふん」

お秀は恰好《かっこう》の好《い》い鼻先に皺《しわ》を寄せて冷笑した。そうして今までは顔だけ向けていたのを、津田の挑戦を受けて立つように、畳の上で身体《からだ》ごと屹《きっ》と向きを変えた。兄妹は距離を置いて旧敵の如《ごと》くに睨《にら》み合った。

「何だ」

津田は愈《いよいよ》気色ばんだ。

「あたしの方からそんな事を下女に訊くもんですか。あたしが訊いたのは、玄関でね、兄と嫂《あね》が泊まってる筈《はず》ですが、まだ居《お》りますでしょうかって、それだけよ。一所《いっしょ》の御室《おへや》になさいますかって向うが云《い》うから、空いてれば別のをお願いしますって答えたんですよ。そうしたら、掃除が済んでいるからって清子さんのいらしたお室に案内されてね、あたしはそんな事知らないから、みんなでお世話になりますって下女に心附けを遣《や》ったんです。すると下女の方からあたしにそっと云うんです。この座敷はもう一人の女の方のお座敷だったんですけれど、その方はもう御帰りになりましたって。此方《こっち》こそ何て挨《あい》拶《さつ》したら可《い》いのか解《わか》らなくって、恥搔《か》いたわよ」

津田は怒りで赤くなったまま黙った。お秀は猶《なお》も止《とどめ》を刺した。

「みっともないのは兄さんよ。待合いかなんかの女ならともかく、他人《ひと》の奥さんを相手にして」

「阿呆《あほう》」

津田は再び怒鳴《どな》った。時と場合が許せば、妹を打擲《ちょうちゃく》でもしかねない勢いであった。事実この場に小林とお延が居なければ、もうとっくに座蒲団《ざぶとん》を蹴って座敷を横切り、妹に飛び掛かっていたであろうと思われた。お秀は小憎らしい落ち附きを見せて繰り返した。

「みっともないのは兄さんよ」

津田は及び腰になった。そんな津田を見据《みす》えたお秀は、辺りに響く低い声で更に附け足した。

「その揚句《あげく》に騒ぎをこんなに大きくして」

お秀の言葉は津田を牽制《けんせい》するに充分であった。津田を非難するお秀のこの言葉は、お秀自身が知ってか知らないでか、お延に向かって云われたのと同じであった。津田は思わずはっとした。事実、遠目にしか見えない津田にも、今まで呆然《ぼうぜん》と兄妹《きょうだい》の遣り取りを眼《め》で追っていたお延が、更に色を変えたように思われた。津田はこのまま自分の怒りの赴くままに妹の挑戦を受けて立つことの危険を感じた。常日頃から良く思っていない兄嫁への反感が、自分の出方によって、この先どういう風に爆発して行くか解らなかった。彼は及び腰のまま其所《そこ》に釘附《くぎづけ》になった。恰《あたか》も津田の危惧感《きぐかん》を感じ取ったように、小林が仲裁役を買って出た。

「兄妹喧嘩《げんか》は廃《よ》し玉《たま》えだ。じき酒が来るだろうから先《ま》ずは再会を祝そう。お秀さん此方へ来ませんか。お延さんはどうしますか」

「嫂《ねえ》さんは寐《ね》てらした方がよかあない」

お秀はお延を顧《かえり》みると、急に愛想を含ませた声を出した。

「はあ……」

　座敷から斜めに差し込む光に、仄暗《ほの》くお延は照らし出されていた。黒い洗髪《あらいがみ》が乱れて肩の辺りにばらばらとかかり、夜目に縞《しま》も色も判然《はっきり》とは映らない宿の寐巻にくるまれたお延は、何だか闇《やみ》の世界に封じ込められたようでこの世のものには見えなかった。お延を囲む空気も其所だけ寥々《りょうりょう》と淋《さび》しく陰気に沈んでいるようであった。御太鼓帯《おたいこおび》に若い女らしい華やかな色彩を見せて坐《すわ》っているお秀とは、嘘《うそ》のように対照的であった。津田と同様控えの間に視線を向けていた小林の表情は、何時《いつ》もの彼を離れた何かに囚《とら》えられていた。

「はあ、でも、――起きますわ」

　お延の掠《かす》れた声は、隣の室に居る男たちの耳には殆《ほと》んど聞き取れなかった。けれども彼らはお延の眼や口の僅《わず》かな動きで彼女の起きようとする意志を読み取った。手伝おうかとお秀が申し出たのを細い頸《くび》を折って辞退する容子《ようす》も読み取った。「それではお先に」と断ったお秀が軽く御辞儀をして立ち上がり控えの間を出たのを機会に、男たちの視線は初めてお延を離れた。お秀は座敷を奥に進むと臆《おく》する所のない眼鼻を津田の正面に揃《そろ》えた。

　お秀が腰を据えた所で小林は此所《ここ》に来る道中で弁当を買い損《そく》なった話だの、坊さんの団体と一所になった話だの腹に応《こた》えぬ話を誰へともなく仕向けて来た。津田は穏かならぬ胸の中《うち》を蔵《かく》して、平生《ふだん》と変わらぬ受け答をした。お秀も小林から強制されて一言二言口を挟《はさ》んだ。そのうちに髪を櫛《くし》で束《つか》ね上げ、縕袍《どてら》の上に羽織を重ねたお延が、まるで窖《あなぐら》から出て来たように眩《まぶ》しそうな眼をして電燈の明海《あかるみ》の下《もと》に白い顔を出した。彼女が津田の左手の余った場所に腰を卸《おろ》すと、それを合図のように、先刻《さつき》の下女が、もう台所が終わってしまいましたのでという言訳と共に、握り飯を盛った皿と酒とを持って這入《はい》って来た。続いて後ろから手代《てだい》が、桐《きり》を刳《く》った手焙《てあぶり》や縮緬《ちりめん》の座蒲団《ざぶとん》などを運び込んだ。手焙りはお延とお秀の間に置かれ、握り飯はお秀と小林の間に置かれた。小林は握り飯だけでは物足らないと見え、座敷の隅に白い布巾《ふきん》の掛かったお延の夕飯をめざとく見附けると、ひょいと腰を上げてそれを取って来た。そうして他に誰も欲しがらないのを幸い、冷えて不味《まず》そうな膳《ぜん》の上の物を一人で旨《うま》い旨いと云って食べた。津田は女達の手を煩《わずら》わさず手酌《てじやく》で少しずつ杯を重ねた。誰もが口を閉ざしているので、小林が物を咀嚼《そしやく》する音だけが聞こえた。

「何だか葬式みたいだな」

小林が口をもがもがさせながら巫山戯《ふざけ》た口調で云った。

「だって仕方ないでしょう」

如何《いか》にもこれから重大なことに臨むのだからと云わんばかりのお秀の仔細《しさい》ぶった口調が、津田の神経に障《さわ》った。妹の癖をして親族会議を司《つかさど》る積《つもり》でもいるようなのが頗《すこぶ》る業《ごう》腹《はら》であった。事実漸《ようや》く箸《はし》を置いた小林が脊広《せびろ》の隠袋《ポケット》から烟草《たばこ》の箱を取り出すや否《いな》や、お秀は徐《おもむ》ろに口を開いた。

「兄さん」

津田は応《こた》える代りに、思い切り咽喉《のど》を見せ、手に持った猪口《ちょく》の残りの酒をあおった。

二百七十二

「兄さん」

お秀の声が稍《やや》怒気を含んだ。

「兄さんは何の為《ため》に私たちがこんな所まで来たかお解《わか》りでしょうね」

津田は猪口《ちょく》をわざと緩《ゆっ》くり下に置くと、小林が眼《め》の前に置いた袋から「失敬」と云《い》って巻烟草《まきたばこ》を一本取り出し、火を点けた。折々自分の烟草を小林に盗《と》られる仕返しであった。そうして最初の一口をさも旨《うま》そうに深々と吸うと、正面のお秀に烟《けむり》を吹きかけるように吐き出しながら云《い》った。

「残念ながら薩張《さっぱり》解らないね」

お秀の整った顔が一瞬口惜《くや》しそうに歪《ゆが》んだ。だが彼女は自分を抑えた。彼女が口を開いた時、その言葉は寧《むし》ろ馬鹿鄭寧《ていねい》の部類に入るものだった。

「兄さんは実際はお解りなんだと思いますが、念の為申し上げますと、私たちは、御二人が無事に東京にお帰りになるのを見届けに来てるんです」

「岡本さんがそう云うのかい」

津田はお秀を無視すると小林に直接訊《き》いた。

「まあ、そんなようなものなんだが、岡本さんは先《ま》ずお延さんのことを心配してるんだ」

小林は紙巻を口から外すと、向う側のお延をちらと上目遣いに見ながら答えた。平然と烟草を燻《くゆ》らしていた津田の耳が微《かす》かに赤くなった。今度の事が本当に岡本に知れたのだと思うと自分の失策が世に知れ渡ったような屈辱感を覚えた。彼は腹の中の不快を出来るだけ内側に引っ込めてお延の方を向いた。

「御前《おまえ》此方に来る前に岡本さんに何か云ったね」

お延は細い眼を恨めしそうに見開いただけであった。熱がまだ完全に身体《からだ》を去らない分、見開いたその眼が充血していたが、こうして起きているのがつらい所為《せい》か、今はもう顔には少しも血の気というものがなかった。お延は何も云わずに正面の小林の鳩尾《みずおち》の辺りに眼を落とした。津田に代って今度は小林が尋ねた。

「奥さん、津田君は僕が昨日お宅を訪ねたことを知ってんですか」

お延は眼を落としたまま無言で首を横に振った。

「君が家《うち》に来たのかね」

津田は露骨に厭《いや》な顔を見せた。

「ああ、行った。暇乞《いとまごい》に行くって云っておいたじゃないか」

津田の頭に数時間前のお延との遣《や》り取りが蘇《よみがえ》った。お延が小林に会ったというのが矢《や》張《は》り事実だったのだと思うと、抑え難い恥辱の感覚が津田の胸をかっと熱く充《みた》した。そんな事を知る筈《はず》もない小林は平気で続けた。

「それに実は出発する前に君に一寸《ちょっと》報告したい事があったんで、何時《いつ》戻って来るのか知りたかったんだ。――まあ、そんな事は今はどうでも可《い》いがね、何しろ要は僕が君んちへ寄った所為《せい》で此所《ここ》まで来るような光栄な役目をおおせつかう事になっちまったんだ。妙な話だろう」

小林はそう云うと顎《あご》を突き出して津田の方を少し愉快そうに見た。小林の言葉は津田にとってもお延にとっても同じように謎《なぞ》であった。肚《はら》の中で恥辱と戦っていた津田はひとまずそれをお預けにして、小林の話に耳を傾ける必要を感じた。彼は、右手の指の股《また》に巻莨《まきたばこ》を挟《はさ》んだまま小林の顔をじろじろと眺《なが》め返した。お延も伏せていた眼を上げて小林の顔をそっと見詰めていた。

「早く説明をしておしまいなさいよ、小林さん」

お秀が威圧的に催促した。藤井の前での小林しか知らない彼女は、小林に対して津田より自由な言葉を使い得る特権を有《もっ》ていた。小林も彼女の云う事は素直に聞く習慣が附いていた。

「奥さん、今朝岡本さんの所に電話を掛けさせたでしょう」

お延は訝《いぶか》しげに小林の顔を見ながら、小さく首肯《うなず》いた。

「電話を掛けさせた？」

津田が憮然《ぶぜん》として割って入ったので、お延が掠《かす》れた声で反射的に答えた。

「ええ、時に」

「お前が此方に来ているって知らせたのかい」

お延は再び恨めしそうな顔をして津田を見た。

「いや、そうじゃないらしいんだ」

小林がお延を庇護《かば》う口調で云った。

「風邪を引いたから明日は吉川さんの所《とこ》へは行けないっていう電話だったんでしょう、奥さん」

お延が微《かす》かに首肯《うなず》くのを見て取ると、津田はお延に直《じか》に問い掛けた。

「御前《おまえ》明日吉川さんの所《とこ》へ行く事になっていたのかい」

「ええ……」

殆《ほと》んど聞き取れない声であった。津田は何が何だか薩張分からなかった。彼は重ねて訊いた。

「それが一体岡本さんとどういう関係があるんだね」

「岡本も――吉川さんの所《とこ》に行く段取りに……」

「岡本さんも？」

津田は独言《ひとりごと》のように呟《つぶや》くと、冷やかな声を出した。

「成程《なるほど》。僕達の媒酌人《ばいしゃくにん》の家で親族会議って訳か」

「いや、君、それは勘ぐり過ぎてるよ。そんな風にいちいち食って掛かったんじゃ、話が進まないじゃないか。明日吉川さんの家で、岡本さんの上のお嬢さんの見合がある事になっていたんだよ。それにお延さんも招かれてたんだ。そうでしょう」

小林の最後の言葉はお延に向かって発された。お延は唇《くちびる》を噛《か》んで点頭《うなず》いた。

「ところがお延さんが風邪で行けないっていう電話を受けてね、岡本さんちのお嬢さんが君の家に見舞に来ちまったんだ」

「継子さんが……」

驚いたお延は覚えず口を大きく開いた。よりによって自分の可憐な崇拝者が自分の恥を世に曝《さら》すきっかけを齎《もたら》したのだとは、夢にだも考えなかった。

二百七十三

総《すべ》ては今朝お時が、お延の云《い》い附け通り、岡本と吉川に自動電話から電話を掛けた時に始まったのであった。お延が風邪を引いて動けないというのを聞いて治まらなかったのが、前日お延の手紙を受け取り、翌日の午餐《ごさん》を控えて今日にでも従姉《いとこ》が遊びに来るのではないかと期待していた継子であった。継子は深く落胆した。そうして落胆した揚句《あげく》、朝語学の稽古《けいこ》に行く前に、お延の家に立ち寄ることを思い附いたのである。自分の運命が極《き》まるかも知れない翌日を前に、漠然《ばくぜん》とではあったがもう一度お延の助言を仰ぎたかった。しかも継子からすればお延の方でも津田の留守中の病気で、心細さを募らせている筈《はず》であった。従姉《いとこ》が風邪を引いたという話を聞いた途端の継子の反応は、失望から同情へとすんなり移行し、彼女は見舞という口実のもとにお延の家に寄りたい旨《むね》を両親に申し出たのであった。父親は固《もと》より何方《どっち》でも構わなかった。母親は翌日の行事を控えて風邪を移されないかと気遣ったが、継子はお嬢さん育ちの割に身体《からだ》も丈夫で抵抗力も強い方なので、病人に余《あん》まり近附いては不可《いけ》ないだの、出された物を食べては不可ないだの、長居をしては不可ないだのという注意を与えるのに留《とど》まったのであった。

お延の家に着いた継子が見出したものは予想外の経過《なりゆき》に仰天したお時の顔であった。しどろもどろの下女の口から継子が唯一《ゆいいつ》具体的に理解出来たことは、昨夕《ゆうべ》お延が津田の居る温泉《ゆ》の町へ立ったということだけであった。何故《なぜ》お延が温泉《ゆ》の町へ行ったか、何故それを岡本に隠さねばならなかったかなどという事となるとお時は消え入りそうな容子《ようす》を見せるだけで何も答えられなかった。ただそんなお時の反応から、お延の突然の出発の裏に何かが隠されているということは、如何《いか》に呑気《のんき》に出来上がった継子と云えども疑う余地がなかった。次の継子の行動は平生《ふだん》の彼女には似つかわしくない決断力に富んだものであった。彼女は語学の稽古へ行くのを後回しにして真直《まっすぐ》家へ取って返し、父親に自分の見たままを訴えたのであった。娘の話を聞いた岡本はその場で俥《くるま》の用意をさせ自らお延の家へ向かった。遣いをやってお時を呼び寄せたのでは往復の時間が無駄《むだ》になるし、亦《また》それ以上に、臆病《おくびょう》なお時が云われた通りにすぐ遣《や》って来るかどうか頗《すこぶ》る懸念されたからである。

お時は突然姿を現した岡本の顔を見るや否《いな》や、詰問《きつもん》されるであろう恐ろしさに泣き出すと、自分の知る限りの事実を白状したのだった。同じ所を何遍も繰り返したり、先へ行き過ぎたり後戻りをしたり、揚句《あげく》の果てに煩瑣《くだくだ》しく弁解を試みたりして甚《はなは》だ要領を得ないお時の話から、岡本はいくつかの基本的なことを理解した。津田の湯治には女が絡《から》んでいること、どうもお延がそれを吉川夫人の口から聞いたらしいこと、しかも夫婦間のそう云う内情がお時に解《わか》ったのは、お延自らの説明によるものではなく、昨日、玄関の前でのお延と小林との劇《はげ》しい遣り取りを聞くともなしに聞いてしまった結果によるものだということである。

岡本はお時にその初めて聞く小林というのが一体どういう人物なのだか問い糺《ただ》した。お時は小林が津田の以前からの友人だという事と最近突然津田の着古した外套《がいとう》を貰《もら》い受けに現れたという事以外は何も知らなかった。然《しか》し幸いな事に、藤井を先生と呼んでいたのを覚えていた。岡本は小林に会って詳しい説明を訊《き》くには先《ま》ず藤井に聯絡《れんらく》を附ければ可《い》いのを知ったのであった。

「僕のような友人がいることをもう少しちゃんと吹聴《ふいちょう》しておかないと不可《いけ》ない」

小林が真面目《まじめ》とも不真面目とも附かない顔で云った。

「他人《ひと》の着古した外套を取りに行くような友人をか」

「まさにそうさ。岡本さんに、君のような顔をした男にも隣人愛、──人類愛かな、──そんなもんが満更《まんざら》なくもないって事が解れば君の得になる。君という人間に意外に幅があるように見える」

「──馬鹿《ばか》云え」

「いや、本当だ」

津田は相手にならなかった。小林は先を続けた。

二百七十四

其所《そこ》で岡本がとれる道は二つあった。一つは吉川の家へ向う事であり、もう一つは藤井の家へ向う事である。岡本は後者を撰《えら》んだ。藤井へ行けば小林の居場所が解《わか》るだけではなかった。藤井は津田の育ての親であり、云《い》わばお延にとっての岡本自身と同じ立場にあるのだから、理由《わけ》を話せば相談に乗って貰《もら》える筈《はず》であった。吉川の方に直接聯絡《れんらく》を附けるのは、吉川もさる事ながら、吉川夫人自身だって今度の件を何処《どこ》まで知っているか解らず、お延の夫である津田の将来を考えて廃《や》めたということである。もし実際に会社から休みを貰って女に会いに行ったのだとしたら、津田は譴責《けんせき》されるだけでは済まないかも知れなかった。真相を問い糺《ただ》す相手を津田の親戚や友人に留《とど》めておいた方が結句若夫婦の為《ため》だという決断は、世慣れた岡本の当然の判断であった。岡本はすぐさま藤井の家へ俥《くるま》を走らせた。

取り次ぎに出たのは偶然小林であった。岡本が藤井を訪れた時に小林が居合わせたのは初めてで、二人は初対面であった。小林は眼の前のでっぷりとした紳士が岡本だと名乗るのを著しく興味を有《も》って聞いたが、岡本の方では取り次ぎに出た男が誰だか知る由《よし》もなかった。藤井が昼飯を食べている最中だと教えられると、半間《はんま》な時間に訪れた無礼を詫《わ》び、差し支えなければ待たせてほしいと云った。稍《やや》あって「お客さまが御用があるそうで」とお金さんが小林を呼びに来たのは、食事を終えた藤井が座敷へ消えた後《あと》、小林が藤井の細君を相手に食後の雑談にふけっていた時であった。岡本は小林が座敷へ入った途端「貴方《あなた》が小林さんですか」と云い、先刻《さっき》は失礼をしましたと鄭寧《ていねい》に挨拶《あいさつ》をした。実は今藤井さんにも話した所ですが、と前置きをした岡本はすぐに本題に入り、お延が昨日突然津田の跡を追って温泉《ゆ》の町へ行ったということ、お延が出発前に会った最後の人間が小林だと下女から聞いているので、小林に聯絡を附けたいと思って藤井を訪れたこと、偶然小林に会えて幸いだったことなど順を追って語った。そうして今度の事に関して何か少しでも知っていることがあったら、是非教えて欲しいと小林に向かって尋ねたのだった。

「僕だって君を讒訴《ざんそ》したかった訳じゃないんだ」

「ふん」

「いや、本当だ。それに、僕自身既に岡本さんが知っている以上の事は別に大して知らないんだからね」

小林が自分の知っているだけの事を述べると、藤井は繰り返し「箆棒《べらぼう》な奴《やつ》だ」と津田のことを評した。然《しか》し岡本は津田の身内を前にして津田の素行を問題にするような無礼は冒さなかった。彼は太い腕を組んで考え考え、先《ま》ずお延が昔から詰らぬことに気を回す心配性であることを語り、そんなお延の事だから何か根も葉もないことを捏造《ねつぞう》して津田を責めたりしているのかも知れないが、何分ああいう熱し易《やす》い性分なので気が昂《たか》ぶって何をしでかすか解らないのが気になる、と続けた。そうして、本来なら自分から湯治も兼ねてその温泉地へ行って事情を聞き、必要とあれば連れて帰ることも出来るのだが、生憎《あいにく》明日はどうしても自分も自分の妻《さい》も東京に居なければならない。大概の用事なら日程を変更するが、明日は実は娘の見合が予定されているのである。ついては誰か信頼の置ける人に其所《そこ》まで行って貰えれば有難いのだが、誠に勝手だが藤井か誰かに行って貰えないだろうか――とそう自分の持って行きたい所へと話を繋《つな》いだ。

多大な興味を示して聞いていた藤井は、いざ自分が温泉地へ乗り込んで行く話が出ると急に消極的になった。長年人生の傍観者の役割以外を演じた事のない藤井は、この年《と》歯《し》になってそんな生臭い話に鼻を突っ込むのは億劫《おっくう》であった。怖くもあった。何だか馬《ば》鹿《か》らしくもあった。藤井が弱った顔を見せていると、当然の事ながら岡本の視線が小林の上に落ちた。それを追うようにして藤井の眼も同じ動きを示した。小林に行って貰えればそれに越したことはないというのが藤井の腹でもあったが、形式に主眼を置いて考えれば津田の親戚ですらない小林は、年歯から言っても、社会的地位から云っても力量不足の感は免《まぬか》れなかった。すると隣の室《へや》で、縫い針を片手にみんなの話を聞いていた細君が、貴方《あなた》ちょいと藤井を呼び出した。さすがに女の知恵で、お秀に行って貰う事にしたらどうかと云い出したのである。慥《たし》かにお秀なら津田の唯一の妹でもあり、夫の堀自身津田と京都との間の仲裁役を務めた事もあるので、藤井の代理として津田の前に現れても不足はない筈であった。今日の経過《なりゆき》からいっても、お秀の道中の安全という観点からいっても、小林がお秀に同行するのが当然でも最善でもあるという結論も続いてみんなの間で下された。しかもお秀が藤井の代理のような様相を帯びた結果、自然小林が岡本を代理するような様相を帯び、岡本は幾度も鄭重に小林に礼を述べて帰る事となった。小林から電話を受けたお秀は堀の母に事情を話し、急いで身支度をして、自分を待つ小林の居る停車場《ステーション》へと向かったのだった。岡本は家に帰ってから一度宿に電話を入れると云っていたが、山の方がまだ不通なので掛けられなかったものと見える。

小林の話はそれぎりであった。固《もと》よりただ筋の通るだけを目的に、誇張は無論、布衍《ふえん》の煩《わずら》わしさも小林には珍しく出来る限り避けたので、時間はそれ程掛からなかった。津田は話の進行している間殆《ほと》んど小林を遮《さえ》ぎらなかった。殆んど身動きさえしなかった。事の顚末《てんまつ》が語られ終わった所で無言のまま燐寸《マッチ》の火を擦っただけだった。四人は四人共沈黙の中にしばらく動かずにいた。

二百七十五

案の定最初に口を利《き》いたのはお秀だった。

「妹の分際で、とお思いになるかも知れませんが、一体兄さんはどういう料簡《りょうけん》でこんな事をなすったんです」

お秀は何処《どこ》までもこの会合を真面目《まじめ》なものにしなければ気が済まないらしかった。ところが津田はまたそうされるのを何処までも回避したかった。彼は黙って自分の鼻と口から濛々《もうもう》と出る烟《けむり》ばかりを眺《なが》めていた。皆なが自分が口を利《き》くのを待っているのを感じたが、このまま皆なの思い通りになるのはどうしても業腹《ごうはら》だった。烟草《たばこ》の火が段々吸口物の方へ逼って行き、ついに指に挟むのがむつかしくなった時、彼はその短くなった白い物を灰吹きに放り込んだ。

「一寸失敬《ちよいと》」

津田は衆人環座《しゆうじんかんざ》の中を衝《つ》と立ち上がった。

「何処へ行くの」とお秀が驚いた。

「厠《かわや》だ」

津田は三人の視線を脊中《せなか》に感じながら縁側に出た。便所の窓から吹き込む山の冷えた空気が酒で火照《ほて》った頬《ほお》に極《きわ》めて気持良かった。津田がつかの間の自由を狭い厠の孤独の中で味わっていると、黒い空の何処からか幽《かす》かに半鐘の音が耳を打った。耳を打ったというよりも気が附いた時は、自然《じねん》に細って闇《やみ》の中に消えて行ったのだった。その後津田の耳は闇に鎖《と》ざされた。

用を足して戻れば三人は以前と殆《ほと》んど変わらぬ姿勢のまま無言で坐《すわ》っていた。お秀が怒りで蒼白《あおじろ》い顔をしているのを見下ろしながら津田は故《もと》の席に帰った。

「半鐘の音が聴えなかったかい」

津田は膝《ひざ》を折って胡坐《あぐら》を搔《か》くと誰にともなく訊《き》いた。一人で巻莨《まきたばこ》を燻《くゆ》らしていた小林が、誰も答えないので少し遅れて「いいや」と云《い》った。その後再び沈黙が訪れた。慥《たし》かにこうしてみると気味の悪い程静かな夜だった。昨夜の暴風雨《あらし》が周囲《あたり》一帯を凄《すさ》まじく震わす音はもう憶《おも》い出そうとしても憶い出せなかった。津田は故意《わざ》と今の場合に不調和な気楽な声を出した。

「ところで君は本当に出発するのかね」

「出発？」

何かの拍子で驚いたのか、小林が訊き返した途端、彼の指から一寸ばかり燃え尽した灰の棒がぽたりと落ちた。

「朝鮮にだよ」

「ああ、朝鮮にか。するよ、本当に。来週の末だ」

「忙しいだろう」

「まああだ」

そう云うと小林は両膝の上に落ちた白い吸殻《すいがら》を右手を平にして左右に払った。パンパンという景気の良い音が電燈の下に響いて消えると、居心地の悪い沈黙が亦《また》襲った。不断は必要以上に饒舌《じょうぜつ》な小林も何も云おうとしなかった。お秀も固く口を結んでいた。津田はそんな二人を睨《ね》め廻《まわ》すと不意に云った。

「忙しいのに御苦労なことだったな。御前《おまえ》もだ」

津田はお秀の方へ顎《あご》をしゃくった。

「君達が何を考えているかは知らないがね、僕達はいずれにせよ一所に帰る積《つもり》だったんだからね」

　まるで腹に応《こた》えぬ声を出す積が、口を開いたら吾《われ》知らず挑戦的な口調になっていた。一瞬津田の勢いに吞《の》まれたように誰も何も云わなかったが、やがて小林が落ち附いた調子で応えた。

「そうか。それなら結構だ」

「僕自身、お延が来ようと来まいと、東京に帰るってこと以外考えた事はなかったんだからね」

「それなら猶《なお》結構だ」

　小林は駄々《だだ》を捏《こ》ねる子供を宥《なだ》めるように穏やかに繰り返した。津田は何だか馬鹿にされているような気がした。

「お前たちの考えているような問題はね、はなから存在してないんだよ。飛んだ骨折り損だったね。——まあ、君らが岡本さんに覚え目出度《めでた》くなっただけ可《い》いか」

　小林は津田を凝《じっ》と見て次にお延に眼を転じると云った。

「まあ、何しろよかった。それじゃ、明日一所《いっしょ》に帰ろう。岡本さんが安心する」

「僕は厭《いや》だね。君達と一所の汽車で帰るなど真平《まっぴら》だ」

「じゃあ、一所の場所に坐らなきゃ可《い》いじゃないか」

「断わる」

「それじゃ、別々の汽車で帰ろう」

「いや。予定の日まで居るよ」

「兄さんも余ッ程強情ね」

今まで黙っていたお秀が、怒りを堪《こら》えた声を出した。

「ああ、強情だよ」

二百七十六

「兄さんこそ、私達が来たのをわざわざ骨折り損にさせたいんでしょう」

津田は腕を組むと、正面のお秀の顔を見据《みす》えた。

「丸々骨折り損て訳でもないじゃないか。戻って岡本さんに報告したら可《い》いだろう。兄夫婦は一所《いっしょ》に帰るそうですから御心配なくって」

「だって、それじゃ本当の意味で安心出来ないじゃありませんか。――兄さんと嫂《ねえ》さんと一所に東京に帰る所を見届けて、初めて本当に安心出来るんです」

嫂さんという言葉を鼓膜に受けて、お延が俯《ふ》せていた顔を半ば上げた。襟元《えりもと》から片頬《かたほお》に掛けて如何《いか》にも血色の悪い横顔が、電燈の光を浴びて津田の眼《め》に入った。

「それは岡本さんの意見かね、お前の意見かね」

お秀は一瞬戸惑《とまど》った。

「岡本さんもそうでしょうけど、私だってそうだわ」

「お前がそんなに俺《おれ》達の事を思って呉《く》れるのかね」

津田が馬鹿らしいという顔附きをすると、お秀がむっとした口吻《こうふん》で応じた。

「当り前じゃないですか」

「どうしてだね。お前は此間《こないだ》もう僕達夫婦には愛想をつかした筈《はず》じゃなかったのかい」

津田は皮肉を臆面《おくめん》なく口元に表し声にも響かせた。先日の病院で兄夫婦から味わされた屈辱がお秀を一瞬のうちに襲った。こんな場であの時の記憶を故意に自分の胸に喚《よ》び起こそうとする兄の底意地の悪さが彼女を鋭く刺激した。

「兄さんはそういう皮肉しか仰《おっ》しゃれないんだから」

お秀は唇《くちびる》を嚙《か》むと眉間《みけん》に怒りを集めて津田を睨《にら》んだ。そうしてその後《あと》容易に口を開かなかった。然《しか》しこんな場合になると性質上屹《きっ》度妹の方から積極的に出るに違いないと踏んだ津田は、わざと腕組をしたまま、落ち附き払ってお秀の切って出るのを待った。小林は兄妹喧嘩《きょうだいげんか》を余所《よそ》に巻莨《まきたばこ》を吹かしていた。お延は再び俯向《うつむ》いてしまったのでどんな表情をしているのか解《わか》らなかったが、電燈の下《もと》で額の色だけがいちじるしく白く見えた。果してお秀が亦《また》沈黙を破った。

「兄さんは、ちっとも自分のした事を悪いと思ってらっしゃらないんでしょう」

津田は動かなかった。彼は自分の態度を棚《たな》に上げて、妹が後から後から疳《かん》に障る事ばかり云うのに云いようもない不快を覚えただけであった。

「一体兄さんは、嫂さんに謝ったの」

お延が眼を上に上げるのが亦《また》津田の眼に入った。

「それがお前の知ったことかい」

「だって私は兄さんの妹じゃありませんか」

お秀は情けなそうに云った。その細い声の調子には、渦巻《うずま》く憤怒《ふんぬ》の念を抑え、血を分けた兄としての津田の心情に訴えようとする努力がありありと見えた。どうぞ貴方《あなた》の妹の云う事を素直に聞いて下さいという切願が主に響いた。だがお秀の想像しているような感情は津田の心には毫《ごう》も萌《きざ》さなかった。津田はそれがどうしたという風にお秀をじろりと見た。

「兄さんが嫂さんに申し訳ないことをしたら、私が嫂さんに済まないと思ったって当り前じゃありませんか」

お秀はその細い声を顫《ふる》わせた。津田は表情のない顔を見せたまますぐには何も云わなかったが、やがて組んでいた腕を外《はず》すと、両手で満遍なく顔を擦《こす》ってから答えた。

「お秀、お前が親切な女なのは能《よ》く承知してるよ。此間だってああして金を呉《く》れたしね」

お秀の頬から耳に掛けて血がさっと上《のぼ》った。津田はそれを鼻先で見ながら平気で続けた。

「だがね、こんな時に嫂さんがどうのこうのって五月蠅《うるさ》く云い立てる親切は、俺だけにじゃあなくってね、お延にも有難迷惑なんだよ」

お秀は怒りに燃える顔を、自分と津田の間に坐《すわ》ったお延の方へ向けた。何とか云って下さいと顔全体で訴えている。だがお延は何かを云うどころではなかった。お秀の視線を感じた途端、恰《あたか》もこれ以上の追及を回避するかのように愈《いよいよ》俯《うつむ》向いてしまった。皆なからは濃い眉《まゆ》が見えるだけだった。お秀の怒りは更に深まった。お秀にすれば、兄嫁の肩を持とうとする自分にお延は感謝の意を表するべきであった。少なくとも夫である津田の無礼をたしなめるべきであった。それをこうして押し黙って俯向いてしまったのでは、誰の眼にも、まるで津田の云う事を肯定しているようにしか見えなかった。窄《すぼ》めた薄い肩を、お秀の居る左手より津田の居る右手の方に心持寄せているのが、如何にも夫に庇護《ひご》された妻として自分を標榜《ひょうぼう》しているようである。手焙《てあぶ》りの縁の繊《ほそ》い手に光る宝石が今更のようにお秀の眼を射た。お秀は何時《いつ》の間にか鋭い声を出していた。

「嫂さん」

お延は驚ろかされたように眼を上げた。

「嫂さん、私の親切は有難迷惑でしょうか」

お秀の質問は質問である以前に切口上《きりこうじょう》であった。お延は上げたその細い眼を、お秀に答える前に自然津田の方へ持って行った。その何気ない所作がお秀の胸に益《ますます》敵意を煽《あお》った。津田が追い討ちを掛けて云った。

「お延の事はこの際、放っておいて欲しい」

お秀の美しい眼が怒りできらきらと燦《きら》めいた。

「放っておいて欲しいって、それが——兄さんたちの身勝手というものです」

兄さんたちという言葉がお秀の攻撃の相手が津田に留《とど》まらないことを既に物語っていた。

二百七十七

小姑《こじゅうと》のお秀にとってお延が夫に裏切られたという事件は小気味良いものであった。そうして小気味良い分お延に同情を寄せる事も出来た。けれども裏切られたと知るや否《いな》や、取るものも取りあえず夫のもとに走るお延は別であった。お秀は其所《そこ》に我慢のならない甘えを見た。鼻持ちならない媚態《びたい》を見た。自分の外《ほか》の女などは枯草で可《い》いと云《い》い切った驕慢《きょうまん》を見た。はるばる東京から遣《や》って来て見れば、眼《め》の前に居るのは相変わらずの思い上ったお延であった。少なくともお秀はそう信じて疑わなかった。不始末を仕出かした兄も兄なら、兄嫁も兄嫁であった。お秀は繰り返した。

「そんな風な態度こそ、兄さんたちの身勝手というものよ」

「何が身勝手なんだ」

津田は愈《いよいよ》癇癪玉《かんしゃくだま》を破裂させた。兄妹《きょうだい》互にねちねちした性質を共有しているとは云え、自分の人生でもない物にこうして兎《と》や角《かく》口を入れたがる妹の執拗《しつよう》な情熱は、男だけに津田には無縁の情熱であった。自分達夫婦を眼の敵《かたき》にして、京都に訴え吉川夫人に訴え、妄《みだ》りに右往左往している妹の神経が解《わか》らなかった。解らないだけではなく気味が悪かった。なまじい血を分けている所為《せい》でおぞましくもあった。妹に対する忌《いま》わしさに駆り立てられた津田は知らず知らずのうちに余計な事を云うはめに陥った。

「大躰《だいたい》堀さんがどうこうしたとかで、彼所《あすこ》の妹がお前みたいにつべこべ云って来るって云うのかい」

お秀は驚いたように津田の顔を見詰めた。彼女は突然《いきなり》自分に与えられたこの機会が信じられなかった。肚《はら》の中では故《もと》からのお延に対する蟠《わだか》まりが膨れ上がりつつはあっても、どのように自分の攻撃の目標をお延に持って行けるか見当が附かなかったのだった。其所へ津田の方からその方法を明示して呉《く》れたようなものだった。津田の不用意な言葉に助けられたお秀はもう曲がりくねった道を辿《たど》る必要はなかった。真直捷径《まっすぐちかみち》を通って自分の行きたい所へ行く事が出来た。責めたい所を責める事が出来た。彼女は急に落ち附き払った声を出した。頰《ほお》には薄笑いすら浮かべていた。

「だって――」

津田は突然落ち附いた声を出したお秀を不審そうな眼差《まなざ》しで見た。

「だって、あたしの家《うち》じゃこんな大騒ぎにならないじゃないですか」

お秀の顔は得意の光を帯びていた。津田は咄嗟《とっさ》に失策《しくじ》ったと思った。津田の後悔を見て取ったお秀は、それ見ろという風な冷笑《あざわら》いを遠慮なく面《おもて》に出した。よりによって堀の家との比較など持ち出すべきではなかった。お秀がその違《ちがい》をどう理解しているかは別として、遊び人の主《あるじ》を是《ぜ》とするような家と津田の家とでは、初手《しょて》から異なった論理《ロジック》で動いているのであった。津田自身そんな異なった論理《ロジック》でお延に動いて貰《もら》いたいと思った事はなかった。彼の美意識のみならず、彼の道徳観と云えるようなものさえその様な夫婦の在り方には反発した。けれどももう遅過ぎた。お秀は澄まして後を続けた。

「堀は兄さん見た様な真似《まね》はしないし、――私だって間違ったって、嫂《ねえ》さん見た様な真似はしない積《つもり》よ」

そう云うとお延をぎろりと見た。前後の見境なく家を飛び出したりして、と云うべき所を、言葉を丸々呑込《のみこ》んでその分眼に物を云わせたのであった。上目遣いで兄妹の遣《や》り取りを見ていたお延が微《かす》かに肩を顫《ふる》わせたように津田には思えた。お秀は攻撃の手を緩《ゆる》めなかった。

「先日だって、兄さんも嫂さんも自分達の事しか考えずに生きてそれで構わないって仰《おっ》しゃって、私の親切を断わろうとなさいましたが、御覧の通り、そんな風では結局端《はた》の者が迷惑するんです」

「端の者ってお前のことかい」

津田が苦り切った顔で云った。

「小林さんだってそうです」

「だから君たちには御苦労様だったって云ってるだろう」

「迷惑を蒙《こうむ》るのが私たちで済むんならまだ可《い》いのよ。だけど例えば、こんな風にあたしや小林さんが駆り出されたのだって、先《ま》ず岡本さんが心配してらっしゃると云うのがその基本にあるじゃないですか」

お秀は其所で一度言葉を区切った。

「明日はよりによってお嬢さんの見合の日ですしね」

そう云ってお延の方に再び刺すような視線を送った。

「それに岡本さんだけじゃない。藤井の叔父さん叔母さんだってみんな心配してるんです。吉川の奥さんだって、――ひょっとすると吉川さんだって、心配してらっしゃる筈《はず》です。堀だって、夜帰って来て姑《はは》からあらましを聞いてそれなりに気を揉《も》んでいると思うわ。しかも、堀の責任として、これで何かあったら京都のお父さんやお母さんに黙ってる訳には行かないでしょう。岡本さんだって何かあったら、責任上嫂さんの御両親に知らせない訳には行かないでしょうし……」

お秀が違った人間の名を挙げるごとに、津田とお延の屈辱が水面の上の輪の如くに世の中に広がって行くようであった。

「解った、解った。もう勘弁して呉《く》れ。東京へ帰ったらみんなに謝って回るから、そうつべこべ喧《やかま》しく囀《さえず》らないで呉れ」

津田は遣り切れないという風に両手で降参の意を示した。お秀は津田の故意に自分を傷《きず》つけようとする物云いに怒りで蒼白《そうはく》になったが、その怒りを云いたい事を云いおおせたという満足で辛《かろ》うじて抑えた。お秀はもうこれで自分の義務は済んだと云わんばかりに、口元を堅く結んだ。誰ももう何も云い出さなかった。お延は鉄瓶《てつびん》の蓋《ふた》の上辺りに眼を落としていた。津田は横目で泣いているのではないかと怪しんだが、その瞼《まぶた》に涙の宿った痕跡《こんせき》は認められなかった。その顔は寧《むし》ろ石のように無表情だった。

二百七十八

不意にかさかさと乾いた音がして五徳《ごとく》の下に盛ってあった佐倉炭《さくらずみ》が崩れた。不断なら気が附かないような音が、気不味《きまず》い沈黙の中で皆なの鼓膜を打ったのであった。お秀は袂《たもと》を押さえると右手を伸ばして鉄瓶《てつびん》を卸《おろ》し、炭取を取り上げた。次に真鍮《しんちゅう》の火箸《ひばし》でもって、炭の白い残骸《なきがら》を壊して心《しん》に潜む赤いものを片寄せ、温《ぬく》もる穴の中に、黒く輪切の正しいのを撰《えら》んでぴちぴちと活《い》けた。手慣れた主婦の所作であった。器用に動く火箸の先を見るともなしに見ているうちに、一座の中《うち》に日常的な感覚が戻って来るようであった。小林が再び仲裁を試みる口調で云った。

「何しろ明日の朝でも電話が通じた所で岡本さんに話してみたら可《い》い。岡本さんがお延さんの声を聞いてそれで安心出来るようだったら、すぐに帰らなくったって可いかも知れないでしょう——まあ、何しろ明日の朝極《き》めれば可いことだから、今晩はこれでお開きにしましょうよ」

最後の言葉はお秀を主眼に置いたものであった。

「奥さんはもう寝《ね》た方が好いでしょう」

お延の今は土色になった顔を見て小林が促した。お秀は火箸から手を離し、鉄瓶を故《もと》に戻した。

「私もお風呂へ入ってから寝るわ」

お秀はそう云って腰を上げると、津田を見下ろしながら独言《ひとりごと》のように附け加えた。

「みんなにさんざん迷惑を掛けておいて、放っておいて呉《く》れもないもんだわ。——嫂《ねえ》さん、お休みなさい。お大事に。——悪く思わないで下さいよ。悪気があってあんな事を申し上げた訳じゃないんですもの。ただ兄さんが余《あん》まり何の反省もないもんで、それでついつい余計なことまで申し上げてしまっただけですから」

お秀はお延だけに会釈をすると怒りを後姿に現わして敷居まで進み、障子に手を掛けた所で小林の方を顧みた。

「僕の方はちょいと此奴《こいつ》を終えてから行くとします」

小林はそう云《い》いながら、お秀に見えるように徳利を持ち上げると尻《しり》を振った。

「矢《や》っ張《ぱ》り、まだ入ってらあ」

卑《いや》しく笑っている。お秀は面《おもて》に軽蔑を見せてから障子を閉《た》て切った。残された三人はそれぞれの思いを抱えて無言で向き合った。継ぎ立ての切り炭がぱちぱちと音を立てて鳴った。炭の股《また》からは赤い火気《かっき》がさかんに出た。お秀から漸《ようや》く自由になったという解放感が徐々に津田を訪れたが、それをお延と共有する勇気は出て来なかった。この間の病院ではお秀の姿が消えるや否《いな》や、夫婦は自然に歩み寄り微笑《ほほえ》み合う事が出来たのに、今晩はそういう訳には行かなかった。今晩夫婦は眼《め》と眼を合わせる事もなかった。そもそもお延が相変わらず石のように無表情な顔を見せているので、眼を合わせようもなかった。事実時間が経《た》つにつれて、お秀からの解放感はお延の存在によって受ける絶えざる圧迫感に入れ替わるようであった。小林は猪口《ちょく》に酒を注いだ切り、それには手を触れずに両腕を組み、何かを考えているような眼附きで三人の真中に置かれた炭を見ていた。炭の表は時を移さず次第々々に白くなって行った。

不意にお延が何やら挨拶《あいさつ》のようなものを口籠《くちご》ると座蒲団《ざぶとん》から滑り下りた。お延が両手を突こうとするのを見て取ると小林が口を開いた。

「お延さん、お秀さんの云う事など気にしちゃ駄目《だめ》ですよ。岡本さんは、そりゃ少しは心配しておられるけど、少しも迷惑になど思っちゃないですよ」

お延は首肯《うなず》くようにもお辞儀をするようにも見える有耶無耶《うやむや》な挨拶をした。眼は小林も津田も見ずに、畳の表を見ているだけであった。

「外《ほか》の連中なんかは、僕なんかを筆頭として面白《おもしろ》がってる程度ですからね」

お延は同じ動作を繰り返した。

「何しろ気にしないでお休み」

津田も例《いつ》にない優しい声を出した。お延は津田にとも小林にとも附かずにもう一度頭を下げると、腰を上げた。薄黒い影が一つ敷居へ向かい、襖《ふすま》をすうと開けてすうと締めるのが残された男たちの眸《ひとみ》に映った。隣の室《へや》は淋《さび》しい人を陰気に封じ込めた。やがて男たちの耳には、寝る支度をするお延の立てる微《かす》かな音が肌寒《はださむ》の象徴《シムボル》の如くに響いて来た。二人はその音を聞くともなく聞いていた。手持無沙汰《ぶさた》な時間がしばらく流れた後《あと》、小林が組んだ腕をはずして猪口を手に取った。そうしてそれを眼の高さまで挙げて一人で乾杯の意を表した。

「君とはもう愈《いよいよ》会わん訳だ」

酒を飲み干すと、唇《くちびる》をなめ回しながら津田をじろじろと見ている。

「また説教かね」

「いや今日は説教は御已《おや》めだ。わざわざ説教する必要もなさそうだからね」

「好《い》い気味だと思ってるんだろう」

「それより、驚いた。まあ漠然《ばくぜん》とこういう事もあろうかと想像した事もあったが、その想像通りの馬鹿《ばか》な真似《まね》を、君がこんなに早く実行に移すとは思わなかった」

小林は徳利を持ち上げると亦《また》猪口に酒を注いだ。

「君は思ったより愛嬌《あいきょう》のある男だね。感心した」

徳利を置こうとして、思い出したように津田に向かって差し出すのを津田は首を振って断った。身体《からだ》がもう一滴の酒精《しゅせい》も受け附けられない程疲労していた。彼はその代り、傍《そば》にある薩摩の急須《きゅうす》を取り上げた。中には先刻《さっき》握り飯と一所に出て来た胃にも頭にも応えない番茶が、湯に腐《ふ》やけたままひたひたに重なり合って冷えていた。津田は鉄瓶の熱い湯をその上に注ぐと味も匂《におい》もない物を不味《まず》そうに呑《の》んだ。

二百七十九

「それに、僕がこんな光栄な役目を仰《おお》せつかうようになるとも思わなかった。人間矢張《やは》り生きてると面白い事があるもんだね」

小林は再びぐいと大袈裟《おおげさ》に猪口《ちょく》を空にした。その所作に挑発されたように津田が訊《き》いた。

「長年の溜飲《りゅういん》が下がる思いか」

「そういう所もある」

手の甲で口を拭《ぬぐ》うと敷島《しきしま》の袋から一本抜いて津田にも勧めた。津田は小林の顔を見た。

「そういう所だらけじゃないのか」

「そうだな。――だが、まあそうでもない」

「断っとくが、僕はこんな程度の事で君に凱歌《がいか》を挙げさせるような真似《まね》はしないよ」

津田は袋から烟草《たばこ》を抜き取りながら云《い》った。小林は津田の眼《め》を見ただけで何も云わなかった。燐寸《マッチ》を擦って自分の烟草の先に火を点《つ》けると、今度はその燐寸《マッチ》を津田の鼻先に運んだ。津田の紙巻《かみまき》に火が点いた所で小林の眼は津田を離れ、自分の烟《けむり》を追うだけになった。津田も小林に倣《なら》って自分の烟の行方《ゆくえ》を追った。

「矢張《やは》り東京より寒いな」

小林が独言《ひとりごと》のように云った。今度は津田の方が何とも応《こた》えなかった。お延はもう横になったのか、ことりという音も聞こえて来なかった。夜は森《しん》としていた。二人は暫時《しばらく》無言のまま併《なら》んで巻莨《まきたばこ》を吹かした。

「君、あの此間《こないだ》の絵かきを覚えてるだろう」

小林が突然云った。眼は依然として烟を追っている。

「ああ」

津田は小林を横目で見た。不意に関係のない話を出して来る料簡《りょうけん》が分らなかった。小林は平気で烟草を吹かしていた。

「原っていうんだ」

「そうだったね」

「あの時あの男が絵を一枚何処《どこ》かの家に置いて来たって云ったろう」

「ああ」

「彼奴《あいつ》がその絵を取りに行った時にね、偶然妙な人に会ってね、僕の事を話して呉《く》れたんだ」

小林は自分の身に起こった最近の変化を報告という形をとって津田に語り始めた。それは平気を装う中に、満更得意でなくもない様子と自嘲《じちょう》するような所とが奇妙に交錯した語り口だった。津田は自分たち夫婦から話題の離れたのを有難く思い、大人しく聴手に回った。小林の身に何が起ろうと知った事ではなかった。ことに今の状況の下《もと》では猶《なお》更《さら》知った事ではなかった。けれども彼は小林の話が進むにつれ、何時《いつ》までも全くの無関心の裡《うち》に留《とど》まる訳には行かなくなった。事実小林の話の内容は、俗な興味も、尠《すくな》からぬ軽蔑《けいべつ》も、ある種の恐れも招くような性質を帯びたものであった。

原の会った男というのは朝鮮と日本を頻繁に往復している骨董商《こっとうしょう》であった。原が絵を預けて来た家にその男は先客で来ており、主《あるじ》と話している内容から男が朝鮮に関係が深いことを知った原は、何かのことで役に立つかも知れないと思って、小林の話を出したのだそうである。男は主の前では大した興味を示さなかったが、原と一所《いっしょ》にその家を出ると、原を夕食に誘い、小林の係累《けいるい》の有無、学歴、職歴などに関して詳しく訊いた後、丁度《ちょうど》人を捜していた所だと云って、すぐ翌日小林に聯絡《れんらく》して来たのだった。表向きは骨董商のその男は実は裏では軍の関係の仕事をしていて、小林が必要とされているのは無論裏の方の領域である。小林にも表向きは新聞社に勤め、裏で男を手伝って欲しいというのが男の主旨であった。軍の関係と一言でいっても一体どういう類《たぐい》の仕事なのかと小林が尋ねると、それは向うへ渡ってからでないと詳しい説明は出来ないと云う。ともかく遣《や》る気がありさえすれば旅費を立て替えて呉《く》れるだけではなく、向うへ着いてから少し位なら纏《まと》まった金も前渡しして呉れるとも云う。何だか能《よ》く分からないが、金さえ手に入ればお金《きん》さんの結婚に要る費用もいくらか負担出来ると思って、小林は一も二もなく承諾したということであった。

「おかげで少なくとも先生に大分迷惑を掛けずに済まされそうだ」と小林は締め括《くく》った。胡坐《あぐら》を掻《か》くのにも疲れたと見え、両足を投げ出して洋袴《ズボン》の膝《ひざ》を伸ばした。

「そりゃ、よかった」

どう反応したら可《い》いのか解《わか》らない津田の挨拶《あいさつ》は津田自身の耳にも簡単過ぎた。彼はもう少し何かを云い足す必要を感じた。

「それで行くのに、やっと乗り気になったって訳だね」

「いや、相変わらず別に乗り気じゃないよ。でも他《ほか》にお呼びが懸からないんだから仕方がないやね」

津田の眼の前には自分の膝を盆槍《ぼんやり》と眺《なが》めている小林の横顔があった。電燈の光を斜めに受けている所為《せい》もあって、何処《どこ》かにいつもにも増して不穏な雰囲気《ふんいき》の漂う横顔であった。その横顔に重なるようにして津田の頭に貧乏臭い胡麻塩《ごましお》の不精髭《ぶしょうひげ》を生やした藤井の顔が浮かんだ。さんざん世話になった津田自身が何の経済的援助をする気もする力もない今、外の人間が金のない叔父の負担を軽くして呉れるのは慥《たし》かに有難かった。然《しか》し、今聞いた話は尋常な市民生活を営む津田などは考えた事もない裏の世界の話であった。其所《そこ》には津田の神経を刺激する、どぎつい色彩がちらちらと織り込まれていた。それが小林の誇張癖に依《よ》る所がどれ位あるのだか判断が附かなかったが、津田は自分の知合がそんな裏の世界に出入りする不安を漠然《ばくぜん》と感じた。少なくとも自分はそんな世界に拘《かか》わりを有《も》たずに済ませたかった。小林は洋袴《ズボン》の襞《ひだ》を指先で抓《つま》み上げていた。着た切り雀《すずめ》らしく、この間まで折り目正しかったその襞は既に崩れ始めていた。

「まあ、何しろよかったじゃないか」

津田は如何《いか》にも祝福するという口振りで繰り返した。

「サンクス。これも君のおかげさ」

小林は上眼遣いに津田を顧みるとにやっと笑った。

「僕の？」

「ああ、原君はあの時の十円を恩に着て僕を熱心に周旋して呉れたんだ」

「まさか、そうでもないだろう」

「いや、本当さ。感謝している」

「だって君はあの男に、前から色々世話してやってたんだろう」

「百の助言より一枚の十円札の方が有難いことがある」

あの時十円札を前にした若い男の眼から出た異様な光が記憶の底から喚《よ》び起こされた。

「それじゃ、余裕に感謝したら可い」

津田は小林の世界に拘《かか》わり合うのを飽《あ》くまでも拒絶したかった。

「そりゃ、まあそうなんだ。だが一応出発前に君に報告しておきたかったんだ」

そう云って小林は何故《なぜ》か津田の顔を凝《じっ》と見た。津田はその眼に促されて、腹に燻《くすぶ》っている不安を口にせざるを得なかった。

二百八十

「危ない仕事じゃないのかい」

「危ない仕事かも知れない」

反響するように答えた小林は、次に照れ笑いを見せると頭を掻《か》きながら附け加えた。

「今までのと違ってね、今度は実際に少しは危ないかも知れない。向うもね、僕が失うものを何も有《も》たないのを知って声を掛けて来たんだからね」

「それで可《い》いのかね」

「他《ほか》に仕方がないだろう」

「そんなに危険な仕事じゃ、僕が礼を云われる筋合いもないじゃないか」

「危険な分、金が入るさ」

津田の小心を揶揄《やゆ》する口調であった。

「成功したら日本なんかにゃ見られないような、立派な家を建てる。妾《めかけ》も持つ。――いや、金持になったら先《ま》ず綺麗《きれい》な妻《さい》が持てるな。馬車も持つ。御者なんぞにもぴかぴかした仕着せを着せる。豪勢なもんさ。――失敗したってまあ、大したことはない。僕が或《ある》日忽然《こつぜん》と異郷の砂埃《すなぼこり》の中に消えちまったからって、誰にも迷惑は掛からないからね。――思えば僕のような無能な人間にとってはだね、津田君、これ以上お誂《あつ》らえ向きの結末は考えられないよ。そうは思わないかい」

津田の頭の中には所謂《いわゆる》大陸浪人のようなものになり果てた小林の姿が浮かんだ。小林の服装《なり》は今より更にみすぼらしかった。小林の腹は更に餓《う》えていた。精神《こころ》は更に擦れッ枯らしになっていた。そうして或日突然自分の家の玄関にその零落《おちぶ》れた姿を現した。津田は笑談《じょうだん》ではないと思った。小林の方は例によって自分の夢に酔ったのか言葉に酔ったのか、それとも単に酒に酔ったのか、平生《ふだん》の感情的《センチメンタル》な調子を帯びて来た。彼は津田が何とも答えないのを苦にする風もなく続けた。

「そもそも君に一々こんな事を報告するのも、御覧の通り淋《さび》しい僕の身上としては、僕の運命の変り目に誰かに立ち会ってほしいんだ。願わくば、ある程度共有してほしい」

投げ出していた膝《ひざ》を組み直すと、火鉢《ひばち》の縁へ両肱《りょうひじ》を掛け、拳骨《げんこつ》を顎《あご》の支えにしながらとろんとした眼差《まなざ》しで津田を見ている。

「僕は君の運命を共有する気なんか毛頭ないよ。後になって尻《しり》を持って来られたって困る」

「相変わらず吝《けち》な事を云うね」

小林はしけじけと津田を眺《なが》めた。呆《あき》れた風を遠慮なく面《おもて》に出している。

「誰も尻を持って来るなんて、云ってやしないじゃないか。それどころか、金が出来たら君とお延さんを呼んで豪遊させて上げるよ」

「好意だけで沢山だ」

小林は鼻白んだ。酔《えい》もさめたという顔をしている。

「君は相変わらずだね」

「不可《いけ》ないかね」

「不可ないって云っても変わりようがないんだろうね」

小林は独言《ひとりごと》のように云った。其所《そこ》には別段皮肉も込められていなかった。単に事実を事実として再認識している容子《ようす》であった。小林は肱を火鉢から外すと、左右の掌《てのひら》をそれぞれの膝に載せて云った。

「僕の方はね、――勿論《もちろん》この僕が僕であるのは幸か不幸か変わり様はないんだが、日本を出る間際《まぎわ》になってね、何だか今までと少し気分が違って来た」

掌で膝を摩《こす》りながら微《かす》かに上体を揺らしている。津田自身眼の前の小林に平生《へいぜい》の彼と異なる点を何処《どこ》となく認めていた所なので、此《この》小林の言葉は奇妙に真実味を帯びて胸に反響した。

「例えば、金持を見てもそんなに気にならなくなった」

小林はその後《あと》すぐ津田の鼻先に自分の顔を持って行って続けた。

「例えば、君を見てもそんなに羨《うらや》ましく思わなくなった」

津田は苦笑した。

「そりゃ今の僕は誰が見たって羨ましかあないだろうよ」

そう云われて今度は小林の方が苦笑した。

「そう云っちゃあお仕舞だが、――矢張《やは》り、これも日本を出る所為《せい》かしらん。日本を出て、日本に尽すんだか日本を裏切るんだか解《わか》んないような怪《け》しからん事態になると、詰んない事はどうでも好《よ》くなっちまうのかも知れない。何しろ、今の僕には君の不幸を願うような吝な根性は、――なくなったって事もないが……」

小林はえへへと笑った。

「なくなったって事もないが、そんなにはなくなった。それより、君――」

小林は笑った口元を急に締めた。そうして突然彼に不似合いな真面目《まじめ》な顔になった。津田はそんな小林を胡散《うさん》臭い物でも見るように見詰めた。小林は声を潜《ひそ》めると、殆んど耳語《ささや》くように云った。

「お延さんを大事にしなくちゃ不可《いか》ん」

凝《じっ》と津田を見ている。

二百八十一

「解《わか》ってるよ、云《い》われなくとも」

お延が寐入《ねい》ったかどうか解らないので、自然津田の声も低くなった。

「いや、君は解っちゃないんだ」

「解ってるよ。此間《こないだ》もその位の事は君から云われなくったって、解ってるって云ったばかりじゃないか」

「だから君は解っちゃないんだ」

小林はお延の寝ている控えの間の襖《ふすま》に眼《め》を遣《や》った。二人は一瞬口を噤《つぐ》んだ。襖の向うは依然として人気がないように静かだった。津田の頭には冷たい夜具を引き担《かつ》ぎ、天鵞絨《ビロウド》の襟《えり》の裡《なか》に腮《あご》を埋《うず》めているであろうお延の容子《ようす》が浮かんだ。彼が頭で描くお延はまだ眠りに附いていなかった。寧《むし》ろ充血した細い眼を見張るようにして闇《やみ》を見詰めていた。

「僕の今云うのは此間のような意味と違うんだ。——もっと本来の意味で大事にするんだ」

小林は真面目《まじめ》な言葉を真面目に云った。

「やっぱり説教するじゃないか」

「まあ、そうだ」

「お延にやけに同情的だね」

津田は已《や》むを得ず調戯《からか》い半分に出た。

「どうだろう」

小林は津田の口調に反発する気もないらしかった。片手で無暗《むやみ》に黒い頭を掻《か》くと続けた。

「自分でも能《よ》く分らん——僕のこの理性はだね」

頭を掻く手を止めて自分の脳を人指ゆびで指している。まだ酔《えい》が残っているのかも知れなかった。

「お延さんなどに同情する必要はないって云うんだ。実際この地球上に同情すべき人達は溢《あふ》れてて、君達みたような夫婦のいざこざにまで関わり合う余裕はないからね」

小林は自分を見おろした。

「何しろ僕自身がこんな体《てい》たらくなんだから――だが……」

津田は先を待った。小林は其所《そこ》で留まった。

「まあ、いいや」

彼はそれ以上行く気がないと見え、声の調子を変えて云った。

「ただね、君、今度《こんだ》こそいつもの君みたような調子で臨んだら、それこそ救われないよ」

いつもの君みたような調子という言葉は、何物をも具体的に指し示していないのに、自分の凡《すべ》てを的確に云い表しているように津田の耳に響いた。はっとした津田の胸の中《うち》で、今までざわざわと動いていたものが一度に凝結したような感覚があった。彼はそれを隠して態《わざ》と懶《ものう》そうに云った。

「誰が救われないんだ」

「お延さんが救われないし、――お延さんが救われなきゃ、君だって救われないよ」

小林の眼は津田の眼に向かっていた。その眼は何時《いつ》もの小林の眼であった。一人の取るに足らない男の眼であった。けれどもその眼の中には判然《はっきり》云えない一種の力があるように思えた。それが本当にあるのか、津田の恐れる心が描き出すのかは分らなかった。津田は何時も小林の前で感じる圧迫とは別の圧迫を胸に受けた。彼は小林の退却を促す為《ため》に番茶の残りを音を立てて呷《あお》った。序《ついで》に懐中時計を取り出して文字盤を眺《なが》めた。

「説教はおしまいかい」

そう津田が云うと、不断は後引上戸《あとひきじょうご》の小林がその晩は笑っただけで大人しく腰を上げた。風呂へ行かないかと誘われた津田が何方《どっち》附かずの生返事をするに留《とど》まると、別段強《し》いもしなかった。

津田は一人ぎりになると、隣りの座敷の沈黙を鋭く神経に受け止めながら火鉢《ひばち》に手を翳《かざ》した。掌《てのひら》と胸と顔は直《じき》暖まったが、脊中《せなか》から肩へ掛けては寒くなる一方だった。首をぐるりと回してさえ、頸《くび》の附根が着物の襟にひやりと滑るのが堪え難い感じである。寒さの圧迫を四方から受けるうちに、矢張《やは》り風呂に入ろうという気になった津田は、遂《つい》に重い腰を上げた。一番下の風呂まで降りたのは、清子の面影に守られた聖域で、他人《ひと》から邪魔されずにただぼうっと湯に浸《つか》っていたかったからだった。然《しか》し運命は津田に味方しなかった。湯槽《ゆぶね》に身体《からだ》が浸《つか》るや否《いな》や硝子《ガラス》戸ががらがらと開いて、東京から来た二人連れの男達が相変わらず騒々しく喋《しゃべ》舌りながら這入《はい》って来た。こんな所に滝があると云って感心している所を見ると、よりによって今晩初めてこの風呂まで降りて来たものと見えた。向うの挨拶《あいさつ》に会釈《えしやく》を返しただけであらぬ方を向いた津田は、身体が暖まるのも待たずに風呂を飛び出した。身も心も落附く間を寸分も与えられず、世の中が寄って集《たか》って自分を苛《いじ》めて掛かるような気がした。

風呂から出れば座敷に戻るより他はなかった。

夜更《よふけ》の宿の凍る静けさを襟元に受けながら廊下を歩いていると、洗面所の反対側の窓を開けて、縕袍《どてら》を着た小林が外を見ていた。黒い毛が櫛《くし》のあとを見せて濡《ぬ》れて光っている。窓の外に心を奪われているのか、津田の足音にも気が附かないようだった。孤独な後姿だった。自由な後姿でもあった。黙って通り過ぎる積《つもり》だった津田は板の上で足を留めた。彼は不意に小林が羨《うらや》ましくなった。不断は軽蔑している小林と彼我の立場を交換したいような気すら起こった。

「何を見てるんだ」

小林は津田をちらと見ると窓に顔を戻してから答えた。

「日本の山さ」

「見えるのか」

「ああ。月が出て来た」

津田は小林の後ろから空を仰ぐ様に覗《のぞ》いてみた。成程《なるほど》東京では見た事もない深い高さの裡《うち》に月の光が照り渡り、なだらかに連なる山の影が黒々と浮き彫りにされていた。山の向うの空は奥に数えられる程の星さえ輝《きら》つかせていた。

座敷に戻ると蒲団《ふとん》が敷いてあった。津田は蒲団に入る前に間《あい》の襖を音のしないようにそっと引いて隣りの室《へや》を覗いた。斜め正面に例の鏡台が置いてあり、座敷からの光を受けて鏡の表が夜中だけに凄《すさまじ》く眼に応《こた》えた。黒い塊のように眼に映る夜具の中の、寐ているとも起きているとも附かないお延は、まるで動かなかった。恰《あたか》も死を衒《てら》う人のようであった。津田は理由《わけ》もなく慄《ぞっ》とした。その瞬間、お延の前に手を突いて詫《あや》まりたい強い衝動が彼の身体《からだ》を貫いた。津田は敷居際《しきいぎわ》に立ちすくんだまま少時《しばらく》その黒い塊を見ていたが、やがて呆然《ぼうぜん》とした顔で襖を締めた。

二百八十二

異常な感覚があって瞼《まぶた》が自然に開いた。微《かす》かな白い光に物影が浮かび上がると、次いで尻《しり》の底の辺りから冷え冷えとした感覚が伝わって来た。恰《あたか》も其所《そこ》だけ水溜《みずたま》りに浸っているようであった。深い眠りの名残を残したぼんやりとした意識が俄《にわか》に躁《さわ》ぎ出した。伸ばした指先には果して濡《ぬ》れた感触があった。蒲団《ふとん》の上に出したその手を顔の所まで持って来れば、雨戸の隙間《すきま》から洩《も》れる明け方の寒い光の中で、指先の黒い染《し》みが眼《まなこ》に映った。同時に腥《なまぐさ》い臭《かおり》がぷんと鼻を衝《つ》いた。

津田は一瞬意識の遠退《とおの》くような恐怖を覚えたが、すぐに我を取り戻した。彼は頸《くび》を起こし、掛け蒲団を持ち上げて身体《からだ》から出た血の量を見極めようとした。けれども寐《ね》たままの不自由な姿勢では暗過ぎて能《よ》く解《わか》らなかった。諦《あきら》めて頭を枕《まくら》の上へ戻して蒲団の中を左右の手の平で探ってみれば、出血した量は存外少なく、シーツは尻の真下が濡れているだけのようだった。人間は脈の中の血を三分の一失うと昏睡《こんすい》し、半分失うと死ぬものだと何処《どこ》かで聞いたのが記憶の底から忽然《こつぜん》と思い起された。自分の失った程度の血の量では到底昏睡に至ることもなさそうだという安心感が続いて湧《わ》いた。同時に張り詰めていた気持が緩《ゆる》んだ。

「おい、お延」

津田は蒲団の中から押し殺した声で呼んだ。お延の返事はすぐにはなかった。薄明りの中で首を捩《ねじ》った津田は襖《ふすま》の向うに神経を集中させたが、隣の室《へや》は森《しん》としていた。

「おい、お延」

津田は声を上げた。

「おい、起きないか」

お延は答えなかった。津田は怒ったような声を出した。

「お延、おい、お延」

襖の向うからは依然として何も聴えて来なかった。津田の胸には今までと別の種類の黒い不安が四隅《よすみ》から逼《せま》って来た。彼はその不安を無理矢理抑え、落ち附いて考えようとした。目敏《めざと》いお延が起きないのは如何《いか》にも妙ではあったが、夜中に亦《また》熱が上がって昏々《こんこん》と眠っているのかも知れなかった。或《あるい》はたまたま厠《かわや》へ行っているのかも知れなかった。身体を暖めに風呂へ行った可能性もあった。津田はお延の返事のないのを説明し得る理由を胸の中で並べ立てた後《あと》、それが一向に気休めにならないので、頸《くび》に力を込めてもう一度声を上げた。けれども白い唐紙の向うからは何の答もなかった。知らないうちに両《りょう》腋《わき》から汗が出ていた。呼鈴《よびりん》を鳴らそうにも寐た姿勢のままでは手が届かなかった。津田は両肱《りょうひじ》を突いて上体を半ば持ち上げると、自分の寐ている蒲団の裾《すそ》を見るともなしに見ながら、起き上がるべきかどうか逡巡《しゅんじゅん》した。すると丁度《ちょうど》その時帳場の方から縁側伝いに人の渡って来る音が響いて来た。猫《ねこ》のようなお延の足音とは全く異質な足音であった。

「御免なさい」と云って隣の室《へや》を開ける気配がしたと思うと、今度は間《あい》の襖が開いた。

「御免なさい」

洋燈《ランプ》を片手にした番頭が顔をのぞかせ、ちらと座敷の中に一瞥《いちべつ》を呉《く》れてから、初めて津田の顔に眼を落として頭を下げた。頬《ほお》が緊張している。後ろには余り馴染《なじ》みのない下女が控えていた。

「何だね」

津田は首をもたげたまま尋ねた。洋燈《ランプ》が四隣《あたり》を照らすので、却《かえ》って室の中に闇《やみ》が集まったような印象があった。

「へえ、奥さんが」

「どうかしたのかね」

「へえ、いらっしゃいませんが」

「風呂じゃないのかい」

「へえ、それがどうも――」

番頭は胡麻塩頭《ごましおあたま》に片手を遣《や》って困ったように撫《な》で回すと、背後《うしろ》に控えた下女を顎《あご》でさした。先刻《さつき》この下女が厠へ行く途中津田の座敷の裏廊下にある戸が開いているのを見附け、不審に思って庭へ出た所、道へ直接出られる裏木戸の鍥《かきがね》も外されていたのを発見したのであった。起こされた番頭は下女と共に宿の此所彼所《ここかしこ》を調べたが、泥棒の入ったらしい形跡は何処《どこ》にも見当らない。もしやと思って下足棚《げそくだな》を調べて見れば、昨夜は二十八番に入っていたお延の下駄《げた》が消えている。それで周章《あわ》て津田の座敷へやって来たというのであった。

「旦那様には何か仰《おつ》しゃってお出掛けになったのでしょうか」

「いや」

「すぐ、お戻りになるでしょうか」

「――解らん」

津田は憮然《ぶぜん》と答えた。番頭はそんな津田を息をひそめて見詰めた。

「どう致しましょう……」

当惑しきった番頭の声が津田の意識の中で掻《か》き消えるように遠退《とおの》き、その代り、自分の心臓の音が鼓膜にじんじんと響いたと思うと、太い火焔《ほのお》が棒となって身体《からだ》を貫いた。番頭が「どう致しましょう」と繰り返したのと津田が蒲団から勢い能く身を起こしたのとは同時であった。津田は思わぬ苦痛に顔を顰《しか》め、尻餅《しりもち》を搗《つ》いた姿勢で呻《うめ》き声を絞り出した。驚かされた番頭は番頭で頓狂《とんきょう》な声を張り上げた。津田の身体の異変はかくして番頭の知るところとなった。番頭は相継ぐ厄介《やっかい》な出来事に打ちのめされた態《てい》であったが、彼には宿の責任者として時間の猶予《ゆうよ》なく成さねばならない事が沢山あった。まだ半分眠っていた宿中が俄《にわか》に動き出した。電話は夜中の間に通じるようになっていたので、昨日の医者に早速聯絡《れんらく》が取られた。津田の身体は下女二人がかりで清められた後患部《あと》には綿が当てられ、津田は洗い立てのシーツの上に、病人然と寐かされた。その間にも宿の男達が、番頭の命令でお延を捜すために寒い明け方の空の下に散って行った。

二百八十三

暁はまだ空に白く月を残していた。

朝靄《あさもや》とも霧とも附かない重たい空気が、四隣《あたり》にのべつに動いていた。凡《すべ》てが暗かった。そうして濡《ぬ》れていた。水飛沫《みずしぶき》の合間から天に向かって突き出た蒼黒《あおぐろ》い岩が、月の最後の光を浴びて愈《いよいよ》蒼く鋭く尖《とが》っていた。

つい先刻《さつき》まで括《くく》り附けられたようにその蒼黒い岩を見詰めていたお延は、今、青竹の手欄《てすり》の前に蹲踞《うずく》まったなり両手で顔を覆《おお》っていた。闇《やみ》を残した明け方の光の中で見た滝は、昨日昼間に見た滝と同じもののようには思えなかった。身を乗り出し滝壺《たきつぼ》を覗《のぞ》くうちに、突然足元が竦《すく》み、思わずその場に蹲踞まってしまったのであった。こうして両手で顔を覆い、暗黒の裡《うち》に音から想像する滝は一層物凄《ものすご》かった。今、耳を通しての刺激だけを受けるうちに、轟々《ごうごう》という滝の音は薄い鼓膜を脅《おびや》かすように大きく鳴り始めていた。

何時《いつ》宿を出る決心を附けたのかはお延自身にとっても定かではなかった。宿の枕《まくら》に頭を載せ、寂《しん》と凍った暗闇を見詰めるうちに不図《ふと》気が附けば、既に己《おの》れの身を滝壺に沈める決心は附いていていた。思えば夜中だというのに瞼《まぶた》を合わす事もせず、闇に向かって凝《じっ》と眼《め》を開いていたのも、淵川《ふちかわ》に赴《おもむ》く為《ため》に朝の最初の兆《きざ》しを待っていたからに他ならなかった。そう気が附いた途端骨が凍るような恐ろしさを覚えた。然しそれが通り過ぎた後《あと》、不思議と恐怖心は起こらなかった。隣の座敷の津田はもう大分前から眠《ね》入《い》っているらしく、襖《ふすま》を隔てて生温《なまぬる》い風を送る鼾《いびき》のようなものが微《かす》かに且《か》つ規則正しく聴えて来ていた。お延は猶《なお》も少時《しばらく》眼を凝らして闇の中を見詰めていたが、やがて天井の電燈を点《つ》けると、手早く四囲《あたり》を片附け、身支度の整った所で人の疑《うたがい》を招かぬよう再び電燈を消した。その後《あと》は、座敷に洩《も》れ入る廊下の光をたよりに、懐時計《ふところどけい》の針の位置を幾度となく調べるだけだった。そうしてそろそろ空の白む頃だと思えた時に腰を上げたのであった。

蹲踞まるうちにも滝の音は愈《いよいよ》耳元に逼《せま》った。お延の瞼の裏では奔湍《ほんたん》の水が烈敷《はげしくたけ》吼り狂った。吼り狂っては、己《おの》れの勢いに吹き浚《さら》われるようになだれ落ちた。なだれ落ちては再び頭上遥かに躍《おど》り上がった。物凄い音は物凄い景色を自然髣髴《じねんほうふつ》させて已《や》まなかった。

「一体何の為にわざわざこんな所まで遣《や》って来たのだろう……」

お延は想像の水飛沫を全身に浴びながら自問した。お延の自問は自嘲《じちょう》でもあった。東京を出る時には既に何の望みもなかったのを、それでも夫の元へと一心に駆けつけたのは、わが眼で己れの不幸を確かめたかったからだけではなかった。胸の何処《どこ》かで万が一の奇跡を知らず知らずのうちに願っていたからでもあった。現実は想像していたより更に情けない展開を遂げた。

夫は好きな女に自分を見変えったのですらなかった。好きな女への已《や》み難い思いを抑え切れずに、どうしようもない所まで行って、其所《そこ》で初めて自分を裏切ったというのではなかった。深い決意もなく、ふらふらと人に云《い》われるままに、お延の依《よ》って立とうとする所凡《すべ》てを撲殺したのであった。貴方《あなた》を信用したい、――お願いだからどうぞ最後の所では信ずるに足る人であって下さい、というお延の切実な魂の訴えに、毫《ごう》も本気で応《こた》えようとしなかったのだった。

今、お延の胸には津田がそんな人間だったという絶望が渦巻《うずま》いた。而《しか》もその絶望は不意に足元を浚《さら》われたような驚愕《きょうがく》を伴ったものではなかった。お延の絶望は津田が真逆《まさか》そんな人間だったとはという驚きよりも、矢張《やは》りそんな人間だったのかという苦い思いを伴う、一層救いのないものであった。その苦い思いの裏には、そんな人間をこの人こそと夫に撰《えら》んだ自分の姿があった。それは己れの才を頼み過ぎた軽薄な姿であった。お延はその姿を一人で顧みての、此所《ここ》数箇月来の孤独な後悔を憶《おも》い起した。その後悔をみんなの前では寧《むし》ろ糊塗《こと》して生きて来た彼女の欺瞞《ぎまん》も憶い起した。事もあろうか、凡《すべ》てに止《とどめ》を刺すように、その欺瞞を世にあまねく知られてしまうという耐え難い屈辱までお延の為に用意されていたのだった。「お前の体面に対して大丈夫だという証書を入れる」という津田の宣言は、今となっては、お延を愚弄する為にあの時天がわざわざ津田に云わせたものだとしか思えなかった。

轟々いう水の音は、新たに天地の響きを添えた。まるで滝を落とす絶壁《きりぎし》そのものが轟々と鳴り始めたようだった。お延の耳は山の鳴るのを聞いた。地の鳴るのを捉《とら》えた。仕舞には四方に聳《そび》える山々も足の下の地面も、悉《ことごと》く震動して爆発するかと思われた。天からも地からも、淵川へ早く身を沈めるよう催促されているようであった。お延の心臓が気味が悪い程高鳴った。

お延は不意に袂《たもと》を顔から引き離すと、青竹の手欄を支えに立ち上った。そうして手欄を摑《つか》んだまま滝壺に眼を下ろした。押さえ附けられていた眼球はすぐには機能が戻らず、焦点の定まらない瞳《ひとみ》に出鱈目《でたらめ》に色や形が舞い込んで来た。だが間もなく視界は落附いた。滝の真直《まっすぐ》に落ちる様子が鮮明《あざやか》に瞳に映るにつれ、轟々という音も次第々々に遠退《とおの》いて行った。蹲踞まっている間に更に夜が明けて来たらしく、四隣は白々と明るかった。月の影ももう姿を隠していた。世の中は想像していたよりも大分穏やかな姿をお延の前に現わした。見れば、青竹を摑んだ手の上に、津田に買って貰《もら》った宝石がある。宝石は反故《ほご》にされた約束の象徴《シムボル》のように薄寒く光っていた。

二百八十四

足音が座敷の前で留まった。床の間を足の方にして寐《ね》ている津田は、縁側からの出入り口を頭上に頂いていた。彼は枕《まくら》の上の頭をのけぞるようにして視線を移した。縕袍《どてら》姿の小林だった。座敷の電燈の光を正面から浴びている。下女に、妹の方は起こさないで可《い》いからとわざわざ断って、小林だけを呼んで貰《もら》ったのだった。

「どうした。だらしないな」

「うん」

津田は蒲団《ふとん》の中から曖昧《あいまい》な返事をした。頭の上の方にいるものを見る視力が、不自然な努力を要するためか、其所《そこ》に立った小林の影は大きく威圧的に眼《め》に映った。小林の姿を眼にした途端毎時《いつ》も覚える幽《かす》かな不快の念が慣い性のようになって津田を襲ったが、それは一瞬の裡《うち》に通り過ぎた。小林は尋常な視界に入って来ると、如何《いか》にも今起こされたという顔で枕元に腰を卸《おろ》し、蒲団の向うの閉ざされた間《あい》の襖《ふすま》に眼を走らせてから不思議そうな顔で訊《き》いた。

「お延さんは？」

下女は小林を起こす際、津田の病気の話しかしなかったものと見えた。異変のあった夫の傍《そば》に妻の姿が見えないのを不審に思っただけの小林の質問は、無邪気だった。

「風邪が悪いのか」

「居ないんだ」

「居ない？」

津田は小林の視線を避けて天井を見詰めながら事の顚末《てんまつ》を手短かに説明した。そうして説明の終った後で初めて小林に眼を向けた。

「君ね、済まないが宿の人達と一所《いっしょ》にちょっと捜しに行って呉《く》れないかね」

小林は事態を呑込《のみこ》むのに時間が要ったのか、一寸《ちょっと》間を置いてから訊いた。

「宿の連中はもう出たのかい」

「今、出たところだ」

「何方《どっち》へ行った？」

小林は既に腰を上げていた。津田はすぐには答えられなかった。答を知らなかったからではなく、知っていたのにすぐには答えられなかった。番頭も、近所を捜させるという云《い》い方をしたが、それは曲々《まがまが》しい言葉を口にするのを避けた結果、自然そういう云い方になっただけだった。お延の行方を追う男達が先《ま》ず何処《どこ》を目指したかは略《ほぼ》確実であり、それ故に津田は今まで平気で口にしていたその言葉を舌の上に載せるのが憚《はばか》られた。彼は少時《しばらく》逡巡《しゅんじゅん》した後《あと》、漸《や》っと低い声で云った。

「滝の方かも知れない」

小林は妙な顔をした。

「滝があるのか」

「ああ、いくらも行かない所にある」

小林は一瞬無言で上から津田を見詰めた。その顔には黒い想像が彫り附けられたように、硬く筋肉を攫《つか》んでいた。

「解《わか》った。すぐ行く」

小林はそう云い終わる前に、もう縁側に向かって歩き出していた。

「僕も、医者が来たらすぐに行く」

津田は小林の脊中《せなか》に向かって叫んだ。小林の返事の代りに障子の勢い能《よ》く締まる音が響いた。一人取り残された津田は天井を見詰めながらその取り残された自分と向かい合うしかなかった。医者の着くのを今か今かと待ち受ける苛《つら》さの中で、津田は後悔というものを初めて痛切に経験した。

津田自身、こんな仕打ちを甘受すべく程の罪を犯した覚えはなかった。事実細君の信頼を裏切った夫が揃《そろ》ってこんな窮地に陥る訳ではなかった。事態がこんな所まで来てしまったのはいくつかの偶然が重なっての事でもあった。故《もと》から手に負いかねるお延の聊《いささ》か猛烈な性格だって其所にはあった。要するに彼の理性は凡《すべ》ての責任が彼にある訳でもないのを承知していた。だがそのような理性の声は今の津田には何の気休めにもならなかった。こんな事になるのが解ってさえいたらという臍《ほぞ》を噬《か》む思いは、今、執拗《しつよう》に津田に取り附いた。「こんな事になるのが解ってたら、外《ほか》に遣《や》り様もあった――こんな事になるのが少しでも解ってたら、自分はいくら何でもあんな風には遣って来なかった。この一週間の自分は、ああはして来なかった」――医者の着くのを待って絶えず表の物音に気を配るうちにも、自分がもう少し別の自分であり得た、あり得べきだったという後悔の念は津田を捉《とら》えて離さなかった。

津田は蒲団から両手を出すと掌《てのひら》の厚くなった部分で両眼をごしごしと擦《こす》った。

「一体何処《どこ》から遣り直しがきかなくなってしまったのだろう」

津田は吉川夫人が病院へ遣って来た例のあの午後を憶《おも》い起した。あの午後は決定的ではあったが、あの場で夫人の申し出を断らなかった津田に、二度と遣り直せる可能性がなくなった訳ではなかった。事実あの数時間後《あと》、お延に同情した津田は彼女に逐一《ちくいち》打ち明けてしまう衝動に駆られたのだった。出発の朝だって、無邪気に駅まで送って行こうとしたお延を前に、似たような衝動は皆無ではなかった。お延が此所《ここ》へやって来るまで、いや、昨日の夜、――否《いな》、夜中までまだ完全に凡《すべ》てが遅過ぎた訳ではなかった。あの時あの蒲団の上の黒い塊を前に両手を突いて謝る事を知っていれば、こんな事にはなっていない筈《はず》であった。

最後の最後まで津田には機会が与えられていた。そうして最後の最後まで、彼は自分に与えられた機会を見て見ぬ振りをして来たのだった。どの場面においてもその時取った以外の言動を取るのは容易な事ではなかったからである。あれ以外の振舞に出るには平生《ふだん》の津田には無縁の何かが要った。それは事物や人間に対するある種の畏《おそ》れを有《も》った態度であった。或《あるい》はそういう態度を取る為《ため》の勇気であった。その勇気は津田にとって全く不可能なものではなかったが、極めて困難なものであった。その困難を避けるうちに到頭此所まで来てしまったのであった。

間もなく上靴《スリッパー》の静かな音が聴え、すうっと障子が開いた。津田が眼を頭の上へ向けるとお秀の顔があった。鋭く光る二つの眼《まなこ》は遠慮なく室《へや》の中に進んで来た。津田の眸《ひとみ》はお秀の視線を避けてすぐ自然の角度に復した。

「お医者さまは？」

「まだだ」

お秀は津田の枕元へ進むとぺたりと坐《すわ》った。風呂から戻った所で話を聞いたらしく、場違いに健康な光沢《つや》を放つ、湯上がりらしい肌《はだ》が津田の眼を襲った。

二百八十五

「嫂《ねえ》さんがいないんですって？」

「ああ」

津田は天井を向いたまま答えた。

「だって、電話はもう通じるんでしょう」

津田は妹の云《い》う意味が解《わか》らずに、何を云ってるんだというような眼《め》を向けた。お秀はその眼を捉《とら》えて続けた。

「一人で俥《くるま》でも呼んで、朝一番に駅に向かわれたって事はないの」

津田の唇《くちびる》を嘆息のようなものが洩《も》れた。

「ない」

「どうして解るの」

津田が何も答えないのでお秀はつと立ち上がると、津田の寐《ね》ている蒲団《ふとん》の裾《すそ》へ回って控えの間を覗《のぞ》きに行ったが、お延の信玄袋が残っているのでも見て納得したのか、すぐに戻って来た。枕元《まくらもと》に坐《すわ》りなおしたお秀は津田の眉間《みけん》を見据《みす》えて云った。

「兄さんが嫂さんを甘やかすからよ。甘やかすから、当附けがましく出て行ったりするんです」

津田は瞼《まぶた》を閉じた。そうして堪《こら》えかねたように口を開いた。

「御前《おまえ》は情けない事を云うねえ」

津田はそれより先を続けなかった。彼は自分の妹が浅間《あさま》しかった。そうして妹を浅間しく思う気持はそのまま先刻《さっき》の後悔に通じざるを得なかった。無言で眼を瞑《つぶ》った津田の顔の筋肉が、他に出口がない彼の精神の苦痛を露骨に表した。お秀は、兄の顔の上では曾《かつ》て見出した事もなかった表情を見出し、愕然《がくぜん》とした。

「兄さん」

お秀は急に怯《おび》えた声を出した。

「まさか兄さんは嫂さんが……」

津田は何も云わずに眼を瞑ったままでいた。津田の沈黙を前にお秀の恐怖の高まるのが、眼に見えない空気を通して津田の心臓に伝わった。それが逆に作用して津田自身の恐怖が愈《いよいよ》高まった。少時《しばらく》して眼を開けた彼は、其所《そこ》に凍り附いたような顔を見出した。ただでさえ能《よ》く似た兄妹《きょうだい》同志なのだから、自分も同様、凍り附いたような顔をしている筈《はず》であった。

「兄さん……」

今度はお秀は呆然《ぼうぜん》とした声を出した。

「兄さん、あたしは」

何かを云おうとしてお秀の整った顔が歪《ゆが》んだ。

「あたしは、何もそんな積《つもり》で……」

お秀はそれ以上続けられなかった。薄い唇が小刻みに顫《ふる》えた。だが言葉らしい言葉はその薄い唇からは出て来なかった。津田は天井に戻した眼を再び瞑った。

お秀は口を結んだ。兄の顔から眼を外《はず》すと、後《あと》は自分を何処かへ置き忘れたように、身じろぎもせずに蒲団の向うの襖の合わさった辺りを見ているだけだった。

中庭を隔てた別館の方から雨戸を開ける音が八釜《やかま》しく聞こえて来ていたのが、座敷の方へと徐々に近附いて来たと思うと、ががらという音が耳元で鳴った。白い光が突然颯《いきなりさっ》と暗い室《へや》に射《さ》し、本格的な朝の到来を告げた。其所へ、雨戸を開ける足音とは別にもう一つの足音が慌《あわ》ただしく此方《こっち》へ向かって来た。障子が勢い能く開いた。津田は自分で眼を上に持って行く前に、お秀の表情からそれが医者ではないのを知った。見れば下女が敷居に手を突いた所だった。

「岡本さんと仰《おっ》しゃる方からお電話です。何でも旦那《だんな》様の奥さんとお話になりたいんだそうで……」

一体どうする積《つもり》なんだと云った調子が下女の声に遠慮なく現れている。兄妹は下女の顔から互の剛張《こわば》った顔へと眼を転じた。

「あたしが出るより仕方ないでしょう」

お秀が情けなそうな声で云った。

「何て云えば可《い》いの」

中腰になったお秀は今にも泣きそうな声を出した。

「知らん」

「知らんなんて云われたって、あたし困るわ」

「俺《おれ》にだって解らん」

「病気だって云った方がまだ可いのかしらん」

お秀は独言《ひとりごと》のように云いながら畳の上に立ち上がったが、それでも矢張《やは》り決断が附きかねると見え、答を求めて上から兄の顔に眼を注いだ。津田は何かを堪《こら》えるように片手で両眼を抑えた。お秀からは、への字に結んだ乾いた唇と、髭《ひげ》を剃《そ》っていないので急に窶《やつ》れた印象を与える腮《あご》が見えるだけだった。お秀は訊《き》いた。

「本当の事を云って可いんですか」

「いや、駄目《だめ》だ」

津田は手を眼から外すと苦しそうに呟《つぶや》いた。

「本当の事は云っちゃあ不可《いか》ん」

ぎろりとお秀の顔を見た津田の眼は血走っていた。お秀は恐ろしいものでも見たように咽喉《のど》をひきつらせると次の言葉を待ったが、津田はそれ以上続けなかった。血走った眼を見開いたままお秀の方を見ているだけだった。お秀は已《や》むを得ず出口に向かって歩き出した。

「おい」

津田は縁側に足を踏み出したお秀を掠《かす》れた声で呼び留めた。お秀は振り向いた。けれども津田はすぐには何も云わなかった。妹からわざと眼をそらして自分の足元の方に視線を遣《や》った。

「何よ、兄さん」

お秀は津田の逡巡《ためらい》を前に催促した。津田はそのまま眼を合わせずに云った。

「今日お嬢さんの見合があるそうだが、吉川の細君の媒介《なかだち》なら廃《よ》したが可《い》いって津田が申しておりますって、そう岡本さんに伝えておいて呉《く》れ」

「何ですか、それは」

お秀は眉根《まゆね》を寄せて枕の上の津田の黒い頭を打ち守った。彼女の耳には兄の言葉が狂人の戯言《たわごと》にしか聞こえなかった。お秀は兄の正気が疑われた。津田は枕の上の頭を反らすと、お秀の眼を下から昵《じっ》と覗き込んだ。

「御前には解らなくて構わん」

「本当にそんな事を云うんですか」

「ああ」

そう云ったぎり津田は充血した瞼《まぶた》を塞《ふさ》いだ。お秀はそんな津田を、再び恐ろしいものでも見るように見遣ってから足早に遠ざかった。

二百八十六

お秀の足音が消えても医者はまだ来なかった。津田の手足の先は血の全く通わぬ様に重たく冷たくなっていた。身のうちを撫《な》でて見れば、皮膚の上に冷たい指が触るのが、青大将にでも這《は》われるような厭《いや》な気持がした。身のうちは身のうちで、頸筋から胸元にかけて膏《あぶら》と汗でべっとりと湿っていた。こうして自分が安静に身を横たううちにも、刻一刻時が経《た》って行くのがどうしようもなく恐ろしかった。津田はそれでも少時凝《しばらくじっ》と横たわっていた。恐ろしいという思いを抑え込むようにして横たわっていた。その恐ろしくて堪《た》まらない思いが身体《からだ》中の毛穴から外へと吹き出そう吹き出そうとするのにもう一時《いっとき》も我慢しては居られなくなった時、彼は掛蒲団《かけぶとん》を跳ね除《の》けた。そうしてシーツの上で身を反転させると、両手を支えにして衝撃を避けて立ち上がった。局部に異な感じはあったが、二本の足で際《きわ》どく踏み応《こた》えて見れば、痛みはそう酷《ひど》くはなかった。乾き掛かった血糊《ちのり》がガーゼにこびり附いて皮膚を擦《こす》る感触の方が、寧《むし》ろ気味悪かった。津田は蒲団を降りると、両足を妙な恰好《かっこう》に外に開いた姿勢で、ふらふらと隣りの座敷を覗《のぞ》きに行った。

障子を通して死のように静かな光が薄暗く室内に投げ掛けられていた。眼を下に落とすと、襟元《えりもと》まで引き上げられた夜具の横に、昨日津田が掛けて遣《や》った縕袍《どてら》が鄭寧《ていねい》に畳んであった。枕元《まくらもと》の金盥《かなだらい》は昨夕《ゆうべ》のままだったが、その隣りの丸盆の上には、散薬の袋や水の半分入った洋杯《コップ》が几帳面《きちようめん》に整頓されて載っていた。お延の甲斐々々《かいがい》しい日常の所作が髣髴《ほうふつ》されて津田は益《ますます》辛《つら》かった。津田は足元の縕袍に手を延ばしてそれを羽織ると、素足のまま板を渡って裏廊下の戸口へ廻《まわ》り、宿の下駄《げた》を突ッかけて裏庭に降りた。

庭には今朝初めて一面に霜柱の錐《きり》が立っていた。下駄を踏むごとに蹠裏《あしのうら》にざぐりという感触がある。薄い霜を渡る風が素足に初冬の寒さを伝えた。

裏木戸を出ると奔湍《ほんたん》の音に交じって、何処《どこ》か遠い所から、濃い霧に乗せられて微《かす》かに半鐘が響くのが聴えて来た。余りに微《かす》かな音なので、現実に鳴っているのか耳の中で鳴っているのか判然《はんぜん》としなかった。歩を前に運ぶにつれ、次第に大きくなるような気がする。

初めは一歩二歩と踏み締めながら進んで行った津田は、じきに足元を確かめる余裕を失って行った。何時《いつ》の間にか両腕が宙を掻《か》いた。縕袍の裾《すそ》が翻《ひるが》えった。津田は恰《あたか》も自分の身体に残酷な鞭《むち》の雨を降らせるように、転びそうになりながら進んで行った。同時に、遅過ぎるかも知れない、間に合わないかも知れないという思いは、もう間に合わないだろう、間に合う筈《はず》がないという思いに変わって行った。凡《すべ》ての機会を逃して今の今まで遣って来て、最後になってだけ間に合う筈はなかった。その間に合う筈がないという思いが確信に変わった時、今朝から一度も憶《おも》い出す事もなかったのに、不意に清子の顔が眼の前に閃《ひらめ》いた。例の階子段《はしごだん》の上で蒼《あお》くなった清子の顔であった。全身を剛張《こわば》らせて津田を凝《じっ》と見下ろしている。今となっては、あの時の清子の顔が単に驚愕《きょうがく》を示しているだけとは思えなかった。其所《そこ》には凡てが見えてしまった人間の、何とも云えない表情が彫り附けられていたような気がしてならなかった。まるでこうなる事をあの時既に清子が知っていたようだった。津田は半信半疑であの時の絵を今一度心の眼で凝視した。その途端、津田自身の中で、自分の過去、現在、未来とが一瞬のうちに隈《くま》なく照らし出されてしまったような恐ろしい感覚があった。彼は身体中の血がすうっと引くのを感じた。今津田の居る場所から振り返る過去は明るいものではなかった。現在は果してこんな状態だった。未来は、——未来はもしこのまま行ったら、津田の知っているどんな闇《やみ》よりも暗いものとなるのは必然であった。

津田は太い道の真中で一瞬足を止めた。咽喉《のど》がからからに渇いていた。——何しろ間に合わなくてはならなかった。仮令《たとい》間に合ったところでどんなに薄寒い未来が待っているとも知れなかったが、何しろ間に合わなくてはならなかった。津田は再び歩き続けるより他はなかった。

そのうちにぴちゃぴちゃという足音が背後《うしろ》から聴えて来たと思うと、昨日は正面から遣って来た冷飯草履《ひやめしぞうり》の男が、今日は背後から追い越して行った。脊中《せなか》の荷はまだ空《から》だった。男は追い越し際《ぎわ》に赤黒い頸《くび》を捩《ねじ》ると、津田のただごとならない容子《ようす》に驚かされたのか、今朝は呆気《あっけ》に取られた顔を見せた。津田は眸《ひとみ》の面《おもて》にぼんやりと男を映し返しただけだった。今の津田には他人《ひと》がなかった。社会がなかった。自分もなかった。お延の無事という目前の目的さえも、次第々々に頭の中で判然《はっきり》しなくなって行った。津田は単に恐ろしかった。今の時間が本当に現実だという事が恐ろしかった。今こうして歩いている以外に自分の生というものが何処にもないのが恐ろしかった。それが過去から未来へと真直《まっすぐ》続いているのが恐ろしかった。その恐ろしくて耐《た》まらない思いが前へ前へと津田をひたすら動かすだけだった。

半鐘の響きに催促されたように、向うの山の中途に何やら赤いものが見えて来た。前からあったのか、急に現われたのか、それとも実際は焦慮《あせ》る精神《こころ》が描き出すものなのか、津田には解《わか》らなかった。兎《と》に角《かく》濃い霧を透かして、ぼうっと赤いものが見える。ゆらりゆらりと盆燈籠《ぼんどうろう》の風に揺られる具合に動いているように思える。何だろうと見ていると、今度はその赤いものが霧の中を波のように縫って下から上へと上《のぼ》って行くようだった。提灯《ちょうちん》の火のようだと思う間もなく不意に消えてしまった。そうして亦《また》現われた。津田にはこの赤く光るものが、何か自分の運命と関係のあるもののように思えてならなかった。

光の消えた時には取り返しの附かない事が未来永劫《みらいえいごう》に亙《わた》って定まってしまうような気がしてならなかった。額を撫《な》でると霧と膏汗《あぶらあせ》とでずるずると濡《ぬ》れていた。出血が再び始まったのか、足を前へ遣る度に尻《しり》の辺りが慄《ぞっ》とする程冷たかった。

二百八十七

お延は山を上った。道と云《い》えるような道はとっくになかった。上って行くのは何処《どこ》へ行き着くとも知れぬ獣道《けものみち》である。朽草《くちくさ》の土と化しつつあるのを踏めば、下駄《げた》の歯を隠す程に踏み応《ごた》えもないのを、漸《よう》やく《や》の思いで踏みしめて行くだけであった。木の根はそこいら中に飛び出ていた。蔓《つる》は始終足首に纏《まつ》わり附いた。汗とも涙とも朝靄《あさもや》とも附かないものがお延の瞼《まぶた》をちらちらと刺激した。今、自分が何をしようとしているのかは朧《おぼ》ろだった。何処へ行こうとしているのかも判然《はんぜん》としなかった。お延はただ何物からか逃れるように山の奥へと突き進んで行った。お延の逃れるものが、生であるか死であるか、彼女自身にも解《わか》らなかった。

お延が滝の淵《ふち》を離れたのは朝日がその初めの光を山の中腹に投げかけた時であった。急に脊中《せなか》の方から光に包み込まれるような感覚があり、顔を上げれば、滝が上の方で幾百の角度で光を集めてはきらきらと耀《かが》やきながら落ちるのが眼に入った。朝日が昇ったのであった。滝壺《たきつぼ》の裡《なか》はまだぼんやりした陰に一面に裹《つつ》まれたままであったが、それも上の方から刻一刻と光に占められて行くのが見えた。ああ朝になったという極めて日常的な思いがお延を打った。同時に、自分が今こんな所に居るという事実に今更のように思い当った。続いて、宿から誰かが捜しに来るのではないかという惧《おそ》れに忽然《こつぜん》と捉《とら》えられた。人に捜し出され、宿へ、そうして東京へと連れ戻されるのはどうあっても避けねばならなかった。お延は今まで夢のように朧ろに見ていた滝を別の眼で見た。身を沈めるのなら今であった。彼女は手欄《てすり》から身を乗り出した。例の巨巌《おおいわ》が、影の中に沈んだまま黒い波に洗われているのが眼に入った。彼女は眼を閉じた。息も止めた。その瞬間、お延は自分が無限の恐怖と後悔とを抱いて黒い波の方へ静かに落ちて行くのを感じた。気が附いた時、彼女は滝から身を引き離していた。

生きたいと思った訳ではなかった。少なくともお延の頭の中ではそうではなかった。けれどもお延の身体《からだ》には今しがた感じた無限の恐怖と後悔とが、まざまざと残っていた。死を目前に若い命がぎりぎりの所で示した抵抗が、恰《あたか》も身体に焼き附いたようであった。

気が附いた時お延は滝に脊を向けると、転ぶような勢いで僅《わず》かばかりの平地へ躍り出ていた。平地からは石段を登って祠《ほこら》に出ると、祠の裏を抜けて山の奥へ奥へと入って行った。その後《あと》何処をどう通ったのか解らなかったが、お延はそれからもう半時間以上山を上り続けていたのであった。お延はその半時間を、今まで生きて来た歳月よりも長く感じた。

上っても上っても眼の届く限り一面の林であった。林とは云え、一抱《ひとかか》え二抱えの大木はなかった。雑木が多かった。その何百本あるか勘定し切れない雑木を覆《おお》い尽すようにしきりに濃い朝靄《あさもや》が動いた。凄《すご》い程黒ずんだ木立は不意に靄がかかると見る間に遠くなってしまい、遠くなった揚句《あげく》、次第々々に一層深い奥へ引き込んで、今までは影のように映っていたものが、影さえみせなくなる。色のない幕が一面に垂れこめれば四囲《あたり》は鼻先も見えない程白くなった。呆然《ぼうぜん》としていると今度はその白い霧が眼の前を通り越して動いて行く。地面を這《は》うのが見える。やがてもう一度木の影が立ち並ぶ。だが葉の色が明らかになる頃には、又後《あと》から押し寄せる霧が、折角見え出した木立をぼうとさせた。行く手を遮《さえぎ》られたまま夢中で上るお延には、自分が何方《どっち》の方角へ向かっているのか一向見当が附かなかった。そもそも山の中に山があって、その山の中に又山があるのであるから、仮令《たとい》一日中奥へ這入《はい》ったところで何処へ行きつけるとも知れなかった。彼女はただ雲の中を、雲に吹かれるような、取り捲《ま》かれるような、又埋《うず》められるような有様でひたすら上へと上って行くだけであった。

突然眼の前が切り開いた。急に光が満ちた。空気が通った。山の出鼻の平な所へ出たのだと思ったら、それ以上、上はもうなく、どうやら到頭滝の裏山の天辺《てっぺん》へ抜けたらしかった。

何物も遮ぎるものもない山の頂からは、一眼で百里の遠くまで透かされた。東の空から、のっと朝日が出ていて、染附けられたような深い輝きが大地の上に落ちている。近くの山々からは、だらだらと南下がりに蜜柑畠《みかんばたけ》が続き、谷に窮《きわ》まる所に、奔湍《ほんたん》に沿って左右に平地が走るのが望めた。その更に向うには軽便《けいべん》の線路らしいものも見えた。山々の麓からその辺りにかけては未だに白いものに包まれていたが、お延の立つ山の頂は方《ほう》幾里《いくり》澄み切っていた。

朝日は透き徹《とお》ってお延の足元まで届いた。

お延は何時《いつ》の間にか空気と物象と彩色とが錯綜《さくそう》して織りなす、眼の前の光景に眼を奪われていた。遠くに雲が縹緲《ひょうびょう》と浮かんでいる。空の色は刹那《せつな》々々に移って行った。しかも、どういう空気の戯《たわむ》れによるものだか、遠山《えんざん》を背景に、陽炎《かげろう》をあつめて只一刷《ただひとはけ》になすり附けたように、春の色が模糊《もこ》と棚引《たなび》いている。まるで春日《しゅんじつ》の景色を前にしているようであった。――その時、何かがお延の身体の中でふっと緩んだような、力がするすると抜けて行くような感覚があった。恰《あたか》もお延を取り巻く空気そのものが、微《かす》かに揺《うご》いたようだった。自然の全くの無関心が不意にお延を打ったのであった。お延はその微かな感じを言葉に纏《まと》める程、訓練の生き届いた頭を有《も》っていなかった。彼女はただ、一所《ひとところ》に向かって流れ込んでいた自分の勢いが、ばらばらと大気の中に分散して行くような感じを覚えた。

二百八十八

眼《め》の前に拡《ひろ》がる自然はお延の不幸に気が附きもしなかった。そもそもお延の存在にも気が附かなかった。お延が山を下りようと、淵川《ふちかわ》に身を沈めようと毫《ごう》も揺《うご》かなかった。毫も揺かずに、これから来る冬や、その先の嬋媛《せんえん》とした春の陽炎《かげろう》を準備するものであった。堪《こら》えていた疲れが一度に四肢《しし》を襲った。精が尽きたように傍《そば》の木の根に腰を卸《おろ》したお延は、向うに拡がる遠山を呆然《ぼうぜん》と眺《なが》めた。朝日はその限りのない光を悄然《しょうぜん》と落ちたお延の肩にも、屹然《きつぜん》と聳《そび》える遠山の頂にも、平等に降り注いだ。

長い時間が経った。

日は少しずつ高くなった。お延は汗ばんだ額を、その少しずつ高くなって行く日に凝《じ》っと曝《さら》していた。

「奥さん、人間は人から笑われても、生きている方が可《い》いものなんですよ」

ぼんやりと前を見詰めるお延の耳の底に、何時《いつ》の間にか小林の台詞《せりふ》が鳴っていた。けれども今日その小林の台詞は、小林という人間を離れ、虚空《こくう》の高くからお延の許《もと》に届いた。今、お延の耳はその小林の台詞に、自分に対する冷嘲《あざわらい》も当て擦《こす》りも聞かなかった。かと云《い》って、これこそ人間一般に関しての究極の真理だといった風な騒々しい主張も聞かなかった。その言葉はその言葉以上のものでも、その言葉以下のものでもない、その言葉の持つ当り前の意味が、妙に露出された形をとってお延の耳に響いた。

お延は手帛《ハンケチ》を袂《たもと》から出すと、額の汗を拭《ぬぐ》った。慣れない運動で火照《ほて》った身体《からだ》を太陽がじかに照らすので、熱い位だった。

今お延は、小林のその言葉に対して「私はまた人に笑われる位なら、一層《いっそ》死んでしまった方が好《い》いと思います」とは応《こた》えられなかった。応えられなかっただけではなく、そう応えた自分を懸隔《かけへだ》たったもののように遠くに眺めた。そんな事を云ってしまった自分に対する恥ずかしさも、そんな事を云えなくなってしまった自分に対する腑甲斐《ふがい》なさも、不思議とお延の心を悩まさなかった。お延は放心したように前を見詰めた。

時間が更に経った。

日は一層高くなった。

高くなった日は相変わらずその限りない光を天《あめ》が下に公平に降り注いでいた。相変わらずお延の存在にも気が附かないようだった。だが其所《そこ》に自然の有難い所があった。自然の徳は塵界《じんかい》を超越して、絶対の平等を無辺際《むへんさい》に行う所にある。自然においては、幸も不幸も、生も死も等価であった。自然はお延を殺そうとして憚《はば》からない代りに、お延を生かしても一向に平気であった。そんな自然を前には、お延の抱負や技巧は無論、深い絶望さえ意味もないものであった。お延にとっては今、此所《ここ》にこうして坐《すわ》っている自分が凡《すべ》てであった。お延の煩悶《はんもん》はお延と等身大の大きさで、彼女を苦しめざるを得なかった。それがお延の自然であった。然《しか》し、お延の遥《はる》か上に続く大きな自然から見れば、無に等しい程小さな自然でしかなかった。それがどうしようもない天の真実であった。その天の真実は日の光のように、遠くの方から、緩《ゆっ》くりと朧気《おぼろげ》にお延に触れた。

明け方の紫色が空に残っていたのが、何時《いつ》の間にか見渡す限り単調に晴れて来た。その単調に晴れて来た空を背景に色や形のあるものが脈絡もなく流れた。そのあるものは明らかに見えた。あるものは混沌《こんとん》として影の如《ごと》くに動いた。逃げて行った夢の名残や、遠くから襲う記憶や、名も附かぬ印象の相間に、お延の見知った顔が次々と浮かんだ。津田の顔があった。小林の顔も、お秀の顔も無論あった。岡本や継子の顔も、お時の顔もあった。そうして吉川夫人の顔もあった。京都の両親の顔もあった。津田の顔が又戻って来た。お延は、恨めしく思うよりも、懐かしく思うよりも、自分と同じに彼らが今生きているという事実に、ある種の不思議の感を有《もっ》て、彼らの顔を眺めた。

風もないのに雲が動いた。ひらひらと黄金色《こがね》の葉が頭に落ちた。少時《しばらく》して今度は膝《ひざ》に落ちた。下から仰ぐと、高い枝に僅《わず》かに残った葉が、穏やかな朝の陽の光を浴びてまぼしい位に輝いている。初冬には似合わない緩《ゆる》んだ空気が辺りに立ち籠めていた。

お延は手に握りしめた手帛《ハンケチ》でもう一度額を拭《ぬぐ》った後《あと》、掌《てのひら》に附いた泥《どろ》を払ってから漸《よう》く腰を上げた。黒い土が泥濘《ぬか》りもせず干乾《ひから》びもせず、お延の両足を支えるのが感じられた。彼女は先《ま》ず肩掛《かたかけ》を外し、それを片手に預けた。次に着物の裾《すそ》に掛かった泥を入念に払い、もう一度掌を手帛《ハンケチ》でごしごしと擦《こす》った。続いておはしょりの下から順繰りに手を入れて、弛《ゆる》んだ襟元《えりもと》を掻《か》き合わせた。乱れた髪も撫《な》で附けた。そうしてもう一度襟元を掻き合わせると、帯板《おびいた》に入っている薄い鏡を取り出した。掌にすっぽり入る小さな鏡の表面には、色白の肌《はだ》を背景に、濃い眉《まゆ》と細い眼とその中の漆黒の瞳子《ひとみ》とが、朝の光を真正面から浴びて映し出された。鏡を見る度に起こる、満足の中に不満足を少し搗《つ》き交《ま》ぜたような毎《い》時《つ》もの感じが、こんな場合にも拘《かかわ》らずにお延の中で起こった。お延は今一度自分の眼を覗《のぞ》き込んでから鏡を元に納めた。

これからどうすべきか解《わか》らなかった。何をするにも、この宙釣《ちゆうづ》りの状態から一歩でも抜け出すには、果して途方もない勇気が要るように思えた。けれども恰《あたか》も人に捜し出されるのを待つように、此所をこのまま動かずに居るのは屑《いさぎ》よしとしなかった。お延は、一体これから何処《どこ》へ行くべきだろうかと、自分の行先を問うように、細い眼を上げた。――お延の上には、地を離れ、人を離れ、古今の世を離れた万里の天があるだけだった。

（完）

（冒頭百八十八回は『明暗』末尾の漱石の原文）

新潮文庫版あとがき

『続明暗』は一九八八年六月から一九九〇年四月まで『季刊思潮』(思潮社)に連載され、一九九〇年九月に筑摩書房から単行本として出版された。単行本は旧仮名づかいと正字とで書かれている。この度の新潮社の文庫本は、同じく新潮社の文庫本に入っている『明暗』に準じて旧仮名づかいを新仮名づかいに、旧字を新字体に改め、さらに以前から気になっていた箇所に少し手を加えたものである。

『明暗』を執筆中の漱石に次のような有名な手紙がある。

牛になる事はどうしても必要です。吾々《われわれ》はとかく馬になりたがるが、牛には中々なり切れないです。……牛は超然として押して行くのです。何を押すかと聞くなら申します。人間を押すのです。文士を押すのではありません。

『続明暗』を書く前も書いた後も私はこの手紙に力づけられた。

『続明暗』は批判を予想して書かれたものである。いわく、漱石はこのようには『明暗』を終えなかったであろう。いわく、漱石はより偉大である。いわく、このような作品の出現にもかかわらず、漱石は依然として漱石である。

幸い『続明暗』は多くの読者を得た。批評家の中にも、右のようなあたりまえな批判だけは文章に著すまいという、批評家としては当然の決断を下す人もいた。だが、『続明暗』が予想通りの批判を矢のように浴びたのも事実である。

私はこれらの批判に異論をもつ者ではない。私は漱石が『明暗』をどう終えるつもりでいたかを知らない。私は漱石のように偉大ではないし、私のような者が何を書こうと漱石が依然として漱石であるのに変わりはない。

だがこのような批判にどのような意味があるのか。

漱石は今や国民作家である。その漱石が未完のままにして死んだのが『明暗』である。『明暗』の続編を書けば、どのようなものを書こうと、誰が書こうと、右のような批判を受けずにはすまされない。漱石もこう終えたであろうと万人が納得できる『明暗』の終えかたもなければ、漱石に比べられて小さく映らずにすむ現存の作家もいない。そのような存在でしかない現存の作家が漱石の地位をあやうくするはずもなく、漱石は依然として漱石であるほかはない。これらはすべてあたりまえの話である。

それでも書こうというのは、漱石の言う通り、「人間を押す」ことを望むからである。

「文士を押す」ことを目標にしているかぎり『明暗』の続編は書けない。「文士」こそ今まで『続明暗』が書かれるのを阻《はば》んでいたものだからである。

「人間」とは何か。それは私と同様、『明暗』の続きをそのまま読みたいという単純な欲望にかられた読者である。漱石という大作家がどう『明暗』を終えたかよりも、お延《のぶ》はどうなるのか、津田は、そして清子はどうなるのかを『明暗』の世界に浸ったまま読み進みたい読者——小説の読者としてはもっとも当然の欲望にかられた読者である。小説を読むということは現実が消え去り、自分も作家も消え去り、その小説がどういう言語でいつの時代に書かれたものかも忘れ、ひたすら眼《め》の前の言葉が創《つく》り出す世界に生きることである。それを思えば、「人間」であることこそ小説を読む行為の基本的条件にほかならない。我々が我を忘れて漱石を読んでいる時は、漱石を読んでいるのも忘れている時であり、その時、漱石の言葉はもっとも生きている。文学に実体的な価値があるとすれば、それはこの読むという行為の中から毎回生まれるのである。漱石の価値というものも、そこでは毎回自明なものではなくなり新たに創り出される。文学の公平さというのもそこにある。

「文士」とは何か。それは私と同様、漱石が大作家であることを知っている人である。「文士」にとって漱石の価値というものは自明なものとしてある。

我々はふつう生きている時は「文士」でしかありえない。「人間」でありうるのは、小説の世界に没頭している特権的な時間の中においてのみなのである。その特権的な時間の中で自然に生まれた「人間」の欲望に応《こた》えようとすること――「人間を押」そうとすることを、我々の中にある「文士」のために断念する必要があるだろうか。答は否《いな》である。

書き終えてしまえば不満も迷いも後悔も残るが、それに関してはまた別の機会が与えられれば幸いである。今はこの場でよくある疑問にだけ答えたいと思う。『続明暗』が可能なかぎり漱石に似せて書こうとした小説であることはいうまでもない。だがそれ自体はこの小説の目的ではない。『続明暗』はより重要な目的のためには、漱石と似せないことをも選んだものである。

『続明暗』を読むうちに、それが漱石であろうとなかろうとどうでもよくなってしまう――そこまで読者をもって行くこと、それがこの小説を書くうえにおいての至上命令であった。その時は『明暗』を書いたのが漱石であること自体、どうでもよくなってしまう時でもある。だが漱石の小説を続ける私は漱石ではない。漱石ではないどころか何者でもない。『続明暗』を手にした読者は皆それを知っている。興味と不信感と反発の中で『続明暗』を読み始めるその読者を、作者が漱石であろうとなかろうとどうでもよくなるところまでもって行くには、よほど面白くなければならない。私は『続明暗』が『明暗』に比べてより「面白い読み物」になるように試みたのである。

ゆえに漱石と意図的にたがえたことがいくつかある。まず『続明暗』では漱石のふつうの小説より筋の展開というものを劇的にしようとした。筋の展開というものは読者をひっぱる力を一番もつ。次に段落を多くした。これは現代の読者の好みに合わせたものである。さらに心理描写を少なくした。これは私自身『明暗』を読んで少し煩雑《はんざつ》すぎると思ったことによる。語り手が物語の流れからそれ、文明や人生について諧謔《かいぎゃく》をまじえて考察するという、漱石特有の小説法も差し控えた。これは私の力では上手《うま》く入れられそうにもなかったからである。もちろん漱石の小説を特徴づける、大団円にいたっての物語の破綻《はたん》は真似《まね》しようとは思わなかった。漱石の破綻は書き手が漱石だから意味をもつのであり、私の破綻には意味がない。反対に私は、漱石の資質からいっても体力からいっても不可能だったかもしれない、破綻のない結末を与えようとした。

次にその『続明暗』の結末だが、私は独創的な結末を書こうとしたのではない。『明暗』の内的論理を忠実に追い、漱石がめぐらせた伏線を宿題を解くように解き、もっともあたりまえな方向に物語をもって行ったつもりであった。あたりまえであることを意図したその結末が、意表をついていないという批判を受けたのには驚いたが、さらに驚いたのは、その同じ結末が、意表をついているという賛辞を受けたことである。最大公約数的な結末などというものがありえないのを私は思い知った。

ただ私はいまだに『明暗』がその結末をどの方向にももって行ける小説だとは思わな

い。『明暗』はなぜ清子が津田を捨てたのかという冒頭の問いをめぐる小説である。その問いは津田の心の中と読者の心の中と二つのレベルで同時に問われ、読者は、津田がその問いの答を探す過程そのものに、その問いの答を見い出して行くのである。『明暗』の内的論理と矛盾することなしに、津田が清子と一緒になるという結末は私には不可能に思える。

最後に、お延の沈黙の問題がある。『明暗』の饒舌《じょうぜつ》なお延に比べ『続明暗』のお延は寡黙《かもく》であり、最後はほとんど無言である。それは、人が死に向かおうとするのは、出口のない気持の中にどんどんと追いつめられてのことだと信じるからである。お延が胸のうちを少しでも吐き出せたら、自殺に一途《いちず》に向かっているその精神の緊張はゆるんでしまう。お延にしゃべらせ、かついったんは自殺を決意させるというのは、少なくとも私には困難に思えた。もちろん自殺を決意させるという筋書を選ばなければ、別の話である。

以上簡単だが、くりかえし取りあげられる点なので私なりの説明を試みた。

『続明暗』を書きたいと言っただけで興味をもって下さった筑摩書房の間宮幹彦氏に深く感謝する。氏は単行本の校正の段階でも実に根気よくつきあって下さった。書き始めたとたんに『季刊思潮』という連載の場を提供して下さった柄谷行人氏にも、連載中ずっとお世話になった編集長の山村武善氏にも、同じように深く感謝する。今思えば、私は連載という形をとらせてもらえなければ『続明暗』を書き終えるのはもちろんのこと、作家にもなれなかった。そして、単行本が出る前からこのような形で文庫本にすることを勧め続けて下さった新潮社の私市憲敬氏にも深く感謝する。

『続明暗』の読者にも深く感謝する。『続明暗』は異国で育った私の日本文学への思慕の念から生まれたものである。自分の勝手な思い入れから生まれたこのような本を読んでくれる人がいるということは、いまだに奇跡のような気がする。

水村　美苗

一九九三年八月

ちくま文庫版あとがき

ここ数年間絶版になっていた『続明暗』がちくま文庫で復活されることになった。この知らせを受けたときほど一人の小説家として嬉しかったことはない。『続明暗』は私の最初の小説である。私はこの小説を、漱石に寄りそって長生きしてほしいという強い思いを抱きながら書いた。最初に単行本として出してくれたのは筑摩書房である。その筑摩書房にふたたび息を吹きこまれ、たとえわずかな間でも寿命を延ばしてもらったことに、心から感謝したい。

二〇〇九年二月九日　　　　　　　　水村　美苗

この作品は「季刊思潮」第一号（一九八八年）から休刊の第八号（一九九〇年）まで連載の後、未完の稿に加筆して、一九九〇年に筑摩書房より刊行され、さらに一九九三年に新潮文庫に収録された。また単行本では旧字・旧仮名表記であったが、文庫化にあたって新字・新仮名表記に改めた。

宮沢賢治全集（全10巻）
宮沢賢治

『春と修羅』、『注文の多い料理店』はじめ、賢治の全作品及び異稿を、綿密な校訂と定評ある本文によって贈る話題の文庫版全集。書簡など2巻増巻。

太宰治全集（全10巻）
太宰治

第一創作集『晩年』から太宰文学の総結算ともいえる『人間失格』、さらに『もの思う葦』ほか随想集も含め、清新な装幀でおくる待望の文庫版全集。

夏目漱石全集（全10巻）
夏目漱石

時間を超えて読みつがれる最大の国民文学を、10冊に集成して贈る画期的な文庫版全集。全小説及び小品、評論に詳細な注・解説を付す。

芥川龍之介全集（全8巻）
芥川龍之介

確かな不安を漠然とした希望の中に生きた芥川の全貌。名手の名をほしいままにした短篇から、日記、随筆、紀行文までを収める。

梶井基次郎全集（全1巻）
梶井基次郎

「檸檬」「泥濘」「桜の樹の下には」「交尾」をはじめ、習作・遺稿を全て収録し、梶井文学の全貌を伝える。一巻に収めた初の文庫版全集。（高橋英夫）

中島敦全集（全3巻）
中島敦

昭和十七年、一筋の光のように登場し、二冊の作品集を残してまたたく間に逝った中島敦――その代表作から書簡までを収め、詳細小口注を付す。

山田風太郎明治小説全集（全14巻）
山田風太郎

これは事実なのか？　フィクションか？　歴史上の人物と虚構の人物が明治の東京を舞台に繰り広げる奇想天外な物語。かつ新時代の裏面史。

ちくま日本文学（全40巻）
ちくま日本文学

小さな文庫の中にひとりひとりの作家の宇宙がつまっている。一人一巻、全四十巻。何度読んでも古びない作品と出逢う、手のひらサイズの文学全集。

ちくま文学の森（全10巻）
ちくま文学の森

最良の選者たちが、古今東西を問わず、あらゆるジャンルの作品の中から面白いものだけを基準に選んだ、伝説のアンソロジー、文庫版。

ちくま哲学の森（全8巻）
ちくま哲学の森

「哲学」の狭いワク組みにとらわれることなく、あらゆるジャンルの中からとっておきの文章を厳選。新鮮な驚きに満ちた文庫版アンソロジー集。

現代語訳 舞姫　森鷗外　井上靖訳

古典となりつつある鷗外の名作を井上靖の現代語訳で読む。無理なく作品を味わうための語注・資料を付す。原文も掲載。監修＝山崎一穎

こころ　夏目漱石

友を死に追いやった「罪の意識」によって、ついには人間不信にいたる悲惨な心の暗部を描いた傑作。詳しく利用しやすい語注付。（小森陽一）

英語で読む 銀河鉄道の夜（対訳版）　宮沢賢治　ロジャー・パルバース訳

"Night On The Milky Way Train"（銀河鉄道の夜）賢治文学の名篇が香り高い訳で生まれかわる。文庫オリジナル。井上ひさし氏推薦。（高橋康也）

百人一首　鈴木日出男

王朝和歌の精髄、百人一首を第一人者が易しく解説。現代語訳、鑑賞、作者紹介、語句・技法を見開きにコンパクトにまとめた最良の入門書。

今昔物語　福永武彦訳

平安末期に成り、庶民の喜びと悲しみを今に伝える今昔物語。訳者自身が選んだ１５５篇の物語は名訳を得て、より身近に蘇る。（池上洵一）

私の「漱石」と「龍之介」　内田百閒

師・漱石を敬愛してやまない百閒が、おりにふれて綴った師の行動と面影とエピソード。さらに同門の友、芥川との交遊を収める。（武藤康史）

阿房列車　——内田百閒集成1　内田百閒

「なんにも用事がないけれど、汽車に乗って大阪へ行って来ようと思う」。上質のユーモアに包まれた、紀行文学の傑作。（和田忠彦）

教科書で読む名作 夏の花ほか 戦争文学　原民喜ほか

表題作のほか、審判（武田泰淳）／夏の葬列（山川方夫）／夜（三木卓）など収録。高校国語教科書に準じた傍注や図版付き。併せて読みたい名評論も。

名短篇、ここにあり　北村薫　宮部みゆき編

読み巧者の二人の議論沸騰し、選びぬかれたお薦め小説12篇。となりの宇宙人／冷たい仕事／隠し芸の男／少女架刑／あしたの夕刊／網／誤訳ほか。

猫の文学館Ｉ　和田博文編

寺田寅彦、内田百閒、太宰治、向田邦子……いつの時代も、作家たちは猫が大好きだった。猫の気まぐれに振り回されている猫好きに捧げる47篇!!

沈黙博物館　小川洋子

「形見じゃ」老婆は言った。死の完結を阻止するために形見が盗まれる。死者が残した断片をめぐるやさしくスリリングな物語。（堀江敏幸）

星間商事株式会社社史編纂室　三浦しをん

二九歳「腐女子」川田幸代、社史編纂室所属。恋の行方も友情の行方も五里霧中。仲間と共に「同人誌」を武器に社の秘められた過去に挑む!?（金田淳子）

つむじ風食堂の夜　吉田篤弘

それは、笑いのこぼれる夜。——食堂は、十字路の角にぽつんとひとつ灯をともしていた。クラフト・エヴィング商會の物語作家による長篇小説。

通天閣　西加奈子

このしょーもない世の中に、救いようのない人生に、ちょっぴり暖かい灯を点す驚きと感動の物語。第24回織田作之助賞大賞受賞作。（津村記久子）

この話、続けてもいいですか。　西加奈子

ミッキーこと西加奈子の目を通すと世界はワクワク、ドキドキ輝く。いろんな人、出来事、体験がてんこ盛りの豪華エッセイ集！（中島たい子）

君は永遠にそいつらより若い　津村記久子

22歳処女。いや「女の童貞」と呼んでほしい——。日常の底に潜むうっすらとした悪意を独特の筆致で描く。第21回太宰治賞受賞作。（松浦理英子）

アレグリアとは仕事はできない　津村記久子

彼女はどうしようもない性悪だった。すぐ休み単純労働をバカにし男性社員に媚を売る。大型コピー機とミノベとの仁義なき戦い！（千野帽子）

まともな家の子供はいない　津村記久子

セキコには居場所がなかった。うちには父親がいる。うざい母親、テキトーな妹。まともな家なんてどこにもない！　中3女子、怒りの物語。（岩宮恵子）

こちらあみ子　今村夏子

あみ子の純粋な行動が周囲の人々を否応なく変えていく。第26回太宰治賞、第24回三島由紀夫賞受賞作。書き下ろし「チズさん」収録。（町田康／穂村弘）

さようなら、オレンジ　岩城けい

オーストラリアに流れ着いた難民サリマ。言葉も不自由な彼女が、新しい生活を切り拓いてゆく。第29回太宰治賞受賞・第150回芥川賞候補作。（小野正嗣）

冠・婚・葬・祭　中島京子
人生の節目に、起こったこと、出会ったひと、考えたこと。冠婚葬祭を切り口に、鮮やかな人生模様が描かれる。第143回直木賞作家の代表作。（瀧井朝世）

とりつくしま　東直子
死んだ人に「とりつくしま係」が言う。モノになってこの世に戻れますよ。妻は夫のカップに弟子は先生の扇子になった。連作短篇集。（大竹昭子）

虹色と幸運　柴崎友香
珠子、かおり、夏美。三〇代になった三人が、人に会い、おしゃべりし、いろいろ思う一年間。移りゆく季節の中で、日常の細部が輝く傑作。（江南亜美子）

星か獣になる季節　最果タヒ
推しの地下アイドルが殺人容疑で逮捕!? 僕は同級生のイケメン森下と真相を探るが――。歪んだピュアネスが傷だらけで疾走する新世代の青春小説！

ピスタチオ　梨木香歩
棚（たな）がアフリカを訪れたのは本当に偶然だったのか。不思議な出来事の連鎖から、水と生命の壮大な物語「ピスタチオ」が生まれる。（管啓次郎）

図書館の神様　瀬尾まいこ
赴任した高校で思いがけず文芸部顧問になってしまった清（きよ）。そこでの出会いが、その後の人生を変えてゆく。鮮やかな青春小説。（山本幸久）

マイマイ新子　髙樹のぶ子
昭和30年山口県国衙。きょうも新子は妹や友達と元気いっぱい。戦争の傷を負った大人、変わりゆく時代、その懐かしく切ない日々を描く。（片渕須直）

話虫干　小路幸也
夏目漱石「こころ」の内容が書き変えられた！ それは話虫の仕業。新人図書館員が話の世界に入り込み、「こころ」をもとの世界に戻そうとするが……。

包帯クラブ　天童荒太
傷ついた少年少女達は、戦わないかたちで自分達の大切なものを守ることにした。生きがたいと感じるすべての人に贈る長篇小説。大幅加筆して文庫化。

うれしい悲鳴をあげてくれ　いしわたり淳治
作詞家、音楽プロデューサーとして活躍する著者の小説＆エッセイ集。彼が「言葉」を紡ぐと誰もが楽しめる「物語」が生まれる。（鈴木おさむ）

命売ります　三島由紀夫

自殺に失敗し、「命売ります。お好きな目的にお使い下さい」という突飛な広告を出した男のもとに、現われたのは？（種村季弘）

三島由紀夫レター教室　三島由紀夫

五人の登場人物が巻き起こす様々な出来事を手紙で綴る。恋の告白・借金の申し込み・見舞状等、一風変ったユニークな文例集。（群ようこ）

コーヒーと恋愛　獅子文六

恋愛は甘くてほろ苦い。とある男女が巻き起こす恋模様をコミカルに描く昭和の傑作が、現代の「東京」によみがえる。（曽我部恵一）

七時間半　獅子文六

東京―大阪間が七時間半かかっていた昭和30年代、特急「ちどり」を舞台に乗務員とお客たちのドタバタ劇を描く隠れた名作が遂に甦る。（千野帽子）

悦ちゃん　獅子文六

ちょっぴりおませな女の子、悦ちゃんがのんびり屋の父親の再婚話をめぐって東京中を奔走するユーモアと愛情に満ちた物語。初期の代表作。（窪美澄）

笛ふき天女　岩田幸子

旧藩主の息女に生まれ松方財閥に嫁ぎ、四十歳で作家獅子文六と再婚。夫、文六の想い出と天女のような純真さで爽やかに生きた女性の半生を語る。

青空娘　源氏鶏太

主人公の少女、有子が不遇な境遇から幾多の困難にぶつかりながらも健気にそれを乗り越え希望を手にする日本版シンデレラ・ストーリー。（山内マリコ）

最高殊勲夫人　源氏鶏太

野々宮杏子と三原三郎は家族から勝手な結婚話を迫られるも協力してそれを回避する。しかし徐々に惹かれ合うお互いの本当の気持ちは……。（千野帽子）

カレーライスの唄　阿川弘之

会社が倒産した！　どうしよう。美味しいカレーライスの店を始めよう。若い男女の恋と失業と起業の奮闘記。昭和娯楽小説の傑作。（平松洋子）

せどり男爵数奇譚　梶山季之

せどり＝掘り出し物の古書を安く買って高く転売することを業とすること。古書の世界に魅入られた人々を描く傑作ミステリー。（永江朗）

飛田ホテル　黒岩重吾

刑期を終えたやくざ者に起きた妻の失踪を追う表題作など、大阪のどん底で交わる男女の情と性。直木賞作家の傑作ミステリ短篇集。（難波利三）

あるフィルムの背景　結城昌治　日下三蔵編

普通の人間が起こす歪んだ事件、そこに至る絶望を描き、思いもよらない結末を鮮やかに提示する。昭和ミステリの名手、オリジナル短篇集。

赤い猫　仁木悦子　日下三蔵編

爽やかなユーモアと本格推理、そしてほろ苦さを少々。日本推理作家協会賞受賞の表題作ほか〈日本のクリスティー〉の魅力をたっぷり堪能できる傑作選。

兄のトランク　宮沢清六

兄・宮沢賢治の生と死をそのかたわらでみつめ、兄の死後も烈しい空襲や散佚から遺稿類を守りぬいてきた実弟が綴る、初のエッセイ集。

落穂拾い・犬の生活　小山清

明治の匂いの残る浅草に育ち、純粋無比の作品を遺して短い生涯を終えた小山清。いまなお新しい、清らかな祈りのような作品集。（三上延）

真鍋博のプラネタリウム　真鍋博　星新一

名コンビ真鍋博と星新一。二人の最初の作品『おーい　でてこーい』他、星作品に描かれた挿絵と小説冒頭をまとめた幻の作品集。（真鍋真）

熊撃ち　吉村昭

人を襲う熊、熊をじっと狙う熊撃ち。大自然のなかで、実際に起きた七つの事件を題材に、孤独で忍耐強い熊撃ちの生きざまを描く。

川三部作
泥の河／螢川／道頓堀川　宮本輝

太宰賞「泥の河」、芥川賞「螢川」、そして「道頓堀川」と、川を背景に独自の抒情をこめて創出した、宮本文学の原点をなす三部作。

私小説 from left to right　水村美苗

12歳で渡米し滞在20年目を迎えた「美苗」。アメリカにも溶け込めず、今の日本にも違和感を覚え……。本邦初の横書きバイリンガル小説。

ラピスラズリ　山尾悠子

言葉の海が紡ぎだす、〈冬眠者〉と人形と、春の目覚めの物語。不世出の幻想小説家が20年の沈黙を破り発表した連作長篇。補筆改訂版。（千野帽子）

尾崎翠集成（上・下）　尾崎翠　中野翠編

鮮烈な作品を残し、若き日に音信を絶った謎の作家・尾崎翠。時間と共に新たな輝きを加えてゆくその文学世界を集成する。

クラクラ日記　坂口三千代

戦後文壇を華やかに彩った無頼派の雄・坂口安吾との、嵐のような生活を妻の座から愛と悲しみをもって描く回想記。巻末エッセイ＝松本清張

貧乏サヴァラン　森茉莉　早川暢子編

オムレット、ボルドオ風茸料理、野菜の牛酪煮……。食いしん坊茉莉は料理自慢。香り豊かな〝茉莉ことば〟で綴られる垂涎の食エッセイ。文庫オリジナル。

紅茶と薔薇の日々　森茉莉　早川茉莉編

天皇陛下のお菓子に洋食店の味、庭に実る木苺……森鷗外の娘にして無類の食いしん坊、森茉莉が描く懐かしく愛おしい美味の世界。（辛酸なめ子）

ことばの食卓　武田百合子　野中ユリ・画

なにげない日常の光景やキャラメル、枇杷など、食べものに関する昔の記憶と思い出を感性豊かな文章で綴ったエッセイ集。（種村季弘）

遊覧日記　武田百合子　武田花・写真

行きたい所へ行きたい時に、つれづれに出かけてゆく。一人で。または二人で。あちらこちらを遊覧しながら綴ったエッセイ集。（巖谷國士）

わたしは驢馬に乗って下着をうりにゆきたい　鴨居羊子

新聞記者から下着デザイナーへ。斬新で夢のある下着を世に送り出し、下着ブームを巻き起こした女性起業家の悲喜こもごも。（近代ナリコ）

私はそうは思わない　佐野洋子

佐野洋子は過激だ。ふつうの人が思うようには思わない。大胆で意表をついたまっすぐな発言をする。だから読後が気持ちいい。（群ようこ）

神も仏もありませぬ　佐野洋子

還暦……もう人生おりたかった。でも春のきざしの蕗の薹に感動する自分がいる。意味なく生きても人は幸せなのだ。第３回小林秀雄賞受賞。（長嶋康郎）

老いの楽しみ　沢村貞子

八十歳を過ぎ、女優引退を決めた著者が、日々の思いを綴る。齢にさからわず、「なみ」に、気楽に、と過ごす時間に楽しみを見出す。（山崎洋子）

遠い朝の本たち　須賀敦子

一人の少女が成長する過程で出会い、愛しんだ文学作品の数々を、記憶に深く残る人びとの想い出とともに描くエッセイ。（末盛千枝子）

おいしいおはなし　高峰秀子編

向田邦子、幸田文、山田風太郎……著名人23人の美味な思い出。文学や芸術にも造詣が深かった往年の大女優・高峰秀子が厳選した珠玉のアンソロジー。

るきさん　高野文子

のんびりしていてマイペース、だけどどっかヘンテコな、るきさんの日常生活って？　独特な色使いが光るオールカラー。ポケットに一冊どうぞ。

それなりに生きている　群ようこ

日当たりの良い場所を目指して仲間を蹴落とすカメ、迷子札をつけているネコ、自己管理している犬。文庫化に際し、二篇を追加して贈る動物エッセイ。

うつくしく、やさしく、おろかなり　杉浦日向子

生きることを楽しもうとしていた江戸人たち。彼らの紡ぎ出した文化にとことん惚れ込んだ著者がその思いの丈を綴った最後のラブレター。（松田哲夫）

ねにもつタイプ　岸本佐知子

何となく気になることにこだわる、ねにもつ。思索、奇想、妄想はばたく脳内ワールドをリズミカルな名短文でつづる。第23回講談社エッセイ賞受賞。

回転ドアは、順番に　穂村弘　東直子

ある春の日に出会い、そして別れるまで。気鋭の歌人ふたりが、見つめ合い呼吸をはかりつつ投げ合う、スリリングな恋愛問答歌。（金原瑞人）

絶叫委員会　穂村弘

町には、偶然生まれては消えてゆく無数の詩が溢れている。不合理でナンセンスで真剣だからこそ可笑しい、天使的な言葉たちへの考察。（南伸坊）

杏のふむふむ　杏

連続テレビ小説「ごちそうさん」で国民的な女優となった杏が、それまでの人生を、人との出会いをテーマに描いたエッセイ集。（村上春樹）

月刊佐藤純子　佐藤ジュンコ

注目のイラストレーター（元書店員）のマンガエッセイが大増量してまさかの文庫化！　仙台の街や友人との日常を描く独特のゆるふわ感はクセになる！

吉行淳之介ベスト・エッセイ　吉行淳之介　荻原魚雷 編

創作の秘密から、ダンディズムの条件まで。「文学」「男と女」「紳士」「人物」のテーマごとに厳選した、吉行淳之介の入門書にして決定版。（大竹聡）

田中小実昌ベスト・エッセイ　田中小実昌　大庭萱朗 編

東大哲学科を中退し、バーテン、香具師などを転々とし、飄々とした作風とミステリー翻訳で知られるコミさんの厳選されたエッセイ集。（片岡義男）

山口瞳ベスト・エッセイ　小玉武 編

サラリーマン処世術から飲食、幸福と死まで。――幅広い話題の中に普遍的な人間観察眼が光る山口瞳の豊饒なエッセイ世界を一冊に凝縮した決定版。

色川武大・阿佐田哲也ベスト・エッセイ　色川武大／阿佐田哲也　大庭萱朗 編

二つの名前を持つ作家のベスト。文学論、落語からタモリまでの芸能論、ジャズ、作家たちとの交流も。もちろん阿佐田哲也名の博打論も収録。（木村紅美）

開高健ベスト・エッセイ　開高健　小玉武 編

文学から食、ヴェトナム戦争まで――おそるべき博覧強記と行動力。「生きて、書いて、ぶつかった」開高健の広大な世界を凝縮したエッセイを精選。

中島らもエッセイ・コレクション　中島らも　小堀純 編

小説家、戯曲家、ミュージシャンなど幅広い活躍で没後なお人気の中島らもの魅力を凝縮！　酒と文学とエンターテインメント。（いとうせいこう）

文房具56話　串田孫一

使う者の心をときめかせる文房具。どうすればこの小さな道具が創造力の源泉になりうるのか。文房具の想い出や新たな発見、工夫や悦びを語る。

ぼくは散歩と雑学がすき　植草甚一

１９７０年、遠かったアメリカ。その風俗、映画、本、音楽から政治までをフレッシュな感性と膨大な知識、貪欲な好奇心で描き出す代表エッセイ集。

快楽としてのミステリー　丸谷才一

ホームズ、００７、マーロウ――探偵小説を愛読して半世紀、その楽しみを文芸批評とゴシップを駆使して自在に語る、文庫オリジナル。（三浦雅士）

超発明　真鍋博

昭和を代表する天才イラストレーターが、唯一無二のＳＦ的想像力と未来的発想で〝夢のような発明品〟１２９例を描き出す幻の作品集。（川田十夢）

ねぼけ人生〈新装版〉　水木しげる

戦争で片腕を喪失、紙芝居・貸本漫画の時代と、波瀾万丈の人生を、楽天的に生きぬいてきた水木しげるの、面白くも哀しい半生記。（呉智英）

「下り坂」繁盛記　嵐山光三郎

人の一生は、「下り坂」をどう楽しむかにかかっている。真の喜びや快感は「下り坂」にあるのだ。あちこちにガタがきても、愉快な毎日が待っている。

向田邦子との二十年　久世光彦

あの人は、あり過ぎるくらいあった始末におえない胸の中のものを誰にだって、一言も口にしない人だった。時を共有した二人の世界。（新井信）

旅に出る　ゴトゴト揺られて本と酒　椎名誠

旅の読書は、漂流モノと無人島モノと一点こだわりガンコ本！　本と旅とそれから派生していく自由な思いのつまったエッセイ集。（竹田聡一郎）

昭和三十年代の匂い　岡崎武志

テレビ購入、不二家、空地に土管、トロリーバス、くみとり便所、少年時代の昭和三十年代の記憶をたどる。巻末に岡田斗司夫氏との対談を収録。

本と怠け者　荻原魚雷

日々の暮らしと古本を語り、古書に独特の輝きを与えた「ちくま」好評連載「魚雷の眼」を、一冊にまとめた文庫オリジナルエッセイ集。（岡崎武志）

増補版　誤植読本　高橋輝次編著

本と誤植は切っても切れない!?　恥ずかしい打ち明け話や、校正をめぐるあれこれなど、作家たちが本音を語り出す。作品42篇収録。（堀江敏幸）

わたしの小さな古本屋　田中美穂

会社を辞めた日、古本屋になることを決めた。倉敷の空気、古書がつなぐ人の縁、店の生きものたち……。女性店主が綴る蟲文庫の日々。（早川義夫）

ぼくは本屋のおやじさん　早川義夫

22年間の書店としての苦労と、お客さんとの交流。どこにもありそうで、ない書店。30年来のロングセラー！（大槻ケンヂ）

たましいの場所　早川義夫

「恋をしていいのだ。今を歌っていくのだ」。心を揺るがす本質的な言葉。文庫用に最終章を追加。帯文＝宮藤官九郎　オマージュエッセイ＝七尾旅人

これで古典がよくわかる　橋本治

古典文学に親しめず、興味を持てない人たちは少なくない。どうすれば古典が「わかる」ようになるかを具体例を挙げ、教授する最良の入門書。

恋する伊勢物語　俵万智

恋愛のパターンは今も昔も変わらない。恋がいっぱいの歌物語の世界に案内する、ロマンチックでユーモラスな古典エッセイ。（武藤康史）

倚りかからず　茨木のり子

もはや／いかなる権威にも倚りかかりたくはない……話題の単行本に3篇の詩を加え、高瀬省三氏の絵を添えて贈る決定版詩集。（山根基世）

茨木のり子集　言の葉（全3冊）　茨木のり子

しなやかに凛と生きた詩人の歩みの跡を、詩とエッセイで編んだ自選作品集。単行本未収録の作品なども収め、魅力の全貌をコンパクトに纏める。

詩ってなんだろう　谷川俊太郎

谷川さんはどう考えているのだろう。その道筋にそって詩を集め、選び、配列し、詩とは何かを考えるおおもとを示しました。（華恵）

笑う子規　正岡子規＋天野祐吉＋南伸坊

「弘法は何と書きしぞ筆始」「猫老て鼠もとらず置火燵」。天野さんのユニークなコメント、南さんの豪快な絵を添えて贈る愉快な子規句集。（関川夏央）

尾崎放哉全句集　村上護編

「咳をしても一人」などの感銘深い句で名高い自由律の俳人・放哉。放浪の旅の果て、小豆島で破滅型の人生を終えるまでの全句業。（村上護）

山頭火句集　種田山頭火　村上護編　小崎侃・画

自選句集「草木塔」を中心に、その境涯を象徴する随筆も精選収録し、〝行乞流転〟の俳人の全容を伝える一巻選集！（村上護）

絶滅寸前季語辞典　夏井いつき

「従兄煮」「蚊帳」「夜這星」「竈猫」……季節感が失われ、風習が廃れて消えていく季語たちに、新しい命を吹き込む読み物辞典。（茨木和生）

絶滅危急季語辞典　夏井いつき

「ぎぎ・ぐぐ」「われから」「子持花椰菜」「大根祝う」……消えゆく季語に新たな命を吹き込む読み物辞典。超絶季語続出の第二弾。（古谷徹）

ちくま文庫

続《ぞく》 明暗《めいあん》

二〇〇九年六月 十 日 第一刷発行
二〇二一年六月二十日 第四刷発行

著 者 水村美苗（みずむら・みなえ）
発行者 喜入冬子
発行所 株式会社 筑摩書房
東京都台東区蔵前二―五―三 〒一一一―八七五五
電話番号 〇三―五六八七―二六〇一（代表）
装幀者 安野光雅
印刷所 株式会社精興社
製本所 株式会社積信堂

ISBN978-4-480-42609-3 C0193